DUMONT

Joanna Hunter, 36 Jahre alt, hat alles, was man sich nur wünschen kann: ein wunderschönes Haus, einen guten Job als Ärztin, einen treuen Hund und einen attraktiven Mann. Doch ihr ganzes Glück ist ihr kleiner Sohn Gabriel. Für ihn würde sie alles tun. Wie wunderbar muss es sein, mit dieser Frau in diesem Haus für immer zu leben, denkt sich das Kindermädchen Reggie. Mit ihren 16 Jahren hat sie schon alles gesehen und erlebt. Joanna lässt sie wieder an das Gute in der Welt glauben. Für sie würde Reggie alles tun. Als Joanna und ihr Sohn eines Tages verschwunden sind, findet Reggie sämtliche Erklärungen des Ehemannes merkwürdig. Sie wendet sich an die Polizei, doch keiner versteht ihre Sorge – bis Jackson Brodie auftaucht. Er kennt Joanna Hunter und ihre dunkle Geschichte und er setzt alles daran, sie ein zweites Mal zu finden …

Kate Atkinson wurde bereits für ihren ersten Roman ›Familienalbum‹ mit dem renommierten Costa Book of the Year Award ausgezeichnet. Mittlerweile stehen ihre Bücher regelmäßig auf den internationalen Bestsellerlisten. Für ›Das vergessene Kind‹, den vierten Band in der Reihe um den Privatermittler Jackson Brodie, erhielt sie den Deutschen Krimi Preis 2012 und für ihren Roman ›Die Unvollendete‹ den Costa Novel Award 2013. Kate Atkinson lebt in Edinburgh und gilt als eine der wichtigsten britischen Autorinnen der Gegenwart.

Kate Atkinson

LEBENSLÜGEN

Roman

Aus dem Englischen
von Anette Grube

DUMONT

Für Dave und Maureen –
danke für die vielen guten Zeiten,
die beste kommt noch

Wir wissen nie beim Fortgehn daß wir gehen –
Ein Scherz – und zu die Tür –
Das Fatum – folgt – schiebt hinter uns den Riegel –
Wir sprechen nicht mehr vor –
Emily Dickinson

I

VERGANGENHEIT

Ernte

Die Hitze, die vom Asphalt aufstieg, schien zwischen den Hecken gefangen, die über ihren Köpfen aufragten wie Zinnen.

»Drückend«, sagte ihre Mutter. Auch sie fühlten sich gefangen. »Wie das Labyrinth in Hampton Court«, sagte ihre Mutter. »Erinnert ihr euch?«

»Ja«, sagte Jessica.

»Nein«, sagte Joanna.

»Du warst noch ein Baby«, sagte ihre Mutter zu Joanna. »Wie Joseph jetzt.« Jessica war acht, Joanna war sechs.

Die schmale Straße (sie nannten sie immer »den Weg«) schlängelte sich hierhin und dorthin, sodass sie nicht sahen, was vor ihnen war. Sie mussten den Hund anleinen und sich dicht an der Hecke halten für den Fall, dass »aus dem Nirgendwo« ein Auto auftauchte. Da Jessica die Älteste war, durfte sie den Hund an der Leine führen. Sie verbrachte viel Zeit damit, den Hund abzurichten. »Fuß!« und »Sitz!« und »Komm!«. Ihre Mutter wünschte, Jessica wäre so folgsam wie der Hund. Jessica hatte stets das Sagen. Die Mutter sagte zu Joanna: »Es ist gut, wenn man einen eigenen Kopf hat. Du solltest für deine Ansichten eintreten, selbst denken.« Aber Joanna wollte nicht für sich selbst denken.

Der Bus setzte sie an der großen Straße ab und fuhr weiter. Es war ein »Theater«, bis sie alle ausgestiegen waren. Ihre Mutter hielt Joseph unter dem Arm, als wäre er ein Paket, und mit der anderen Hand hantierte sie herum, um den neumodischen Buggy aufzuklappen. Jessica und Joanna mühten sich zu zweit ab, die Einkäufe aus dem Bus zu hieven. Der Hund kümmerte sich um sich selbst. »Nie hilft jemand«, sagte ihre Mutter. »Ist euch das schon mal aufgefallen?« Das war es.

»Das ländliche Scheißidyll eures Vaters«, sagte ihre Mutter, als der Bus in einem blauen Dunst aus Abgas und Hitze davonfuhr. »Gebraucht ja nicht solche Ausdrücke«, fügte sie automatisch hinzu. »Ich bin die Einzige, die so was sagen darf.«

Sie hatten kein Auto mehr. Ihr Vater (»der Dreckskerl«) war auf und davon damit. Ihr Vater schrieb Bücher, »Romane«. Er hatte ein Buch aus dem Regal genommen und es Joanna gezeigt, auf das Foto hinten auf dem Umschlag gedeutet und gesagt, »Das bin ich«, aber sie durfte es nicht lesen, obwohl sie bereits gut lesen konnte. (»Noch nicht, später. Ich schreibe leider für Erwachsene.« Er lachte. »Da stehen Sachen drin, na ja …«)

Ihr Vater hieß Howard Mason, ihre Mutter Gabrielle. Manchmal wurden die Leute ganz aufgeregt, lächelten ihren Vater an und sagten: »Sind Sie *der* Howard Mason?« (Und manchmal sagten sie, ohne zu lächeln, »*dieser* Howard Mason«, das war anders, auch wenn Joanna nicht genau wusste, inwiefern.)

Ihre Mutter sagte, dass ihr Vater sie entwurzelt und »mitten ins Nirgendwo« verpflanzt habe. »Oder Devon, wie es weithin genannt wird«, sagte ihr Vater. Er brauche »Platz zum Schreiben«, und es wäre gut für sie alle, »in Berührung mit der Natur« zu sein. »Kein Fernsehen!«, sagte er, als würden sie sich darüber freuen.

Joanna vermisste ihre Schule und ihre Freundinnen und *Wonder Woman* und ein Haus in einer Straße, in der man in einem Laden *Beano* und Lakritzstangen kaufen und zwischen drei Apfelsorten wählen konnte, statt einen Weg und eine Landstraße entlanggehen, mit zwei Bussen fahren und die ganze Strecke wieder zurückzumüssen.

Als sie nach Devon zogen, kaufte ihr Vater als Erstes sechs braune Hühner und einen Bienenstock. Den ganzen Herbst über grub er den Garten vor dem Haus um, damit er »bereit für den Frühling« wäre. Wenn es regnete, verwandelte sich der Garten in Schlamm, und den Schlamm trugen sie ins Haus, sie fanden ihn sogar auf den Bettlaken. Im Winter fraß ein Fuchs die Hühner, ohne dass sie jemals ein Ei gelegt hätten, und die Bienen erfroren, was laut ihrem Vater noch nie vorgekommen war, und er wollte alle diese Begebenheiten in seinem Buch (»dem Roman«) verwenden, an dem er gerade schrieb. »Dann ist es ja in Ordnung«, sagte ihre Mutter.

Ihr Vater schrieb am Küchentisch, weil die Küche das einzige Zimmer im Haus war, das dank des riesigen, launischen Herdes der Marke Aga ein bisschen warm war. Der Aga, meinte ihre Mutter, »wäre noch ihr Tod«. »Ich würde mich glücklich schätzen«, murmelte ihr Vater. (Er kam mit dem Buch nicht gut voran.) Sie waren ihm alle im Weg, sogar ihre Mutter.

»Du riechst nach Ruß«, sagte ihr Vater zu ihrer Mutter. »Und nach Kohl und Milch.«

»Und du riechst nach Versagen«, entgegnete ihre Mutter.

Ihre Mutter roch immer nach allen möglichen interessanten Dingen, Farbe und Terpentin und Tabak und nach dem Parfum ›Je Reviens‹, das ihr Vater ihr schenkte, seitdem sie siebzehn und ein »katholisches Schulmädchen« gewesen war, und das bedeutete »Ich komme wieder« und war eine Botschaft für sie. Ihre Mutter war laut ihrem Vater »eine Schönheit«, doch ihre Mutter sagte, sie sei »eine Malerin«, obwohl sie seit ihrem Umzug nach Devon nichts mehr gemalt hatte. »Für zwei Kreative ist in einer Ehe kein Platz«, sagte sie auf ihre unnachahmliche Art, hob die Augenbrauen und inhalierte den Rauch der kleinen braunen Cigarillos, die sie rauchte. Sie sprach es wie eine Ausländerin *Sigarijo* aus. Als Kind hatte sie an weit entfernten Orten gelebt, die sie ihnen eines Tages zeigen würde. Sie sei warmblütig, sagte sie, nicht wie ihr Vater, der ein Reptil sei. Ihre Mutter war schlau und komisch und steckte voller Überraschungen, ganz anders als die Mütter ihrer Freundinnen. »Exotisch«, sagte ihr Vater.

Der Streit, wer wonach roch, war offenbar noch nicht beendet, denn ihre Mutter nahm einen blau-weiß-gestreiften Becher aus dem Schrank und warf ihn nach ihrem Vater, der am Tisch saß und auf seine Schreibmaschine starrte, als würden sich die Worte selbst schreiben, wenn er nur lange genug geduldig wartete. Der Becher traf ihn seitlich am Kopf, und er schrie vor Schreck und Schmerz auf. Mit einer Geschwindigkeit, die Joanna nur bewundern konnte, hob Jessica Joseph aus dem Kinderstuhl und sagte »Komm« zu Joanna, und sie gingen nach oben, wo sie Joseph auf Joannas und Jessicas Doppelbett legten und kitzelten. Im Zimmer gab es keine Heizung, und auf dem Bett lagen Berge von Daunenbetten und alten Mänteln ihrer Mutter. Irgendwann schliefen alle drei ein, aneinandergekuschelt in einer Geruchsmischung aus Feuchtigkeit, Mottenkugeln und ›Je Reviens‹.

Als Joanna aufwachte, saß Jessica an Kissen gelehnt da, sie trug Handschuhe, Ohrenschützer und einen Mantel vom Bett, in dem sie verschwand wie in einem Zelt. Sie las im Schein einer Taschenlampe ein Buch.

»Stromausfall«, sagte sie, ohne vom Buch aufzublicken. Von der anderen Seite der Wand hörten sie die schrecklichen Tierlaute, die bedeuteten, dass ihre Eltern sich wieder gut waren. Jessica hielt ihr wortlos die Ohrenschützer hin, damit sie sie nicht hören musste.

Als es endlich Frühling wurde, zog ihr Vater, statt einen Gemüsegarten anzulegen, zurück nach London zu »seiner anderen Frau« – und das war eine große Überraschung für Joanna und Jessica, wenn auch offenbar nicht für ihre Mutter. Die andere Frau ihres Vaters hieß Martina – *die Dichterin* –, ihre Mutter sprach den Namen aus, als wäre es ein Fluch. Ihre Mutter bedachte die andere Frau *(die Dichterin)* mit Namen, die so schlimm waren, dass sie in der Luft hingen wie Gift, wenn sie sich trauten, sie *(Schlampe-Fotze-Hure-Dichterin)* unter der Bettdecke zu flüstern.

Obwohl die Ehe jetzt nur noch aus einer Person bestand, malte ihre Mutter nicht.

Sie gingen im Gänsemarsch den Weg entlang, »wie die Indianer«, sagte ihre Mutter. Die Plastiktüten hingen von den Griffen des Buggys, und wenn ihre Mutter sie losließ, kippte er nach hinten.

»Wir müssen wie Flüchtlinge aussehen«, sagte sie. »Trotzdem sind wir guten Mutes«, fügte sie beschwingt hinzu. Sie würden am Ende des Sommers, »rechtzeitig zum Schulanfang«, in die Stadt zurückziehen.

»Gott sei Dank«, sagte Jessica auf die gleiche Art wie ihre Mutter.

Joseph schlief mit offenem Mund im Buggy, ein leises Röcheln in der Brust, weil er eine Sommergrippe nicht loswurde.

Er war so heiß, dass ihre Mutter ihn bis auf die Windel auszog und Jessica auf seine dünnen Rippen blies, um den kleinen Körper abzukühlen, bis ihre Mutter sagte: »Weck ihn nicht auf.«

Die Luft war getränkt vom Gestank nach Gülle, und die Gerüche nach feuchtem Gras und Wiesenkerbel stiegen Joanna in die Nase, und sie musste niesen.

»Pech gehabt«, sagte ihre Mutter, »du hast meine Allergien geerbt.« Das dunkle Haar und die blasse Haut ihrer Mutter hatte Joseph geerbt, ihre grünen Augen und »Malerhände« Jessica. Joanna hatte die Allergien abbekommen. Pech gehabt. Joseph und ihre Mutter hatten außerdem am selben Tag Geburtstag, doch bislang hatte Joseph noch keinen Geburtstag gehabt. In einer Woche wäre der erste. »Das ist ein besonderer Geburtstag«, sagte ihre Mutter. Joanna hielt jeden Geburtstag für etwas Besonderes.

Ihre Mutter trug Joannas Lieblingskleid, rote Erdbeeren auf blauem Grund. Ihre Mutter meinte, dass es alt sei und sie nächsten Sommer etwas für Joanna daraus nähen würde, wenn sie wollte. Joanna sah, wie sich die Muskeln in den braunen Beinen ihrer Mutter anspannten, als sie den Buggy die Steigung hinaufschob. Sie war stark. Ihr Vater sagte, sie sei »ungebärdig«. Joanna mochte das Wort. Jessica war auch ungebärdig. Joseph war noch nichts. Er war nur ein Baby, dick und zufrieden. Er mochte Haferbrei und zerdrückte Banane und das Mobile aus kleinen Papiervögeln, das ihre Mutter für ihn gebastelt hatte und das über seinem Bettchen hing. Er mochte es, wenn er von seinen Schwestern gekitzelt wurde. Er mochte seine Schwestern.

Joanna spürte, dass ihr Schweiß über den Rücken rann. Das fadenscheinige Baumwollkleid klebte ihr an der Haut. Sie hatte es von Jessica geerbt. »Arm, aber ehrlich«, sagte ihre Mutter und lachte. Ihr großer Mund verzog sich nach unten, wenn sie lachte, und sie sah nie glücklich aus, auch wenn sie es war. Alles, was Joanna hatte, stammte von Jessica. Es war, als gäbe es ohne Jessica keine Joanna. Joanna füllte die Räume, die Jessica zurückließ, wenn sie weiterzog.

Auf der anderen Seite der Hecke muhte unsichtbar eine Kuh, und Joanna zuckte zusammen. »Das war nur eine Kuh«, sagte ihre Mutter.

»Red-Devon-Kühe«, sagte Jessica, auch wenn sie sie nicht sehen konnte. Woher wusste sie das? Sie wusste die Namen von allem, was sichtbar oder unsichtbar war. Joanna fragte sich, ob sie je so viel wissen würde wie Jessica.

Nachdem sie den Weg ein Stück weit entlanggegangen waren, kamen sie zu einem hölzernen Gatter mit einem Drehkreuz. Der Buggy passte nicht durch das Drehkreuz, weshalb sie das Gatter öffnen mussten. Jessica ließ den Hund von der Leine, und er kletterte über das Gatter, wie sie es ihm beigebracht hatte. Auf einem Schild stand: »Bitte das Gatter schließen«. Jessica lief immer voraus und zog den Riegel zurück, dann stießen sie zu zweit das Gatter an, stellten sich darauf und schwangen es so auf. Ihre Mutter mühte sich mit dem Buggy, weil der Schlamm vom Winter in tiefen, krummen Furchen getrocknet war, in denen die Räder hängen blieben. Sie schwangen auf dem Gatter zurück, und Jessica verriegelte es. Manchmal ließen sie sich mit dem Kopf nach unten vom Gatter hängen, und ihr Haar reichte bis zum Boden und fegte darüber wie ein Besen, und ihre Mutter sagte: »Das sollt ihr doch nicht tun.«

Der Weg grenzte an ein Feld. »Weizen«, sagte Jessica. Der Weizen war sehr hoch, wenn auch nicht so hoch wie die Hecke neben dem Weg. »Der wird bald geerntet werden«, sagte ihre

Mutter. »Sie werden ihn abschneiden«, fügte sie für Joanna hinzu. »Dann werden wir niesen und keuchen, wir beide.« Joanna keuchte bereits, sie hörte die Luft in ihrer Brust pfeifen.

Der Hund lief ins Weizenfeld und verschwand. Einen Augenblick später sprang er wieder heraus. In der Woche zuvor war Joanna dem Hund ins Feld gefolgt und hatte nicht mehr herausgefunden, und sie suchten sie sehr lange. Sie hörte sie rufen, aber sie entfernten sich immer weiter von ihr, und niemand hörte ihre Rufe. Der Hund fand sie.

Auf halbem Weg setzten sie sich im Schatten eines Baums ins Gras neben dem Weg. Ihre Mutter nahm die Plastiktüten von den Griffen des Buggys und zog kleine Kartons mit Orangensaft und eine Schachtel mit Schokoladenkeksen aus einer Tüte. Der Orangensaft war warm, die Schokoladenkekse waren zusammengeklebt. Sie gaben dem Hund ein paar Kekse. Ihre Mutter lachte mit nach unten gezogenen Mundwinkeln und sagte: »Gott, was für eine Schweinerei«, schaute in die Babytasche und holte Wischtücher für ihre schokoladenverschmierten Hände und Münder heraus. Als sie noch in London lebten, machten sie richtige Picknicks, beluden den Kofferraum des Wagens mit einem großen Korb von der Mutter ihrer Mutter, die zwar reich, aber tot war (was offensichtlich nur zu ihrem Besten war, weil sie nicht mit ansehen musste, dass ihre einzige Tochter mit einem selbstsüchtigen, fremdgehenden Geldverschwender verheiratet war). Wenn ihre Großmutter reich gewesen war, warum hatten sie dann kein Geld? »Ich bin durchgebrannt«, sagte ihre Mutter. »Ich bin davongelaufen, um euren Vater zu heiraten. Es war sehr romantisch. Damals. Wir hatten nichts.«

»Ihr hattet den Picknickkorb«, sagte Jessica, und ihre Mutter lachte und sagte: »Du kannst wirklich witzig sein, weißt du das?« Und Jessica sagte: »Ich weiß.«

Joseph erwachte, und ihre Mutter knöpfte das Oberteil ihres erdbeergemusterten Kleides auf und stillte ihn. Er schlief wieder ein, während er trank. »Armes Lämmchen«, sagte ihre Mutter. »Er wird die Erkältung nicht los.« Sie legte ihn zurück in den Buggy und sagte: »Okay. Gehen wir nach Hause. Wir holen den Gartenschlauch, und ihr könnt euch abspritzen.«

Er schien aus dem Nirgendwo aufzutauchen. Sie bemerkten ihn, weil der Hund knurrte, ein seltsames gurgelndes Geräusch in seinem Hals, das Joanna nie zuvor gehört hatte.

Er ging sehr schnell auf sie zu, wurde zunehmend größer. Er gab komische laut schnaufende Laute von sich. Sie dachten, dass er an ihnen vorbeigehen und »Schöner Nachmittag« oder »Hallo« sagen würde, weil das die Leute immer sagten, wenn man ihnen auf den Wegen begegnete, aber er sagte nichts. Ihre Mutter sagte normalerweise »Schöner Tag« oder »Ist es nicht heiß?«, doch zu diesem Mann sagte sie nichts. Stattdessen ging sie schneller, kämpfte mit dem Buggy. Sie ließ die Plastiktüten mit den Einkäufen im Gras liegen, und Joanna wollte eine aufheben, aber ihre Mutter sagte: »Lass sie liegen.« In ihrer Stimme, in ihrem Gesicht war etwas, das Joanna Angst einjagte. Jessica nahm sie bei der Hand und sagte scharf wie eine Erwachsene: »Komm schon, Joanna.« Joanna erinnerte sich an damals, als ihre Mutter ihrem Vater den blau-weiß-gestreiften Becher an den Kopf geworfen hatte.

Der Mann ging jetzt in dieselbe Richtung wie sie, neben ihrer Mutter. Ihre Mutter lief nahezu und sagte »Kommt schon, schnell« zu ihnen. Sie klang atemlos. Der Hund lief vor den

Mann und bellte und sprang an ihm hoch, als wollte er ihm den Weg versperren. Ohne Vorwarnung trat er so fest nach dem Hund, dass er durch die Luft flog und im Weizen landete. Sie sahen ihn nicht, aber sie hörten den schrecklichen, jaulenden Laut, den er ausstieß. Jessica stand vor dem Mann und schrie ihn an, deutete mit dem Finger auf ihn, rang nach Luft, als könnte sie nicht atmen, und dann lief sie ins Feld auf der Suche nach dem Hund.

Alles war schlimm. Daran bestand kein Zweifel.

Joanna starrte auf den Weizen, versuchte zu sehen, wo Jessica und der Hund verschwunden waren, und sie brauchte einen Augenblick, bis sie bemerkte, dass ihre Mutter mit dem Mann kämpfte, mit den Fäusten auf ihn einschlug. Aber der Mann hatte ein Messer, das er immer wieder in die Luft hob, sodass es in der heißen Nachmittagssonne wie Silber glänzte. Ihre Mutter begann zu schreien. Auf ihrem Gesicht, ihren Händen, ihren kräftigen Beinen, ihrem Erdbeerkleid war Blut. Dann wurde Joanna klar, dass ihre Mutter nicht den Mann anschrie, sondern sie.

Ihre Mutter wurde niedergestochen, wo sie stand, das große silberne Messer schnitt durch ihr Herz, als würde es Fleisch auf der Metzgertheke schneiden. Sie war sechsunddreißig Jahre alt.

Er musste auch auf Jessica eingestochen haben, bevor sie davonlief, denn es gab eine Blutspur, einen Pfad, der sie zu ihr führte, obwohl es dauerte, weil sich der Weizen wie eine goldene Decke um Jessica geschlossen hatte. Sie lag da, die Arme um den Hund geschlungen, und beider Blut hatte sich vermischt und die trockene Erde getränkt, das Korn genährt wie ein Opfer für die Ernte. Joseph starb, wo er war, in den Buggy geschnallt. Joanna wollte glauben, dass er nicht aufgewacht war, aber sie wusste es nicht.

Und Joanna. Joanna gehorchte ihrer Mutter, als sie sie anschrie: »Lauf, Joanna, lauf.« Und Joanna rannte in das Feld und verschwand im Weizen.

Später, als es dunkel war, kamen andere Hunde und fanden sie. Ein Fremder hob sie hoch und trug sie fort. »Sie hat keinen Kratzer«, hörte sie eine Stimme sagen. Die Sterne und der Mond glänzten hell am kalten schwarzen Himmel über ihrem Kopf.

Natürlich hätte sie Joseph mitnehmen sollen, sie hätte ihn aus dem Buggy reißen oder mit dem Buggy davonlaufen sollen (Jessica hätte es getan). Es spielte keine Rolle, dass Joanna erst sechs Jahre alt war, dass sie es mit dem Buggy nie geschafft hätte, dass der Mann sie innerhalb von Sekunden erwischt hätte, darum ging es nicht. Es wäre besser gewesen, bei dem Versuch, das Baby zu retten, getötet zu werden, als es nicht zu versuchen und zu leben. Es wäre besser gewesen, mit Jessica und ihrer Mutter zu sterben, als allein zurückzubleiben. Doch daran dachte sie nicht, sie tat, was ihr aufgetragen war.

»Lauf, Joanna, lauf«, befahl ihre Mutter. Und sie tat es.

Es war komisch, aber das, was sie jetzt, dreißig Jahre später, in den Wahnsinn trieb, war, dass sie sich nicht an den Namen des Hundes erinnern konnte. Und es gab niemanden, den sie hätte fragen können.

II
HEUTE

Fleisch und Blut

Die Wiese war so lang wie das Dorf und wurde von einer schmalen Straße zweigeteilt. Die Grundschule ging auf die Wiese hinaus. Die Wiese war nicht, wie erwartet, quadratisch, genauso wenig gab es den Ententeich, den er sich ebenfalls vorgestellt hatte. Da er aus derselben Grafschaft stammte, sollte man denken, dass er diesen Landstrich kannte, aber es war ein fremdes Kornfeld für ihn. Seine Kenntnisse der Yorkshire Dales waren aus zweiter Hand, zusammengesetzt aus Film und Fernsehen – da eine Szene aus *Emmerdale*, dort eine halb wache Nacht auf dem Sofa, während *Kalender Girls* im Kabelsender lief.

Es war still heute, ein Mittwochmorgen Anfang Dezember. Ein Weihnachtsbaum stand auf der Wiese, noch so, wie die Natur ihn geschaffen hatte, ungeschmückt und unbeleuchtet.

Das letzte (erste) Mal, als er hier war, um das Dorf in Augenschein zu nehmen, war an einem Sonntagnachmittag im Hochsommer gewesen, und es hatte vor Menschen nur so gewimmelt, Touristen picknickten auf der Wiese, kleine Kinder tollten herum, alte Leute saßen auf Bänken, alle aßen Eis. Am Ende der Wiese befand sich eine Art Sandkasten, in dem Leute – Einheimische, keine Touristen – etwas spielten, was er für Quoits hielt: Sie warfen große eiserne Ringe, die schwer wie Hufeisen waren. Ihm war nicht klar gewesen, dass so etwas noch gespielt wurde. Es war bizarr. Es war mittelalterlich. Auf der Wiese befanden sich neben dem Marktkreuz noch ein Pranger und – laut dem Reiseführer, den er gekauft hatte – ein »bull ring«. Er dachte an das Einkaufszentrum gleichen Namens in Birmingham, bis er weiterlas und feststellte, dass der Zweck des »bull ring« in der Stierhetze bestanden hatte. Er nahm an (hoffte), dass Pranger und »bull ring« historisch – für die Touristen – und nicht mehr in Gebrauch waren. Das Dorf war ein Ort, an den die Leute mit dem Auto fuhren, um auszusteigen und spazieren zu gehen. Das tat er nie. Wenn er spazieren ging, dann brach er von da auf, wo er sich gerade befand.

Er versteckte sich hinter der *Darlington and Stockton Times* und studierte die Kleinanzeigen der Bestattungsinstitute, Raumgestalter und Gebrauchtwagenhändler. Er hielt sie für weniger auffällig als eine überregionale Zeitung, er hatte sie in Hawes gekauft und nicht im Dorfladen, wo er vielleicht zu große Aufmerksamkeit erregt hätte. Die Leute hier hatten gut entwickelte Antennen für die falsche Art von Fremden. Wahrscheinlich verbrannten sie jeden Sommer einen Mann aus Weidenzweigen.

Letztes Mal hatte er einen schicken Wagen gefahren, jetzt war er besser angepasst und fuhr einen schmutzbespritzten, gemieteten Discovery, trug Wanderstiefel und eine Jacke von North Face mit Fleecefutter, und um seinen Hals hing in einer Plastikhülle ein OS-Reiseführer, den er ebenfalls in Hawes erworben hatte. Wenn er einen hätte organisieren können, hätte er sich einen Hund ausgeliehen, und dann hätte er wie ein Klon des durchschnittlichen Besuchers ausgesehen. Man sollte Hunde mieten können. *Das* war eine Marktlücke.

Er war vom Bahnhof mit dem Leihwagen gefahren. Er wäre die ganze Strecke (in seinem schicken Wagen) gefahren, aber nachdem er sich auf den Fahrersitz gesetzt hatte und den Motor anlassen wollte, musste er feststellen, dass die Maschine tot war. Vermutlich etwas Mysteriöses wie zum Beispiel die Elektronik. Jetzt wurde das Auto in einer Werkstatt in Walthamstow von einem Polen namens Emil versorgt, der Zugang (ein hübscher Euphemismus) zu originalen BMW-Ersatzteilen zum halben Preis einer offiziellen BMW-Werkstatt hatte.

Er schaute auf die Uhr, eine goldene Breitling, ein teures Geschenk. Schöne Stunden. Er mochte männliche Paraphernalien – Autos, Messer, technische Spielereien, Armbanduhren –, aber er war sich nicht sicher, ob er so viel Geld für eine Uhr ausgegeben hätte. »Einem geschenkten Gaul schaut man nicht ins Maul«, hatte sie lächelnd gesagt, als sie sie ihm gab.

»Oh, verdammt, jetzt kommt schon«, murmelte er und schlug mit dem Kopf gegen das Lenkrad, aber sanft für den Fall, dass er die Aufmerksamkeit eines einheimischen Passanten auf sich zog. Er wusste, dass er sich trotz seiner Verkleidung nur begrenzt in einem kleinen Ort wie diesem aufhalten konnte, ohne dass jemand anfing, Fragen zu stellen. Er seufzte und blickte wieder auf die Uhr. Er gab sich noch zehn Minuten.

Nach neun Minuten und dreißig Sekunden (er zählte mit – was sonst gab es hier zu tun, als der Zeit zuzuschauen?) kam eine Vorhut, bestehend aus zwei Jungen und zwei Mädchen, aus der Schultür gerannt. Sie trugen Fußballtore und stellten sie gekonnt auf der Wiese auf. Die Wiese diente offenbar als Schulhof. Er konnte sich nicht vorstellen, wie es war, in so einer Schule unterrichtet zu werden. Seine Grundschule war ein miserabel ausgestattetes, überfülltes Drecksloch gewesen, in dem der Sozialdarwinismus fröhliche Urständ feierte. Es überlebten die Schnellsten. Das war das Positive gewesen, das man ihm beigebracht hatte. Seine eigentliche Ausbildung, als er tatsächlich in einem Klassenzimmer saß und etwas lernte, erhielt er in der Armee.

Ein Strom Kinder in Sportkleidung floss aus der Schule und ergoss sich über die Wiese wie ein Delta. Es folgten zwei Lehrer, die Fußbälle aus einem Korb verteilten. Er zählte die Kinder, alle siebenundzwanzig. Die Kleinen kamen zuletzt.

Dann kamen die, auf die er wartete – die Vorschulkinder. Jeden Mittwoch- und Freitagnachmittag trafen sie sich in dem kleinen Anbau hinter der Schule. Nathan war einer der Kleinsten, stolperte an der Hand eines viel älteren Mädchens hinterher. Nat. Klein wie eine Mücke. Er steckte in einem Schneeanzug. Er hatte dunkle Augen und schwarze Locken, die er unbestreitbar von seiner Mutter geerbt hatte. Eine kleine Stupsnase. Es bestand keine Gefahr, Nathans Mutter war nicht da, sie besuchte ihre Schwester, die Brustkrebs hatte. Niemand kannte ihn hier. Fremder in einem fremden Land. Keine Spur von Mr Arty-Farty. Dem falschen Vater.

Er stieg aus dem Wagen, konsultierte die Karte. Schaute sich um, als wäre er gerade angekommen. Er hörte den Wasserfall. Man sah ihn vom Dorf aus nicht, aber man hörte ihn. Skizziert von Turner laut Reiseführer. Er schlenderte über ein Stück Wiese, als wollte er zu einem der vielen Fußgängerwege, die das Dorf wie ein Spinnennetz durchzogen. Blieb stehen, tat so, als würde er erneut die Karte studieren, spazierte näher zu den Kindern.

Die größeren Kinder wärmten sich auf, warfen und schossen einander Bälle zu. Ein paar der Älteren trainierten Kopfbälle. Nathan versuchte, einem Mädchen aus der Vorschule einen Ball zuzuschießen. Er stolperte über seine eigenen Füße. Er war zwei Jahre und drei Monate alt. Das Gesicht vor Konzentration verzerrt. Verletzlich. Er hätte ihn mit einer Hand hochheben, zum Discovery zurücklaufen, ihn auf den Rücksitz werfen und davonfahren können, bevor jemand reagiert hätte. Wie lange hätte die Polizei gebraucht? Ewig, genau so lange.

Der Ball rollte auf ihn zu. Er hob ihn auf, grinste Nathan an und sagte: »Ist das dein Ball, Kleiner?« Nathan nickte schüchtern, und er hielt ihm den Ball hin wie einen Köder, lockte ihn zu sich. Sobald er in Reichweite war, gab er ihm mit einer Hand den Ball und fuhr mit der anderen über den Kopf des Jungen, tat so, als wollte er ihm das Haar zerzausen. Der Junge wich zurück, als hätte er sich verbrüht. Das Mädchen aus der Vorschule nahm den Ball und zerrte Nathan an der Hand weg, schaute finster über die Schulter. Mehrere Frauen – Mütter und Lehrerinnen – blickten in seine Richtung, aber er studierte wieder die Karte, heuchelte Gleichgültigkeit für alles, was um ihn herum vor sich ging.

Eine Mutter kam auf ihn zu, ein freundliches, höfliches Lächeln im Gesicht, und sagte: »Kann ich Ihnen helfen?« Tatsächlich meinte sie: »Wenn Sie vorhaben, einem dieser Kinder etwas zu tun, schlage ich Sie mit bloßen Händen zu Brei.«

»Tut mir leid«, sagte er und machte auf charmant. Manchmal überraschte er sich selbst mit seinem Charme. »Ich finde mich nicht zurecht.« Frauen konnten es nie glauben, wenn ein Mann eingestand, dass er sich nicht zurechtfand, und erwärmten sich sofort für ihn. (»Fünfundzwanzig Millionen Spermien sind nötig, um ein Ei zu befruchten«, hatte seine Frau gesagt, »weil nur eins nach der Richtung fragt.«)

Er zuckte ratlos die Achseln. »Ich suche den Wasserfall.«

»Der ist dort«, sagte die Frau und deutete hinter ihn.

»Ah«, sagte er, »ich glaube, ich habe die Karte falsch herum gehalten. Vielen Dank«, fügte er hinzu und marschierte den Weg zum Wasserfall entlang, bevor sie noch etwas sagen konnte. Er musste sich zehn Minuten geben. Es wäre zu verdächtig, wenn er geradewegs zum Discovery zurückkehrte.

Am Wasserfall war es hübsch. Kalkstein und Moos. Die Bäume waren schwarz und skelettartig, und das Wasser, braun und moorig, sah nach Hochwasser aus, aber vielleicht tat es das immer. In der Gegend nannten sie den Wasserfall eine »Kraft«, und das war ein gutes Wort dafür. Eine unaufhaltsame Kraft. Wasser fand immer einen Weg, letzten Endes war es stärker als alles andere. Papier, Schere, Stein, Wasser. Möge die Kraft mit dir sein. Er schaute erneut auf seine teure Uhr. Er wünschte, er würde noch rauchen. Er hätte auch nichts gegen einen Drink. Wenn man nicht rauchte und trank, dann konnten zehn tatenlose Minuten an einem Wasserfall wirklich lang werden, weil man mit seinen Gedanken allein war.

Er kramte in seiner Tasche nach der mitgebrachten Plastiktüte. Vorsichtig ließ er die Haare hineingleiten, verschloss sie mit einer Büroklammer und steckte sie in seine Jackentasche. Er hatte die hauchdünnen schwarzen Fasern, die er dem Jungen ausgerissen hatte, bislang fest in der Hand gehalten. Aufgabe erledigt.

Zehn Minuten waren vorbei. Er kehrte rasch zum schmutzbespritzten Discovery zurück. Unter normalen Umständen wäre er in einer Stunde in Northallerton und säße dann wieder im Zug nach London. Er entledigte sich der OS-Karte, legte sie auf eine Bank, ein unvorhergesehenes Geschenk für jemanden, der glaubte, dass Wandern die richtige Fortbewegungsart war. Dann stieg Jackson Brodie in seinen Wagen und ließ den Motor an. Es gab nur einen Ort, an dem er sein wollte. Zu Hause. Nichts wie weg hier.

Leben und Abenteuer von Reggie Chase

unter Einbeziehung einer wahrhaftigen Schilderung von Glücksfällen und Missgeschicken, Aufstieg und Fall und dem vollständigen Werdegang der Familie Chase

Reggie löffelte dem Baby Gemüsebrei in den Mund. Nur gut, dass das Baby in seinem Hochstuhl festgeschnallt war, denn es streckte immer wieder Arme und Beine und versuchte, sich in die Luft zu stürzen wie ein selbstmörderischer Seestern. »Unkontrollierbare Freude«, hatte Dr. Hunter Reggie erklärt. Dr. Hunter lachte. »Essen macht ihn *sehr* glücklich.« Das Baby war nicht wählerisch, der Gemüsebrei (»Süßkartoffel und Avocado«) roch wie alte Socken und sah aus wie Hundedurchfall. Das Baby bekam nur Bionahrung, von Dr. Hunter selbst gekocht, püriert und in kleinen Plastikbehältern eingefroren, sodass Reggie es in der Mikrowelle nur auftauen und warm machen musste. Das Baby war gerade ein Jahr alt, und Dr. Hunter stillte es noch, wenn sie von der Arbeit nach Hause kam. »So viele langfristige Vorteile für seine Gesundheit«, sagte sie. »Dafür sind Brüste da«, fügte sie hinzu, als Reggie verlegen den Blick abwandte. Das Baby hieß Gabriel. »Mein Engel«, sagte Dr. Hunter.

Reggie war jetzt seit einem halben Jahr Dr. Hunters »Haushaltshilfe«. Sie hatten sich beim sogenannten Vorstellungsgespräch auf diese altmodische Ausdrucksweise geeinigt, weil beide das Wort »Kindermädchen« nicht mochten. »Klingt zickig«, sagte Reggie. »Ich hatte mal ein Kindermädchen«, sagte Dr. Hunter. »Sie war absolut grauenhaft.«

Reggie war sechzehn und hätte als zwölf durchgehen können. Wenn sie die Monatskarte für den Bus vergaß, ließ man sie mit einer Kinderkarte einsteigen. Niemand fragte nach, niemand überprüfte, niemand beachtete Reggie. Manchmal fragte sie sich, ob sie unsichtbar war. Es war ganz einfach, durch die Maschen zu fallen, vor allem, wenn man klein war.

Als ihre Monatskarte ablief, bot Billy sich an, ihr eine neue zu machen. Er hatte ihr bereits einen Ausweis gemacht. »Damit du in Kneipen gehen kannst«, sagte er, aber Reggie ging nie in Kneipen. Zum einen hatte sie niemanden, der mit ihr gegangen wäre, zum anderen hätte niemand den gefälschten Ausweis ernst genommen. Erst letzte Woche, als sie am Sonntag in Mr Hussains Laden die Frühschicht übernommen hatte, sagte eine Frau zu ihr, dass sie zu jung sei, um Make-up zu tragen. Reggie hätte am liebsten erwidert: »Und Sie sind zu alt«, aber im Gegensatz zu offenbar allen anderen auf der Welt behielt sie ihre Ansichten lieber für sich.

Reggie lief herum und sagte »Ich bin *sechzehn*« zu Leuten, die ihr nicht glaubten. Das Blöde war, dass sie innerlich hundert Jahre alt war. Und außerdem wollte Reggie nicht in Kneipen gehen, sie begriff nicht, wozu Alkohol oder Drogen gut sein sollten. Die Leute hatten sowieso schon zu wenig Kontrolle über ihr Leben. Reggie dachte an Mum und den Mann-der-vor-Gary-kam, wie sie sich billigen Weißwein von Lidl hinter die Binde kippten und »ihre Hemmungen ablegten«, wie der Mann-der-vor-Gary-kam es nannte. Gary hatte zwei große Vorteile gegenüber dem Mann-der-vor-ihm-kam – erstens, er war nicht verheiratet, und zweitens, er gaffte Reggie nicht jedes Mal lüstern an, wenn er sie sah. Wenn Mum Gary nicht kennengelernt hätte, würde sie jetzt – Reggie schaute auf ihre Uhr – Barcodes einscannen und sich auf die Nachmittagspause freuen *(Tee, Twix und eine Fluppe, Liebes).*

»Willst du ein Handy?«, fragte Billy sie immer wieder und nahm zwei oder drei aus der Tasche. »Was für eins willst du – Nokia, Samsung?« Es war zwecklos, Billys Handys funktionierten nie länger als eine Woche. Es schien ihr in jeder Beziehung sicherer, bei ihrem Virgin-Prepaid zu bleiben. Reggie gefiel es, wie Richard Branson »Virgin« zu einer riesigen globalen Marke aufgebaut hatte, so wie die Katholiken Jesus' Mutter. Sie sah das Wort gern dort draußen. Reggie wäre zufrieden, als Jungfrau zu sterben. Die Königin der Jungfrauen, *Virgo Regina*. Eine vestalische Jungfrau. Ms MacDonald behauptete, dass vestalische Jungfrauen, die »ihre sexuelle Unschuld verloren«, lebendig begraben wurden. Das vestalische Feuer verlöschen zu lassen, war ein Zeichen der Unreinheit, was ziemlich hart schien. Wie neurotisch wurde man deswegen? Vor allem zu einer Zeit, als es noch keine Feuerzeuge gab.

Sie hatten gemeinsam unvorbereitet ein paar Briefe von Plinius übersetzt. »Plinius der *Jüngere*«, betonte Ms MacDonald immer, als wäre es von entscheidender Bedeutung, dass man die Pliniusse auseinanderhalten konnte, obwohl es wahrscheinlich kaum mehr jemanden auf Erden gab, dem es nicht scheißegal war, wer der Jüngere und wer der Ältere war. Dem sie nicht überhaupt scheißegal waren, Punkt.

Dennoch, es war gut zu wissen, dass Billy etwas für sie tun

wollte, auch wenn es fast immer etwas Ungesetzliches war. Den Ausweis hatte sie angenommen, weil er praktisch war, wenn wieder einmal niemand glaubte, dass sie sechzehn war, aber die Buskarte hatte sie abgelehnt. Man wusste nie, es konnte der erste Schritt einen rutschigen Abhang hinunter sein, der womöglich zu etwas viel Schlimmerem führte. Billy hatte damit angefangen, Bonbons in Mr Hussains Laden zu stibitzen, und man sehe ihn sich jetzt an, nahezu ein Berufsverbrecher.

»Hast du Erfahrung mit Kindern, Reggie?«, hatte Dr. Hunter sie bei dem sogenannten Vorstellungsgespräch gefragt.

»Ach, jede Menge. Wirklich. Jede Menge«, erwiderte Reggie, nickte und lächelte Dr. Hunter aufmunternd zu, die nicht viel Erfahrung mit Vorstellungsgesprächen zu haben schien. »Jede Menge, ich schwör's.«

Reggie hätte sich selbst nicht eingestellt. Sechzehn und keinerlei Erfahrung mit Kindern, aber großartige Zeugnisse, was ihren Charakter betraf, von Mr Hussain und Ms MacDonald und einen Brief von Mums Freundin Trish, die schilderte, wie gut sie mit Kindern umgehen konnte, basierend auf der Tatsache, dass sie als Gegenleistung für ein Abendessen ein Jahr lang jeden Montagabend mit Grant, Trishs Deppen von Ältestem, verbracht und versucht hatte, ihn durch den Hauptschulabschluss in Mathe zu schleusen (ein hoffnungsloser Fall, so es je einen gab).

Reggie war noch nie zuvor einem einjährigen oder einem anderen Kleinkind nahegekommen, aber was gab es da schon zu wissen? Sie waren klein, sie waren hilflos, sie waren verwirrt, alles Eigenschaften, mit denen sich Reggie mühelos identifizieren konnte. Und es war noch nicht lange her, dass sie selbst ein Kind gewesen war, obwohl sie laut einer Wahrsagerin eine »alte

Seele« hatte. Der Körper eines Kindes mit dem Verstand einer alten Frau. Alt vor der Zeit. Nicht, dass sie an Wahrsagerinnen glaubte. Die Wahrsagerin, die ihr von ihrer alten Seele erzählt hatte, lebte in einem neuen Haus mit Blick auf die Pentlands und hieß Sandra. Reggie hatte sie auf dem Polterabend für eine von Mums Freundinnen kennengelernt, die eine weitere katastrophale Ehe eingehen wollte, und Reggie war wie immer mitgegangen wie ein Maskottchen. So war es, wenn man keine eigenen Freundinnen hatte, dein Sozialleben bestand aus Ausflügen zu Wahrsagerinnen, Bingohallen und Konzerten von Daniel O'Donnell (»Pass the Revels along to Reggie«). Kein Wunder, dass sie eine alte Seele hatte. Auch jetzt, da Mum nicht mehr da war, riefen ihre Freundinnen sie noch an. »Wir fahren nach Glasgow zum Einkaufen, Reggie, willst du mitkommen?« Oder: »Hast du Lust, *Blutsbrüder* im Playhouse zu sehen?« Nein und nein. Das Fest ist nun zu Ende. Ha.

An der wahrsagenden Sandra war nichts Überirdisches gewesen. Eine füllige Anwaltssekretärin in den Fünfzigern mit einer rosaroten Strickjacke mit Schalkragen, zusammengehalten von einer Gemme aus Koralle. Die Toilettenartikel in ihrem Bad stammten alle aus der Reihe »Gardenie« von Crabtree and Evelyn, genau zweieinhalb Zentimeter vom Rand des Regals aufgereiht, als stünden sie noch immer zur Ansicht im Geschäft.

»Dein Leben wird sich verändern«, sagte Sandra zu Mum. Sie täuschte sich nicht.

Auch jetzt glaubte Reggie noch manchmal, den eklig süßen Duft der Gardenien zu riechen.

Dr. Hunter war Engländerin, hatte jedoch in Edinburgh Medizin studiert und die Grenze nach Süden nie wieder überschritten. Sie arbeitete vormittags ab halb neun als Allgemeinärztin in einer Praxis in Liberton, weswegen Mr Hunter die »Frühschicht« mit dem Baby übernahm. Reggie kam um zehn und blieb, bis Dr. Hunter um zwei nach Hause zurückkehrte (meistens war es fast schon drei. »Ich arbeite Teilzeit, es fühlt sich aber an wie Vollzeit«, sagte Dr. Hunter und seufzte), und Reggie blieb bis um fünf, und das war die beste Zeit des Tages, weil sie mit Dr. Hunter zusammen war.

Die Hunters hatten einen 40-Zoll-Flachbildschirm, auf dem sie *Balamory*-DVDs mit dem Baby anschaute, obwohl es schon bei der Erkennungsmelodie einschlief, auf dem Sofa an Reggie gekuschelt wie ein Äffchen. Sie war erstaunt, dass Dr. Hunter es fernsehen ließ, aber Dr. Hunter sagte: »Ach, warum nicht? Hin und wieder, was kann es schaden?« Reggie meinte, dass es nichts Schöneres gab als ein Baby, das auf einem einschlief, außer vielleicht einem Kätzchen oder einem Welpen. Sie hatte einen Welpen gehabt, aber ihr Bruder hatte ihn aus dem Fenster geworfen. »Ich glaube nicht, dass er es mit Absicht getan hat«, sagte Mum, aber es war nicht gerade etwas, was man aus Versehen tat, und das wusste Mum. Und Reggie wusste, dass Mum es wusste. Mum sagte immer: »Billy ist eine Plage, aber er ist unsere Plage. Blut ist dicker als Wasser.« Und auch wesentlich klebriger. Der Tag, an dem der Welpe durch das Fenster flog, war der zweitschlimmste Tag in Reggies bisherigem Leben. Der Tag, an dem sie von Mum erfuhr, war der schlimmste. Klar.

Dr. und Mr Hunter wohnten in einer wirklich hübschen Gegend von Edinburgh mit Blick auf Blackford Hill, in jeder Beziehung weit entfernt von der Schuhschachtel im dritten Stock in Gorgie, in der Reggie jetzt, da Mum nicht mehr da war, allein wohnte. Zwei Busfahrten, aber das machte Reggie nichts aus. Sie saß immer oben und schaute in die Häuser anderer Leute und fragte sich, wie es wäre, darin zu leben. Zurzeit kam noch der zusätzliche Bonus hinzu, durch die Fenster die ersten Weihnachtsbäume zu entdecken. (Dr. Hunter sagte immer, dass die einfachen Freuden die besten waren, und sie hatte recht.) Außerdem konnte sie Hausaufgaben machen. Sie ging nicht mehr in die Schule, aber sie lernte weiterhin nach dem Lehrplan. Englische Literatur, Altgriechisch, Geschichte des Altertums, Latein. Alles, was tot war. Manchmal stellte sie sich vor, Mum würde Latein sprechen *(Salve, Regina)*, was unwahrscheinlich war, um es vorsichtig auszudrücken.

Da sie keinen Computer besaß, bedeutete das natürlich, dass Reggie viel Zeit in den öffentlichen Bibliotheken und in Internetcafés verbringen musste, aber das war in Ordnung, weil im Internetcafé niemand »Regina reimt sich auf Vagina« zu ihr sagte, im Gegensatz zu der schrecklichen piekfeinen Schule, in die sie gegangen war. Bis er seinen letzten Atemzug tat, durfte Reggie Ms MacDonalds uralten Dinosaurier von einem Hewlett-Packard benutzen. Er war zu Anbeginn der Zeit gekauft worden – Windows 98 und ein analoger AOL-Internetzugang –, und sich einwählen war eine schwere Übung in Geduld.

Reggie selbst hatte eine kurze Zeit ein MacBook besessen, mit dem Billy letztes Weihnachten aufgetaucht war. Ausgeschlossen, dass er es in einem Laden gekauft hatte, das Konzept des Einzelhandels war Billy fremd. Sie hatte darauf bestanden, dass er Weihnachten mit ihr verbrachte (»unser erstes Weihnachten ohne Mum«). Sie machte einen Truthahn mit allem Drum und Dran, flambierte sogar den Nachtisch mit Brandy, aber Billy hielt nur bis zur Rede der Queen durch, dann sagte er, er müsse irgendwohin gehen und was erledigen, und Reggie sagte: »Was? Was musst du an Weihnachten erledigen?«, und er zuckte die

Schultern und sagte: »Dies und das.« Reggie verbrachte den Rest des Tages mit Mr Hussain und seiner Familie, die ein erstaunlich viktorianisches Weihnachten feierten. Einen Monat später kam Billy in die Wohnung, als Reggie nicht da war, und nahm das MacBook mit, weil er offensichtlich auch das Konzept des Schenkens nicht verstand.

Und, seien wir ehrlich, Bibliotheken und Internetcafés waren besser als Reggies leere Wohnung. »Ah, ein sauberes, gut beleuchtetes Café«, sagte Ms MacDonald. Das war der Titel der Erzählung von Hemingway, die sie für Ms MacDonald lesen musste (»Ein grundlegender Text«, brummte sie zornig), obwohl Hemingway für das Abitur nicht vorgeschrieben war. Wäre es nicht besser, protestierte Reggie, wenn sie etwas Vorgeschriebenes lesen würde? »*Msss* MacDonald«, wie sie stets betonte, und dabei klang sie wie eine wütende Wespe (was eine ziemlich treffende Definition ihres Charakters war).

Ms MacDonald war ganz versessen darauf, »um das Thema herumzulesen«. (»Willst du eine gute Ausbildung oder nicht?«) Ja, meistens schien sie versessener auf das Herumlesen als auf das Thema selbst. Ms MacDonalds Vorstellung vom Herumlesen um das Thema war etwa so, als wollte man ein Flugzeug erwischen und gleichzeitig schauen, wie weit man sich davon entfernen konnte. Das Leben war zu kurz dafür, wollte Reggie protestieren, nur war das wahrscheinlich kein gutes Argument gegen den Standpunkt einer sterbenden Frau. Reggie hatte sich bei den vorgeschriebenen Texten für *Große Erwartungen* und *Mrs Dalloway* entschieden und meinte, genug damit zu tun zu haben, um die Themen Dickens und Virginia Woolf herumzulesen (das hieß ihr gesamtes »Œuvre« lesen, wie Ms MacDonald es beharrlich nannte), einschließlich der Briefe, Tagebücher und Biographien, ohne sich von Hemingways Erzählungen ablenken zu lassen. Aber Widerstand war zwecklos.

Ms MacDonald hatte Reggie nahezu alle Romane von Dickens geliehen, und den Rest kaufte sie in den Läden von Wohlfahrtseinrichtungen. Reggie mochte Dickens, in seinen Büchern wimmelte es von tapferen, allein gelassenen Waisen, die sich einen Platz in der Welt erkämpften. Reggie kannte diesen Kampf nur zu gut. Sie nahmen auch *Was ihr wollt* durch. Reggie und Viola, Waisen des Sturms.

Ms MacDonald war Altphilologin und Reggies Lehrerin in der schrecklichen piekfeinen Schule gewesen, in die sie einst ging, und versuchte jetzt, Reggie auf das Abitur vorzubereiten. Ms MacDonalds Qualifikation, Reggie in englischer Literatur zu unterrichten, basierte auf Ms MacDonalds Behauptung, alle Bücher gelesen zu haben, die jemals geschrieben worden waren. Reggie zweifelte diese Behauptung nicht an, die Beweise lagen überall in Ms MacDonalds kriminell unordentlicher Wohnung herum. Sie hätte eine Zweigstelle der Bibliothek eröffnen (oder das Haus spektakulär in Flammen aufgehen lassen) können, so viele Bücher stapelten sich hier. Sie besaß zudem ein Exemplar aller Loeb-Klassiker, die je veröffentlicht worden waren, rot für Latein, grün für Griechisch, Hunderte davon in ihrem Bücherregal. Oden und Epoden, Eklogen und Epigramme. Alles.

Reggie fragte sich, was aus den schönen Loebs werden würde, wenn Ms MacDonald starb. Vermutlich war es nicht sehr höflich, darum zu bitten.

Der Unterricht war nicht wirklich umsonst, weil Reggie ständig für Ms MacDonald Botengänge erledigte, ihre Medikamente holte und für sie Strumpfhosen bei British Home Stores, Handcreme bei Boots und »diese kleinen Schweinefleischpasteten bei Marks and Spencer« kaufte. Sie war sehr eigen, wenn es darum ging, in welchen Geschäften man was kaufte. Reggie war der Meinung, dass eine Person vor den Toren des Todes nicht allzu zimperlich sein sollte, wenn es um die Herkunft ihrer Schweinefleischpasteten ging. Mit ein wenig Anstrengung hätte Ms MacDonald diese Sachen auch selbst besorgen können, da sie noch immer mit ihrem Auto unterwegs war, einem blauen Saxo, den sie fuhr wie ein leicht erregbarer, kurzsichtiger Schimpanse, beschleunigte, wenn sie hätte bremsen sollen, bremste, wenn sie hätte beschleunigen sollen, langsam auf der Überholspur, schnell auf der linken Spur, wie jemand an einem Simulator in einer Spielhalle und nicht auf einer richtigen Straße.

Reggie ging nicht mehr in die schreckliche piekfeine Schule, weil sie sich dort wie eine Maus in einem Haus voller Katzen gefühlt hatte. *Einzigartige Zusatzangebote, Ausflüge und Schulspeisung.* Sie hatte mit zwölf ein Stipendium gewonnen, aber es war keine Schule, in der eine Person, die teilweise von einem anderen Planeten stammte, ankam mit nichts als ihrem Grips als Empfehlung. Eine Person, die nie die richtigen Teile der Uniform trug, die nie die richtige Sportkleidung hatte (die im Sport auf ganzer Linie versagte, richtige Kleidung oder nicht), die die geheime Sprache und die Hierarchien der Schule nicht verstand. Ganz zu schweigen von einer Person, die einen älteren Bruder hatte, der bisweilen vor dem Schultor herumhing und die Mädchen mit den gut geschnittenen Frisuren und netten Familien angaffte. Reggie wusste, dass Billy manchen Jungen (nette Familien, guter Haarschnitt et cetera) Drogen verkaufte, Jungen, denen zwar beschieden war, dem spiralförmig in ihren Adern verankerten genetischen Code zu folgen und Anwälte in Edinburgh zu werden, die aber nichtsdestowenier Freizeitdrogen von

Reggie Chases Wicht von einem Bruder erwarben. Er war genauso alt wie die anderen Jungen, aber in jeder Beziehung anders.

Von den Schulgebühren hätte man jedes Jahr zwei wirklich gute Autos kaufen können, ihr Stipendium deckte nur ein Viertel davon ab, den Rest zahlte die Armee. »Späte Schuldgefühle«, sagte Mum. Leider gab es niemanden, der für die Zusatzangebote aufkam, die Uniformteile, die ihr ständig fehlten, die Bücher, die Schulausflüge, den guten Haarschnitt. Reggies Vater war Soldat bei den Royal Scots gewesen, aber Reggie kannte ihn nicht. Ihre Mutter war im sechsten Monat schwanger, als er während des Golfkriegs umkam, irrtümlich erschossen von den eigenen Streitkräften, »friendly fire«. Die meisten Menschen waren aus dem Bauch heraus, wenn sie zum ersten Mal Bekanntschaft mit Ironie machten, sagte Reggie zu Ms MacDonald.

»Das ist Geschichte«, sagte Ms MacDonald.

»Das sind wir alle, Ms Mac.«

Sowohl Mum als auch Reggie hatten immer Jobs. Mum arbeitete im Supermarkt und bügelte für ein paar Frühstückspensionen, und Reggie arbeitete jeden Sonntagmorgen in Mr Hussains Laden. Schon bevor sie von der Schule ging, hatte Reggie immer gearbeitet, morgens Zeitungen ausgetragen, irgendwelche Samstagsjobs und so weiter. Sie brachte ihr Geld auf die Sparkasse, kalkulierte bis zum letzten Penny für Miete und Rechnungen, ihr Prepaid-Handy und ihre Topshopkarte. »Deine Versuche häuslicher Sparsamkeit sind lobenswert«, sagte Ms MacDonald. »Eine Frau sollte mit Geld umgehen können.«

Mum war aus Blairgowrie, und nach der Schule hatte sie als Erstes in einer Hühnerfabrik gearbeitet, ein Fließband mit gänsehäutigen Kadavern überwacht, die in brühend heißes Wasser getaucht wurden. Das hatte für Mum den Maßstab gesetzt, und was immer sie danach tat, sie sagte stets: »Es ist nicht so schlimm wie in der Hühnerfabrik.« Reggie glaubte, dass die Hühnerfabrik ziemlich schlimm gewesen sein musste, denn Mum hatte ein paar grauenhafte Jobs gehabt. Mum liebte Fleisch – Schinkensandwichs, Hackfleisch und Bouletten, Würstchen und Schnitzel –, aber Reggie sah sie kein einziges Mal Huhn essen, auch nicht, als der Mann-der-vor-Gary-kam Essen von KFC mitbrachte, und der Mann-der-vor-Gary-kam brachte Mum dazu, so gut wie alles zu tun. Aber nicht dazu, Huhn zu essen.

Trotz der guten Bildungsaussichten – eine hervorragende Mittlere Reife – war es eine große Erleichterung für Reggie, als sie einen Brief von Mum fälschte und schrieb, dass sie nach Australien zögen und Reggie nach den Sommerferien nicht mehr in die schreckliche piekfeine Schule zurückkehren würde.

Mum war so stolz gewesen, als Reggie das Stipendium erhielt (»Das Kind ist ein Genie! Mein Kind!«), aber nachdem sie nicht mehr da war, schien es sinnlos, und es war schlimm genug, morgens in die Schule zu gehen, wenn niemand »Auf Wiedersehen« sagte, aber in eine leere Wohnung zurückzukehren, in der niemand »Hallo« sagte, war noch schlimmer. Wer hätte gedacht, dass drei kleine Worte so wichtig sein konnten. *Ave atque vale.*

Auch Ms MacDonald ging nicht mehr in die schreckliche piekfeine Schule, weil in ihrem Gehirn ein Tumor wuchs wie ein Pilz.

Sie wollte ja nicht egoistisch sein, aber Reggie hoffte, dass Ms MacDonald sie durch das Abitur brachte, bevor der Tumor ihr Gehirn vollständig auffraß. *NADA unser, der du bist im NADA*, sagte Ms MacDonald. Sie war wirklich verbittert. Von einer sterbenden Person war zu erwarten, dass sie etwas gereizt war, aber Ms MacDonald war schon immer so gewesen, die Krankheit hatte sie nicht netter werden lassen, und obwohl sie jetzt religiös war, mangelte es ihr an christlicher Barmherzigkeit. Sie konnte in einzelnen Dingen freundlich sein, aber nie im Allgemeinen. Mum war zu allen nett gewesen, das hatte einen mit ihr versöhnt, auch wenn sie sich dumm verhielt – mit dem Mann-der-vor-Gary-kam oder mit Gary selbst –, sie vergaß nie, nett zu sein. Aber auch Ms MacDonald hatte etwas Versöhnliches – sie war gut zu Reggie, und sie liebte ihren kleinen Hund, und diese zwei Dinge bedeuteten eine Menge für Reggie.

Reggie meinte, dass Ms MacDonald sich glücklich schätzen konnte, weil sie viel Zeit hatte, um sich an die Tatsache zu gewöhnen, dass sie starb. Reggie gefiel die Vorstellung nicht, dass man so vergnügt, wie man nur sein konnte, herumlief und im nächsten Augenblick einfach nicht mehr existierte. Aus einem Zimmer gehen, in ein Taxi laufen.

In das kühle blaue Wasser eines Pools springen und nie wieder auftauchen. *Nada y pues nada.*

»Haben Sie mit vielen Mädchen wegen dieses Jobs gesprochen?«, fragte Reggie Dr. Hunter, und sie sagte: »Mit jeder Menge«, und Reggie sagte: »Sie sind eine schlechte Lügnerin, Dr. H.«, und Dr. Hunter wurde rot und lachte und sagte: »Das stimmt. Ich weiß. Ich kann nicht einmal Lügen spielen. Aber was dich angeht, hatte ich ein gutes Gefühl«, fügte sie hinzu, und Reggie sagte: »Seinen Gefühlen soll man immer trauen, Dr. H.« Das glaubte Reggie nicht wirklich, weil ihre Mutter ihren Gefühlen gefolgt war, als sie mit Gary in den Urlaub fuhr, und man schaue sich nur an, was dann passiert war. Und Billys Gefühle führten ihn nur selten an einen guten Ort. Er mochte ein Wicht sein, aber er war ein böser Wicht.

»Sag Jo zu mir«, sagte Dr. Hunter.

Dr. Hunter sagte, dass sie eigentlich nicht wieder hatte arbeiten wollen, und wenn es nach ihr ginge, würde sie das Haus nie verlassen.

Reggie fragte, warum es nicht nach ihr ging. Also, »Neils« Geschäfte steckten »in der Bredouille«, erklärte Dr. Hunter. (Er war »im Stich« gelassen worden, und »etwas hatte nicht geklappt«.) Wann immer sie über Mr Hunters großes Geschäft sprach, kniff Dr. Hunter angestrengt die Augen zusammen, als versuchte sie, die Einzelheiten von etwas weit Entferntem zu erkennen.

Wenn sie in der Praxis war, rief Dr. Hunter ständig zu Hause an, um sich zu vergewissern, dass es dem Baby gut ging. Dr. Hunter sprach gern mit ihm, und sie führte lange einseitige Gespräche, während es versuchte, das Telefon zu essen. Reggie hörte, wie Dr. Hunter sagte: »Hallo, Goldschatz, hast du einen schönen Tag?«, und: »Mummy kommt bald nach Hause, sei lieb zu Reggie.« Oder sie rezitierte Gedichtzeilen und Kinderreime, sie schien Hunderte zu kennen und platzte plötzlich mit »Diddle, diddle, Dickerchen, mein Sohn John« oder »Georgie Porgie Pudding und Pastete« heraus. Sie wusste sehr viel sehr Englisches, das Reggie fremd war, die mit »Katie Bairdie hatte eine Kuh« und »Ein nettes kleines Mädel, ein fröhliches kleines Mädel war die hübsche kleine Jeannie McCall« aufgewachsen war.

Schlief das Baby, wenn sie anrief, bat Dr. Hunter Reggie, den Hund ans Telefon zu holen. (»Ich habe vergessen, etwas zu erwähnen«, sagte Dr. Hunter am Ende des »Vorstellungsgesprächs«, und Reggie dachte, oje, das Baby hat zwei Köpfe, das Haus steht am Rand einer Klippe, ihr Mann ist ein Verrückter, aber Dr. Hunter sagte: »Wir haben einen Hund. Magst du Hunde?« – »Total. Ich liebe Hunde. Wirklich. Ich schwör's.«)

Obwohl der Hund nicht sprechen konnte, schien er das Konzept des Telefonierens besser zu verstehen als das Baby (»Hallo, Mäuschen, wie geht's meinem prächtigen Mädchen?«), und er horchte aufmerksam auf Dr. Hunters Stimme, während Reggie ihm das Telefon ans Ohr hielt.

Reggie war beunruhigt, als sie Sadie zum ersten Mal begegnete – einer riesigen Schäferhündin, die aussah, als sollte sie eine Baustelle bewachen. »Neil hat sich Sorgen gemacht, wie der Hund reagieren würde, wenn das Baby da wäre«, sagte Dr. Hunter. »Aber ich würde ihr mein Leben anvertrauen und das Leben des Babys. Ich kenne Sadie länger als sonst irgendjemand außer Neil. Als Kind hatte ich einen Hund, aber er ist gestorben, und mein Vater wollte keinen mehr. Jetzt ist er auch tot, da sieht man mal wieder.«

Reggie wusste nicht, was man mal wieder sah. »Tut mir leid«, sagte Reggie. »Dass er tot ist.« Das sagte man in Fernsehkrimis. Sie meinte den toten Hund, aber Dr. Hunter glaubte, dass sie ihren Vater meinte. »Dazu besteht kein Grund«, sagte sie. »Er hat sich vor langer Zeit selbst überlebt. Sag Jo zu mir.« Dr. Hunter mochte Hunde. »Laika«, sagte sie. »Der erste Hund im Weltraum. Sie ist nach ein paar Stunden an Hitze und Stress gestorben. Sie wurde aus einem Tierheim geholt und muss geglaubt haben, dass sie in ein neues Zuhause gebracht würde, zu einer Familie, aber stattdessen haben sie sie in den einsamsten Tod auf der Welt geschickt. Wie traurig.«

Dr. Hunters Vater lebte halbwegs in seinen Büchern fort – er war Schriftsteller gewesen –, und Dr. Hunter sagte, dass er früher sehr in Mode gewesen war (»Berühmt zu seiner Zeit«, sagte sie und lachte), aber seine Bücher »hatten die Zeit nicht überdauert«. »Mehr ist nicht mehr von ihm übrig«, sagte sie und blätterte in einem muffigen Buch mit dem Titel *Der Ladenbesitzer.* »Von meiner Mutter ist überhaupt nichts übrig«, sagte Dr. Hunter. »Manchmal denke ich, dass es nett wäre, eine Bürste oder einen Kamm zu haben, einen Gegenstand, den sie jeden Tag berührt hat, der Teil ihres Lebens war. Aber alles ist weg. Halte nichts für selbstverständlich, Reggie.«

»Keine Angst, Dr. H.«

»Man schaut einen Augenblick lang nicht hin, und es ist weg.«

»Ich weiß, glauben Sie mir.«

Dr. Hunter hatte die Bücher ihres Vaters in einem wackligen Stapel in eine Ecke des kleinen fensterlosen Abstellraums im oberen Stock verbannt. Eigentlich war es ein großer Schrank und »überhaupt kein Zimmer«, sagte Dr. Hunter, obwohl es größer war als Reggies Zimmer in Gorgie. Dr. Hunter nannte es »Rumpelkammer«, und es war voller Dinge, mit denen niemand etwas anfangen konnte – ein einzelner Ski, ein Hockeyschläger, ein altes Federbett, ein kaputter Drucker, ein tragbarer Fernseher, der nicht mehr funktionierte (Reggie hatte es ausprobiert) und eine Menge Nippes, die entweder Weihnachts- oder Hochzeitsgeschenke waren. *»Quelle horreur!«*, sagte Dr. Hunter, wenn sie gelegentlich den Kopf in die Kammer steckte. »Manches von dem Zeug ist wirklich schauderhaft«, sagte sie zu Reggie. Schauderhaft oder nicht, sie konnte es nicht wegwerfen, weil es Geschenke waren, und »Geschenke müssen in Ehren gehalten werden«.

»Außer trojanischen Pferden«, sagte Reggie.

»Andererseits schaut man einem geschenkten Gaul nicht ins Maul«, sagte Dr. Hunter.

»Vielleicht sollte man das manchmal«, sagte Reggie.

»*Timeo Danaos et dona ferentes*«, sagte Dr. Hunter.

»Total.«

Sie wurden nicht auf ewig in Ehren gehalten, wie Reggie bemerkte, weil Dr. Hunter jedes Mal, wenn die Plastiktüte einer Wohlfahrtsorganisation durch den Briefschlitz fiel, diese mit Dingen aus der Rumpelkammer füllte und – mit schlechtem Gewissen – vor die Tür stellte. »Gleichgültig, wie viel ich weggebe, es wird nicht weniger«, sagte sie und seufzte.

»Ein Naturgesetz«, sagte Reggie.

Der Rest des Hauses war sehr ordentlich und mit geschmackvollen Dingen eingerichtet – Teppiche und Lampen und Ziergegenstände. Eine andere Art Ziergegenstände als Mums Sammlung von Fingerhüten und Miniaturteekännchen, die trotz ihrer Größe wertvollen Raum in der Wohnung in Gorgie einnahmen.

Das Haus der Hunters war viktorianisch, und es war zwar mit allem modernen Komfort ausgestattet, doch alle originalen Kamine und Türen und Stuckleisten waren noch vorhanden, was laut Dr. Hunter ein Wunder war. In der Haustür befanden sich farbige Glaspaneele, rote Sternenexplosionen, blaue Schneeflocken und gelbe Rosetten, die Prismen aus Farbe warfen, wenn die Sonne durchschien. Es gab sogar einen vollständigen Satz Glocken, um Dienstboten zu rufen, und eine Hintertreppe, damit die Dienstboten ungesehen herumwuseln konnten. »Das waren Zeiten«, sagte Mr Hunter und lachte, als er erklärte, dass er, hätte er gelebt, als das Haus gebaut wurde, Feuer gemacht und Stiefel geputzt hätte. »Und du wahrscheinlich auch, Reggie«, während »Joanna oben majestätisch herumschweben würde wie was Besseres«, weil ihre Familie Geld hatte.

»Alles weg«, sagte Dr. Hunter, als Reggie sie fragend ansah.

»Leider«, sagte Mr Hunter.

»Schlechte Investitionen, Rechnungen vom Pflegeheim, verschwendet für Nichtigkeiten«, sagte Dr. Hunter, als wären der Erwerb und das Ausgeben von Geld bedeutungslos. »Mein Großvater war reich, aber verschwenderisch, allem Anschein nach«, sagte sie.

»Und wir sind arm, aber ehrlich«, sagte Mr Hunter.

»Allem Anschein nach«, sagte Dr. Hunter.

Doch eines Tages gab Dr. Hunter zu, dass etwas Geld übrig geblieben war und sie damit »dieses sehr, sehr teure Haus« gekauft hatte. »Eine Investition«, sagte Mr Hunter. »Ein Zuhause«, sagte Dr. Hunter.

Die Küche war Reggies Lieblingsraum. Reggies ganze Wohnung in Gorgie hätte hineingepasst, und es wäre noch immer Platz gewesen, um ein paar Elefanten zu schaukeln, wenn einem danach war. Überraschenderweise kochte Mr Hunter gern und veranstaltete dabei immer ein Chaos in der Küche. »Meine kreative Seite«, sagte er. »Frauen kochen, weil die Menschen essen müssen«, sagte Dr. Hunter. »Männer kochen, um anzugeben.«

Es gab sogar eine Speisekammer, ein kalter Raum mit Steinboden und Regalen aus Stein und einer Holztür aus Paneelen mit ausgesägten Herzen. Dr. Hunter bewahrte Käse, Eier und Schinken sowie Dosen und Vorräte darin auf. »Ich sollte Marmelade einkochen«, sagte sie schuldbewusst im Sommer. »Eine Speisekammer wie diese schreit nach hausgemachter Marmelade.«

Jetzt, kurz vor Weihnachten, sagte sie: »Ich habe ein schlechtes Gewissen, weil ich keine Plätzchen gebacken habe. Oder einen Weihnachtskuchen. Oder einen Plumpudding. Die Speisekammer schreit nach einem Plumpudding, eingewickelt in ein

Tuch und voller silberner Sixpence und Amulette.« Reggie fragte, ob Dr. Hunter dabei die Weihnachten ihrer Kindheit im Sinn hatte, aber Dr. Hunter sagte: »Um Gottes willen, nein.«

Reggie fand nicht, dass die Speisekammer nach irgendetwas schrie, außer vielleicht nach Aufräumen. Mr Hunter wühlte dort immer herum, suchte nach Zutaten und brachte Dr. Hunters ordentliche Dosen- und Gläserreihen durcheinander.

Dr. Hunter (»Sag Jo zu mir«), die nicht an Religion glaubte, die an »keine Art von Transzendenz außer der des menschlichen Geistes« glaubte, glaubte felsenfest an Ordnung und Geschmack. »Morris sagt, dass man nichts im Haus haben sollte, was man nicht für nützlich oder schön hält«, sagte sie zu Reggie, als sie eine hübsche kleine Vase (»Worcester«) mit Blumen aus dem Garten füllten. Reggie dachte, sie meinte jemanden namens »Maurice«, einen schwulen Freund vielleicht, bis sie eine Biographie von William Morris im Regal sah und dachte: »Pah, wie dumm«, weil sie natürlich wusste, wer er war.

Zweimal in der Woche kam eine Putzfrau namens Liz und stöhnte über die viele Arbeit, aber Reggie fand, dass sie es ziemlich leicht hatte, weil die Hunters alles unter Kontrolle hatten und keine Putznazis oder so waren, sondern den Unterschied zwischen Komfort und Chaos kannten im Gegensatz zu Ms MacDonald, deren ganzes *Haus* eine »Rumpelkammer« war – überall altes Zeug, Quittungen und Stifte, Uhren ohne Zeiger, Schlüssel ohne Schlösser, Kleiderhaufen auf Truhen, Säulen alter Zeitungen, im Flur ein halbes Fahrrad, das eines Tages dort aufgetaucht war, ganz zu schweigen von dem Wald aus Büchern. Ms MacDonald führte die unmittelbar bevorstehende Entrückung und Wiederkunft Christi als Ausrede an (»Wozu noch aufräumen?«), aber in Wahrheit war sie einfach eine schlampige Person.

Ms MacDonald war die Religion »zugefallen« (nur Gott wusste woher), kurz nachdem ihr Tumor diagnostiziert worden war. Die beiden Dinge standen miteinander in Beziehung. Reggie war der Ansicht, dass Ms MacDonald, da sie bei lebendigem Leib vom Krebs aufgefressen wurde, angefangen hatte, an Gott zu glauben, weil es ein angenehmer Gedanke war, dass irgendjemandem dort draußen etwas an ihr lag, obwohl ihrem Gott an nichts etwas zu liegen schien, ganz im Gegenteil, er war menschlichem Leiden gegenüber gleichgültig und versessen auf rücksichtslose Zerstörung.

In Dr. Hunters Küche hing eine große Pinnwand voller Dinge, die einen Einblick in ihr Leben erlaubten, zum Beispiel eine Siegerurkunde, die belegte, dass sie einst eine grafschaftsweite Sprintmeisterin gewesen war, einer anderen Urkunde war zu entnehmen, dass sie die Note gut in der Klavierprüfung erhalten hatte, auf einem Foto (»als Studentin«) hielt sie eine Trophäe hoch, umgeben von klatschenden Leuten. »Ich war Allrounderin.« Dr. Hunter lachte, und Reggie sagte: »Das sind Sie noch immer, Dr. H.«

An der Pinnwand hingen Fotos, die Dr. Hunters Leben dokumentierten, ein paar von Sadie und jede Menge vom Baby natürlich und eins von Dr. und Mr Hunter, wie sie in ausländischem Sonnenschein lachten. Der Rest war eine Mischung aus Einkaufslisten und Rezepten *(Sheilas Schokoladenkekse)* und Nachrichten Dr. Hunters an sich selbst – *Reggie sagen, dass Musikschule am Montag abgesagt ist* oder *Praxistreffen auf Freitag verlegt.* Auch Terminzettel für den Zahnarzt, den Friseur, den Optiker waren angesteckt. Dr. Hunter trug beim Autofahren eine Brille, damit sah sie schlauer aus, als sie war. Reggie sollte eigentlich eine Brille tragen, aber bei ihr hatte sie den gegenteiligen Effekt, sie sah damit aus wie ein kompletter Trottel, deswegen trug sie sie nur, wenn sie allein war. Das Baby und Dr. Hunter zählten nicht, weil Reggie in ihrer Gegenwart ganz sie selbst sein konnte, einschließlich der Brille.

Auch ein paar Visitenkarten steckten an der Pinnwand, nach »Arbeitsessen« von Mr Hunter angebracht, aber eigentlich war es Dr. Hunters Pinnwand.

Gestern Nachmittag hatte eine Frau Dr. Hunter besucht. Sie klingelte an der Tür, zwei Minuten nachdem Dr. Hunter nach Hause gekommen war, und Reggie hatte sich gefragt, ob sie in der Nähe geparkt und auf Dr. Hunter gewartet hatte.

Reggie, die das Baby in die Hüfte stemmte, führte sie in die Küche und sagte Dr. Hunter Bescheid, die nach oben gegangen war, um das schwarze Kostüm, das sie zur Arbeit trug, auszuziehen. Als Reggie wieder herunterkam, studierte die Frau die Pinnwand auf eine Weise, die Reggie als vermessen für eine Fremde empfand. Die Frau sah ein bisschen aus wie Dr. Hunter, das gleiche dunkle Haar, das bis auf die Schultern fiel, der gleiche schlanke Körperbau, ein bisschen größer. Auch sie trug ein schwarzes Kostüm. Sie war nicht die Avonberaterin, das stand fest. Reggie fragte sich, ob sie je ein Leben führen würde, in dem sie ein schwarzes Kostüm tragen könnte.

Dr. Hunter betrat die Küche, die Frau nahm eine Karte aus der Tasche, zeigte sie Dr. Hunter und sagte: »Kann ich kurz mit Ihnen sprechen?«, und Dr. Hunter sagte zu Reggie: »Kannst du ein paar Minuten auf das Baby aufpassen?«, obwohl das Baby sein selbstmörderisches Seesternprogramm abzog, die dicken Arme nach Dr. Hunter ausstreckte, als wollte es von einem sinkenden Schiff gerettet werden, aber Dr. Hunter lächelte es nur an, führte die Frau ins Wohnzimmer und schloss die Tür. Dr. Hunter ignorierte das Baby nie, Dr. Hunter führte nie jemanden ins Wohnzimmer – die Leute setzten sich immer an den großen Tisch in der gemütlichen Küche –, und Reggie sorgte sich kurz, dass die Frau wegen Billy gekommen war. Sie würde als die Schwester von Bad Boy Billy bloßgestellt und verstoßen werden. Reggie hatte Dr. Hunter nie erzählt, dass sie einen Bruder hatte. Sie hatte nicht gelogen, sie hatte ihn in ihrer Lebensgeschichte einfach nur ausgelassen, was er mit ihr schließlich auch tat.

Der Hund wollte Dr. Hunter folgen, aber sie schloss die Tür vor seiner Nase, ohne etwas zu sagen, was völlig untypisch für Dr. Hunter war, und eine verbannte Sadie setzte sich vor die Tür und wartete geduldig. Könnten Hunde die Stirn runzeln, Sadie hätte es getan.

Nachdem die Frau gegangen war, war Dr. Hunters Ausdruck merkwürdig angespannt, als wollte sie vorgeben, alles wäre ganz normal, obwohl es nicht normal war.

Jetzt hing eine neue Karte an der Pinnwand. »Lothian and Borders Police« war aufgeprägt, eine Telefonnummer und ein Name: »Detective Chief Inspector Louise Monroe«.

Reggie fütterte das Baby mit einem Joghurt, keinem normalen Joghurt, sondern einem besonderen Bio-Babyjoghurt ohne Zusatzstoffe, ohne Zucker, nichts Künstliches. Als es das Interesse daran verlor, aß sie den Rest selbst.

Draußen war es kalt und feucht, doch in der Küche war es gemütlich und sicher. Noch hing kein Weihnachtsschmuck, nur der Adventskalender, den sie am Geburtstag des Babys gekauft hatten, aber Reggie konnte sich den Duft von Tannenzweigen und Klementinen und offenem Feuer und all die anderen guten Gerüche vorstellen, mit denen Dr. Hunter das Haus jetzt jederzeit füllen würde. Es wäre Reggies erste Weihnachtszeit mit Dr. Hunter und dem Baby, und sie fragte sich, ob sie ihr irgendwie nahelegen könnte, sie Weihnachten mit ihnen verbringen zu lassen statt allein oder mit den Hussains. Nichts gegen die Hussains, aber sie waren nicht ihre *Familie*. Im Gegensatz zu Dr. Hunter und dem Baby.

Sadie wartete geduldig neben dem Hochstuhl. Jedes Mal, wenn das Baby Essen fallen ließ, leckte sie es vom Boden ab. Manchmal fing sie es im Fall auf. Sie war sehr würdevoll für einen Hund, der um Essensreste kämpfte. (»Sie wird allmählich alt«, sagte Dr. Hunter traurig.)

Reggie gab dem Baby ein Stück Vollkorntoast zum Daraufrumkauen, während sie seine Schüsseln spülte, mit der Hand natürlich, weil sie der Spülmaschine nicht traute. Das Geschirr des Babys war aus echtem Porzellan und altmodisch gemustert. Sein Spielzeug war geschmackvoll und aus Holz – nicht knallbunt und laut –, und seine Kleidung war teuer und neu, nicht abgelegt oder gebraucht gekauft. Viel davon war französisch. Heute trug es den allersüßesten blau-weiß-gestreiften Strampelanzug (»sein Matrosenoutfit«, nannte es Dr. Hunter), der Reggie an einen viktorianischen Badeanzug erinnerte. In seinem Zimmer lag ein Teppich mit der Arche Noah darauf, und es hatte eine Lampe in Form eines rot-weiß-gepunkteten Fliegenpilzes. Seine Laken waren mit Segelbooten bestickt, und über dem Kopfende des Betts hing ein gerahmtes und in blassblauem Kreuzstich mit seinem Geburtstag und seinem Namen, »Gabriel Joseph Hunter«, besticktes Tuch.

Das Baby hatte vor nichts Angst außer vor plötzlichen lauten Geräuschen (Reggie war auch nicht gerade erpicht darauf), und es klatschte in die Hände, wenn man sagte: »Klatsch in die Hände«, und wenn man sagte: »Wo ist der rote Ball?«, krabbelte es zu seiner Spielzeugkiste und holte ihn heraus. Gerade gestern hatte es allein seinen ersten wackligen Schritt getan (»Ein kleiner Schritt für die Menschheit, aber ein Riesenschritt für ein Baby«, sagte Dr. Hunter). Es konnte die Wörter »Wauwau«, »Ball« und »Beckie« sagen, letzteres war das Wort für seinen wertvollsten Besitz – ein kleines Viereck, ausgeschnitten aus einer Decke, die Mr Hunters Schwester vor seiner Geburt gekauft hatte, eine blassgrüne (»Moos«, sagte Dr. Hunter) Decke für jedes Geschlecht. Dr. Hunter erzählte Reggie, dass sie das Geschlecht des Babys »eigentlich« gewusst, es jedoch niemandem mitgeteilt habe, nicht einmal Mr Hunter, weil sie »das Baby so lange wie möglich ganz allein für sich haben wollte«. Die grüne Decke, die das Baby obsessiv liebte, war jetzt zerschnitten, damit sie besser handhabbar war. »Sein winnicottsches Übergangsobjekt«, sagte Dr. Hunter geheimnisvoll. »Oder vielleicht sein Talisman.«

Eine Woche zuvor war es ein Jahr alt geworden, und um das zu feiern, waren sie nachmittags zu dritt (ohne Mr Hunter, er war »zu beschäftigt«, und außerdem »*weiß* er doch nicht, dass er Geburtstag hat, Jo«) zu einem Hotel in der Nähe von Peebles gefahren, um Tee zu trinken, und die Kellnerin hatte ein großes Theater um das Baby gemacht, weil es so hinreißend war und sich so gut benahm. Es bekam ein kleines rosa Eis. »Sein allererstes! Stell dir vor!«, sagte Dr. Hunter. »Stell dir vor, du isst zum allerersten Mal Eis, Reggie.« Dem Baby fielen fast die Augen aus dem Kopf, als es das rosa Eis probierte.

»Ach du meine Güte«, sagte Reggie.

Reggie und Dr. Hunter aßen einen großen Teller mit Kuchen. »Ich glaube, in mir steckt eine dicke Person, die versucht, auszubrechen«, sagte Reggie, und Dr. Hunter lachte und erstickte dann fast an einem kleinen Kaffee-Eclair, was wahrscheinlich okay gewesen wäre, weil Reggie Dr. Hunter gebeten hatte, ihr das Heimlich-Manöver für genau diesen Fall beizubringen.

»Ich bin *sehr* glücklich«, sagte Dr. Hunter, als sie sich erholt hatte, und Reggie sagte: »Ich auch.« Und das Schöne war, dass es stimmte, denn es war erstaunlich, wie oft die Leute sagten, sie wären glücklich, wenn sie es nicht waren. Wie Mum mit dem Mann-der-vor-Gary-kam.

Das war am ersten Tag des Advents, und Dr. Hunter meinte, dass es nett wäre, an so einem Tag Geburtstag zu haben, obwohl sie nicht religiös war. Sie kauften den Adventskalender in Peebles. In Peebles gab es alle möglichen Geschäfte, die alte Menschen mochten. Auch Reggie mochte sie, vermutlich bestand da ein Zusammenhang mit ihrer alten Seele.

Hinter jedem Fenster des Adventskalenders steckte ein Stück Schokolade, und Dr. Hunter sagte: »Wir hängen ihn in der Küche auf, und du kannst jeden Tag ein Fenster öffnen und die Schokolade essen.« Was Reggie tat, was sie jetzt tat, die schmelzende nikolausförmige Schokolade in der Wange, damit sie länger vorhielt, während sie das Bunnykins-Geschirr des Babys in die Spüle stellte und Spülmittel von Ecover in das heiße Wasser spritzte. Dr. Hunter benutzte keine Produkte, die nicht ökologisch waren – Waschpulver, Putzmittel, alles. »In der Nähe eines Babys sollten sich keine schädlichen Chemikalien befinden«, sagte sie zu Reggie. Das Baby war kostbar, es war so wertvoll wie das wertvollste Ding. »Ich musste viel auf mich nehmen, um es zu bekommen«, sagte Dr. Hunter und lachte. »Es war nicht einfach.«

Dr. Hunter musste vorsichtig sein, weil sie das Asthma (*Arzt, hilf dir selber*, sagte sie) »ihrer Mutter« geerbt hatte. Sie war auch häufig erkältet, weil eine Arztpraxis »der ungesündeste Arbeitsplatz auf der ganzen Welt ist – voller kranker Leute«. Wenn

Reggie direkt neben Dr. Hunter stand, hörte sie manchmal ein Keuchen in ihrer Brust. Der Atem des Lebens, sagte Dr. Hunter zu Reggie. Das Baby schien Dr. Hunters Lungenprobleme nicht geerbt zu haben. (»Dickens hatte Asthma«, sagte Ms MacDonald. »Ich weiß«, sagte Reggie. »Ich habe um das Thema herumgelesen.«)

Auf Mr Hunters »Bredouille« gab es keine offenkundigen Hinweise. Die Hunters hatten ein schönes Haus, zwei Autos, einen Kühlschrank voller teurer Lebensmittel, und dem Baby mangelte es an nichts.

Wenn Reggie morgens ins Haus kam, verhielt sich Mr Hunter manchmal wie der Läufer einer Staffel, reichte das Baby so schnell an Reggie weiter, dass Augen und Mund des Babys vor Verwunderung über die Rasanz des Wechsels ganz rund wurden. Dann horchten Reggie und Sadie auf das hypnotisierende Geräusch des riesigen Range Rover, der dröhnend und Kies verspritzend wegfuhr, als wäre Mr Hunter ein Fluchtfahrer. »Am Morgen ist er manchmal wie ein Bär«, sagte Dr. Hunter und lachte. Es schien ihr nichts auszumachen, mit einem Bären zu leben. Es perlte von ihr ab.

Mr Hunter und Sadie hatten keine große Beziehung. Mehr als »Aus dem Weg, Sadie« oder »Runter von der Couch, Sadie« sagte Mr Hunter nicht zu ihr. Sie »gehörte zum Paket«, sagte er zu Reggie, »ohne Sadie war Jo nicht zu haben.«

»Wer mich liebt, liebt auch meinen Hund«, sagte Dr. Hunter. »Der beste Freund einer Frau.« Timmy, Struppi, Jumble, Lassie, Greyfriars Bobby. Die besten Freunde. Außer der armen Laika, dem Weltraumhund, die niemandes Freundin war.

Dann wieder blieb Mr Hunter morgens zu Hause und führte

endlose Telefongespräche. Manchmal ging er hinaus, damit er rauchen konnte, während er telefonierte. Er sollte nicht rauchen, weder im Haus noch außerhalb, aber die Telefonate schienen ihn dazu zu treiben. »Sag's nicht weiter«, sagte er und zwinkerte Reggie zu, als würde Dr. Hunter den Rauch in seinen Kleidern nicht riechen oder die Kippen im Kies nicht bemerken.

Reggie hörte Mr Hunters Gespräche zwangsläufig mit an, weil er immer sehr laut mit den unsichtbaren Leuten am anderen Ende der Leitung sprach. Er »erkunde neue Wege«, sagte er zu ihnen. Er sehe »sehr interessante Aussichten am Horizont«, und »neue Gelegenheiten täten sich auf«. Er klang schnoddrig, aber tatsächlich flehte er. »Herrgott noch mal, Mark, ich blute hier verdammt noch mal aus.«

Mr Hunter sah auf eine kantige, etwas verhauene Weise gut aus, wodurch er sogar besser aussah, als wenn er auf konventionelle Weise attraktiv gewesen wäre. Dr. Hunter hatte ihn kennengelernt, als sie als Fachärztin »im alten Royal Infirmary« arbeitete, obwohl er gar nicht aus Edinburgh war. Er war aus Glasgow, »ein Weegie«, sagte Dr. Hunter und lachte; der Ausdruck wurde von Leuten aus Edinburgh im Allgemeinen als Beleidigung benutzt, aber vielleicht wusste Dr. Hunter das nicht, weil sie Engländerin war. Er hatte ihr lange Zeit den Hof gemacht, bevor sie »klein beigab« und ihn heiratete. Mr Hunter war »in der Freizeitindustrie« tätig, aber was genau er da tat, war Reggie unklar.

Dr. Hunter und Mr Hunter schienen gut miteinander auszukommen, obwohl Reggie ihre Beziehung nur mit der von Mum und Gary (langweilig) und von Mum und dem Mann-der-vor-Gary-kam (schrecklich) vergleichen konnte. Dr. Hunter lachte über Mr Hunters Unzulänglichkeiten und schien sich nie über ihn zu ärgern. »Jo sollte in ihrem eigenen Interesse nicht so lässig sein«, sagte Mr Hunter. Mr Hunter seinerseits stürzte mit einem hübschen Blumenstrauß oder einer Flasche Wein ins Haus und sagte »Hallo, Puppe« zu Dr. Hunter wie ein Glasgower aus einer Komödie und küsste sie und zwinkerte Reggie zu und sagte: »Hinter jeder großen Frau steht ein Scheißkerl, Reggie, vergiss das nicht.«

Die meiste Zeit beachtete Mr Hunter Reggie nicht, aber dann überraschte er sie und war richtig nett zu ihr, bat sie, sich an den Küchentisch zu setzen, während er Kaffee kochte und ungeschickt versuchte, Konversation mit ihr zu machen (»Also, was ist deine Geschichte, Reggie?«), aber bevor sie anfangen konnte, ihre (nicht unbeträchtliche) »Geschichte« zu erzählen, klingelte normalerweise das Telefon, und er sprang auf und schritt auf und ab, während er sprach. (»He, Phil, wie geht's dir? Könnten wir uns nicht mal treffen? Ich möchte dir einen Vorschlag machen.«)

Mr Hunter nannte das Baby »das Balg« und warf es oft in die Luft, wobei das Baby vor Aufregung kreischte. Mr Hunter sagte, er könne es gar nicht erwarten, bis »das Balg« sprechen und laufen und mit ihm zu Fußballspielen gehen konnte, und Dr. Hunter sagte: »Dafür ist noch Zeit genug. Mach das meiste aus jeder Sekunde, sie sind weg, bevor du dich versiehst.« Wenn sich das Baby wehtat, hob Mr Hunter es hoch und sagte aufmunternd, aber nicht sonderlich mitfühlend: »Komm schon, kleiner Mann, ist schon wieder gut«, wohingegen Dr. Hunter es in die Arme schloss und küsste und sagte: »Arme kleine Semmel«, ein Ausdruck, den sie von Reggie hatte (die ihn ihrerseits von Mum aufgeschnappt hatte). Wenn sie schottische Worte und Ausdrücke benutzte, sprach Dr. Hunter sie mit einem (ziemlich guten) schottischen Akzent aus, als wäre sie zweisprachig.

Das Baby mochte Mr Hunter, aber es vergötterte Dr. Hunter.

Wenn sie es auf dem Arm hatte, ließ es ihr Gesicht nicht aus den Augen, als wollte es jedes Detail aufnehmen für eine Prüfung, der es sich später unterziehen müsste.

»Jetzt bin ich eine Göttin für ihn.« Dr. Hunter lachte. »Aber eines Tages werde ich eine lästige alte Frau sein, die zum Supermarkt gebracht werden will.«

»Och, nein, Dr. H.«, sagte Reggie. »Ich glaube, Sie werden immer eine Gottheit für ihn sein.«

»Solltest du nicht zur Schule gehen, Reggie?«, fragte Dr. Hunter, ein kleines besorgtes Stirnrunzeln im hübschen Gesicht. Reggie glaubte, dass sie sich ihren Patienten gegenüber genauso verhielt (»Sie müssen wirklich abnehmen, Mrs MacTavish«).

»Ja, das sollte ich«, sagte Reggie.

»Komm, Sonnenschein«, sagte Reggie zum Baby, hob es aus dem Hochstuhl und setzte es auf den Boden. Sie durfte es nie aus den Augen lassen, denn im einen Augenblick saß es zufrieden auf dem Boden und versuchte, seinen kleinen dicken Fuß zu essen, und im nächsten robbte es auf eine Gefahr zu. Es wollte alles in den Mund stecken, und wenn etwas klein genug war, um daran zu ersticken, dann stürzte das Baby schnurstracks darauf zu, und Reggie musste unablässig Ausschau halten nach Knöpfen, Münzen und Trauben – die es besonders mochte. Die Trauben mussten halbiert werden, was harte Arbeit war, aber Dr. Hunter hatte ihr von einer Patientin erzählt, deren Baby gestorben war, als eine Traube in seine Luftröhre geriet und *niemand ihm helfen konnte*, sagte Dr. Hunter, als wäre das schlimmer als das Sterben selbst. Damals hatte Reggie Dr. Hunter gebeten, ihr nicht nur das Heimlich-Manöver beizubringen, sondern auch Mund-zu-Mund-Beatmung, das Stoppen einer arteriellen Blutung und die Behandlung von Verbrennungen. Sowie von Stromschlägen und Vergiftungen. (Und Ertrinken natürlich.) »Du könntest einen Erste-Hilfe-Kurs machen«, sagte Dr. Hunter, »aber sie legen so viele unnötige Verbände. Wir können Arme und Handgelenke bandagieren, einen simplen Kopfverband machen, aber etwas Komplizierteres brauchst du nicht. Du musst eigentlich nur wissen, wie man ein Leben rettet.« Sie brachte eine Reanimationspuppe aus der Praxis mit nach Hause, damit Reggie üben konnte. »Wir nennen sie Eliot«, sagte Dr. Hunter, »aber keiner weiß mehr, warum.«

Wenn Reggie an das Baby dachte, das an einer Traube erstickt war, dann stellte sie sich vor, dass es zugestöpselt war wie eine altmodische Limonadenflasche mit einer Murmel im Hals, die sie im Museum gesehen hatte. Reggie mochte Museen. Saubere, gut beleuchtete Orte.

Mr Hunter war sehr unbekümmert, was das Baby betraf. Er sagte, Babys seien »praktisch unzerstörbar« und Dr. Hunter mache sich zu viele Sorgen, »aber was soll man erwarten angesichts ihrer Geschichte«. Reggie kannte Dr. Hunters Geschichte nicht (sie stellte sich vor, sie würde sagen, »Was ist *Ihre* Geschichte, Dr. H.?«, aber es klang nicht richtig). Reggie wusste mit Sicherheit nur, dass William Morris im Regal in Dr. Hunters Wohnzimmer stand, während ihr Vater offiziell zu Gerümpel erklärt und ins Kuriositätenkabinett im oberen Stock verbannt worden war. Reggie selbst hielt Babys für extrem zerstörbar, und nach der Traubengeschichte wurde sie überaus paranoid, dass das Baby nicht mehr atmen könnte. Aber was sollte sie erwarten angesichts ihrer eigenen Geschichte? (»Der Atem«, sagte Dr. Hunter, »der Atem ist alles.«)

Manchmal lag Reggie abends im Bett und hielt die Luft an, bis ihre Lunge fast platzte, um zu fühlen, wie es war, und dabei dachte sie an ihre Mutter, die mit ihrem Haar wie mit einer neuen geheimnisvollen Art von Seetang unter Wasser verankert war.

»Wie lang dauert es, bis man ertrunken ist?«, fragte sie Dr. Hunter.

»Da sind einige Variablen in Betracht zu ziehen«, sagte Dr. Hunter. »Wassertemperatur und so weiter, aber grob gesprochen fünf bis zehn Minuten. Nicht lange.«

Lange genug.

Reggie stellte die Schüsseln des Babys auf das Abtropfgestell. Die Spüle befand sich unter dem Fenster, das auf eine Wiese am Fuß des Blackford Hill hinausging. Manchmal weideten Pferde auf der Wiese, manchmal nicht. Reggie hatte keine Ahnung, wo die Pferde waren, wenn sie nicht auf der Wiese waren. Jetzt im Winter trugen sie dunkelgrüne Decken wie Barbour-Jacken.

Wenn Dr. Hunter früh nach Hause kam, bevor sich die Winterdunkelheit herabsenkte, gingen sie manchmal mit dem Hund und dem Baby auf die Wiese, und das Baby krabbelte im harten Gras herum, und Reggie lief Sadie über die Wiese nach, weil Sadie es liebte, wenn man so tat, als würde man sie jagen, und Dr. Hunter lachte und sagte zum Baby: »Komm, lauf, lauf schnell wie der Wind!«, und das Baby sah sie an, weil es natürlich nicht wusste, was das war. Wenn die Pferde auf der Wiese waren, hielten sie sich von ihnen fern, als würden sie rennen, was sie gewiss taten, im Geheimen.

Die Pferde waren große, nervöse Geschöpfe, und Reggie mochte nicht, wie sie die Lippen über den großen gelben Zähnen zurückzogen, sie stellte sich vor, wie sie die aufgeregte Faust des Babys mit einem Apfel verwechselten und sie abbissen.

»Die Pferde beunruhigen mich auch«, sagte Dr. Hunter. »Sie wirken immer so *traurig*, findest du nicht? Wenn auch nicht so traurig wie Hunde.« Reggie fand, dass Hunde ziemlich glückliche Tiere waren, aber Dr. Hunter sah überall potenzielle Traurigkeit. »Wie traurig«, sagte Dr. Hunter, wenn die Blätter von den Bäumen fielen. »Wie traurig«, sagte sie, wenn im Radio ein Lied lief (Beth Nielsen Chapman). »Wie traurig«, wenn Sadie leise winselte, wenn sie sich bereit machte, das Haus zu verlassen. Auch am Geburtstag des Babys, als sie so glücklich gewesen waren und Kuchen und rosa Eis gegessen hatten, sagte Dr. Hunter auf der Heimfahrt: »Sein erster Geburtstag, wie traurig, es wird nie wieder ein Baby sein.«

Reggie hatte dem Baby zum Geburtstag einen Teddybären und ein Lätzchen geschenkt, bestickt mit blauen Enten und den Worten »Babys erster Geburtstag«. Erste Dinge waren schön, letzte weniger.

Nach diesen traurigen Momenten schüttelte Dr. Hunter oft den Kopf, als wollte sie etwas daraus verscheuchen, lächelte und sagte: »Und trotzdem sind wir guten Mutes, nicht wahr, Reggie?«, und Reggie sagte: »Ja, das sind wir, Dr. H.«

»Sag Jo zu mir«, sagte Dr. Hunter zu Reggie. »Der Apfelwurm, o Graus, o Graus, guckte fröhlich aus dem Haus«, sagte sie zum Baby.

Reggie hatte Dr. Hunter nie erzählt, dass ihre Mutter tot war, auf was für eine unnötige und tragische Weise Mum gestorben war, das Gewicht der Traurigkeit hätte Dr. Hunter womöglich nicht ertragen. Und jedes Mal, wenn sie Reggie anblickte, hätte Dr. Hunter diesen traurigen Ausdruck im Gesicht, und auch das wäre unerträglich gewesen. Stattdessen erfand Reggie ihre Mutter. Sie hieß Jackie und arbeitete an der Kasse eines Supermarkts in einem Einkaufszentrum, in das Dr. Hunter nie ging. Als junge Frau war sie eine hervorragende Highland-Tänzerin gewesen (worauf man nie gekommen wäre). Ihre besten Freundinnen hießen Mary, Trish und Jean. Sie plante immer die nächste Diät, hatte langes Haar (schönes Haar, leider hatte Reggie es nicht geerbt), das sie, so sagte sie, bald würde aufstecken müssen, weil sie zu alt wurde, es offen zu tragen. Sie wäre dieses Jahr sechsunddreißig geworden, genauso alt wie Dr. Hunter. Sie war sechzehn, als sie sich mit Reggies Vater verlobte, siebzehn, als Billy geboren wurde, und mit zwanzig war sie Witwe. Wahrscheinlich war es nur gut gewesen, dass sie alles so früh gemacht hatte, vermutete Reggie.

Sie war überhaupt nicht fotogen, was noch schlimmer wurde durch die albernen Gesichter, die sie zog, kaum wurde eine Kamera auf sie gehalten. Einer ihrer liebsten Sprüche war: »Es ist eine komische alte Welt.« Sie sagte es liebevoll, als wäre die Welt ein ungezogenes Kind. Sie las gern Danielle Steel, und ihre Lieblingsblumen waren Osterglocken, und sie machte eine wirklich gute Lammpastete. Das alles war wahr. Nur dass sie noch lebte, war erfunden.

Während Reggie die Spüle wischte, fiel ihr Blick auf etwas, das sich am anderen Ende der Wiese bewegte. Die Sonne hatte sich heute kaum sehen lassen, und es war schwer, aus dieser Entfernung etwas anderes als verschwommene Flecken wahrzunehmen. Kein Pferd, es war kein Tag für die Pferde, sie lebten ihr geheimnisvolles Leben woanders. Wer oder was immer es war, schien die Hecke entlangzuhoppeln, ein schwarzer Fleck. Reggie schaute zu Sadie, um zu überprüfen, ob ihre Hundesinne sie aufmerken ließen, aber sie saß stoisch neben dem Baby auf dem Boden, das versuchte, sich ihren Schwanz in den Mund zu stopfen.

»Besser nicht, kleiner Mann«, sagte Reggie zum Baby, entwand ihm sanft eine Faustvoll Fell und hob es hoch. Sie trug das Baby zum Fenster, aber jetzt war dort draußen nichts mehr zu sehen. Das Baby zerrte an einer Haarsträhne, es war ein schrecklicher Haargrapscher. »Ein atavistischer Instinkt, denke ich«, sagte Dr. Hunter. »Aus den Tagen, als ich mich durch die Bäume geschwungen und er sich an mich geklammert hätte.« Die Vorstellung von Dr. Hunter, die immer so gepflegt wirkte in dem kleinen schwarzen Kostüm, das sie zur Arbeit trug, als primitive Baumbewohnerin war komisch. Reggie schlug »atavistisch« nach. Sie hatte noch keine Gelegenheit gehabt, das Wort zu benutzen. Sie arbeitete sich durch die »A«, und es passte gut zu ihrem Bestreben, ihr Vokabular zu erweitern.

In letzter Zeit blieb Reggie immer länger im Haus der Hunters, wohingegen Mr Hunter immer häufiger abwesend war. »Er plant etwas, ein neues Unternehmen«, sagte Dr. Hunter gut gelaunt. Dr. Hunter schien sich zu freuen, dass Reggie so lange blieb. Sie schaute plötzlich aus dem Fenster und sagte: »Himmel, Reggie, es ist dunkel, du musst nach Hause«, doch dann fügte sie hinzu: »Ich hasse dieses schreckliche Wetter. Sollen wir noch eine Tasse Tee trinken?« Oder: »Bleib zum Abendessen, Reggie, ich fahre dich später nach Hause.« Reggie hoffte, dass Dr. Hunter eines Tages sagen würde: »Warum fährst du überhaupt nach Hause, Reggie? Warum ziehst du nicht zu uns?«, und dann wären sie eine richtige Familie – Dr. Hunter, Reggie, das Baby und der Hund. (»Neil« spielte in Reggies Tagtraum vom Familienleben keine große Rolle.)

An einem dieser Abende, als Dr. Hunter und Reggie das Baby badeten, wandte sich Dr. Hunter aus heiterem Himmel an Reggie und sagte: »Weißt du, es gibt keine Regeln«, und Reggie sagte: »Wirklich?«, weil ihr eine Menge Regeln einfielen, zum Beispiel die Trauben zu halbieren, im Schwimmbad eine Bademütze zu tragen, ganz zu schweigen davon, den Müll zu trennen. Im Gegensatz zu Ms MacDonald war Dr. Hunter ganz versessen auf Recycling. Sie sagte: »Nein, nicht diese Dinge. Ich meine, wie wir unser Leben leben. Es gibt keine Vorlage, kein Muster, dem wir folgen sollten. Niemand schaut uns zu, um zu sehen, ob wir es richtig machen, es gibt kein Richtig, wir erfinden es unterwegs.«

Reggie war sich nicht ganz sicher, ob sie begriff, worüber Dr. Hunter sprach. Das Baby lenkte sie ab, quietschte und spritzte wie ein wahnsinniges Seeungeheuer.

»Du darfst nicht vergessen, dass das einzig Wichtige die Liebe ist, Reggie. Hast du mich verstanden?«

Das klang okay für Reggie, ein bisschen nach Richard Curtis, aber okay.

»Laut und deutlich, Dr. H.«, sagte sie und nahm ein warmes Handtuch vom Heizkörper. Dr. Hunter hob das Baby aus dem Wasser, es war glitschiger als ein Fisch, und Reggie wickelte es ins Handtuch.

»Wenn das Licht erloschen ist, leuchtet uns die Liebe«, sagte Dr. Hunter. »Ist das nicht unglaublich schön? Elizabeth Barrett Browning hat es für ihren Hund geschrieben.«

»Flush«, sagte Reggie. »Virginia Woolf hat ein Buch über ihn geschrieben. Ich habe um das Thema herumgelesen.«

»Wenn alles andere gegangen ist, bleibt die Liebe«, sagte Dr. Hunter.

»Total«, sagte Reggie. Aber was nutzte es? Gar nichts.

Ad augusta per angusta

Das war also die landschaftlich schöne Strecke. Er fuhr »the long way around«. Jackson lüpfte einen metaphorischen Hut in Richtung Dixie Chicks.

Aus nur ihm selbst bekannten Gründen hatte das GPS fünf Meilen hinter dem Dorf den Betrieb eingestellt. Irgendwo mussten sie offenbar falsch abgebogen sein, weil Jackson sich auf einer einspurigen Landstraße wiederfand, die sich gemütlich durch ein verlassenes Tal schlängelte. Sein Handy hatte kein Netz, das Radio gab seit geraumer Zeit nichts außer Knistern und Zischen von sich. Im CD-Spieler steckte eine CD, die von einer früheren Vermietung übrig geblieben sein musste, und Jackson fragte sich, unter welchen Umständen er sich so verzweifelt nach einer anderen Stimme sehnen würde, dass er sogar Enya hören würde.

Er hätte seinen iPod mitnehmen sollen, dann hätte er Lieder von Herzschmerz und Erlösung und prolliger Rechtschaffenheit hören können. Und es war offensichtlich eine wirklich schlechte Idee gewesen, die OS-Karte zurückzulassen, obschon er nicht überzeugt war, dass die Straßen hier irgendeiner Landkarte entsprachen. Hätte ihm nicht vor einer Meile ein Schild versichert, dass er in die richtige Richtung fuhr, wäre er schon umgekehrt. (Aber sollte er so viel Vertrauen in Straßenschilder setzen?)

Äußerst öde in ihrer Schönheit begann die Landschaft Jacksons schwermütigen Zug hervorzulocken, den er lieber in Zaum gehalten hätte. *Hello darkness, my old friend.* Das Leben war leichter, wenn man ein phantasieloser Pragmatiker war, ein glücklicher Idiot. »Also, das mit dem Idioten hast du gut hingekriegt«, hörte er seine Exfrau Josie sagen.

Die Straße folgte den Konturen des Landes, und abgesehen von gelegentlichem Gefälle fuhren sie immer höher. Wäre Jackson zu Fuß gegangen (Gott behüte), hätte er im Singular von sich gesprochen, in einem Auto wurde er zu einem Pronomen im Plural. Sie, wir, uns. Der Wagen und ich, die biomechanische Fusion von Mensch und Maschine. Pilger auf Gottes Autobahn.

Sie waren allein. Kein anderer Wagen in Sicht. Keine Traktoren oder Land Rover, keine anderen Herumtreiber auf der Hochebene, niemand. Keine Bauernhöfe oder Schafställe, nur Gras und karger Kalkstein und ein toter Dezemberhimmel. Er war auf der Straße nach Nirgendwo.

Es waren jedoch noch viele widerstandsfähige Schafe unterwegs, gleichgültig gegenüber der Gefahr, die ein riesiger Discovery darstellte. Sie mussten hier draußen auf diesen Sturmhöhen spät lammen. Jackson fragte sich, ob sie bereits die Lämmer des nächsten Jahres trugen. Er hatte nie zuvor über die Dauer der Schafsträchtigkeit nachgedacht, es war erstaunlich, wozu einen eine verlassene Straße trieb. Seine Tochter hatte vor kurzem ihre Konversion zur Vegetarierin erklärt. In einem Wortassoziationstest würde er auf das Wort »Lamm« automatisch »Minzsoße« antworten, Marlees Antwort wäre »unschuldig«. Zur Schlachtbank führen von. Sie war als Atheistin aufgewachsen, aber sie sprach die Sprache der Märtyrer. Vielleicht war der Katholizismus genetisch verankert, im Blut.

»Vegetarierin zu werden scheint heutzutage bei Mädchen zum Erwachsenwerden zu gehören«, sagte Josie während seines letzten Besuchs in Cambridge gegen Ende des Sommers. »Alle ihre Freundinnen essen kein Fleisch mehr.« Keine Vater-Tochter-Bande mehr über einem Burger.

»Ich weiß, ich weiß, Fleisch ist Mord«, sagte er, als sie sich an einen Tisch in einem Café setzten, das Marlee ausgesucht hatte, es hieß »Keime« oder »Wurzeln«. (»Unkraut«, sagte er zu ihrem Verdruss.) Ihn gelüstete nach einem Rindfleischsandwich mit Senf, aber er begnügte sich mit einem zähen braunen Brötchen mit anämischer Füllung – Eier, wie er annahm –, die sich jedoch als – Schrecken aller Schrecken – »gebratener Tofu« erwies.

»Mhm«, sagte er, und Marlee sagte: »Sei nicht so zynisch, Daddy. Das passt viel zu gut zu dir.«

Wann hatte seine Tochter angefangen, wie eine Frau zu reden? Vor einem Jahr noch war sie wie eine Dreijährige am Fluss den Pfad nach Grantchester entlanggehüpft (wo sie, wenn ihn sein Gedächtnis nicht im Stich ließ, im Orchard Tea Room einen Salat mit Schinken gegessen und keinerlei Schuldgefühle wegen des Verzehrs von Babe gehabt hatte). Jetzt war das Mädchen offenbar so weit vorausgelaufen, dass er sie nicht mehr sah. Man kehrte ihnen kurz den Rücken, und sie waren weg.

Wenn man Kinder hatte, zählte man die eigenen Jahre mit ihren. Nicht »Ich bin neunundvierzig«, sondern »Ich habe ein zwölfjähriges Kind«. Josie hatte jetzt noch ein Kind, ein weiteres Mädchen, zwei Jahre alt genau wie Nathan. Zwei Kinder, verbunden durch einen Strang DNS, den sie mit ihrer Halbschwester Marlee gemeinsam hatten. Nur weil ihm Nathan nicht ähnlich sah, hieß das nicht, dass er nicht sein Sohn war. Schließlich sah ihm Marlee auch nicht ähnlich. Julia behauptete, dass Nathan nicht von ihm war, aber wann hatte irgendjemand irgendetwas geglaubt, was seine Exfreundin behauptete? Julia war eine geborene Lügnerin. Außerdem war sie Schauspielerin. Und als sie ihm ernst in die Augen sah und sagte: »Wirklich, Jackson, das Baby ist nicht von dir, ich sage die Wahrheit, warum sollte ich lügen?«, sagte sein Instinkt: »Warum jetzt eine lebenslange Gewohnheit ablegen?« Statt zu streiten *(Im Allgemeinen streite ich nur mit Menschen, die ich mag,* hatte sie einmal zu ihm gesagt), hatte sie ihn nur mitleidig angeschaut.

Er wollte einen Sohn. Er wollte einen Sohn, damit er ihm alles beibringen konnte, was er wusste, damit er ihm beibringen konnte zu lernen, was er nicht wusste. Seiner Tochter konnte er nichts beibringen, sie wusste bereits mehr als er. Und er wollte einen Sohn, weil er ein Mann war. So einfach war das. Er erinnerte sich plötzlich an das Aufwallen von Gefühl, das er empfunden hatte, als er Nathans Kopf berührte. Das war es, was einen starken Mann in die Knie zwang.

Und außerdem, hatte er zu Josie gesagt, seit wann war eine Zwölfjährige ein Teenager? »Auf die Zehn kommt es an – dreizehn, vierzehn und so weiter. Sie ist erst zwölf.«

»Zwei Stellen zählen«, sagte Josie beiläufig. »Sie fangen heutzutage früher an.«

»Womit?«

Jackson war ein Teenager gewesen, ohne es zu merken. Mit zwölf war er ein Junge gewesen, und mit sechzehn war er zur Armee gegangen und ein Mann geworden. Dazwischen war er im Schattental des Todes gewandelt, ohne getröstet zu werden.

Er hoffte, seine Tochter fände einen sonnigen Weg durch diese Jahre. Er hatte eine geknickte Postkarte von ihr in der Jackentasche, von ihrer Schulfahrt nach Brügge. Es war eine pittoreske Ansicht eines Kanals und alter roter Backsteinhäuser. Jackson hatte nie das Bedürfnis verspürt, nach Belgien zu fahren. Er hatte die Karte aus seiner alten Lederjacke genommen und sie in die North-Face-Jacke – seine Verkleidung – gesteckt, wenn auch aus keinem erkennbaren Motiv, außer dass eine Botschaft seiner Tochter, so banal und pflichtbewusst sie auch war (»Lieber Dad, Brügge ist sehr interessant, es gibt eine Menge hübscher Häuser. Es regnet. Habe ganz viel Pommes und Schokolade gegessen. Vermisse Dich! Liebe Dich! xxx, Marlee«), etwas zu sein schien, was man nicht einfach wegwarf. Vermisste sie ihn wirklich? Er vermutete, dass ihr Leben zu erfüllt war, um seine Abwesenheit zu bemerken.

Ein zotteliges Schaf, ein in die Jahre gekommener Hammel, stand mitten auf der Straße wie ein Revolverheld, der auf zwölf Uhr mittags wartet. Jackson hielt an und blieb eine Weile im Wagen sitzen. Das Schaf rührte sich nicht. Er drückte auf die Hupe, aber es zuckte nicht einmal mit den Ohren, kaute lakonisch weiter wie ein alter Tabakkauer. Er fragte sich, ob es taub war. Er stieg aus und schaute es drohend an.

»Ziehst du jetzt den Revolver oder pfeifst du ›Dixie‹?«, sagte er zu ihm. Es sah ihn kurz interessiert an und nahm dann erneut das endlose Kauen auf.

Er versuchte, es mit Körperkraft zu bewegen. Es leistete Widerstand, lehnte sein dummes Gewicht gegen ihn. Sollte es nicht Angst vor ihm haben? Er hätte Angst vor sich, wenn er ein Schaf wäre.

Als Nächstes packte er es an den Hinterbeinen, suchte nach dem Drehmoment, aber es war unmöglich, es hätte genauso gut in die Erde betoniert sein können. Der Schwitzkasten brachte ihn auch nicht weiter. Er war froh, dass niemand in der Nähe war, der diesen absurden Ringkampf beobachtete. Er fragte sich, ob ein Tiefschlag ethisch vertretbar wäre. Dann trat er ein paar Schritte zurück, um seine Taktik zu überdenken.

Schließlich versuchte er, ihm die Vorderbeine wegzuziehen, verlor dabei selbst das Gleichgewicht und landete mit dem Rücken auf der Straße. Über den bleichen Winterhimmel trieb eine noch bleichere Wolke, so weiß und weich wie ein Lämmchen. Jackson verfolgte im Liegen, wie sie von einer Seite des Tals zur anderen zog. Als ihm die Kälte nicht nur in die Knochen gekrochen war, sondern auch das Mark darin tiefgefror, seufzte er, stand auf und salutierte seinem Widersacher.

»Du hast gewonnen«, sagte er zu dem Schaf, stieg in den Wagen, schaltete den CD-Spieler ein und legte Enya auf. Als er wieder erwachte, waren weit und breit keine Schafe mehr zu sehen.

Er war jetzt definitiv nicht mehr auf der Karte. Der Himmel war bleiern, drohte mit Schnee. Höher und höher, bis ganz hinauf zu einem geheimnisvollen Gipfel. Der himmlischen Stadt. Auf der Straße befanden sich Gatter, und es war mühsam, jedes Mal auszusteigen, sie zu öffnen und wieder zu schließen. Vermutlich war es eine Möglichkeit, die Schafe einzupferchen. Gab es noch Schäfer? Jacksons Vorstellung von einem Schäfer war ein Mann mit verwildertem Bart in einer selbst gemachten Schaffelljacke, der in einer sternenfunkelnden Nacht auf einem grasbewachsenen Hügel saß, einen Stock aus Widderhorn in der Hand, und nach den Wölfen Ausschau hielt, die sich auf dem Bauch an seine Herde anpirschten. Jackson war überrascht, wie poetisch detailliert und vollkommen falsch sein Bild war. In Wirklichkeit waren es Traktoren, Hormone und chemische Bäder. Und die Wölfe waren seit langem verschwunden oder zumindest die mit dem echten Wolfspelz. Jackson war ein Schäfer, er konnte nicht ruhen, bis die Herde gezählt und in Sicherheit zusammengetrieben war. Es war seine Berufung und sein Fluch. Beschützen und dienen.

Die Schneestangen am Straßenrand waren drei Meter hoch. Er blickte argwöhnisch gen Himmel, er wollte hier nicht in einer Schneewehe steckenbleiben, niemand würde ihn finden. Er müsste sich bis zum Frühling eingraben, ein paar Schafe scheren, um Decken daraus zu machen. Niemand wusste, dass er hier war, er hatte niemandem gesagt, dass er nicht mehr in London war. Wenn er nicht mehr zurückfände, wenn ihm etwas zustieße, gäbe es niemanden, der wüsste, wo er suchen sollte. Wenn er jemanden, den er liebte, vermisste, würde er ihn auf der ganzen Welt suchen, aber er war sich nicht wirklich sicher, ob es jemanden gab, der das Gleiche für ihn tun würde. (*Ich liebe dich*, sagte sie, aber er wusste nicht, wie dauerhaft dieses Gefühl war.)

Er kam an einem Zaunpfahl vorbei, auf dem wie eine Bekrönung ein Raubvogel saß, ein Habicht oder Falke. Jackson war nicht gut im Bestimmen von Vögeln. Aber er kannte Bussarde, über ihm flog ein Paar, kreiste müßig in einer Warteschleife über der Moorlandschaft wie Silhouetten aus schwarzem Papier. *Wenn du von hinnen geschieden bist, alle und jede Nacht, kommst du nach Whinnymuir zuletzt, und Christus empfang deine Seele.* Himmel, woher war das jetzt aufgetaucht? Schule, das war es. Auswendiglernen, noch in Mode, als Jackson ein Junge war. »The Lyke Wake Dirge«. Sein erstes Jahr in der Mittelschule, bevor sein Leben aus den Gleisen sprang. Er sah plötzlich vor sich, wie er in ihrem kleinen Haus vor dem Kohleofen stand, am Abend das Gedicht vortrug, weil sie am nächsten Tag eine Prüfung schrieben. Seine Schwester Niamh hörte zu und korrigierte ihn, als würde sie ihn abfragen. Er konnte die Kohlen riechen, die Hitze an seinen nackten Beinen spüren, die in der wollenen kurzen Hose seiner Schuluniform steckten. Aus der Küche drang der Geruch nach dem Bauernessen, das ihre Mutter zum Abendessen kochte. Niamh schlug ihm mit dem Lineal auf die Beine, wenn er nicht weiterwusste. Im Nachhinein wunderte er sich über die viele beiläufige Brutalität in seiner Familie (seine Schwester war fast so schlimm wie sein Bruder und sein Vater), die Knüffe und Schläge, das Ziehen an Haaren und Ohren, Brennnesselgriff – ein ganzes Arsenal der Gewalttätigkeit. Besser konnten sie nicht ausdrücken, dass sie sich liebten. Vielleicht lag es an der schlechten Mischung schottischer und irischer Gene, die ihre Eltern mit in die Ehe gebracht hatten. Vielleicht lag es am Geldmangel oder an dem harten Leben in einer Bergarbeitergemeinde. Oder vielleicht gefiel es ihnen einfach. Jackson hatte nie eine Frau oder ein Kind geschlagen, er beschränkte sich voll und ganz darauf, sein eigenes Geschlecht zu verprügeln.

Wenn Schuhe und Strümpfe du nie jemand gabst, alle und jede Nacht, sollen Dornen dich stechen bis ins Gebein, und Christus empfang deine Seele.

Auf seine Schule war Verlass gewesen, wenn es darum ging, dass die Schüler im ersten Jahr eine Totenklage lernen mussten. Was sagte das über den Yorkshire-Charakter? Und nicht nur eine Totenklage, sondern ein Lied über die Reise einer Leiche. Eine Prüfung. Ernte, was du gesät hast. Was du nicht willst, das man dir tu, das füg auch keinem anderen zu. Gib in diesem Leben deine Schuhe weg, und du wirst Schuhe haben für deinen Weg durch das dornige Unterholz im nächsten. *Diese eine Nacht, diese eine Nacht, alle und jede Nacht, Feuer und Sturm und Kerzenlicht, und Christus empfang deine Seele.* Jackson schauderte und stellte die Heizung höher.

Wie es schien, war er doch nicht allein auf der Straße nach Nirgendwo. Vor ihm war jemand, zu Fuß, kam auf ihn zu. Es war so unerwartet, dass er sich einen Augenblick lang fragte, ob es eine Fata Morgana war, heraufbeschworen durch zu langes Starren auf die Straße, aber nein, es war kein Phantom, es war eindeutig ein menschliches Wesen, eine Frau noch dazu. Er verlangsamte das Tempo, während er näher kam. Keine Spaziergängerin oder Touristin, sie trug eine lange Strickjacke, Bluse und Rock, Mokassins. Ihr einziges Zugeständnis an das Wetter war ein handgestrickter Schal, den sie locker um den Hals geschlungen hatte. In den Vierzigern, schätzte er, braunes bis graues Haar, zu einem Dutt gebunden, sie hatte etwas von einer Bibliothekarin. Wurden Bibliothekarinnen ihrem Klischee gerecht? Oder hatten sie hemmungslosen Sex hinter jedem Bücherstapel und Regal? Jackson hatte seit Jahren keinen Fuß mehr in eine Bibliothek gesetzt.

Die zu Fuß gehende Frau hatte keine besonderen Merkmale. Und auch keinen Hund. Ihre Hände steckten in den Taschen ihrer Strickjacke. Sie ging nicht, sie *schlenderte.* Von Nirgendwo nach Nirgendwo. Es stimmte einfach nicht. Er hielt an und ließ die Fensterscheibe herunter.

Als sich die Frau dem Wagen näherte, lächelte sie und nickte. »Kann ich Sie mitnehmen?«, fragte er. *(»Lass dich nie von einem Fremden mitnehmen, nicht einmal, wenn du dich mitten im Nir-*

gendwo verlaufen hast, auch nicht, wenn sie behaupten, dass sie deine Mutter kennen, ein Hündchen auf dem Rücksitz haben, bei der Polizei sind.«)

Die Frau lachte freundlich – keine Angst, kein Misstrauen – und schüttelte den Kopf. »Sie fahren in die falsche Richtung«, sagte sie. Örtlicher Dialekt. Sie deutete mit dem Arm in die Richtung, aus der er kam, und sagte: »Ich habe es nicht weit.«

»Sieht nach Schnee aus«, sagte Jackson. Warum trug sie keinen Mantel, waren sie hier oben zäher? Sie betrachtete einen Moment lang den Himmel und sagte dann: »Oh, nein, das glaube ich nicht. Machen Sie sich deswegen keine Sorgen«, bevor sie ihm kurz zuwinkte und ihr nicht der Jahreszeit entsprechendes Schlendern wieder aufnahm. Er konnte sie nicht verfolgen, weder zu Fuß noch mit dem Wagen, sie hätte ihn für einen Verrückten gehalten. Sie musste zu einem Bauernhof unterwegs sein, den er übersehen hatte. Vielleicht befand er sich in einer Mulde oder jenseits des Kamms eines Hügels. Oder war unsichtbar. »Wie wir in diesem Teil der Welt sagen«, wandte er sich an den Discovery, »nichts ist so wunderlich wie der Mensch.«

Es dämmerte, und er fragte sich, wie dunkel es wäre, wenn die Wintersonne den Kampf endgültig aufgäbe. Landdunkel vermutlich. Er schaltete die Scheinwerfer ein.

Im Rückspiegel sah er zu, wie die Frau immer kleiner wurde, bis sie in der Dämmerung verschwunden war. Sie blickte nicht zurück. An ihrer Stelle hätte er auf jeden Fall zurückgeblickt.

Er war ein Mann auf der Straße, ein Mann, der nach Hause wollte. Das Ziel war das Wichtige, nicht die Reise. Alle wollten nach Hause. Alle, überall, immer.

Es war jetzt dunkel. Er fuhr weiter, ein armer fremder Wandersmann. War er unterwegs von dieser Welt in die nächste? *Sie fahren in die falsche Richtung*, hatte sie gesagt. Sie hatte gemeint, dass sie in die andere Richtung musste. Oder? Oder war in ihren Worten eine Botschaft versteckt? Ein Hinweis? Fuhr er wirklich in die falsche Richtung, in die falsche Richtung wohin? Die Straße musste irgendwo enden, und wenn sie dort endete, wo sie begonnen hatte. »Tu das nicht«, sagte er laut zu sich selbst. »Lass dich nicht auf diesen existenziellen Mist ein.« *Ja, aber ich wandle durch das Schattental des Todes.*

Gerade als er entschied, dass sie sich für immer in den unbekannten Dimensionen verirrt hatten, fuhren sie über eine Anhöhe, und er sah die glitzernden Lichter der Autos auf der A1 vor sich, dem Lost Highway, einer breiten, grauen Arterie der Logik, auf dem Autos von einem bekannten Ort zu einem anderen rasten. Halleluja.

Sie würde die Blumen selbst kaufen

Sie würde in die Stadt fahren zu Maxwell's in der Castle Street, und der Blumenhändler sollte etwas für sie zusammenstellen, etwas Elegantes. Blau für das Wohnzimmer – ein Arrangement in einem Korb für den Kaminsims –, ob er Rittersporn hätte? War es zu spät für Rittersporn? Natürlich war es gleichgültig, welche Jahreszeit gerade war, Floristen bekamen ihre Blumen nicht aus Gärten, sondern aus Treibhäusern in Holland. Und Kenia. Sie züchteten Blumen in Kenia, wo es wahrscheinlich nicht genügend Trinkwasser für die Menschen gab, ganz zu schweigen, um Blumen zu wässern, und dann flogen sie die Blumen hierher in Flugzeugen, die tonnenweise Kohlendioxid in der Atmosphäre abluden. Es war falsch, aber sie brauchte Blumen.

Konnte man Blumen *brauchen?* Als sie bei Alistir Tait in der Rose Street die Verlobungsringe kauften, sagte Patrick zu dem Juwelier: »Diese schöne Frau braucht einen großen Diamanten.« Im Nachhinein klang es abgeschmackt, aber damals war es charmant gewesen. Mehr oder weniger. Patrick hatte sich für einen alten Stein in einer neuen Fassung entschieden, und Louise fragte sich, welcher arme Kerl ihn vor langer Zeit aus dem Herzen der Finsternis ausgegraben hatte. Blut an ihren Händen.

Patrick war Orthopäde und Chirurg und daran gewöhnt, das

Sagen zu haben. »In der Orthopädie geht es vor allem um Hammer und Meißel, es ist eine höhere Form von Tischlerei«, scherzte er, als sie sich kennenlernten, aber er war eine Koryphäe und hätte mit einer Privatpraxis wahrscheinlich ein Vermögen gemacht, doch stattdessen verbrachte er seine Zeit damit, gesetzlich versicherte Patienten mit Nägeln wieder zusammenzufügen. (»Da holt einen der Meccano-Baukasten aus der eigenen Kindheit ein.«)

Louise hatte Ärzte nie gemocht, niemand, der mit Medizinstudenten an einer Universität studiert hatte, würde je einem Arzt trauen. (War Joanna Hunter die Ausnahme von der Regel?) Und wie wählten sie Medizinstudenten aus? Sie nahmen Mittelklassekinder, die gut in Naturwissenschaften waren, und brachten ihnen sechs Jahre lang mehr Naturwissenschaften bei, und dann ließen sie sie auf *Menschen* los. Menschen waren keine Naturwissenschaften, Menschen waren Chaos. »Tja, das ist eine Art, es zu sehen«, sagte Patrick und lachte.

Sie hatten sich anlässlich eines Unfalls kennengelernt, wie sonst lernten Polizisten Leute kennen? Zwei Jahre zuvor war Louise auf der M8 nach Glasgow zu einer Besprechung mit der Polizei von Strathclyde gefahren, als sie den Zusammenstoß auf der Gegenfahrbahn passieren sah.

Sie war die Erste am Unfallort, noch vor den Krankenwagen, aber sie konnte nichts tun. Ein Sattelschlepper war hinten auf einen dreitürigen Kleinwagen gekracht, zwei Babysitze auf dem Rücksitz, die Mutter am Steuer, ihre kleine Schwester auf dem Beifahrersitz. Der Wagen hatte in einer Schlange an einer Ampel gestanden, die wegen Straßenbauarbeiten vorübergehend aufgestellt war. Der LKW-Fahrer hatte das Warnschild für die Bauarbeiten und die Schlange an der Ampel nicht und den Kleinwagen vor ihm nur flüchtig gesehen, bevor er ihn mit neunzig Stundenkilometern rammte. Der LKW-Fahrer schrieb gerade eine SMS. Ein Klassiker. Louise verhaftete ihn am Unfallort. Sie hätte ihn am liebsten an Ort und Stelle umgebracht. Oder ihn vorzugsweise mit seinem eigenen LKW langsam überfahren. Ihr fiel auf, dass sie blutrünstiger als früher war (und das wollte was heißen).

Der Kleinwagen und alle Insassen waren vollständig zerquetscht. Weil sie die kleinste und schlankste Person am Unfallort war, hatte Louise (»Können Sie's versuchen, Boss?«) eine Hand durch das, was früher ein Fenster gewesen war, geschoben und versucht, einen Puls zu suchen, die Leichen zu zählen, einen Ausweis zu finden. Sie hatten nicht einmal gewusst, dass sich Babys auf dem Rücksitz befanden, bis Louises Finger gegen eine winzige schlaffe Hand stießen. Erwachsene Männer weinten, darunter der Verkehrspolizist, der als Family Liaison Officer fungierte, und die gute alte Louise – in Essig gesotten – legte ihm den Arm um die Schulter und sagte: »Herrgott, wir sind auch nur Menschen«, und erklärte sich bereit, die nächsten Verwandten zu informieren, was zweifellos der mieseste Job der Welt war. Sie schien weichherziger als früher. Blutrünstig, aber weichherzig.

Eine Woche später ging sie zur Beerdigung. Alle vier auf einmal. Es war unerträglich, aber es musste ertragen werden, denn das taten die Menschen. Sie machten weiter. Ein Schritt nach dem anderen, jeder Tag ein Kampf. Sollte ihr eigenes Kind ums Leben kommen, würde Louise nicht weitermachen, sie würde sich umbringen, auf nette, saubere Weise, keine Schweinerei für die Notfalldienste.

Archie wünschte sich zum siebzehnten Geburtstag Fahrstunden, und Patrick sagte: »Gute Idee, Archie. Wenn du die Prüfung bestehst, kaufen wir dir einen anständigen Gebrauchtwagen.« Louise überlegte unterdessen, wie sie Archie davon abhalten könnte, sich jemals an ein Lenkrad zu setzen. Sie fragte sich, ob sie sich möglicherweise Zugang zum Computer der Zulassungsstelle verschaffen und seinen vorläufigen Führerschein sperren lassen könnte. Sie war immerhin Chief Inspector, sie sollte das problemlos tun können, schließlich war sie Polizistin und keine Kriminelle.

Der Fahrer des Wagens davor war ebenfalls schwer verletzt worden, und es war Patrick gewesen, der die Beine des Mannes in einer stundenlangen Operation wieder zusammenflickte. Der LKW-Fahrer, der nicht einmal einen Kratzer hatte, wurde zu drei Jahren Gefängnis verurteilt und war mittlerweile wahrscheinlich wieder auf freiem Fuß. Louise hätte ihm ohne Narkose sämtliche Organe entfernt und sie würdigeren Menschen überlassen. Das erzählte sie Patrick nach der Operation bei einer schlechten Tasse Kaffee in der Krankenhauskantine. »Das Leben besteht aus Zufällen«, sagte er. »Mehr als die Scherben aufsammeln, kann man nicht tun.« Er war kein Polizist, aber es war auch nicht, als würde sie außerhalb der Gemeinde heiraten. Er verstand.

Er war Ire, das half immer. Ein Mann mit irischem Akzent konnte weise und poetisch und interessant klingen, auch wenn er es nicht war. Doch Patrick war all das. »Momentan zwischen zwei Ehefrauen«, sagte er, und sie hatte gelacht. Sie wollte keinen Diamanten, weder einen großen noch einen anderen, doch sie hatte trotzdem einen bekommen. »Du kannst ihn verkaufen, wenn du dich von mir scheiden lässt«, sagte er. Er besaß Autorität, und sie mochte, wie er damit alles übernahm, wie er sich keinen Blödsinn von ihr gefallen ließ, aber immer freundlich blieb, als wäre sie kostbar und hätte doch Sprünge, die gekittet werden könnten. Er war Chirurg und glaubte, dass alles gekittet werden konnte. Sprünge konnten nie gekittet werden. Sie war die goldene Schale, früher oder später würde sich der Sprung zeigen. Und wer würde dann die Scherben aufsammeln?

Zum ersten Mal im Leben hatte sie die Kontrolle abgegeben. Und was war passiert? Sie war völlig aus dem Gleichgewicht geraten, das war passiert.

Oder ein Arrangement für den Esszimmertisch. Etwas Kleines, Rotes. Für die rote Gestalt auf dem Teppich. Keine Rosen. Rote Rosen sagten das Falsche. Louise wusste nicht, was sie sagten, aber was immer es war, es war falsch.

»Streng dich nicht so an«, sagte Patrick und lachte.

Aber darin war sie nicht gut, und wenn sie sich nicht anstrengte, scheiterte sie. »Ich kann keine Beziehungen«, sagte sie, als sie zum ersten Mal gemeinsam im Bett aufwachten.

»Kannst du nicht, oder willst du nicht?«, sagte er.

Er hatte sie gezähmt, als wäre sie ein nervöses wildes Pferd. (Aber was, wenn er einfach nur ihren Willen gebrochen hatte?) Ein Schritt nach dem anderen, langsam, leise, bis er sie eingefangen hatte. Die Zähmung der Widerspenstigen.

Er konnte Beziehungen. Er war fünfzehn Jahre glücklich verheiratet gewesen, als vor zehn Jahren eine Wagenladung jugendlicher Autodiebe auf einer zweispurigen Straße überholte und frontal mit dem Polo seiner Frau kollidierte. Wer immer das Rad erfunden hatte, hatte eine Menge zu verantworten. Samantha. Patrick und Samantha. *Sie* hatte er nicht kitten können, nicht wahr?

Sie hatte noch genügend Zeit, Zeit, um Blumen zu kaufen, Zeit, um bei Waitrose in Morningside einzukaufen, Zeit, um das Abendessen zu kochen. Seebarsch auf Puy-Linsen, zweimal gebackene Roquefortsoufflés als ersten Gang, eine Zitronentarte zum Nachtisch. Warum es sich einfach machen, wenn es auch schwierig ging? Sie war eine Frau, sie konnte also, technisch gesprochen, alles. Die Roquefortsoufflés waren ein Rezept von Delia Smith. Aufstieg und Fall der Bourgeoisie. Ha, ha. O Gott. Was passierte nur mit ihr, sie wurde zu einer normalen Person.

Sie schwirrte vor Müdigkeit, das stimmte nicht. (Warum? Warum war sie so müde?) In einem früheren Leben, bevor ihre Schönheit in der Größe eines Diamanten gemessen wurde, hätte sie sich mit einem (sehr großen) Drink entspannt, eine Pizza bestellt, ihre Kontaktlinsen herausgenommen, die Füße hochgelegt und irgendeinen Schund im Fernsehen geglotzt, aber jetzt rannte sie herum wie eine Wahnsinnige, sorgte sich wegen Rittersporn und Delia-Rezepten. Gab es einen Weg zurück?

»Wir können absagen«, sagte Patrick am Telefon. »Das ist keine Sache, du bist müde.« Keine Sache für ihn vielleicht, eine Riesensache für sie. Patricks Schwester und ihr Mann, zu Besuch aus Bournemouth oder Eastbourne oder so. Irische Diaspora. Sie waren überall, wie die Schotten.

»Sie werden zufrieden sein mit Käse und Toast, oder wir lassen was kommen«, sagte Patrick. Er war bei allem so verdammt entspannt. Und was würden sie denken, wenn sie keine Anstrengung unternahm? Sie hatten die Hochzeit verpasst, aber alle hatten die Hochzeit verpasst. Die Schwester (Bridget) war deswegen offenbar bereits verärgert. »Nur wir beide, auf dem Standesamt«, sagte Louise zu Patrick, als sie schließlich nachgab und Ja sagte.

»Was ist mit Archie?«, fragte Patrick.

»Muss er kommen?«

»Ja, er ist dein *Sohn*, Louise.« Tatsächlich hatte Archie sich wohl verhalten, ihnen die Ringe gereicht, sich auf gedämpfte, unsichere Weise gefreut, als Louise »Ja« sagte. Patricks Sohn, Jamie, war nicht dabei. Er promovierte in Archäologie und buddelte mitten in einem gottverlassenen Nirgendwo. Er war einer dieser Typen, die sich am liebsten im Freien aufhielten – Skifahren, Surfen, Tauchen –, »ein richtiger Junge«, sagte Patrick. Im Gegensatz zu ihrem eigenen Jungen, ihrem kleinen Pinocchio.

Sie hatten zwei Personen von der nächsten Hochzeit als Trauzeugen genommen und zum Dank jeder eine gute Flasche Malt Whisky geschenkt. Louise trug ein Kleid aus Rohseide in einer Farbe, die der persönliche Berater bei Harvey Nichols »Auster« genannt hatte, die Louise aber einfach für grau hielt. Es war hübsch, ohne übertrieben zu sein, und es brachte ihre schönen Beine zur Geltung. Patrick sorgte für Blumen, sie hätte sich nicht darum gekümmert – einen altmodischen Strauß rosa Rosen für sie und rosa Rosenknospen für sein und Archies Knopfloch.

Zwei Jahre zuvor, kurz nachdem sie Patrick kennengelernt hatte und als Archies Verhalten am verstörendsten war, hatte sie eine Therapie gemacht, etwas, was sie sich geschworen hatte, nie zu tun. Sag niemals nie. Sie tat es für Archie, weil sie glaubte, dass seine Probleme die Folge von ihren waren, dass das Leben für ihn besser würde, wenn sie eine bessere Mutter wäre. Und sie tat es auch für Patrick, weil er eine Chance auf Veränderung darstellte, darauf, wie andere Menschen zu werden.

Es war eine kognitive Verhaltenstherapie, die nicht zu tief in den Sumpf ihrer Psychopathologie eindrang, Gott sei Dank. Das Prinzip bestand darin, dass sie lernen sollte, negatives Denken zu vermeiden, und dadurch frei würde, eine positivere Einstellung zum Leben zu entwickeln. Die Therapeutin, eine hippiehafte, wohlmeinende Frau namens Jenny, die aussah, als hätte sie sich selbst gestrickt, wies Louise an, sich einen Ort vorzustellen, an dem sie alle ihre negativen Gedanken abladen konnte, und Louise entschied sich für eine Truhe am Grund des Meeres, wie sie Piraten in Märchenbüchern liebten – mit Eisen beschlagen und beringt, mit Vorhängeschlössern gesichert, nicht um einen Schatz, sondern Louises nicht hilfreichen Gedanken darin zu verschließen.

Je detaillierter, umso besser, sagte Jenny, und Louise legte Korallen und Muscheln in den Sand, klebte Entenmuscheln an die Seiten der Truhe, ließ neugierige Fische und Haie darum kreisen, Hummer und Krebse darüber krabbeln, Seetang mit der Strömung schwanken. Sie wurde zur Expertin mit den Schlössern und Schlüsseln, konnte ihre Unterwasserwelt aufsuchen, als würde sie einen mentalen Schalter umlegen. Das Problem war, nachdem sie alle negativen Gedanken sicher am Grund des Meeres weggesperrt hatte, war nichts mehr übrig, kein einziger positiver Gedanke. »Wahrscheinlich bin ich einfach keine positive Person«, sagte sie zu Jenny. Sie dachte, Jenny würde protestieren, sie an ihren mütterlichen, gestrickten Busen ziehen und sagen, dass es nur eine Frage der Zeit (und des Geldes) sei, bevor sie gekittet wäre. Aber Jenny stimmte ihr zu und sagte: »Wahrscheinlich nicht.«

Sie brach die Therapie ab, und bald darauf nahm sie Patricks Antrag an.

Archie ging jetzt auf das Fettes College. Zwei Jahre zuvor, im Alter von vierzehn, hatte er am Rand von etwas Schlimmem gestanden, es waren nur ein paar kleine Diebstähle gewesen, Schuleschwänzen, Ärger mit der Polizei (oh, die Ironie), aber sie wusste, weil sie es oft genug bei anderen Teenagern erlebt hatte, dass es nicht nur eine Phase wäre, würde es nicht im Keim erstickt, sondern eine Lebensweise. Er war bereit für eine Veränderung, sonst hätte es nicht geklappt. Sie zahlte mit dem Geld aus der Lebensversicherung ihrer Mutter seine exorbitanten Schulgebühren. »Jetzt ist die besoffene alte Kuh endlich für was gut«, sagte Louise. Das College war die Art Institution, gegen die Louise ihr ganzes rot geflaggtes Leben lang zu Felde gezogen war – die Privilegien, die Fortsetzung der herrschenden Ordnung, bla, bla, bla. Aber jetzt war sie dafür, denn das Allgemeinwohl war kein Argument, das sie gegen ihr eigen Fleisch und Blut anführen würde. »Was ist mit deinen Prinzipien?«, wurde sie gefragt, und sie entgegnete: »Archie ist meine Prinzipien.«

Das Wagnis hatte sich gelohnt. Zwei Jahre später und er war relativ mühelos vom Gothic zum Streber mutiert (sein wahres Metier seit jeher) und hing jetzt mit seinen Streberkollegen im Astronomieclub herum, im Schachclub, im Computerclub und bei weiß Gott was für anderen Aktivitäten, die Louise vollkommen fremd waren. Louise hatte einen MA in Literatur, und sie war überzeugt, hätte sie eine Tochter, sie würden vergnügt über die Brontës und George Eliot plaudern. (Während sie was taten? Kuchen backten und sich gegenseitig schminkten? Vergiss es, Louise.)

»Es ist noch nicht zu spät«, sagte Patrick.

»Wofür?«

»Ein Baby.«

Ein kalter Schauder durchfuhr sie. Jemand hatte eine Tür in ihrem Herzen geöffnet und den Nordwind hineingelassen. Wollte er ein Baby? Sie konnte ihn nicht fragen für den Fall, dass er Ja sagte. Wollte er sie dazu verführen, wie er sie zum Heiraten verführt hatte? Sie hatte bereits ein Kind, ein Kind, das um ihr Herz gewickelt war, und sie konnte nicht noch einmal an dieser wilden Küste wandeln.

Ihr ganzes Leben lang hatte sie gekämpft. »Zeit, damit aufzuhören«, sagte Patrick und massierte ihre Schultern nach einem besonders zermürbenden Arbeitstag. »Leg die Waffen ab und kapituliere, nimm die Dinge, wie sie kommen.«

»Du hättest Zen-Meister werden sollen«, sagte sie.

»Das bin ich.«

Sie hatte nicht damit gerechnet, vierzig zu werden und sich in einer Familie mit zwei Wagen wiederzufinden, in einer teuren Wohnung zu wohnen, einen Stein von der Größe Gibraltars zu tragen. Die meisten Menschen hielten das für erstrebenswert oder für eine Verbesserung ihres Lebens, aber Louise hatte das Gefühl, als wäre sie falsch abgebogen, ohne es zu merken. Manchmal, in ihren paranoideren Momenten, fragte sie sich, ob es Patrick gelungen war, sie zu hypnotisieren.

Sie hatte ihre Versicherungspolice geändert, als sie umzog, und die Frau am anderen Ende der Leitung stellte die Standardfragen – Alter des Hauses, wie viele Zimmer, gab es eine Alarmanlage –, bevor sie fragte: »Haben Sie Schmuck, Pelze oder Feuerwaffen?«, und einen Augenblick lang verspürte Louise eine unerwartete Erregung bei dem Gedanken an ein Leben mit diesen Dingen. (Ein Anfang war gemacht – sie hatte den Diamanten.) Sie hatte eindeutig die Abzweigung verpasst, alles ordentlich verpackt, sich eingenistet, obwohl die wahre Louise irgendwo draußen ein Außenseiterleben führen, Pelze und Juwelen und eine Knarre tragen wollte. Sogar die Pelze irritierten sie nicht. Sie könnte etwas schießen, häuten und essen, das wäre besser als die gefühllose Distanz zwischen dem Schlachthof und den weichen bleichen Packungen im Kühlregal von Waitrose.

»Nein«, sagte sie zu der Frau von der Versicherung und wurde wieder nüchtern, »nur meinen Verlobungsring.« Ein gebrauchter Klunker im Wert von zwanzigtausend Pfund. Verkauf ihn und lauf, Louise. Lauf schnell. Joanna Hunter war Sprinterin gewesen (war sie es noch immer?), Universitätsmeisterin. Sie war einmal gerannt und hatte ihr Leben gerettet, vielleicht hatte sie dafür gesorgt, dass niemand sie je wieder erwischte. Louise hatte die Pinnwand in der Küche der Hunters studiert, die kleinen alltäglichen Trophäen und Lebenserinnerungen – Postkarten, Urkunden, Fotos, Botschaften. Selbstverständlich nichts über das Ereignis, das ihre gesamte Existenz geprägt haben musste, Mord war nicht etwas, das man an einer Korktafel in der Küche aufhängte. Alison Needler dagegen lief nicht. Sie versteckte sich.

Louise sah Archie kaum mehr. Er hatte sich dafür entschieden, unter der Woche in der Schule zu wohnen, nicht bei seiner Mutter. Am Wochenende verbrachte er seine Zeit überwiegend mit den gleichen Jungs wie unter der Woche.

»Mach dir keine Sorgen«, sagte Patrick. »Er ist sechzehn, er breitet seine Flügel aus.«

Louise dachte an Ikarus.

»Und lernt zu fliegen.«

Louise dachte an den toten Vogel, den sie am Wochenende vor der Wohnung gefunden hatte. Ein schlechtes Omen. Ein kleiner Sperling, den ein Junge mit Pfeil und Bogen abgeschossen hatte.

»Er muss erwachsen werden.«

»Ich sehe nicht ein, warum.«

»Louise«, sagte Patrick leise. »Archie ist glücklich.«

»Glücklich?« Glücklich war kein Wort, das sie seit seiner Kindheit auf Archie angewandt hatte. Wie wunderbar, fröhlich ungehemmt er in seinem Glück gewesen war. Sie hatte geglaubt, dass es so bleiben würde, ihr war nicht klar, dass sich Kinderglück auflöste, weil sie als Kind nie glücklich gewesen war. Wenn sie gewusst hätte, dass Archie nicht ewig dieser sonnige, unschuldige Junge bliebe, hätte sie jeden Augenblick wie einen Schatz gehortet. Jetzt könnte sie es wieder erleben, wenn sie wollte. Der Nordwind heulte. Sie schloss die Tür.

Sie war auf dem Rückweg von einer Besprechung mit dem Amethystteam im Gyle. Dort war sie zum ersten Mal Alison Needler begegnet, ein halbes Jahr vor den Morden, als sie ein paar Monate bei Amethyst aushalf, der Familienschutzeinheit. David Needler, der sich der gerichtlichen Verfügung widersetzte, hatte auf dem Rasen vor dem Haus in Trinity Stellung bezogen und gedroht, sich zu verbrennen, während seine Kinder und seine Exfrau aus dem Fenster im ersten Stock zusahen. Als Louise ankam, sofort nach dem Einsatzwagen, wurde er von Alisons Schwester Debbie, die in der Tür stand, beschimpft. (»Ein Schandmaul, unsere Debs«, laut Alison. Dafür musste sie ihren Preis zahlen, nicht wahr?)

Mehr als beschimpft, verhöhnt. *(»Na los, mach schon, du Mistkerl, wir wollen sehen, wie du dich abfackelst.«)*

Am nächsten Tag war David Needler vor Gericht verwarnt und gemahnt worden, sich an die gerichtliche Verfügung zu halten und sich von seiner Familie fernzuhalten, was er tat, bis er ein halbes Jahr später mit einer Schrotflinte zurückkehrte.

Louise fuhr auf den Parkplatz von Howdenhall. Sie wollte sich im Revier melden und ihren eigenen Wagen holen, in fünf Minuten wäre sie wieder unterwegs. Sie hatte jede Menge Zeit.

»Der endgültige forensische Bericht ist da, Boss«, sagte ihr junger DC Marcus McLellen und reichte ihr eine Aktenmappe. »Wie erwartet, war der Brand in der Spielhalle eindeutig willentlich gelegtes Feuer.«

Marcus war sechsundzwanzig, hatte einen BA in Medienwissenschaft der Universität Stirling (wer hatte den nicht?) und einen Kopf voller Haare, die Shirley Temple das Fürchten gelehrt hätten, wenn er sie hätte wachsen lassen, statt sie vernünftigerweise zu einem Astrachan zu scheren. Er spielte Rugby, und Louise hatte an einem Samstagvormittag auf einer eiskalten Tribüne gebibbert und sich für ihn heiser geschrien (ein großartiges Ventil für Aggressionen), etwas, was sie nie für den schmächtigen, sportphobischen Archie hatte tun können.

Nachdem er die Uniform abgelegt hatte, war der Fall Needler Marcus' Feuertaufe gewesen, und er hatte sie besser bestanden, als sie erwartet hatte. Er war ein lieber Junge, nachgerade cherubinisch, geradlinig wie eine römische Straße, härter, als er wirkte, und immer gut gelaunt. Wie Patrick. Woher stammte sie, diese gute Laune, saugten sie sie mit der Muttermilch ein? (Armer Archie.)

Sie hatte Marcus unter ihre Fittiche genommen wie eine Glucke. Nie zuvor hatte Louise Muttergefühle für einen Kollegen gehegt, und es war eine beunruhigende Erfahrung. Es musste am Alter liegen, dachte sie. Aber *»Marcus?«* – ein seltsamer lateinischer Name für jemanden, der in Sighthill geboren war. (»Eine nach Höherem strebende Mutter, Boss«, sagte er. »Aber besser als Titus. Oder Sextus.«)

Er war rasiermesserscharf auf den Needler-Fall gewesen, aber sie hatte ihn abgezogen und auf etwas anderes angesetzt. »Damit Sie mehr Erfahrung kriegen«, sagte sie, aber tatsächlich wollte sie nicht, dass er so besessen von Alison Needler wurde wie sie. Jetzt bearbeitete er den Brand in der Spielhalle in der Bread Street, die ein paar Wochen zuvor mysteriöserweise in Flammen aufgegangen war.

»Versicherung?«, spekulierte Louise. »Oder in böser Absicht? Oder einfach nur Rowdys, die mit Zündhölzern herumgefummelt haben?«

»Willentlich gelegtes Feuer«, ein barocker schottischer Ausdruck für Brandstiftung, und der Hauptverdächtige war Louises Ansicht nach immer der Besitzer. Das Versicherungsgeld war einfach eine zu verlockende Aussicht, wenn man Geld brauchte. Zwanzigtausend für einen Diamanten, wie viel für eine Spielhalle? Eine Spielhalle, die niemand anderem gehörte als dem Mann der schönen Dr. Joanna Hunter, Neil. (»Und was macht Mr Hunter?«, hatte sie Joanna Hunter beiläufig bei ihrem Besuch gestern gefragt. »Ach, dies und das«, sagte Joanna Hunter leichthin. »Neil hält immer Ausschau nach der nächsten großen Gelegenheit, er ist ein geborener Unternehmer.«) Warum die schöne Dr. Hunter mit jemandem verheiratet war, der Geschäftsinteressen im (sogenannten) Schamdreieck der Bread Street mit ihren Striplokalen, zwielichtigen Kneipen und Revueetablissements hatte, darüber konnte man nur spekulieren. Sollte sie nicht mit jemand Ehrbarerem verheiratet sein – einem Orthopäden zum Beispiel?

Laut seiner Frau war Neil Hunter in der »Freizeitindustrie« tätig, eine Bezeichnung, die eine Menge Möglichkeiten abzudecken schien. In seinem Fall schienen es zwei oder drei Spielhallen, zwei Fitnessstudios (keine besonders exklusiven), eine kleine Flotte Mietautos (müde wirkende viertürige Limousinen, die sich als »Oberklasse« ausgaben) und zwei Schönheitssalons zu sein, einer in Leith, einer in Sighthill, die den Eindruck machten, als stellten sie ein Gesundheitsrisiko dar – Louise war überzeugt, dass sich Joanna Hunter in keinem von beiden je einer Gesichtsbehandlung unterzogen hatte, das Sheraton One Spa waren sie jedenfalls nicht.

»Was wissen Sie über unseren Mr Hunter?«

»Als er nach Edinburgh kam«, sagte Marcus, »fing er mit einem Burgerstand am Bistro Square an, wo er sowohl die Studenten als auch die Leute aus den Kneipen abfing.«

»Burgerstand. Wie stilvoll.«

»Der in den frühen Morgenstunden abbrannte, als niemand drin war.«

»Tja, das nenne ich Zufall.«

»Dann kamen eine Weinbar, ein Café, ein Catering-Service, eigentlich alles, was er ausprobieren konnte.«

»Was davon abgebrannt?«

»Das Café. Ein elektrischer Defekt.«

»Und die Spielhalle?«

»Eine Menge Benzin darin vergossen«, sagte Marcus. »Keine spontane Sache. Die Hintertür war aufgebrochen, die Alarmanlage ging los, aber als die Feuerwehr eintraf, hat es schon lichterloh gebrannt.«

»Und was hört man auf der Straße über Mr Hunter?«

»Man hört, dass er sauber ist«, sagte Marcus. »Ein kleiner Spitzbube, aber im Großen und Ganzen ein gesetzestreuer Geschäftsmann.«

»Es sind also nur die Leute, mit denen er zu tun hat, die zwielichtig sind?«

Sie hatte bereits die Fotos gesehen, die das Betrugsdezernat geschickt hatte, nette, scharfe Fotos von Hunter, wie er im Lauf mehrerer Wochen unterschiedliche Getränke mit einem gewissen Michael Anderson aus Glasgow plus diverser Hofschranzen zu sich nahm. »Andersons Gefolge«, sagte Marcus. »Schauen Sie sich diese Typen an, Gesichter, die nur eine Mutter lieben kann.« Anderson stand in seiner Heimatstadt unter dem Verdacht des Drogenhandels, befand sich aber in seinem Luxuspenthouse so weit oben in der Nahrungskette, dass ihm die Polizei von Strathclyde bislang nichts nachweisen konnte. »Gute Anwälte«, sagte Marcus.

»Oder schlechte Anwälte, je nach Standpunkt.«

Das Betrugsdezernat glaubte, dass Anderson keine Möglichkeiten mehr hatte, sein Geld in Glasgow zu waschen, und sich in Edinburgh umschaute, um Neil Hunters »dies und das«, wie seine schöne Frau es ausgedrückt hatte, dafür in Anspruch zu nehmen. Dr. Hunter stand das Wort »Ehefrau« so viel besser als Louise.

»Wie haben Sie sich kennengelernt?«, hatte Louise sie gestern gefragt und so getan, als wäre sie der Typ Frau, der sich für romantische Anekdoten interessierte, Steve Wrights *Sunday Love Songs* hörte, während sie Frühstück machte und ihrem Mann ans Bett brachte, und nicht die abgebrühte Zicke, die gerade dabei war, dem Staatsanwalt einen Bericht über ihren Mann zu schicken. Joanna Hunter lachte und sagte: »Ich habe ihn in der Notaufnahme behandelt, und er hat gefragt, ob ich mit ihm essen gehe.«

»Und Sie sind tatsächlich gegangen?« Louise konnte die Ungläubigkeit nicht ganz aus ihrer Stimme verbannen.

»Nein, das hätte unserem Berufsethos widersprochen.« Joanna Hunter lachte wieder, als wäre die Erinnerung Teil einer seit langem geschätzten amüsanten Geschichte *(Wie ich deinen Vater kennengelernt habe).* »Er war hartnäckig«, sagte sie, »und schließlich habe ich nachgegeben.«

Ich auch, dachte Louise und sagte: »Meine Mutter und mein Vater haben sich im Urlaub kennengelernt«, und Joanna Hunter sagte: »Ah, eine Urlaubsromanze!«, und Louise sagte nicht, dass er sie in einer Bar auf Gran Canaria aufgegabelt hatte und sie sich nie an seinen Namen erinnern konnte, was jedoch nicht weiter wichtig war, weil er nicht der einzige Anwärter für die begehrte Rolle von Louises komplett abwesendem Vater war.

»Warum war Mr Hunter in der Notaufnahme?«, fragte Louise.

»Ein paar Schläger hatten ihn verprügelt.«

Unfallneigung, schlechte Gesellschaft, alle Anzeichen waren von Anfang an da. Warum um alles in der Welt ging die schöne Ärztin mit jemandem wie ihm aus?

»Mir gefiel seine Energie«, sagte sie unaufgefordert. Hunde sind energiegeladen, dachte Louise, lächelte und sagte: »Ja, das hat meine Mutter über meinen Vater auch gesagt.«

Sie sagte Joanna Hunter nichts von dem Feuer in der Spielhalle, es schien unhöflich angesichts der Neuigkeiten, mit denen sie zu ihr gekommen war.

»Sagen Sie Jo zu mir«, sagte Dr. Hunter.

»Es gibt nichts Konkretes, das Hunter mit den Typen aus Glasgow in Verbindung bringt«, sagte Louise zu Marcus. »Vielleicht sind Anderson und Hunter gemeinsam in die Grundschule gegangen.«

»Also, auf der Straße hört man, dass Hunter kurz davor steht, unterzugehen«, sagte Marcus. »Schon seit einer Weile. Mit Anderson Geschäfte zu machen könnte eine Möglichkeit sein, es zu verhindern, aber das Gleiche gilt für das Versicherungsgeld wegen des Feuers.«

»Ich werde mit ihm reden«, sagte Louise und nahm die Akte.

»Boss?«

»Was? Nicht mein Job, weil ich so ein hohes Tier bin? Er wohnt um die Ecke von mir. Ich schaue morgen früh auf dem Weg zur Arbeit bei ihm vorbei.« Sie sagte nicht: *Ich lese mich durch das Werk seines Schwiegervaters.* Ganz bestimmt sagte sie nicht: *Ich bin fasziniert von Joanna Hunter, sie ist mein Alter Ego, die Frau, die ich nie geworden bin – eine gute Überlebende, eine gute Ehefrau, eine gute Mutter.* »Der Staatsanwalt soll uns einen Durchsuchungsbefehl ausstellen, damit wir an Hunters Unterlagen können.«

»Ja, Boss.« Er war enttäuscht, weil ihm der Fall buchstäblich vor der Nase weggeschnappt wurde.

»Ich will nur mit ihm reden«, beruhigte ihn Louise, »dann kriegen Sie ihn zurück. Es gibt da eine Verbindung, ich musste gestern zu seiner Frau.«

»Zu seiner Frau?«

»Joanna.«

DS Karen Warner betrat durch die offene Tür Louises Büro und ließ einen Stapel Akten auf ihren Schreibtisch fallen. »Deine, glaube ich«, sagte sie und lehnte sich mit ihrem ganzen Gewicht gegen den Schreibtisch. Ein wandelnder Aktenschrank, im achten Monat schwanger mit ihrem ersten Kind, und immer noch arbeitete sie. (»Ich werde mit wehenden Fahnen untergehen, Boss.«) Sie war älter als Louise (»Späte Primigravida – klingt das nicht widerlich?«). Die Mutterschaft würde ein Schock für sie werden, dachte Louise. Sie war dabei, mit neunzig Stundenkilometern gegen eine Mauer zu rasen, und würde sich später fragen, was passiert war.

Karen war noch im Needler-Team, das jetzt nur noch halb so groß war wie vor dringenden sechs Monaten, von St. Leonard's nach Howdenhall zurückgekehrt und in einem kleineren Raum untergebracht. Louises Chef hatte gemeint, sie solle beim Needler-Fall »zurückschrauben« und sich wieder anderen Fällen zuwenden. »Sie sind besessen von Alison Needler«, sagte er.

»Ja«, stimmte sie ihm freudig zu. »Das bin ich. Das ist mein Job.«

Karen riss ein Snickers auf und biss hinein, tätschelte ihren Bauch. »Erlaubnis zum Essen«, sagte sie zu Louise. »Willst du ein Stück?«

»Nein, danke.«

Louise war am Verhungern, aber sie hatte keinen Appetit. Die Ehe schien ihrem normalerweise guten Appetit nicht zu bekommen. Patrick wurde immer gesünder, während sie dahinzuschwinden schien. Als Jugendliche hatte sie kurzzeitig mit Bulimie geflirtet, zwischen Ritzen und einer frühen Runde Saufen (Bacardi mit Coke, allein schon bei dem Gedanken hätte sie jetzt kotzen können), aber all das waren Süchte, und deswegen hatte sie damit aufgehört. In ihrer Familie war nur Platz für eine Süchtige, und ihre Mutter hatte nicht die Absicht gehabt, diesen Platz zu räumen.

Karen blickte auf den Bericht auf Louises Schreibtisch. »Derselbe Hunter?«, sagte sie. »Neil Hunter ist Joanna Hunters Mann? Wow. Das nenne ich Zufall.«

»Ist Joanna Hunter ein Name, den ich kennen sollte?«, fragte Marcus Louise.

»Die davongekommen ist«, sagte Karen. »Gabrielle Mason, drei Kinder? Vor dreißig Jahren?«

Marcus schüttelte den Kopf.

»Ach, wie süß. Du bist noch so jung«, sagte Karen. »Ein Mann hat die Mutter und zwei ihrer Kinder auf einem Feld in Devon umgebracht, Joanna ist davongerannt und hat sich versteckt und wurde später unverletzt gefunden. Joanna Hunter, geborene Mason.«

»Der Mann, der für die Morde verurteilt wurde, heißt Andrew Decker«, sagte Louise. »Er wurde für zurechnungsfähig erklärt. Wenn es von geistiger Gesundheit zeugt, eine Mutter und zwei ihrer Kinder zu erstechen, wie lautet dann die Definition von irrsinnig? Das fragt man sich doch, oder? Und jetzt kommt er raus – er ist schon draußen –, und jemand hat es der Presse gesteckt. Es wird in allen Nachrichten sein für mindestens, ich weiß nicht, zwei Stunden. Futter für den gierigen Rachen der Presse. Ich war gestern bei ihr, um sie zu warnen.«

Karen zerknüllte das Snickers-Papier und warf es in den Papierkorb. »Und ist sie noch immer ein Opfer, Boss?«

»Gute Frage«, sagte Louise.

Es war jetzt zu spät, um noch zu Maxwell's zu fahren, sie konnte bei Waitrose Blumen kaufen. Sie hatte noch genug Zeit. Gerade noch. Sie stieg in ihren Wagen, einen silberfarbenen BMW 3er, der wesentlich schicker war als Patricks übersensibler Ford Focus. Er war grundanständig, bis hinunter zum Wagen, den er fuhr.

Und dann klingelte ihr Handy. Einen Augenblick lang dachte sie daran, sich nicht zu melden. Ihr Instinkt, ihr sechster Polizeisinn, sagte ihr – brüllte sie an –, dass es keinen Seebarsch, keine zweimal gebackenen Soufflés geben würde, wenn sie sich meldete.

Sie nahm beim dritten Klingeln ab. »Hallo?«

Zuflucht

Sadie stellte die Ohren auf. Der Hund hörte Dr. Hunters Wagen immer lange vor Reggie. Er drückte seine Aufregung mit einem winzigen Wedeln der Schwanzspitze aus, aber wenn Reggie sie berührte, stand Sadies gesamter Körper vor Vorfreude wie unter Strom. Das Baby auch. Wenn es Dr. Hunter die Küche betreten sah, spürte Reggie, wie die Aufregung seinen soliden Torso durchfuhr, als es sich darauf vorbereitete, sich in die Luft zu katapultieren, die kleinen dicken Arme seiner Mutter entgegengestreckt.

»Hoppla, Cowboy, immer mit der Ruhe.« Dr. Hunter nahm ihn lachend in die Arme und drückte ihn fest an sich. Dr. Hunter hatte einen Schwall eisiger Luft mitgebracht. Sie trug wie üblich ihre teure Mulberry-Tasche *(Die Bayswater – ist sie nicht schön, Reggie?)*, die Mr Hunter ihr im September zum Geburtstag geschenkt hatte, und über dem Arm hing in Plastik gehüllt eins ihrer schwarzen Kostüme – sie hatte drei identische Kostüme, eines trug sie, eins hing im Schrank, eins war in der Reinigung.

»*Quelle horreur*«, sagte sie und zitterte theatralisch. »Still und starr ruht der See. Es ist eiskalt draußen.«

»Baltisch«, sagte Reggie.

»Es weht der Wind aus dem Norden, für Schnee wird er sorgen, was wird das Rotkehlchen dann tun, das arme Ding?«

»Es wird in der Scheune sich verstecken, den Kopf mit dem Flügel bedecken, das arme Ding, Dr. H.«

»Ist hier alles in Ordnung, Reggie?«

»Total, Dr. H.«

»Wie geht's meinem Schatz?«, fragte Dr. Hunter und schnüffelte am Nacken des Babys (»Er ist essbar, meinst du nicht auch?«), und Reggie spürte etwas im Herzen, einen kleinen Schmerz, und sie wusste nicht genau, warum, aber sie dachte, dass es traurig sei (ja, sehr traurig), dass niemand sich an die Zeit als Baby erinnern konnte. Was hätte Reggie nicht dafür gegeben, wieder ein Baby zu sein, umschlungen von Mums Armen. Oder Dr. Hunters Armen. Von irgendjemandes Armen eigentlich. Außer Billys natürlich.

»Es ist so traurig, dass er sich nicht daran erinnern wird«, sagte sie zu Dr. Hunter. (War Dr. Hunters Traurigkeit irgendwie ansteckend?)

»Manchmal ist es gut, zu vergessen«, sagte Dr. Hunter. »Wildschweinkinder leben herrlich, wühlen stets in Sumpf und Moor, und die liebe Wildschweinmutter macht es ihnen vor.«

Reggies Mutter hatte gern umarmt und geküsst. Vor Gary und vor dem Mann-der-vor-Gary-kam saßen sie abends auf dem Sofa, aneinandergeschmiegt, sahen fern, aßen Kartoffelchips oder geliefertes Essen. Reggie schlang den Arm um Mums Taille und spürte die behagliche Speckrolle, die ihre Mitte umspannte, und ihren weichen Bauch (»Mein Schwabbelbauch«, sagte Mum dazu). Das war es – Reggie erinnerte sich am liebsten daran, wie sie gemeinsam *ER* gesehen und Hähnchen Chow-mein gegessen hatten und sie dabei den Schwimmreifen ihrer Mutter spürte.

Es war ein bisschen Pipifax, wenn man darüber nachdachte. Man sollte hoffen, dass zwei so verbundene Leben sich zu mehr summieren würden. Reggie stellte sich vor, dass Dr. Hunter und ihr Sohn sich wahrhaft erstaunliche Erinnerungen verschaffen würden, sie würden den Amazonas in einem Kanu befahren, die Alpen erklimmen, in die Oper in Covent Garden gehen, Shakespeare in Stratford sehen, den Frühling in Paris und Silvester in Wien verbringen, und Dr. Hunter hinterließe kein Fotoalbum, in dem sie sich überhaupt nicht ähnlich sah. Der Gedanke, dass das Baby zu einem Jungen und dann zu einem Mann würde, war komisch. Es war einfach nur ein Baby.

»Mein kleiner Prinz«, gurrte Dr. Hunter das Baby an.

»Wir sind alle Könige und Königinnen, Dr. H.«, sagte Reggie.

»Ist Neil schon da?«

»Mr Hunter? Nein.«

»Er muss babysitten, hoffentlich hat er es nicht vergessen. Ich gehe mit Sheila zu Jenners, heute ist Weihnachtseinkaufabend. Du weißt schon – ein Glas Wein gratis, Plätzchen, die Leute singen Weihnachtslieder, all so was. Warum kommst du nicht mit, Reggie? Ach, nein, heute ist ja Mittwoch. Du musst zu deiner Freundin.«

»Ms MacDonald ist nicht meine Freundin«, sagte Reggie. »Gott bewahre.«

Dr. Hunter brachte Reggie immer mit dem Baby auf dem Arm zur Tür und sah ihr nach. Sie versuchte dem Baby beizubringen, zum Abschied zu winken, und bewegte seinen Arm, als wäre es die Puppe eines Bauchredners, und sagte immer wieder (mehr zum Baby als zu Reggie): »Tschüss, Reggie, tschüss.«

Sadie, die neben Dr. Hunter saß, trommelte zum Abschied mit dem Schwanz auf die Fliesen.

Nach dem Tod ihrer Mutter hatte Reggie versucht, sich an die letzten gemeinsamen Momente zu erinnern. Ohne Hilfe des Taxifahrers hatten sie zu zweit den riesigen, hässlichen Koffer in den Wagen gehievt, einen Koffer, der vollgestopft war mit billigen knappen Oberteilen und dünnen Baumwollhosen und dem peinlich kleinen Badeanzug aus schrecklichem orangefarbenem Lycra, der schließlich das letzte Kleidungsstück war, das sie trug, abgesehen von dem Leichentuch, in dem sie begraben wurde (weil sich in ihrer Garderobe nichts fand, was für die Ewigkeit geeignet schien).

Reggie konnte sich nicht an den Ausdruck ihrer Mutter erinnern, als sie in den Urlaub aufbrach, aber sie nahm an, dass er hoffnungsvoll gewesen war.

Ebenso wenig erinnerte sie sich an ihre letzten Worte, obwohl ein »Auf Wiedersehen« bestimmt darunter gewesen war. Normalerweise verabschiedete sie sich mit einem »Bin gleich zurück«. *Je reviens.* Reggie betrachtete ihren Aufbruch als die erste Hälfte von etwas, was nie vervollständigt wurde. Die zweite Hälfte hätte sich in umgekehrter Reihenfolge abspielen sollen, *vale atque ave*, Mum am Flughafen, Mum im Flugzeug, Mum landete in Edinburgh, stieg in ein Taxi, fuhr vor der Tür vor, stieg aus – braun gebrannt und wahrscheinlich fülliger – und sagte: »Hallo.« Aber das ereignete sich nie, *bin gleich zurück*, ein nicht erfülltes Versprechen. Ihre letzten Worte, und sie waren eine Lüge.

Reggie erinnerte sich, dass sie gewinkt hatte, als das Taxi losfuhr, aber hatte sich ihre Mutter umgewandt und ebenfalls gewinkt, oder hatte sie an ihrem Koffer herumgefummelt? Die Erinnerung war trübe, halb erfunden, die fehlenden Teile vorgestellt.

Jedes Mal, wenn zwei Personen sich voneinander verabschiedeten, sollten sie es mit Bedacht tun – es könnte das letzte Treffen gewesen sein. Erste Dinge waren gut, letzte nicht so sehr.

Dr. Hunter wurde von der Tür eingerahmt wie ein Porträt, das Baby langte nach ihrem Haar, der Hund blickte hingebungsvoll zu ihr auf. Unter ihrem Kostüm trug sie ein weißes T-Shirt, dazu wie gewöhnlich schwarze Schuhe mit flachem Absatz und eine feine Strumpfhose, eine schmale Perlenkette und passende Stecker in den Ohren. Reggie sah auch das Baby in seinem kleinen Matrosenanzug, den Mund mit dem Daumen zugestöpselt, das Stück grüne Decke in derselben Hand, mit der es sich an Dr. Hunters Haar klammerte.

Und dann wandte Dr. Hunter sich ab und ging zurück ins Haus.

Reggie stand an der Bushaltestelle und las in *Große Erwartungen*, als sie eine Hand in ihrem Nacken spürte, und bevor sie schreien konnte, stieß ihr jemand etwas Hartes in den unteren Rücken und flüsterte ihr ins Ohr: »Keinen Ton, ich habe eine Knarre.«

»Okay«, flüsterte Reggie. Sie tastete in ihrem Rücken nach der »Waffe«. »Eine Rolle Trebor *Mints?*«, sagte Reggie sarkastisch. »Mann, hab ich Angst.«

»Extra scharf«, sagte Billy und grinste.

»Ha, beschissenes Ha.« In Dr. Hunters Haus benutzte Reggie nie Kraftausdrücke. Sowohl Reggie als auch Dr. Hunter (die behauptete, dass sie früher »geflucht habe wie ein Landser«) gebrauchten harmlose Ersatzworte, improvisierten Unsinn – Zucker, Sprudel, Strandschnecke, Tassen und Untertassen –, aber der Anblick ihres Bruders verdiente mehr als ein »Heiliger Strohsack, hilf mir«. Reggie seufzte. Wenn Mum die Gelegenheit gehabt hätte, ein paar letzte Worte zu Reggie zu sagen, dann wären es, davon war sie überzeugt, »Pass auf deinen Bruder auf« gewesen. Reggie konnte sich noch daran erinnern, als sie beide Kinder gewesen waren und Billy ihr Held und Beschützer, jemand, zu dem sie aufgeblickt und auf den sie sich verlassen hatte, jemand, der auf *sie* aufgepasst hatte. Sie konnte ihre Erinnerungen an Billy nicht verleugnen, obwohl Billy sie jeden Tag verleugnete.

Billy war neunzehn, drei Jahre älter als Reggie, und obwohl er sich nicht wirklich an ihren Vater erinnerte, hatte er zumindest Fotos von sich und ihm, die bewiesen, dass sie beide zur gleichen Zeit auf diesem Planeten existiert hatten. Auf den meisten Bildern hielt Billy etwas aus seinem Spielzeugarsenal – Plastikschwerter, Space Guns, Pfeil und Bogen. Als er älter wurde, waren es Luftgewehre und Taschenmesser. Nur Gott wusste, worauf er jetzt stand, Raketenwerfer wahrscheinlich.

Reggie vermutete, dass er die Liebe zu Waffen von ihrem Vater hatte. Mum hatte ein paar verblasste Fotos von ihrem Soldaten-Mann mit seinen Kameraden in der Wüste, alle mit ihren großen Gewehren in der Hand. Als er Heimaturlaub hatte, schmuggelte er ein »Souvenir« nach Hause, eine große hässliche russische Pistole, die Mum in einer Schachtel oben in der Ablage ihres Kleiderschranks aufbewahrte in dem absurden Glauben, Billy würde sie dort nicht finden. Sie wusste nicht, wie sie sie loswerden sollte. »Ich kann sie doch nicht in die Mülltonne werfen, ein Kind könnte sie finden.« Sie konnte sie auch nicht bei der Polizei abliefern, denn obschon sie eine gesetzestreue Person war, hatte Mum eine Abneigung gegen die Polizei, nicht nur weil sie wegen Billy immer an die Tür klopften, sondern weil sie aus Blairgowrie war, ein Mädchen vom Lande, und ihr Vater hatte offenbar ein bisschen gewildert.

Es war kein Zufall, dass Billy und die Pistole am selben Tag aus dem Haus verschwanden. »Makarow«, sagte er stolz, fuchtelte damit herum und erschreckte Reggie zu Tode. »Sag Mum nichts davon.«

»Herrgott, Billy, wir leben nicht im Wilden Westen«, sagte Reggie, und er sagte: »Doch, das tun wir.« Sie fragte sich, warum er nicht gleich zur Armee ging, dort hätte er alle Waffen, die er sich nur wünschte. Er bekäme Geld als Gegenleistung, und die Waffen wären umsonst.

Dass Billy sich in so großer Nähe von Dr. Hunters Haus aufhielt, beunruhigte sie. Ein paarmal war er vor Ms MacDonalds Haus in Musselburgh aufgetaucht und hatte angeboten, sie nach Hause zu fahren. (Er hatte immer ein Auto. Immer ein anderes.) Ms MacDonald bat ihn in die Wohnung, aber nur weil sie ihn religiös indoktrinieren wollte und er ein verstopftes U-Rohr reparieren sollte. Billy war so ganz und gar nicht die Person, die man um Reparaturdienste bitten sollte, obwohl er die Accessoires (neues Wort) mochte – Hämmer, Teppichmesser, Bohrmaschinen –, doch nicht auf gute Weise. Es war komisch, weil er in einem anderen Leben, auf einem anderen Weg Talent für solche Dinge gehabt hätte. Er war wirklich gut mit den Händen, als er noch ein Junge war. Bevor alles schieflief, verbrachte er Stunden damit, Airfix-Teile penibel zusammenzukleben, und sein Werklehrer meinte, dass er eine Zukunft als Tischler hätte, wenn er wollte. Das war, bevor er Löcher in alle Werkbänke bohrte und das Pult des Lehrers zersägte.

Jeder, der Billy heutzutage noch umdrehen könnte, wäre ein Wundertäter. Es war Reggie peinlich gewesen, wie er durch Ms MacDonalds unordentliches, vollgestopftes Haus stolzierte und mit dem Finger über die staubigen Bücher fuhr, als wäre er jemand, der sich mit Sauberkeit auskannte, was er definitiv nicht tat. Reggie hatte der durchtriebene Blick ihres Bruders nicht gefallen, sie kannte ihn nur zu gut. Als Kind hatte der Blick Ungezogenheit bedeutet, jetzt bedeutete er Ärger.

Reggie sorgte sich, dass Billy eines Tages vor Dr. Hunters Haus vorfahren würde, um sie abzuholen, und sie müsste ihn Dr. Hunter vorstellen. Sie wusste genau, wie seine verkniffenen, frettchenhaften Züge sich angesichts der vielen schönen Sachen im Haus der Hunters aufhellen würden. Oder noch schlimmer, dass er auf ebensolche Weise auf Dr. Hunter selbst reagieren würde. Reggie glaubte, dass sie ihn verleugnen müsste *(Er ist nicht mein Bruder. Ich weiß nicht, wer er ist).* »Fleisch und Blut«, hörte sie Mum sagen. Fauliges Fleisch.

»Was machst du hier, Billy?«

»Dies und das.« Er zuckte die Achseln. (Das war Billy, dies und das, alles und nichts.) »Es ist ein freies Land, oder? Als ich das letzte Mal in diesem Teil von Edinburgh war, habe ich keinen Pass gebraucht.«

»Ich traue dir nicht, Billy.«

»Was immer.«

»*Quidquid.*« Ha.

»Was?«

Als der Bus kam, machte Billy ein großes Theater daraus, ihr in den Bus zu helfen, als wäre er ein Lakai, der einer Prinzessin in die Kutsche hilft, zog einen imaginären Hut und sagte: »Bis dann, möchte nicht in deiner Haut stecken«, bevor er die Straße entlangschlenderte.

Horch! Horch! Die Hunde bellen, die Bettler kommen in die Stadt.

Kommst du zur Brig o'Dread zuletzt

Jackson fand sich schließlich in einem verspäteten und überfüllten Viehtransport von Zug wieder, der vor Erschöpfung brummte und wummerte. Im Speisewagen gab es keine heißen Getränke, die Heizung war ausgefallen, und manche Leute sahen aus, als würden sie demnächst an Unterkühlung sterben. Taschen und Koffer verstopften die Gänge, und um sich durch den Waggon zu bewegen, musste man einen Hürdenlauf in Zeitlupe absolvieren. Dieser Hindernisparcours hielt mehrere kleine Kinder, außer Rand und Band vor Überzuckerung und Langeweile, nicht davon ab, schreiend im Gang auf und ab zu stürmen. Es war wie ein Zug, der aus dem Krieg zurückkehrte, einem verlorenen Krieg, nicht einem gewonnenen. Zwischen den Waggons saßen tatsächlich zwei müde Soldaten in Wüstenkampfanzügen auf ihren Rucksäcken. Das war Jackson einst gewesen, in einem anderen Leben.

Als Jackson aus der Armee ausschied, schwor er sich, nicht zu tun, was so viele andere taten, und in den Sicherheitsdienst zu gehen. Die Hälfte der Soldaten, die unter ihm gedient hatten, fanden sich am ächzenden Ende des Geschäfts wieder – in schwarzen Mänteln vor den Türen von Kneipen und Clubs frierend. Er ging zur Polizei von Cambridgeshire, er war Warrant

Officer bei der Militärpolizei gewesen, und es schien ein natürlicher Schritt. Als er aus der Polizei ausschied, schwor er sich, nicht zu tun, was so viele andere taten, und in den Sicherheitsdienst zu gehen – Wachmänner bei Marks and Spencer, Detektive bei Tesco –, die Hälfte von ihnen waren Leute, die mit ihm bei der Polizei gewesen waren. Er schied im Rang eines Detective Inspectors bei der Polizei aus, und das schien eine gute Basis, um sich als Ein-Mann-Privatdetektei zu etablieren, und als er sie aufgab, musste er sich nichts schwören, dank einer alten Mandantin, die ihm ein Vermögen hinterlassen hatte.

Wenn ihn die Leute jetzt fragten, was er tat, antwortete er ironischerweise »Sicherheitsdienst« in einem kryptischen Fragen-Sie-nicht-weiter-Tonfall, den er in der Armee gelernt und bei der Polizei perfektioniert hatte. Nach Jacksons langjähriger Erfahrung deckte »Sicherheit« eine Vielzahl von Sünden ab, aber tatsächlich war es eine ziemlich eindeutige Sache, er hatte eine Karte in der Brieftasche: »Jackson Brodie – Sicherheitsberater« (»Berater« war ein Wort, das noch mehr Sünden abdeckte). Er brauchte das Geld nicht, er brauchte die Selbstachtung. Ein Mann konnte nicht nichts tun. Für Bernie zu arbeiten, war vielleicht keine gerechte Sache (im Grunde seines Herzens war Jackson ein Kreuzzügler, kein Pilger), aber es war besser, als zu Hause Däumchen zu drehen.

Und Sicherheit war besser, als zu sagen: »Ich lebe vom Geld einer alten Frau«, weil er das Geld, das ihm seine Mandantin hinterlassen hatte, in keiner Weise verdient hatte, und es lastete so schwer auf ihm, als würde er es in einem Sack über der Schulter tragen. Er besaß einen Goldesel, denn da er die zwei Millionen fast komplett investiert hatte, wuchs seine Rendite exponentiell. (Es stimmte, der Teufel schiss immer auf den größten Haufen.)

Zudem war es ihm, mehr oder weniger, gelungen, sich in ethisch vertretbaren Bereichen zu bewegen. Jackson war der Ansicht, dass es genug Elend auf der Welt gab, ohne dass er es finanzierte, doch er investierte so viel in alternative Energiequellen, dass er, wenn es mit dem Erdöl vorbei wäre, vom Ende der Welt, wie wir sie kennen, profitieren würde. »Wie Krösus«, sagte Julia. »Alles, was du anfasst, wird zu Gold.«

In seinem früheren Leben, als das Pech an seinen Fersen klebte wie ein treuer Spürhund und alles, was er anfasste, zu Scheiße wurde, konnte er kaum die monatlichen Kreditraten zahlen, und das gelegentliche Lotterielos war seine einzige Investition gewesen. Und man hätte darauf wetten können, hätte er Aktien und Fonds gekauft (lächerlich unwahrscheinlich), wäre der Weltmarkt am nächsten Tag zusammengebrochen. Jetzt konnte er das Zeug gar nicht alles weggeben. Oder nein, das stimmte nicht ganz, Jackson war noch nicht bereit, vollkommen Zen zu werden und ganz und gar auf seine weltlichen Güter zu verzichten. (»Dann hör auf zu jammern«, sagte seine Exfrau.)

Jackson hatte einen unbequemen Platz an einem Vierertisch am Ende des Abteils ergattert. Neben ihm, am Fenster, saß ein Mann in einem schlaffen Anzug und arbeitete konzentriert an seinem Laptop. Jackson erwartete, dass der Bildschirm mit Tabellen und Statistiken gefüllt wäre, aber stattdessen waren es Worte. Jackson schaute weg, Zahlen waren unpersönlich genug, um den Blick darüber schweifen zu lassen, doch Worte waren privat. Der Mann hatte seine Krawatte gelockert und verströmte einen schwachen Geruch nach Bier und Schweiß, als wäre er schon zu lange von zu Hause fort. Auf der anderen Seite des Tisches saßen zwei Frauen: Eine war alt und mit einem Roman von Catherine Cookson bewaffnet, die andere, die gleichgültig in einer Promiillustrierten blätterte, war eine vierzigjährige Blondine mit einem Vorbau wie ein zu prall gestopfter Truthahn. Sie trug sirenenroten Lippenstift und ein dazu passendes Oberteil, das eine halbe Nummer zu eng war und vor Jacksons Augen leuchtete wie ein Signalfeuer. Er war überrascht, dass nicht »Von mir aus gern« auf ihre Stirn tätowiert war. Die alte Frau war blau vor Kälte, obwohl sie Hut, Handschuhe, Schal und einen dicken Wintermantel anhatte. Jackson war froh über die North-Face-Jacke, die zu seiner Verkleidung gehörte, dann fühlte er sich schuldig und bot sie der alten Frau an. Sie lächelte und schüttelte den Kopf, als hätte sie jemand vor langer Zeit davor gewarnt, mit Fremden im Zug zu sprechen.

Der Anzug neben ihm hustete, ein ungesundes, schleimiges Geräusch, und Jackson fragte sich, ob er ihm seine Jacke anbieten sollte. Fremde im Zug. Gäbe es einen Notfall, würden sie einander helfen? (Man sollte die Leute nie überschätzen.) Oder müsste jede Frau selbst schauen, wo sie blieb? So überlebte man in einem Flugzeug oder Zug, man musste alle und alles ignorieren, um jeden Preis rauskommen, sich selbst oder, wenn nötig, jemand anderem ein Körperteil abnagen – über Sitze, über Menschen steigen, alles vergessen, was einem die Mutter über Manieren beigebracht hatte, weil die Leute, die es zum Ausgang schafften, die waren, die überlebten, um, buchstäblich, die Geschichte zu erzählen.

Die Folge eines schlimmen Zugunglücks war ein Schlachtfeld. Jackson wusste es, er hatte eines erlebt am Anfang seiner Laufbahn bei der Polizei, und es war schlimmer gewesen als alles, was er in der Armee gesehen hatte. In dem Wrack war ein kleines Kind eingeklemmt, sie hörten es nach seiner Mutter schreien, doch sie kamen unter den Tonnen von Stahl nicht einmal in seine Nähe.

Nach einer Weile verstummte das Weinen, aber Jackson hörte es noch monatelang in seinen Träumen. Das Kind – ein Junge – wurde schließlich gerettet, aber seltsamerweise linderte das die Erinnerung an seine Schluchzer nicht *(Mummy, Mummy).* Kurz zuvor war Jackson selbst Vater von Marlee geworden, ein Zustand, in dem er sich geschunden und zerrissen und vollkommen im Widerspruch zu seinen pränatalen Sorgen fühlte, die hauptsächlich darin bestanden hatten, einen Kinderwagen auszusuchen – mit maskuliner Aufmerksamkeit für technische Details, wie er sie normalerweise für ein Auto aufbrachte (Feststellbare, drehbare Vorderräder? Höhenverstellbare Griffe? Verstellbarer Sitz?). Doch die Vaterschaft erwies sich als unendlich primitiver. Er tastete nach der Plastiktüte in seiner Tasche. Eine andere Schwangerschaft, ein anderes Kind. Seins. Er dachte an das, was er gefühlt hatte, als er Nathans kleinen Kopf berührte. Liebe. Liebe war nicht süß und leicht, sie kam aus den Eingeweiden und war überwältigend. Liebe war nicht geduldig, Liebe war nicht nett. Liebe war wild, Liebe kannte alle schmutzigen Tricks.

Er hatte Julia in fortgeschrittener Schwangerschaft nicht gesehen. Klein und sexy wie sie war, stellte er sich vor, dass sie hochschwanger auf reife Weise sinnlich wäre, obwohl sie ihm erzählte, dass sie Hämorrhoiden und Krampfadern habe und »nahezu kugelrund« sei. Sie kommunizierten hin und wieder miteinander, er rief sie an, und sie meinte, er solle sie in Ruhe lassen, aber manchmal sprachen sie, als wäre nie etwas zwischen sie getreten. Dennoch blieb sie dabei, das Baby war nicht von ihm.

Er besuchte sie nach der Geburt im Krankenhaus. Als er das Sechsbettzimmer auf der Entbindungsstation betrat, hatte es ihm das Herz zusammengeschnürt, als er sie mit dem Baby im Arm sah. Sie saß an die Kissen gelehnt da, das wilde Haar fiel ihr offen über die Schultern, und sie sah aus wie eine Madonna – der Anblick wurde nur verdorben durch den Eindringling, Mr Arty-Farty Fotograf, der neben ihr auf dem Bett lag und das Baby anhimmelte.

»Da schau her – die unheilige Familie«, sagte Jackson (weil er nicht anders konnte – das war die Geschichte seines Lebens, was das Klappeaufreißen vor seinen Frauen betraf).

»Geh wieder, Jackson«, sagte Julia freundlich. »Du weißt, dass das keine gute Idee ist.« Mr Arty-Farty, der etwas provokativer war, sagte: »Verschwinde oder ich knall dir eine.«

»Nicht sehr wahrscheinlich, du Riesenweichei«, sagte Jackson (weil er nicht anders konnte). Der Kerl war verzärtelt und nicht fit, Jackson glaubte, ihn mit einem einzigen Schlag ausschalten zu können.

»Der bessere Teil der Tapferkeit ist Vorsicht, Jackson«, sagte Julia, und ein warnender Ton kroch in ihre Stimme. Auf Julia war Verlass, wenn es darum ging, in einer Situation wie dieser zu zitieren. Sie steckte dem Baby den kleinen Finger in den Mund und lächelte ihm zu. Zwei Welten. Jackson hatte sie nie zuvor so glücklich gesehen, und er hätte auf der Stelle kehrtgemacht und wäre gegangen aus Hochachtung vor Julias neugefundener Erlösung, aber Mr Arty-Farty (er hieß eigentlich Jonathan Carr) sagte: »Hier gibt's nichts für dich zu holen, Brodie«, als ob ihm diese Krippenszene gehörte, und Jackson merkte, wie er den Verstand so weit verlor, dass er den Kerl hier im Zimmer unter den Augen stillender Mütter und neugeborener Babys zusammengeschlagen hätte, wenn Julias (sein) Baby nicht geweint und ihn zum Rückzug getrieben hätte. Jackson hatte so viel Anstand, sich bei dieser Erinnerung in Grund und Boden zu schämen.

Und jetzt lebten die beiden, wehleidige Südengländer bis ins Mark, in seiner Heimat, seinem Revier, während er sich jeden Tag einen Schritt weiter entfernte. Und dass Julia das ländliche Leben einer ländlichen Ehefrau führte, war nicht zu glauben. Er würde eher glauben, dass eine Million Engel auf dem Kopf einer Nadel tanzten, als dass Julia auf einem Aga-Herd kochte. Ja, na gut, die Dales gehörten nicht zu seinem persönlichen Erbe von Schmutz und industriellem Niedergang, aber sie lagen innerhalb der Grenzen von Gottes eigenem Land, das auch Jacksons eigenes Land war. Es floss in seinem Blut, es war im Kalkstein seiner Knochen eingelagert, obwohl seine Eltern beide nicht hier geboren waren. War es auch in der DNS seines Sohnes, die Jackson in der Tasche hatte? Die Blaupause seines Kindes. Eine Kette von Molekülen, eine Kette von Beweisen. In dem Haar wären Spuren seiner Schwester. Niamh, die vor so langer Zeit umgebracht worden war, dass sie mehr als Geschichte denn als Person existierte, eine Geschichte, die man erzählen konnte: *Meine Schwester wurde ermordet, als sie achtzehn war.*

Er nahm seinen BlackBerry heraus und legte ihn vor sich auf den Tisch. Er rechnete mit einer SMS. *Sicher angekommen.* In der Zwischenzeit textete er: »Vermisse dich, Jx.« Dafür brauchte er ein, zwei Minuten. Er ließ das Handy liegen, damit er sah, wenn er eine Antwort erhielt.

Die alte Frau gegenüber seufzte und schloss die Augen, als hätte sie das Buch, das sie las, erschöpft. Die Frau in Rot – weder Dame noch Bibliothekarin, sondern eine gute, altmodische Nutte (ähnlich wie Julia) – schien ungefähr so alt wie die schlendernde Frau. Wo war sie jetzt? Schlenderte sie noch immer den Hügel hinauf und ins Tal hinunter? Der Anzug nahm eine zerquetschte Tüte Chips mit Käse- und Zwiebelgeschmack aus der Aktentasche und bot sie in einem widerwilligen Akt der Kameraderie am Tisch an.

Die Frauen lehnten ab, aber Jackson nahm eine Handvoll. Er war am Verhungern, und seine Chancen, es in den Speisewagen zu schaffen, waren minimal angesichts der vollen Waggons. *Wenn du je gabst Fleisch oder Trank, wird das Feuer dich nie schrumpfen lassen. Wenn Fleisch oder Trank du nie jemand gabst, wird das Feuer dich brennen bis ins Gebein.* Diese verdammte Totenklage. Hatte sich der Anzug mit der Tüte Chips einen Weg in den Himmel erkauft? Jackson hätte darauf bestehen sollen, dass die alte Frau seine North-Face-Jacke nahm, jetzt müsste er sich womöglich durch das Höllenfeuer zittern.

Die Chips schmeckten unnatürlich und machten ihn durstig. Hinter seinen Augen pochte es. Er wünschte, er wäre zu Hause.

Vor dem Fenster war es schwarz, nicht einmal ein Nadelstich Licht von einem Haus, und unablässig prasselte Regen gegen das Glas. Draußen war es höchst unwirtlich. Wo waren sie? Er vermutete irgendwo im Niemandsland zwischen York und Doncaster. In der Nähe seines Geburtsorts. Sein Geburtsrecht aufgegeben, verscherbelt mit dem Tafelsilber in den Achtzigern dank *dieser Frau.*

Hatten sie schon in York gehalten? Wenn ja, hatte er es nicht bemerkt. Vielleicht war er zwischendurch eingedöst.

Er dachte an Louise. Sie waren nicht wirklich in Kontakt geblieben, gelegentlich schickte sie ihm eine SMS, und er vermutete, dass sie dann betrunken war. Es war nichts zwischen ihnen gewesen, zumindest nichts Ausgesprochenes. Ihre Beziehung in Edinburgh zwei Jahre zuvor konnte man, wenn man Schindluder mit dem Wörterbuch trieb, als professionell beschreiben. Sie hatten sich nie geküsst, nie berührt, doch Jackson war überzeugt, dass sie daran gedacht hatte. Er hatte es getan. Oft.

Und vor ein paar Monaten hatte sie angekündigt, dass sie heiraten würde, eine so unwahrscheinliche (wenn nicht absurde) Begebenheit, dass er annahm, sie scherzte. Irgendwann hatte er geglaubt, dass er in ihrer Zukunft vorkommen würde, und als Nächstes war er in ihre Vergangenheit verstoßen worden. Sie waren zwei Menschen, die sich verpasst hatten, in der Nacht aneinander vorbeigesegelt waren, in zwei verschiedene Häfen. Einer kam durch. Er bedauerte es. Er wünschte ihr Glück. Mehr oder weniger.

Was für eine Ironie, dass sowohl Julia als auch Louise, die beiden Frauen, denen er sich in den letzten Jahren am nächsten gefühlt hatte, ganz plötzlich geheiratet hatten, und keine von beiden ihn.

Sie rasten durch einen Bahnhof, und Jackson mühte sich vergeblich, den Ortsnamen zu lesen.

»Was war das?«, fragte er die Frau in Rot.

»Ich hab's nicht gesehen, tut mir leid.« Sie nahm einen Spiegel aus der Handtasche und trug den Lippenstift neu auf, zog den Mund in die Breite und fletschte dann die Zähne, um sie auf Schmierflecken zu überprüfen. Jacksons beanzugter Nachbar spannte sich kurz an und hielt in seinem unablässigen Tippen inne, starrte, ohne etwas zu sehen, auf den Bildschirm, traute sich nicht, zu der Frau zu schauen, war aber auch nicht ganz in der Lage, den Blick von ihr zu lassen. Irgendein tierischer Instinkt flackerte kurz in seinem Anzug auf, bevor er niederbrannte, dann sackte er ein wenig zusammen und nahm das Tippen wieder auf.

Die Frau in Rot fuhr sich mit der Zunge über die Lippen und lächelte Jackson an. Er fragte sich, ob sie ihm ein handfestes Zeichen geben würde, ein Nicken in Richtung der Toilette, ob sie erwartete, dass er ihr mühsam folgte, sich an den ausdruckslosen Soldaten vorbeidrängte, um sie zu nehmen, sie heftig gegen das mit Seife und Schmutz verschmierte kleine Waschbecken zu stoßen, nachdem er hastig seine Hose zu einem unwürdigen Kreis um seine Knöchel hatte fallen lassen. *Denn ich bin immer lüstern und verbuhlt und kann nicht leben ohne Weib.* Eine Erinnerung an Julia, die die Helena in *Doktor Faustus* spielte, in einer gekürzten Version in einem verrauchten Londoner Pub. Jackson fragte sich, ob irgendetwas, und wenn ja, was, ihn dazu treiben würde, seine Seele dem Teufel oder sonst jemandem zu verschreiben. Vermutlich wenn er damit ein Leben retten könnte. Das seines Kindes. (Seiner *Kinder.*) Würde er der Frau in Rot folgen, wenn sie ihm das Zeichen gab? Gute Frage. Er war nie gewesen, was man promisk nennt (und er war nie untreu gewesen, was ihn nahezu zu einem Heiligen machte), aber er war ein Mann, und er hatte nichts anbrennen lassen. Oh, Mann, dein Name ist Torheit.

Als er zu ihrem Spiegelbild im dunklen Fenster blickte, las sie ganz unschuldig wieder in ihrem Schundblatt. Vielleicht war es doch kein Zeichen gewesen, vielleicht war seine Phantasie von der stinkenden Atmosphäre des Zugs vergiftet. Er war erleichtert, dass ihm die Prüfung erspart geblieben war.

Julia hatte es mit Fremden in Zugtoiletten getrieben und einmal in einem Flugzeug, aber das war zugegebenermaßen mit ihm gewesen, nicht mit einem Fremden (damals jedenfalls, jetzt war es anders). Julia lebte aus dem Vollen, sie wusste, was die Alternative war, die Liste ihrer toten Schwestern war eine beständige Erinnerung an die Zerbrechlichkeit des Lebens. Er war froh, dass sie einen Sohn hatte, vielleicht würde sie sich um ihn weniger sorgen als um eine Tochter.

Und jetzt hatte Amelia, die einzige verbliebene Schwester, Krebs, ihre Brüste wurden in diesem Moment laut Julia »abgehackt«. Sie hatten kurz telefoniert, da Jackson sicher sein wollte, dass Julia nicht zu Hause war, bevor er nach Norden fuhr, um sein Kind zu sehen. Ihr gemeinsames Kind.

»Arme, arme Milly«, sagte Julia atemloser als gewöhnlich. Kummer förderte ihr Asthma.

Einmal, in sonnigeren Zeiten, als er mit Julia Urlaub machte, er wusste nicht mehr wo, hatte Jackson ein Bild von einem ihm völlig unbekannten italienischen Renaissancemaler gesehen, abgebildet war die heilige Agatha, die ihre abgeschnittenen, doch vollkommenen Brüste auf einer Platte hochhielt, als wäre sie eine Kellnerin, die zwei Puddings servierte. Keine Andeutung der Marter, die der Amputation vorangegangen war – die sexuellen Übergriffe, das Strecken auf der Bank, der Hunger, das Rollen über glühende Kohlen. Agatha war eine Heilige, mit der Jackson nur zu gut bekannt war – nachdem bei seiner Mutter der Brustkrebs diagnostiziert worden war, an dem sie sterben sollte, verschwendete sie eine Menge Zeit mit Beten zur heiligen Agatha, der Schutzheiligen der Brustkranken.

Er wurde von der alten Frau aus seinen Gedanken gerissen, die plötzlich fragte, ob sie bereits am Angel of the North vorbeigekommen wären und ob sie ihn in der Dunkelheit sehen könnte? Jackson wusste nicht, was er sagen sollte – wie er ihr beibringen sollte, dass sie im falschen Zug saß, dass dieser Zug nach

London fuhr und sie mehrere Stunden unter diesen beengten, unangenehmen Umständen verbracht hatte und nun umkehren musste, um das Gleiche noch einmal zu erdulden. Der nächste Bahnhof wäre wahrscheinlich Doncaster, vielleicht Grantham, der Geburtsort *dieser Frau*, der Person, die Großbritannien eigenhändig auseinandergenommen hatte. (»Ach, Herrgott noch mal, Jackson, hör auf damit«, hörte er seine Exfrau sagen.)

»Daran kommen wir nicht vorbei«, sagte er vorsichtig zu der alten Frau.

»Aber natürlich tun wir das«, sagte sie. »Wohin, glauben Sie, dass wir fahren?«

Er schlief. Als er erwachte, hämmerte der Anzug noch immer auf seinen Laptop ein. Jackson schaute, ob er eine SMS erhalten hatte, aber nein. Ein Bahnhof zog vorbei, und die alte Frau warf ihm einen selbstgefälligen Blick zu. »Dunbar«, verkündete sie wie eine alte Wahrsagerin.

»Dunbar?«, sagte Jackson.

»Der Zug endet in Waverley.«

Sie war offenbar etwas senil, dachte Jackson. Außer …

Die Frau in Rot beugte sich vor und bot ihre fülligen gesunden Brüste Jacksons Kennerblick dar. »Haben Sie die Zeit?«

»Die Zeit?«, wiederholte Jackson. (Die Zeit wofür? Einen Quickie in der Zugtoilette?) Sie tippte sich in einer übertriebenen Pantomime aufs Handgelenk. »Die Uhrzeit, wissen Sie, wie spät es ist?«

Die *Uhrzeit*. (Idiot.) Er blickte auf die Breitling und war überrascht, dass es fast acht war. Sie sollten eigentlich schon in London sein. Außer … »Zehn vor acht«, sagte er zu der Frau in Rot. »Wohin fährt dieser Zug?«

»Edinburgh«, sagte sie, gerade als ein junger Mann, der sich unsicher einen Weg durch das Abteil bahnte, stolperte, auf Jackson zutorkelte und sich dabei an seine Bierdose klammerte, als könnte sie seinen Fall aufhalten. Jackson sprang auf, nicht so sehr, um den Mann zu retten, als vielmehr sich selbst vor einem Bierschauer zu bewahren. »Vorsicht, Sir«, sagte er, fand instinktiv seine Respekt einflößende Stimme, während er den Mann stützte. Er dachte an das Schaf vom Nachmittag. Der betrunkene Mann war gefügiger. Er starrte Jackson aus trüben Augen an, verwirrt von dem »Sir«, unsicher, ob er angegriffen wurde oder nicht, wahrscheinlich hatte ihn außer der Polizei nie zuvor jemand so höflich angesprochen. Er wollte etwas sagen, lallend und inkohärent, als der Waggon plötzlich einen Satz machte, der Mann taumelte und der Länge nach an Jacksons vergeblichen Versuchen, ihn festzuhalten, vorbeistürzte.

Die Fahrgäste im Abteil zeigten sich in gewissem Maß beunruhigt von dem unerwarteten Holpern des Zugs, bald jedoch machte sich Erleichterung breit. »Was war das?«, hörte Jackson jemanden sagen, und jemand anders lachte und sagte: »Wahrscheinlich liegt das falsche Laub auf dem Gleis.« Es war alles sehr britisch. Der Anzug war am nervösesten. »Alles in Ordnung«, sagte Jackson und dachte sofort: *Führ das Schicksal nicht in Versuchung.*

Julia glaubte an die Schicksalsgöttinnen (seien wir ehrlich, Julia glaubte an alles und jedes). Sie glaubte, dass sie einen »im Auge hatten«, und wenn nicht, dann hielten sie nach einem Ausschau, deswegen war es am besten, die Aufmerksamkeit nicht auf sich zu ziehen. Sie hatten einmal im Auto gesessen, steckten in einem Stau fest und wollten eine Fähre erwischen, und Jackson sagte: »Ist schon in Ordnung, ich bin sicher, dass wir es schaffen«, und Julia hatte sich auf dem Beifahrersitz dramatisch geduckt, als würde auf sie geschossen, und gezischt: »*Pssst*, sie hören uns.«

»Wer hört uns?« Jackson war verwirrt.

»Die Parzen.« Jackson schaute in den Rückspiegel, als säßen sie im Wagen hinter ihnen. »Führ sie nicht in Versuchung«, sagte Julia. Und in einem in Turbulenzen geratenen Flugzeug hielt er ihre Hand und sagte: »Das wird nicht lange dauern«, und musste die gleiche alberne Vorstellung über sich ergehen lassen, als säßen die Parzen auf der Tragfläche der 747. »Häng dich nicht zu weit aus dem Fenster«, sagte Julia. Jackson hatte sich unschuldig erkundigt, ob die Parzen identisch waren mit den Furien, und Julia sagte düster: »Schluss damit.«

Im Nachhinein war es erstaunlich, wie viel er mit Julia gereist war, sie waren immer in Flugzeugen und Zügen oder auf Schiffen. Seit ihrer Trennung war er kaum mehr unterwegs, hin und wieder überquerte er den Kanal, um in sein Haus im Midi zu fahren. Er hatte das Haus jetzt verkauft, das Geld sollte heute auf seinem Konto sein. Er hatte Frankreich gemocht, aber es war nicht sein Zuhause.

Im Augenblick war Jackson weniger an den Parzen als vielmehr an der Richtung interessiert, in die sie fuhren. Sie fuhren nach Edinburgh? Er war nicht in den Zug *nach* King's Cross gestiegen, sondern in den *aus* King's Cross. Die schlendernde Frau hatte recht. Er fuhr in die falsche Richtung.

Haus Satis

Als Reggie vor dem öden Bungalow in Musselburgh ankam, öffnete Ms MacDonald die Tür und sagte: »Reggie!«, als wäre sie überrascht, sie zu sehen, obschon ihre Verabredung mittwochs unabänderlich war. Von einer Frau, die stolz darauf war, dass nichts sie überraschen konnte, war Ms MacDonald zu einer Frau geworden, die über die schlichtesten Dinge staunte (»Schau nur, ein Vogel!«, »Ist das da ein *Flugzeug?*«). Ihr linkes Auge war blutrot, als wäre in ihrem Hirn ein roter Stern explodiert. Man konnte sich schon fragen, ob es nicht besser wäre, einfach ins Blaue zu springen und früh auszuchecken.

In Ms MacDonalds Haus wies nichts darauf hin, dass Weihnachten bevorstand. Reggie fragte sich, ob ihre Religion es nicht zuließ.

»Das Essen steht auf dem Tisch«, sagte Ms MacDonald. Jeden Mittwochabend aßen sie zusammen, und dann fuhr Ms MacDonald auf die andere Seite von Musselburgh (Gott stehe allen anderen auf der Straße bei) zu ihrem »Heilungs- und Gebetstreffen« (was, seien wir ehrlich, nicht viel nutzte), während Reggie ihre Hausaufgaben machte und auf Banjo aufpasste, Ms MacDonalds kleinen Hund. Wenn Ms MacDonald zurückkam, erfüllt von Gebeten und vom Heiligen Geist, kontrollierte sie Reggies

Hausaufgaben bei Tee und Keksen – »ein schlichter Weizenkeks« für Ms MacDonald und eine Karamellwaffel von Tunnock's für Reggie.

Reggie wusste nicht, wie gut Ms MacDonald gekocht hatte, bevor der übellaunige Tumor angefangen hatte, ihr Gehirn anzunagen, aber jetzt war sie eine schreckliche Köchin. Das »Abendessen« bestand normalerweise entweder aus einem schwer verdaulichen Makkaroniauflauf mit Käse oder einer klebrigen Fischpastete, danach stand Ms MacDonald unter Mühen vom Tisch auf und sagte: »Nachtisch?«, als wollte sie ihr Käsekuchen mit Schokolade oder Crème brulée anbieten, wenn es doch immer nur der gleiche Magerjoghurt mit Erdbeergeschmack war, und Ms MacDonald sah ihr bei dessen Verzehr mit einer stellvertretenden Aufregung zu, die beunruhigend war. Ms MacDonald aß nicht mehr viel, jetzt, da sie selbst aufgefressen wurde.

Ms MacDonald war in den Fünfzigern, aber sie war nie jung gewesen. Als sie an der Schule unterrichtet hatte, sah sie aus, als würde sie sich jeden Morgen bügeln, und legte nie auch nur eine Spur irrationalen Verhaltens an den Tag (ganz im Gegenteil), aber jetzt hatte sie sich nicht nur einer verrückten Religion angeschlossen, sondern sie kleidete sich auch, als wäre sie nur noch einen Schritt weit davon entfernt, eine Pennerin zu werden, und ihr Haus war zwei Schritte über die Schmutzgrenze hinaus. Sie bereite sich auf das Ende der Welt vor, sagte sie. Reggie verstand nicht ganz, wie man sich auf so ein Ereignis vorbereiten konnte, und es schien unwahrscheinlich, dass Ms MacDonald es noch erleben würde, außer das Ende käme sehr bald.

Heute gab es überbackene Spaghetti. Ms MacDonald hatte ein Rezept, wonach richtige Spaghetti aus der Tüte wie Spaghetti aus der Dose schmeckten, wozu einiges gehörte.

Während des Essens quasselte Ms MacDonald über die »Entrückung« und ob diese vor oder nach der »Trübsal« oder »Trüb«, wie sie es aus intimer Kenntnis nannte, eintreten würde, als wären Verfolgung und Leiden und das Ende der Welt auf der gleichen Unannehmlichkeitsebene angesiedelt wie ein Verkehrsstau.

Die Religion hatte Ms MacDonald ziemlich spät zu einem Sozialleben verholfen, und ihre Kirche (alias »schräger religiöser Kult«) war ganz erpicht auf Essen, zu denen jeder etwas mitbrachte, und eintönige Grillpartys. Reggie war bei einigen dieser qualvollen Veranstaltungen dabei gewesen und hatte vorsichtig von den verbrannten Opfergaben gegessen.

Ms MacDonald gehörte der Kirche der Kommenden Entrückung an und war, wie sie selbstgefällig mitteilte, »entrückungsreif«. Sie war eine Prätrübsalistin (»Prätrübber«), was hieß, dass sie senkrecht in den Himmel befördert würde, Businessclass, während alle anderen, darunter Reggie, jede Menge Geißelungen und Bedrängnis erleiden müssten (»Siebzig Wochen lang, Reggie«). Also eine Fortsetzung des Alltags. Es gab auch Posttrübsalisten, die bis nach den Geißelungen warten mussten, dann jedoch am Himmel vorbeizogen und sofort ins Königreich des Himmels auf Erden gelangten, »und das ist das Entscheidende«, sagte Ms MacDonald. Zudem gab es Mitteltrübsalisten, die sich, wie die Bezeichnung nahelegte, irgendwo in der Mitte dieses ganzen verwirrenden Prozesses befanden. Ms MacDonald war errettet, und Reggie war es nicht, daran führte kein Weg vorbei. »Ja, leider wirst du zur Hölle fahren, Reggie«, sagte Ms MacDonald und lächelte sie gütig an. Das hatte auch eine tröstliche Seite, denn Ms MacDonald wäre nicht da, um sie mit ihren Vergil-Übersetzungen zu traktieren.

Wann immer sich eine schreckliche Tragödie ereignete, von großen Katastrophen wie abgestürzten Flugzeugen oder explodierten Bomben bis zu kleineren Sachen wie einem Jungen, der vom Rad fiel und im Fluss ertrank, oder einem plötzlichen Kindstod im Haus am Ende der Straße, Ms MacDonald legte alles unter »Gottes Werk« ab. »Er erledigt Seine unerforschlichen Aufgaben.« Sie nickte weise, während in den Fernsehnachrichten Leute vor Katastrophen flüchteten, als führte Gott ein geheimes Büro für menschliches Elend. Nur Banjo schien ihr Gefühle abzuringen. »Hoffentlich geht er zuerst«, sagte Ms MacDonald. Es würde ein Wettrennen zwischen Ms MacDonald und ihrem knorrigen alten Eigenbrötler von Terrier. Es war erstaunlich, mit wie viel schmalziger Mutterliebe Ms MacDonald Banjo überschüttete, aber auch Hitler hatte seinen Hund geliebt. *(»Blondi«, sagte Dr. Hunter. »Er hieß Blondi.«)*

Ms MacDonalds Hund pfiff auf dem letzten Loch – manchmal knickten die Hinterbeine unter ihm weg, und dann saß er auf dem Boden, vollkommen verwundert über seine plötzliche Unbeweglichkeit. Ms MacDonald machte sich Sorgen, dass er allein sterben könnte, während sie mittwochs beim Heilen und Beten war, deswegen blieb Reggie jetzt bei ihm für den Fall, dass er den Löffel abgab. Es war nicht die schlechteste Art, einen Abend zu verbringen. Ms MacDonald hatte einen funktionierenden Fernseher, wenn auch leider nicht das umfangreiche Kabelpaket der Hunters, und Reggie hatte die Bücher und ein Essen für ihre Mühen, und die gesamte Versammlung (von acht Leuten) sagte ein Gebet für sie, was kein geschenkter Gaul war, dem Reggie ins Maul schauen würde. Sie mochte nicht an das Zeug glauben, aber es war nett, dass jemand an ihr Wohlergehen dachte, auch wenn es Ms MacDonalds Herde von Irren war, denen Reggie aufgrund ihres Vollwaisenstatus leid tat, was Reggie nur recht war, je mehr Leuten sie leidtat, umso besser. Das galt allerdings nicht für Dr. Hunter. Sie wollte nicht, dass Dr. Hunter sie für etwas anderes als auf heldenhafte, *gut gelaunte* Weise kompetent hielt.

Als der Joghurt feierlich aufgegessen war, rief Ms MacDonald: »Du meine Güte, die Zeit!« Heutzutage staunte sie beständig über die Zeit – »Es kann noch nicht sechs sein!« oder »Acht Uhr? Es fühlt sich an wie zehn« und »Es ist doch nicht wirklich so spät, oder?« Reggie konnte sich vorstellen, dass sie sich, wenn die Geißelungen und die Bedrängnis begannen, verwundert an Reggie wenden und sagen würde: »Das ist nie und nimmer das Ende der Welt!«

Gab es eine Art Lotterie (Reggie stellte sich eine Tombola vor), aus der Gott Todesarten zog – »Herzinfarkt für ihn, Krebs für sie, mal sehen, ob wir diesen Monat schon einen schrecklichen Autounfall hatten.« Nicht, dass Reggie an Gott glaubte, aber manchmal war es interessant, ihn sich vorzustellen. Stand Gott eines Morgens aus dem Bett auf, zog die Vorhänge zurück (Reggies imaginärer Gott führte ein sehr häusliches Leben) und dachte: »Heute soll mal jemand in einem Hotelswimmingpool ertrinken. Das hatten wir schon länger nicht mehr.«

Die Kirche der Kommenden Entrückung war eine erfundene Religion, sie bestand aus einem Haufen Leute, die unglaubliche Dinge glaubten. Sie hatten nicht einmal ein Gebäude, sondern hielten ihre Gottesdienste rotierend in den Wohnzimmern ihrer Mitglieder ab. Reggie war nie bei einem dieser Gottesdienste dabei gewesen, aber sie glaubte, dass es ähnlich zuging wie bei ihren Abendessen, wo sie ernsthaft *dispensionalistische* und *futuristische* Ansichten debattierten, während eine Platte süßer, mit Feigenmarmelade gefüllter Brötchen herumgereicht wurde. Der einzige Unterschied wäre, dass Banjo nicht dabei war und angesichts der Brötchen sabberte und stöhnte. »Ich war nie mit eigenen Kindern gesegnet«, sagte Ms MacDonald einmal zu Reggie, »aber ich habe mein Hündchen. Und dich natürlich, Reggie«, fügte sie hinzu.

»Aber nicht mehr lang, Ms Mac«, sagte Reggie. Nein, natürlich nicht, sie sagte es nicht. Aber es stimmte.

Das Schreckliche war, dass Ms MacDonald das Familienähnlichste war, was Reggie hatte. Reggie Chase, Waise der Gemeinde, arme Jenny Wren, Little Reggie, das Wunderkind.

Reggie spülte das Geschirr und putzte die schlimmsten Ecken der Küche. Die Spüle war ekelerregend, verfaultes Essen im Abfluss, alte Teebeutel, ein schmutziger Lappen.

Niemand schien Ms MacDonald gesagt zu haben, dass Sauberkeit gleich nach Gottesfurcht kam. Reggie goss unverdünntes Bleichmittel in die Becher voller Teeflecken und ließ sie einweichen. Ms MacDonald hatte Becher mit Aufschriften wie »Alles dreht sich um Jesus« und »Gott beobachtet dich«, was Reggie für unwahrscheinlich hielt, man sollte annehmen, er hätte Besseres zu tun. Mum hatte einen Becher mit dem Hochzeitsbild von Charles und Diana, der länger gehalten hatte als die Ehe. Mum hatte Prinzessin Diana verehrt und oft ihr Ableben beklagt. »Einfach weg«, sagte sie und schüttelte ungläubig den Kopf. »Einfach so. Der ganze Drill für nichts.« Diana-Verehrung war so etwas wie Mums Religion gewesen. Wenn Reggie für sich eine Religion wählen müsste, würde sie sich auch für Diana entscheiden, die wahre Diana – Artemis, bleiche Mondgöttin der Jagd und der Keuschheit. Eine weitere mächtige Jungfrau. Oder die helläugige Athene, weise und heroisch, eine kriegerische Jungfrau.

Man hätte meinen sollen, dass sich Ms MacDonald mit ihrem altphilologischen Hintergrund etwas aus einem interessanteren Pantheon ausgesucht hätte – Zeus, der Blitze schleuderte wie Speere, oder Phoebus Apollo, der seine feurigen Pferde über den Himmel jagte. Oder, angesichts ihres pilzartigen Tumors, Hygieia, Göttin der Gesundheit, und Asklepios, Gott der Heilkunst.

Reggie trennte den Abfall und warf ihn in die roten, blauen und braunen Eimer. Ms MacDonald recycelte nichts, sie war wahrscheinlich der ungrünste Mensch auf Erden. Es war sinnlos, die Erde zu bewahren, erklärte Ms MacDonald in freundlichem Ton, weil das Jüngste Gericht erst stattfinden konnte, wenn alles auf der Erde zerstört war, jeder Baum, jede Blume, jeder Fluss. Der letzte Adler, die letzte Eule, der letzte Panda, die Schafe auf den Wiesen, das Laub an den Bäumen, der Sonnenaufgang und das Heu und das Stroh. Alles. Und Ms MacDonald *freute sich darauf.* (»Es ist eine komische alte Welt«, hätte Mum gesagt.)

Reggie würde definitiv ihre eigene Religion gründen, eine Religion, die Dinge bewahrte, nicht zerstörte, in der die Toten wiedergeboren wurden – und nicht nur auf symbolische Weise –, ohne dass alles andere sterben musste. Dann säße ihre Mutter wieder auf dem Sofa und sähe *Desperate Housewives* und arbeitete sich durch eine Tüte Tortillachips. Kein Gary lümmelte neben ihr und betatschte sie, nur Mum und Reggie. Für immer zusammen.

So lange Zeit waren sie nur zu zweit gewesen, Mum und sie, na ja, auch Billy, aber Billy war nicht jemand, der rumsaß und aß und plauderte und fernsah (was genau er tat, war schwer zu sagen), und dann kam der Mann-der-vor-Gary-kam, der sich laut Mum als »totaler Arsch« herausstellte (ganz zu schweigen davon, dass er verheiratet war), und anschließend kam »der wahre Jakob« in Gestalt von Gary, und Mum sagte »mein Freund dies« und »mein Freund das« und hatte plötzlich Sex, und alle ihre Freundinnen wollten vorbeikommen und darüber reden. Ihre Mutter war stolz und kicherte: »Dreimal in einer Nacht!«, und ihre Freundinnen kreischten vor Aufregung und verschütteten den Wein.

Im Gegensatz zum Mann-der-vor-Gary-kam war Gary nicht böse, er war ein großer Brocken, der, bis er Mum kennenlernte (und auch danach), den ganzen Tag in seinen schmierigen Jeans hinten im Motorradladen mit jeder Menge Gary-Klons herumsaß und über die Harley-Davidson 883L Sportster sprach, die er kaufen würde, sobald er im Lotto gewonnen hätte. Er machte Mum mit billigen Treibhausrosen von der Shell-Tankstelle und Celebrations-Schachteln den Hof, und als Reggie Einwände gegen diese klischeehafte Einstellung zur Liebe vorbrachte, sagte ihre Mutter: »Du wirst von mir keine Klagen hören, Reggie«, und befingerte die dünne Silberkette mit dem herzförmigen Anhänger, die er ihr zum Geburtstag geschenkt hatte.

Gary wollte mit ihr für zwei Wochen nach Spanien (»Lloret de Mar – wie toll das klingt, Reggie!«). Reggies Mutter hatte keinen »richtigen erwachsenen« Urlaub mehr gemacht, seit sie 1989 in Fuerteventura gewesen war, er hätte mit ihr also auch zu Butlin's in Skegness fahren können und sie wäre beeindruckt gewesen.

Mum war einmal mit Reggie und Billy für eine Woche nach Scarborough gefahren, aber das ging schief, weil Billy eines Abends aus ihrem Bed & Breakfast verschwand und am nächsten Morgen von einem Polizisten zurückgebracht wurde, nachdem er torkelnd und sturzbesoffen auf der Promenade aufgegriffen worden war. Damals war er zwölf.

Nach einer Woche bekam Reggie eine Postkarte, die ihre Mutter nicht lange nach der Ankunft geschrieben haben musste. Es war ein Foto des Hotels, ein weißes Betongebäude, das aussah, als wäre es aus schlecht aufeinandergetürmten Klötzen gebaut, die Zimmer in merkwürdigen Winkeln zueinander. In der viereckigen Mitte befand sich der Swimmingpool, türkis und leer, umgeben von ordentlich aufgereihten weißen Plastikliegen. Auf dem Foto waren keine Menschen, es war wahrscheinlich sehr früh am Morgen aufgenommen, als noch keine nassen Handtücher, Sonnencremes und Tüten mit nicht gegessenen Chips herumlagen.

Auf der Rückseite hatte Mum geschrieben: »Liebe Reggie, Hotel sehr nett und sauber, reichlich Essen, unser Kellner heißt Manuel, wie in dem Dings von John Cleese! Trinken viel Sangria. Wie ungezogen! Haben ein Paar aus Warrington kennengelernt, Sue und Carl, mit denen wir viel lachen. Vermisse Dich sehr. Bis bald, alles Liebe, Mum xxx«. Gary hatte seinen Namen in großen runden Buchstaben unten dazugeschrieben, als wäre er noch nicht ganz überzeugt vom Konzept der Schreibschrift. Sangria stammte vom lateinischen Wort »sanguis«, Blut, ab. Blutroter Wein. In der Schule hatten sie ein Gedicht durchgenommen über einen schottischen König, der blutroten Wein trank, aber an mehr erinnerte sie sich nicht. Sie fragte sich, ob sie irgendwann alles, was sie gelernt hatte, wieder vergessen würde. Das war vermutlich der Tod. Reggie fragte sich zudem, ob ihr Leben wieder in die Spur käme, bevor sie starb. Es schien unwahrscheinlich, jeden Tag hatte sie das Gefühl, als bliebe sie weiter zurück.

Reggie übersetzte für Ms MacDonald den sechsten Gesang der *Ilias*, einer der vorgeschriebenen griechischen Texte. Sie wollte einen Blick in den entsprechenden Loeb werfen, um zu kontrollieren, was sie bislang hatte (»Nestor ermahnte mit lautem Ruf die Argeier: ›Freunde und Griechen, Genossen des Ares, lasst niemanden zurück‹«). Sie sollte natürlich nicht im Loeb nachsehen, das war laut Ms MacDonald Spicken. »Hilfreich«, hätte Reggie gesagt.

Der erste Gesang der *Ilias* war letzte Woche definitiv da gewesen, aber jetzt fand sie ihn nicht. Sie bemerkte andere Lücken im Bücherregal – der erste und zweite Band der *Odyssee* und der *Ilias*, der erste der *Aeneis* (ein vorgeschriebener Text in Latein). Ms MacDonald hatte sie wahrscheinlich versteckt. Sie mühte sich weiter: »Lasst uns töten die Männer. Danach könnt ihr in Ruhe die Leichen der Toten entwaffnen.« Es gab eine Menge Tote bei Homer.

Nach dem Tod ihrer Mutter hatte Reggie die Postkarte immer in Reichweite, in ihrer Tasche oder neben dem Bett. Sie hatte jedes Detail studiert, als enthielte sie ein Geheimnis, einen versteckten Hinweis. Ihre Mutter war dort gestorben, im leeren türkisen Wasser, und obwohl Reggie sie im Bestattungsinstitut gesehen hatte, nachdem sie nach Hause gebracht worden war, glaubte ein winziger Teil von ihr, dass ihre Mutter noch immer die strahlende Postkartenwelt bewohnte, und wenn sie das Bild nur lange genug betrachtete, könnte sie vielleicht einen Blick auf sie werfen.

Mum war vor allen anderen Gästen erwacht, sie war eine Frühaufsteherin, ließ den schnarchenden Gary den Sangria vom Abend zuvor ausschlafen, zog ihren unpassenden Badeanzug und ihren rosafarbenen Bademantel aus Frottee an und ging hinunter zum Pool. Den rosafarbenen Bademantel ließ sie da fallen, wo sie am Beckenrand der tiefen Seite stand. Mum hatte ihre Kleider noch nie ordentlich gefaltet. Reggie stellte sich vor, dass sie die Arme über den Kopf hob – sie war eine gute Schwimmerin und sprang überraschend elegant ins Becken – und dann ins kühle Blau des Vergessens tauchte, ihr Haar strömte hinter ihr her wie bei einer Meerjungfrau. *Vale, mater.*

Bei der gerichtlichen Untersuchung in Spanien, bei der weder Billy noch Reggie anwesend waren, berichtete die Polizei, dass sie ihren billigen silbernen Anhänger am Grund des Pools gefunden hatten (»Der Verschluss war ein bisschen knifflig«, sagte Gary später schuldbewusst zu Reggie), und spekulierte, dass er sich gelöst hatte, während sie schwamm, und sie getaucht war, um ihn zurückzuholen. Niemand wusste es mit Sicherheit, niemand konnte bezeugen, was geschah. Wenn es nur an dem Morgen passiert wäre, als der Fotograf die Aufnahmen des Hotels machte. Hoch oben in seinem Horst, wahrscheinlich auf dem Dach des Hotels, hätte er gesehen, wie Mum durch das blaue Wasser tauchte, er hätte überlegt, ob er ein Foto mit ihr machen sollte – sich wahrscheinlich dagegen entschieden angesichts des orangefarbenen Lycras und der bleichen Fülle von Mums nördlicher Haut –, und dann jemanden gerufen *(»Hola!«)*, als sie nicht wieder auftauchte. Aber so war es nicht. Als jemand bemerkte, dass sich ihr schönes langes Haar in den türkisen Tiefen im Abfluss verfangen hatte, war es zu spät.

Ein Kellner, der die Tische für das Frühstück deckte, fand sie. Reggie fragte sich, ob es der »Manuel« von der Postkarte war. Er war in seiner Kellneruniform ins Wasser gesprungen und hatte vergeblich versucht, die englische Meerjungfrau zu befreien. Dann war er herausgeklettert und in die Küche gelaufen, wo er nach dem nächsten Messer griff, zum Pool zurückrannte, wieder ins Wasser sprang und Mums Haar abschnitt, um sie endlich aus ihrem Unterwassergefängnis zu befreien. Er versuchte sie wiederzubeleben – bei der gerichtlichen Untersuchung wurde er gelobt für seine Anstrengungen, die arme unglückselige Touristin zu retten –, aber natürlich vergeblich. Sie war tot. Niemand traf eine Schuld, es war ein tragischer Unfall. Et cetera.

»Was es wirklich war, Reg«, sagte Gary. Er war bei der Untersuchung dabei gewesen und besuchte Reggie nach seiner Rückkehr aus Spanien, stand unangemeldet vor der Tür, ein Sechserpack Carlsberg in der Hand, »um auf eine wunderbare Frau anzustoßen«. Er hatte alles verschlafen. Als er endlich wach war, verkatert und verschlafen, geweckt von »Carl und Sue aus Warrington«, die an seine Tür hämmerten, war alles vorbei. Er sei, sagte er zu Reggie, »ganz und gar bedrückt« über das Geschehene.

»Ja«, sagte Reggie. »Ich auch.«

Die spanische Polizei gab Gary den herzförmigen Anhänger zurück, der ihn als »Andenken« behielt. Bei der gerichtlichen Untersuchung wurde nicht erwähnt, was mit dem dicken Strang von Mums Haar im Pool passiert war. Oder mit dem Messer, das es durchschnitten hatte. Kam es in die Spülmaschine, wurde am nächsten Tag wieder Gemüse für eine Paella damit gehackt?

Reggie hätte gern Mums Haar als Andenken gehabt. Sie hätte es unter ihr Kopfkissen gelegt und darauf geschlafen. Sie hätte sich daran festgehalten, wie sich das Baby an Dr. Hunters Haar festhielt, wie es sich an seiner grünen Decke festhielt. Es wäre Reggies Talisman gewesen.

»Da sieht man mal wieder«, sagte Gary und wurde nach dem dritten Carlsberg philosophisch. »Man weiß nie, was hinter der nächsten Ecke wartet.« Reggie saß seinen Kondolenzbesuch aus, so etwas wie eine Totenwache für ihre Mutter. Sie war vor ein paar Jahren mit Mum bei einer Totenwache gewesen, einer richtigen irischen Totenwache, abgehalten von ihren Nachbarn, den Caldwells, als der alte Caldwell gestorben war. Es war eine feuchtfröhliche Angelegenheit gewesen, bei der viel und schlecht gesungen wurde und die vielen Trauergäste zahllose Flaschen Bushmills mitbrachten, sodass Mum von einem der großen Jungen der Caldwells nach Hause getragen werden musste, der am nächsten Tag aller Welt erzählte, wie Mum versucht hatte, ihn mit sich ins Bett zu zerren, bevor sie sich über ihn erbrach. Dennoch sagte Mum später, dass es eine gute Abschiedsfeier für den alten Mann gewesen war.

Gary ging nach dem vierten Carlsberg, und Reggie sah ihn erst ein paar Wochen später im Supermarkt wieder, wo er in Begleitung einer Frau mit zu viel Henna im Haar im Gang mit den Dosensuppen stand. Reggie wartete, ob er sie wiedererkannte, aber er bemerkte sie nicht einmal, sein Gehirn bis zum Zerreißen angespannt von der Wahl zwischen Heinz Rinderbouillon und Batchelor's Tomatencremesuppe. Es war der gleiche Supermarkt, in dem Mum gearbeitet hatte, und es schien respektlos, mit einer anderen Frau hier zu sein. Fast wie Untreue.

Die Postkarte fiel in praktisch demselben Augenblick (wenn man den Zeitunterschied zwischen Großbritannien und Spanien in Betracht zog) durch den Briefschlitz, als Mum den Planeten verließ. Reggie dachte an Laika, den armen Weltraumhund, der über den Himmel schoss und mit Augen so tot wie Sterne auf die Erde blickte. Reggie hatte geglaubt, dass sie noch immer da oben war, aber nein, sagte Dr. Hunter, sie war zurück zur Erde gestürzt und in der Atmosphäre verglüht. Komm nach Hause, Lassie.

Ungefähr um diese Zeit am Abend setzte sich Banjo normalerweise vor die Hintertür und begann zu winseln, und Reggie sagte zu ihm: »Komm schon, arme kleine Semmel, Zeit für deinen Verdauungsspaziergang«, und Banjo watschelte unsicher die Straße entlang bis zu seinem bevorzugten Torpfosten, wo er unbeholfen ein arthritisches Bein hob. Er schaffte es gerade bis zu dem Pfosten, aber normalerweise musste er zurückgetragen werden. Wenn Reggie ihn hochhob, war sie immer überrascht, wie wenig er, verglichen mit dem Baby, wog.

Ms MacDonald wohnte in einer Siedlung, die fast bis an die East-Coast-Bahnlinie reichte. Jedes Mal, wenn ein Schnellzug vorbeiratterte, wackelte das ganze Haus. Ms MacDonald war so an die Züge gewöhnt, dass sie nicht einmal die regelmäßigen Erdbeben wahrnahm, die sie verursachten, zumindest dann nicht, wenn die Züge pünktlich waren. Beim Abendessen spitzte Ms MacDonald gelegentlich ein Ohr, so wie Banjo es getan hatte, bevor er das Gehör verlor, und sagte etwa: »Das kann nicht der Achtzehn-Uhr-dreißig-Zug von Aberdeen nach King's Cross sein, oder?«

Reggie dagegen hörte jeden Zug. Wenn sie sich näherten, verursachten sie ihr ein merkwürdiges Gefühl in der Magengrube, etwas Ängstliches und Primitives (Atavistisches!), und sie fragte sich, ob ihr Steinzeitgehirn dachte, dass der Zug ein wolliges Mammut oder ein Säbelzahntiger oder was immer für eine Bestie war, die ihre Vorfahren ans Ende ihrer Höhle rennen ließen, weil Dr. Hunter sagte, dass wir »schließlich« immer noch die gleiche DNS wie die paläolithischen Jäger und Sammler haben, und wir uns, soweit sie wusste, biologisch und emotional nicht weiterentwickelt haben und noch immer Steinzeitmenschen sind mit »einem dünnen Furnier aus Kultur und Raffinesse. Zieh es ab, und wir sind wieder bei den Wurzeln, Reggie – Liebe, Hass, Nahrung, Überleben. Allerdings nicht notwendigerweise in dieser Reihenfolge.« Es war auf jeden Fall eine hilfreiche Theorie, um Billy zu erklären.

Heute Abend war Banjo lethargisch und nicht daran interessiert, Gassi zu gehen, stattdessen lag er vor der Gasheizung. Reggie war dankbar, es war eine schreckliche Nacht, Windböen hoben wiederholt den Türklopfer aus Messing an Ms MacDonalds Tür an, und es klang, als verlangte ein unsichtbarer Besucher verzweifelt Einlass. Cathy, die auf die Sturmhöhe zurückkehrte. Mums Geist, der nach Reggie suchte. Bin gleich zurück. *Je reviens.* Oder niemand und nichts.

Es kommt die Nacht, die Finsternis fällt ein.

Entrückungsreif

Alle ignorierten geflissentlich den betrunkenen Mann, der vollkommen reglos auf dem Boden lag, und Jackson hatte Gewissensbisse. Er hatte einmal jemanden verhaftet wegen Trunkenheit und Ruhestörung, doch der Mann hatte aufgrund einer Gehirnerschütterung eine Gehirnblutung und wäre in der Arrestzelle beinahe gestorben. Das hatte er nicht vergessen, und er kniete sich hin, um die liegende Gestalt auf dem Abteilboden zu inspizieren.

Seine Stellung gestattete ihm einen Blick aus der Nähe auf die Füße der Frau in Rot, die in einem Paar grausam hoher Stöckelschuhe steckten, Schuhe, die halb Fetisch, halb Waffe waren. Eine Todesfee von Frau hatte ihn einmal mit dem Absatz ihres Schuhs attackiert, als er versuchte, einen außer Kontrolle geratenen Junggesellinnenabschied aufzulösen, und dem Ausdruck »Killer Heels« eine ganz neue Bedeutung verliehen. Die Mutter der Braut, so glaubte er sich zu erinnern, war die Besitzerin des Schuhs gewesen. Er versuchte sich daran zu erinnern, in welcher Kneipe in Cambridge das gewesen war, während er gleichzeitig die Lebenszeichen des betrunkenen Mannes überprüfte (wer behauptete, Männer wären nicht in der Lage, gleichzeitig mehrere Dinge zu tun?), als der Zug einen Satz machte und dann in rascher Folge noch mehr Sätze, jeder schlimmer als der vorherige. Der Zug beschleunigte, was unter den gegebenen Umständen nicht angebracht schien. Es roch nach Verbranntem – Gummi und etwas unangenehm Chemisches –, begleitet von einem lauten kreischenden Geräusch, als würde Metall über Metall kratzen. Jackson spürte, wie der Zug schwankte, als versuchte er, das Gleichgewicht zu bewahren.

O Gott, das war's, dachte er. Dieser Zug fuhr nicht nach London, nicht in die Herrlichkeit, er fuhr in die Hölle.

Die Leute schrien, einschließlich der Frau in Rot. Jackson wollte die Hand ausstrecken, um sie zu beruhigen (oder sie zumindest zu veranlassen, mit dem Schreien aufzuhören), aber der Waggon neigte sich zur Seite, und sie rutschte außer Sichtweite.

Jackson hoffte, dass sich Engel in der Fahrerkabine befanden, er hoffte, dass der Lokomotivführer kaum atmen konnte vor Flügelfedern in der Luft und dass ihm Gabriel höchstpersönlich zur Seite stand. Unnötig zu erwähnen, dass Jackson nicht an Engel glaubte, aber *in extremis* war er stets willens, an alles zu glauben. Ja, er hoffte, dass der berüchtigte Landstreicher, der Angel of the North, in Gateshead zugestiegen war und jetzt seine rostige Herde auf den Schienen hielt.

Das Lied »Jesus Take the Wheel« ging ihm durch den Kopf, und er dachte, dass er nicht ganz *so* weit gehen würde, aber er hätte nichts dagegen, wenn die Jungfrau Maria den Fuß von der Totmannschaltung nehmen und den Zug abbremsen würde.

Der Waggon richtete sich plötzlich wieder auf, und Jackson war gerade zu dem Schluss gekommen, dass alles wieder in Ordnung käme, als er sich erneut schräg legte, doch diesmal legte er sich um neunzig Grad auf die Seite. *Der Zug endet in*

Waverley, hatte die alte Frau gesagt, aber sie hatte sich getäuscht. Er endete hier.

Gegen einen entgleisenden Zug kann man sich nicht wehren. Menschen und Gepäck flogen ohne Unterschied in einem grotesken Durcheinander herum, beleuchtet nur von funkensprühendem Metall und dem gelegentlichen unangenehmen Licht, das etwas kurzgeschlossenes Elektrisches über ihren Köpfen erzeugte. Instinktiv versuchte Jackson den betrunkenen Mann zu schützen, indem er sich auf ihn warf. Hätte die Zeit für eine wohlüberlegte Entscheidung gereicht, hätte er eine andere Person gerettet (Babys, Kinder, Frauen, Tiere, in dieser Reihenfolge). Aber es spielte keine Rolle, weil ein entgleisender Zug die Wahl, wohin man sich wandte oder was man tat, deutlich einschränkte. Und sich irgendwo festzuhalten war sinnlos, wenn sich alles in einem desaströsen, chaotischen freien Fall befand. Der Krach war furchterregend, schlimmer als alles, was er bislang (sogar im Krieg) erlebt hatte, und er schien nicht zu enden, während der Zug oder zumindest der Waggon, in dem sie sich befanden, auf der Seite weiterrutschte. Er nahm an, dass sich die Zeit wie bei allen Unfällen dehnte, aber wie lange konnte es so weitergehen? Was, wenn der Zug immer weiterfuhr? Was, wenn das die Hölle war? War er tot? Tat alles so weh, wenn man tot war?

Schließlich stoppte er. Es war stockdunkel, und eine Sekunde lang war es totenstill, als wäre die Zeit stehen geblieben. Einen unheimlichen Augenblick lang fragte sich Jackson, ob alle anderen tot waren. Dann begannen die Leute zu weinen, zu stöhnen und laut zu schreien. War *das* vielleicht die Hölle? Dunkelheit, Brandgeruch, Kinder, die nach ihren Müttern riefen, Mütter, die nach ihren Kindern riefen, allgemeines Wehklagen und Weinen.

Nach Jacksons Ansicht konnte man der Hölle nicht viel näher kommen.

Jemand in der Nähe wimmerte wie ein Hund, der Schmerzen hatte. Eine Frau, sie klang wie die Frau in Rot, sagte immer wieder »Nein«. Ein Handy klingelte, der Klingelton war unpassenderweise die Erkennungsmelodie von *High Chaparral.* Eine Männerstimme murmelte: »Hilfe, bitte, hilft mir jemand.« Jackson, der Hirtenhund, reagierte immer wie ein pawlowscher Hund auf Hilferufe, doch er begriff nicht, aus welcher Richtung die Worte kamen – es gab kein Oben und Unten, kein Vorne oder Hinten mehr. Er spürte etwas Warmes, Nasses, das vielleicht Blut war, aber er hatte keine Ahnung, ob sein eigenes oder fremdes. Er war von dunklen Formen umgeben, die Koffer oder Körper sein konnten, unmöglich zu sagen. Überall um ihn herum waren Glasscherben, und als er sich vorsichtig bewegte, hörte er einen leisen Schmerzensschrei. »Entschuldigung«, murmelte er.

Er versuchte, sich im Abteil zu orientieren. Er war sich ziemlich sicher, dass der Waggon nur zur Seite gestürzt war, deswegen sollten Fenster sein, wo das Dach gewesen war. Der Brandgeruch wurde stärker, es gab keine Notbeleuchtung, aber in der Ferne sah er ein mattes Glühen, das nichts Gutes verhieß, und es stank nach einem elektrischen Feuer. Der Zug musste in null Komma nichts evakuiert werden.

Er beschloss, sich dorthin zu manövrieren, wo er glaubte, dass das Dach war (mehrere »Entschuldigung« im Schlepptau), weil er meinte, sich von dort besser zu einem Fenster hochhieven zu können.

»Helfen Sie mir«, sagte die Stimme wieder, und Jackson wurde klar, dass sie jemandem gehörte, über den er kletterte. O Gott. *Steig über Sitze, steig über Menschen, vergiss alles, was dir deine*

Mutter über Manieren beigebracht hat, aber so funktionierte es in Wirklichkeit nicht. (In der anderen Zeitdimension, in der er existierte, in der das Leben normal weiterging und er nicht jeden Augenblick damit rechnete zu sterben, wollte er sich setzen und der Nachwelt, das heißt Marlee, eine Notiz hinterlassen: *Du wirst anderen helfen wollen. Tu's nicht.*)

Jackson verlagerte so weit wie möglich das Gewicht. »Okay, Kumpel«, sagte er, ein verletzter Soldat zum anderen. »Ich bring dich hier raus.« Niemanden zurücklassen. Er tastete vorsichtig, schob die Arme um den Brustkorb des Mannes, als wollte er ihn vorm Ertrinken retten, ihn ans Ufer ziehen. Er hievte und zerrte ihn dahin, wo er glaubte, dass das Dach war. Hätte er logisch gedacht, hätte er in Betracht gezogen, dass es das Risiko einer Rückgratsverletzung barg, wenn man jemanden wie einen Sack Kohlen schleppte, aber im Chaos gibt es keine Logik. Einer nach dem anderen, dachte er. Ich hole sie einen nach dem anderen raus.

Und dann, ohne Vorwarnung, fielen sie beide ins Nichts. Jackson klammerte sich an den Mann, tanzte mit ihm einen verrückten Walzer in den Abgrund, Butch und Sundance, die über die Klippe stürzten. Ein Teil von Jacksons Gehirn dachte: *Was zum Teufel?*, während ein anderer sich fragte, wo sie aufschlagen würden. Ein weiterer paranoiderer Teil seines Gehirns sorgte sich, dass sie überhaupt nicht aufschlagen würden. *Ich bin nicht außerhalb, dies hier* ist *Hölle.* (Und er verfluchte Julia, weil sie im unpassenden Moment zitierte.)

Dann war es vorbei. Sie landeten mit einem Übelkeit erregenden dumpfen Aufprall, Fallschirmspringer ohne Fallschirm, und rollten eine steile Böschung hinunter, bevor sie endgültig liegen blieben. Er schlug sich den Kopf so fest an, dass ihm vor Schmerz fast schlecht wurde. Er lag auf dem Rücken, versuchte zu atmen, manchmal war atmen alles, was man zustande brachte. Manchmal reichte atmen. Er erinnerte sich, wie er nach dem Showdown mit dem Schaf am Nachmittag (wirklich erst an diesem Nachmittag?) auf der Straße gelegen und zum bleichen Himmel emporgeblickt hatte. Es gab Tage, deren Verlauf wirklich überraschte.

Der Regen, der auf sein Gesicht fiel, belebte ihn etwas, und er kämpfte sich in eine sitzende Position. Er zitterte vor Kälte und dem einsetzenden Schock. Irgendwo waren Lichter, und ihm wurde klar, dass sie nicht mitten im Nirgendwo waren, neben dem Gleis standen Häuser, und er hörte Stimmen, als die ersten Leute zum Unfallort kamen, Zivilisten, keine Profis, er hörte ihre Verwirrung, als sie auf eine ganz neue Definition von Alptraum trafen.

Jackson begriff jetzt, was passiert war. Er hatte versucht, das Dach des Waggons zu finden, aber da war kein Dach mehr – es war abgerissen wie der Deckel einer Sardinendose, und Jackson und sein unglücklicher Gefährte waren aus dem Zug und eine Böschung hinuntergefallen und in einem Graben gelandet. Der Mann *(Helfen Sie mir)* lag in ein paar Metern Entfernung reglos da, das Gesicht im Dreck. Jackson schleppte sich zu ihm. Er hatte nicht die Kraft, ihn umzudrehen, er schien sich beim Sturz den Arm verletzt zu haben, doch er drehte sein Gesicht zur Seite, damit er nicht erstickte. Der Bruder seines Großvaters fiel ihm ein, gestorben an der Somme, im Schlamm erstickt in Paschendaele.

Oben auf der Böschung tauchte ein Licht auf, eine Taschenlampe, die genügend Licht warf, damit Jackson das Gesicht seines Gefährten sehen konnte. Aus irgendeinem Grund hatte er angenommen, dass es entweder der junge Betrunkene oder der schlaffe Anzug war, und er war überrascht, als er einen der Soldaten wiedererkannte. Er schien ziemlich tot. Überlebe einen Krieg, in dem der Tod hinter jeder Ecke lauert, und stürze dann aus einem Zug der East-Coast-Linie.

Jackson hatte angenommen, dass die Taschenlampe Rettung signalisierte, aber das Licht verschwand so schnell wieder, wie es aufgetaucht war, und Jackson rief »He«, seine Stimme ein heiseres Krächzen. Er versuchte die Böschung hinaufzuklettern. Er musste mehr Leute aus dem Zug holen. Vorzugsweise Leute, die noch am Leben waren. Auf halber Höhe musste er innehalten, plötzlich war alle Kraft aus ihm gewichen. Irgendetwas stimmte nicht, er war irgendwie verletzt, aber er wusste nicht, wo. Ihm dämmerte ganz unerwartet, dass es schlimm war. Kampfverletzung. Er musste aus medizinischen Gründen vom Schlachtfeld gebracht werden. Er rutschte die Böschung wieder hinunter.

Er spürte, wie seine Lebensgeister nachließen. Bei den wenigen früheren Gelegenheiten, als Jackson dem Tod ins Gesicht gesehen hatte, hatte er sich ans Leben geklammert, weil er sich für zu jung zum Sterben hielt. Jetzt ging ihm auf, dass das nicht mehr wirklich der Fall war, er fühlte sich alt genug dafür.

Ich schneide dir zulieb in meinen Arm, mit meinem Blut verschreibe meine Seele ich dem Satan. Er würde sich zu Tode zitieren, wenn er nicht aufpasste. O Gott, sein Arm blutete wirklich, pumpte das Zeug raus, als gäbe es kein Morgen. Es gäbe kein Morgen, oder? Er war schließlich doch von der Straße abgekommen. Du bist weit weg von zu Hause, Jackson, dachte er.

Er schloss die Augen, wenn er eine Minute schlafen könnte,

schaffte er es doch bis nach oben. Eine lästige leise Stimme in seinem Kopf versuchte, ihn daran zu erinnern, dass es vielleicht der große, der letzte Schlaf wäre, wenn er jetzt schliefe. Er wog diesen Gedanken kurz ab und beschloss, dass es ihm gleichgültig wäre, wenn er nicht mehr aufwachte. Er war überrascht, er hatte damit gerechnet, dass er am Ende kämpfen würde, aber es war eine Erleichterung, die Augen zu schließen.

Er war so müde. Seine Gedanken kehrten kurz zu der im Tal schlendernden Frau zurück. Er hatte um ihre Sicherheit gefürchtet, als er sich Sorgen um sich selbst hätte machen sollen. So endete also die Welt. *Diese eine Nacht, diese eine Nacht, alle und jede Nacht, Feuer und Sturm und Kerzenlicht, und Christus empfang deine Seele.* Oder der Teufel. Er würde es vermutlich bald herausfinden. Er mühte sich, die rätselhafte schlendernde Frau aus seinen Gedanken zu verscheuchen und statt ihrer Marlees Gesicht zu sehen *(Vermisse Dich! Liebe Dich!)* Er wollte, dass ihr Gesicht das Letzte wäre, was er sah, bevor er in den schwarzen Tunnel ging.

Der diskrete Charme der Bourgeoisie

Sie hätte die Blumen besorgen, sie hätte zu Waitrose fahren sollen, stattdessen saß sie im Auto vor Alison Needlers Haus in Livingston. Die Vorhänge waren zugezogen, das Licht vor dem Haus ausgeschaltet. Kein Anzeichen von Leben. Als sie Alisons hysterische Stimme am Telefon hörte, befürchtete Louise das Schlimmste – er war zurück. Aber er war es nicht, es war falscher Alarm, nicht David Needler war zurückgekommen, um seiner Familie den Garaus zu machen, sondern ein unschuldiger Dritter mit Baseballmütze führte seinen Hund aus. Nicht ganz so unschuldig, da der fragliche Hund laut einem der Uniformierten aus Livingston, die anrückten, als Alison Needler auf ihren Panikknopf drückte, ein japanischer Tosa war.

Der unschuldige Dritte wurde verhaftet und zum Revier gebracht, wo er angezeigt wurde wegen Verstoßes gegen das Kampfhundegesetz, und der Hund wurde von einem vorsichtigen Tierarzt weggeschafft. Der Streifenwagen war bereits da, als Louise eintraf, und sie veranstalteten einen ziemlichen Zirkus vor Alison Needlers angeblich sicherem Haus. Warum nicht gleich auf dem Dach ein großes, blinkendes Neonschild anbringen, auf dem stand: »Wenn du Alison Needler suchst, David, hier ist sie.«

Es war nicht der erste falsche Alarm, Alisons Nerven waren vierundzwanzig Stunden am Tag gespannt wie Klaviersaiten. Ihr Leben war eine Katastrophe. Louise würde Alison Needler gern mit Joanna Hunter bekannt machen. Alison würde sehen, dass es möglich war, mit Anstand zu überleben, dass es ein Leben nach dem Tod geben konnte. Aber der große Unterschied war natürlich, dass Andrew Decker gefasst worden war, wohingegen David Needler – tot oder lebendig – immer noch frei herumlief. Wenn sie ihn fänden, wenn sie ihn lebenslang wegsperrten, dann könnte Alison Needler vielleicht wieder anfangen zu leben. (Aber was bedeutete »lebenslang«? In Andrew Deckers Fall dreißig Jahre, es war noch genug Leben für ihn übrig.)

Ich muss Ihnen mitteilen, dass Andrew Decker aus dem Gefängnis entlassen wurde. Louise hatte nie zuvor gesehen, wie jemand so schnell so blass wurde und dennoch aufrecht sitzen blieb, aber das musste man Joanna Hunter lassen, sie riss sich zusammen. Natürlich musste sie gewusst haben, dass seine Entlassung bevorstand, dass er schon Freigang hatte, sich auf seine neue Freiheit vorbereitete, denn nach dreißig Jahren im Bau wäre die Welt ein Schock für ihn.

»Er wohnt bei seiner Mutter in Doncaster.«

»Sie muss alt sein, er ist ihr einziges Kind, nicht wahr?«, sagte Joanna Hunter. »Wie traurig für sie.«

»Er ist Gefangener der Kategorie A«, sagte Louise. »MAPPA wird seine Freilassung überwachen. Ihn im Auge behalten, überprüfen, ob er da ist, wo er behauptet zu sein.«

»MAPPA?«

»Multi Agency Public Protection Arrangements. Ein bisschen umständlich, ich weiß.«

»Sie brauchen sich dafür nicht zu entschuldigen, auch wir

Mediziner lieben unsere Abkürzungen. Ich bin erstaunt, dass Sie mich davon unterrichten«, sagte Joanna Hunter. »Ich hätte gedacht, nach diesen vielen Jahren …«

»Das ist leider noch nicht alles«, sagte Louise Monroe, die wie ein dunkler Verkündigungsengel stets die Überbringerin schlechter Nachrichten war. »Die Presse hat von seiner Freilassung erfahren und wird sich die Geschichte vermutlich nicht entgehen lassen.«

»›Bestialischer Schlächter kommt frei‹ – in der Art?«

»Leider genau in der Art«, sagte Louise. »Und sie werden natürlich nicht nur hinter Decker her sein, sie werden wissen wollen, was aus Ihnen geworden ist.«

»Die Überlebende«, sagte Joanna Hunter. »›Kleines Mädchen verschwunden‹. So hieß es in den Abendausgaben. Morgens hieß es dann: ›Kleines Mädchen gefunden‹.«

»Haben Sie die Sachen aufgehoben, die Zeitungsausschnitte, Artikel?«

Joanna Hunter lachte trocken. »Ich war sechs Jahre alt. Ich konnte nichts aufheben.«

Eigentlich wäre es die Aufgabe des Familienbeauftragten gewesen, aber der Anruf wurde zufällig zu ihr durchgestellt, und ihr fiel auf, dass Joanna Hunter gleich um die Ecke von ihr wohnte, nur ein paar Straßen entfernt in dem erbarmungslosen Mittelklasseghetto, in dem es keine Sozialwohnungen, keine Kneipen, überhaupt kein Nachtleben und auch tagsüber kaum Leben gab angesichts des hohen Anteils an Rentnern und älteren Menschen. Nach acht Uhr abends waren die Bürgersteige hochgeklappt, und so weit das Auge reichte, herrschte Rechtschaffenheit. Willkommen im Traum. Louise fühlte sich, als hätte sie sich auf die andere Seite geschlagen, ohne zuvor auf einer Seite gewesen zu sein. »Freu dich über dein Glück«, sagte Patrick, mehr Glückskeks als Zen-Meister.

»Will Sie nur warnen«, sagte der Mann von MAPPA am Telefon. »Ein kürzlich entlassener Häftling wusste, dass Decker rauskommt, und hat die Geschichte für zwanzig Silberlinge an die Boulevardpresse verkauft. Es wird ein Sturm im Wasserglas, aber sie sollte es erfahren für den Fall, dass sie sie ausfindig machen. Sie werden sie suchen, und sie sind besser im Aufspüren von Leuten als wir.«

Louise wusste grob über den Fall Mason Bescheid, nicht so detailliert wie Karen, mehr wie über einen Fall aus dem Katalog – Typen, die es auf Frauen und Kinder abgesehen hatten. Sie waren anders als die Typen, die es nur auf Frauen abgesehen hatten, auch anders als die Expartner, die mit ihren Kindern von Klippen und Balkonen sprangen, die Autoabgase über Schläuche ins Wageninnere leiteten, wo die Kinder auf dem Rücksitz saßen, die sie in ihren Betten erstickten, die ihnen mit Messern, Hämmern und Wäscheleinen bis in den letzten Winkel des Hauses nachrannten, damit niemand die Kinder haben konnte, insbesondere nicht ihre Mütter, nur weil sie selbst sie nicht haben durften.

Das waren diejenigen, die unaufgefordert bei der Unicorn-Magic-Geburtstagsparty ihrer Tochter auftauchten und ihrer Schwiegermutter in den Kopf schossen, während sie in der Küche Götterspeise und Eis austeilte, und dann ihre Schwägerin wie Wild jagten und auch ihr in den Kopf schossen – vor den Blicken zehn schreiender siebenjähriger Mädchen, darunter die eigene Tochter. Es waren drei Needler-Kinder, Simone, Charlotte und Cameron. Zehn, sieben und fünf. Der Vater schlug das

Geburtstagskind, Charlotte, mit der Pistole, als sie sich zwischen ihn und ihre Tante Debbie stellen wollte. (»Sie war schon immer ein mutiges kleines Mädchen, unsere Charlie«, sagte Alison.) Debbie musste die Situation begriffen haben, als der erste Schuss in der Küche fiel, denn sie scheuchte die Kinder in den Wintergarten auf der Rückseite des Hauses, und als David Needler auf sie zielte, versuchte sie sie mit ihrem Körper zu schützen, alle zehn. Bis zum letzten Augenblick schrie sie ihm ins Gesicht, was für ein Dreckskerl er war. Tante Debbie verdiente einen Orden.

Alison war mit Cameron oben gewesen, wo er sich im Bad nach zu viel Zucker und Aufregung übergab, als ihr Ex in diesem Haus voller Frauen und Kinder Amok lief. Alisons Mutter lag tot auf dem Küchenboden, ihre Schwester Debbie lag sterbend im Wintergarten, ihre eigene zehnjährige Tochter wischte ihr den blutigen Kopf mit einer Handvoll Unicorn-Magic-Servietten ab. David Needler versuchte, Simone wegzuschleppen, und eine Nachbarin, die Mutter eines eingeladenen Mädchens, wollte ihn aufhalten. An einem Tag, an dem sie dachte, ihre größte Prüfung bestünde darin, zwei Stunden mit hysterischen Siebenjährigen zu überstehen, musste sie um ihr Leben kämpfen, nachdem David Needler ihr in die Brust geschossen hatte. Sie verlor den Kampf. Drei Leben, drei Tote, die gleiche Strecke wie Andrew Decker.

David Needler rannte ohne Kind als Trophäe. Nach dem ersten Schuss hatte sich Alison Needler mit Cameron im Schlafzimmerschrank versteckt.

Andrew Decker zerstörte nicht die eigene, er zerstörte eine fremde Familie. Er zerstörte Howard Masons Familie. Männer wie Decker fühlten sich minderwertig, waren Einzelgänger, vielleicht ertrugen sie einfach den Anblick nicht, wie Menschen ein

Leben lebten, das sie nie hatten. Eine Mutter und ihre Kinder, war das nicht der Kern von allem?

Sich verstecken oder davonlaufen? Louise hoffte, dass sie dableiben und kämpfen würde. Wenn man allein war, konnte man kämpfen, wenn man allein war, konnte man davonlaufen. Wenn Kinder dabei waren, konnte man weder das eine noch das andere. Man konnte es versuchen. Gabrielle Mason hatte es versucht, ihre Hände und Arme waren mit Wunden überzogen von dem Versuch, Andrew Deckers Messer abzuwehren. Sie hatte bis in den Tod gekämpft, um ihre Kinder zu beschützen. Gabrielle Mason verdiente einen Orden.

Louise war da gewesen, war bei Archie gewesen, als er klein war, auf den leeren Spielplätzen und bei den verlassenenEntenteichen, und hatte plötzlich den krummen Gang des Irren, seinen unsteten Blick gesehen. Keinen Blickkontakt herstellen. Forsch vorbeigehen, keine Aufmerksamkeit auf sich ziehen. Irgendwo, in irgendeinem utopischen Nirgendwo lebten Frauen ohne Angst. Louise würde diesen Ort liebend gern sehen.

Alle Frauen verdienten einen Orden.

Im Wohnzimmer der Hunters hatten in einem blauweißen Krug Blumen auf einem Beistelltisch gestanden. Nein, keine billigen, gedankenlosen Treibhausblumen aus Kenia, sondern lange Dinger mit vielen Zweigen aus dem Garten der Hunters – »Duftheckenkirschen und Duftende Fleischbeeren«, sagte Joanna Hunter. »Sie riechen so gut. Es ist schön, im Winter Blumen zu haben.« Louise heuchelte Interesse. Sie vermutete, dass sie aufgrund ihrer Gene unfähig war, Dinge zum Gedeihen zu bringen, dass Wachsenlassen in den Mitochondrien ihrer DNS nicht vorgesehen war. Samantha und Patrick hatten in ihrem alten Haus »gern zusammen gegärtnert«. Louises und Patricks kleiner Garten war vor allem Fertigrasen, umgeben von ein paar langweiligen immergrünen Blumen und Stauden. Louise wusste nicht wirklich, was eine Staude war, sie war nur einmal in ihrem Garten gewesen anlässlich der Einweihungsgrillparty spät im Herbst zum Wohl der Nachbarschaft, darunter zwei altgediente Polizisten, ein Richter und ein Kriminalschriftsteller. Das war Edinburgh.

Die erste Mrs de Winter, Samantha, hatte ein grünes Händchen gehabt. »Duftwicken, Tomaten, hängende Blumenkörbe, sie liebte den Garten«, sagte Patrick. Sie konnte eine Staude vermutlich aus hundert Schritt Entfernung erkennen. Eine gute Ehefrau.

»Wunderbar«, sagte Louise zu Joanna Hunter und atmete den Duft der Heckenkirschen ein. Sie log nicht, sie rochen wirklich wunderbar. Joanna Hunter war wunderbar, ihr Haus war wunderbar, ihr Baby war wunderbar. Alles an ihrem Leben war wunderbar. Abgesehen von dem Massaker an ihrer Familie.

»So etwas überwindet man nie«, hatte Louise gestern Abend im Bett zu Patrick gesagt.

»Nein, aber man kann's versuchen«, sagte er.

»Wer hat dich zur Stimme der Weisheit gemacht?«, sagte Louise, aber nicht laut, weil man die Liebe eines guten Mannes nicht wegwarf wie ein Stück Papier, nicht einmal Louise war so abgestumpft, dass sie das nicht begriffen hätte.

Joanna Hunter ging nach oben und kam mit einem Foto zurück, schwarzweiß in einem schlichten Rahmen. Sie reichte es wortlos Louise. Eine Frau und drei Kinder – Gabrielle, Jessica, Joanna, Joseph. Es war ein künstlerisch anspruchsvolles Foto (»Mein Vater hat es aufgenommen«), eine Nahaufnahme, die Gesichter nah beieinander, Jessica lächelte unsicher, Joanna grinste glücklich, das Baby nur ein Baby. Gabrielle war schön, keine Frage. Sie lächelte nicht.

»Ich stelle es nicht auf«, sagte Joanna Hunter. »Ich könnte es nicht ertragen, sie jeden Tag anzusehen. Hin und wieder hole ich es heraus. Und räume es wieder weg.«

Nach dem Mord an seiner Frau hatte Howard Mason mehrmals wieder geheiratet. Was hatten die Nachfolgerinnen für ihre Vorgängerin empfunden? Die erste Frau, Gabrielle – schön, talentiert, dreifache Mutter und noch dazu ermordet –, es war unmöglich, ihrem Beispiel zu folgen. Die zweite Frau, Martina, brachte sich um, von der dritten – der Chinesin (wie alle sie nannten) – ließ sich Howard Mason scheiden, die vierte hatte irgendeinen schrecklichen Unfall, fiel die Treppe hinunter oder setzte sich selbst in Brand, Louise erinnerte sich nicht mehr. Es gab noch eine fünfte irgendwo – eine Südamerikanerin, die ihn überlebte. Louise wäre nicht überrascht gewesen, wenn sich irgendwo noch eine Enthauptung versteckt hätte. Man würde es sich gewiss zweimal überlegen, bevor man »Ja« zu Howard Mason sagte. »Meine letzte Herzogin« – das Gedicht von Browning – kam ihr unwillkürlich in den Sinn. Ihr schauderte.

Im Lauf der Zeit wurde Howard Mason berühmter für seine toten Frauen als für das literarische Talent, das er möglicherweise besaß. Louise hatte keins seiner Bücher gelesen, er hatte vor ihrer Zeit geschrieben. Nachdem sie gestern Joanna Hunter kennengelernt hatte, recherchierte sie seine Bücher bei Amazon, aber sie waren vergriffen. Man hätte meinen können, dass nach den Morden eine gewisse traurige Berühmtheit die Verkäufe in die Höhe getrieben hätte, aber stattdessen wurde er eine Art Paria. Er mochte tot und nicht mehr in Mode und vergriffen sein, aber er lebte weiter, im Internet, der Geist in der Maschine.

Wie der Zufall es wollte, hielt sie auf dem Nachhauseweg bei der Oxfam-Buchhandlung in der Morningside Road an und fand ein gebrauchtes Exemplar von Howard Masons erstem, berühmtestem Roman, *Der Ladenbesitzer*, und las ihn am Abend im Bett fast zu Ende.

»Konnte er schreiben?«, fragte Patrick. Er las irgendeine abstruse medizinische Zeitschrift. (Sollte sie sich mehr für seinen Beruf interessieren? Er interessierte sich immer für ihren.)

»Ja, er konnte schreiben, aber es ist sehr zeitgenössisch. Damals muss es was ganz Neues gewesen sein, aber es ist sehr, ich weiß nicht, *nördlich*.«

»Schottisch?«

»Mehr wie *Samstagnacht und Sonntagmorgen*.«

Howard Mason war ein Gymnasiast aus dem Norden mit einem Stipendium für Oxford und schrieb, als hätte er als Teenager zu viel D.H. Lawrence gelesen. *Der Ladenbesitzer*, nach dem Studium geschrieben, war eine »beißende Kritik« (gemäß dem *Dictionary of Literary Biography*) seiner langweiligen Eltern und seines provinziellen Hintergrunds, eine autobiographische Quelle, zu der er sich stets bekannte. Louise empfand es als hämischen Rachetext. Der Grat zwischen Fakt und Fiktion war schmal in Howard Masons Leben.

Howard Mason schrieb *Der Ladenbesitzer*, als er noch unbedarft war, bevor sein Leben zum *Grand Guignol* wurde, bevor er drei Kinder zeugte, bevor er Gabrielle Ascher heiratete, schön, klug und reich, mit einem behaglichen Zuhause und einem frohgemuten Wesen. Die letzten drei Attribute verlor sie auf der Stelle, als sie mit siebzehn in Gretna Green die Heiratsurkunde unterschrieb. War Howard Mason eine so schreckliche Wahl, dass ihre Eltern meinten, sie enterben zu müssen? Was geschah nach ihrem Tod, wurde Joanna Mason eine reiche kleine Waise? Fragen über Fragen. Joanna Hunter war Louise unter die Haut gefahren. Sie hatte am Rand des Unfassbaren gestanden, sie war an einem Ort gewesen, den niemand freiwillig aufsuchte, und sie war zurückgekommen. Das verlieh ihr eine geheimnisvolle Macht, um die Louise sie beneidete.

Andrew Decker war, was für eine Überraschung, ein vorbildlicher Häftling gewesen. Er half in der Bibliothek, arbeitete in der Braille-Werkstatt, übertrug Bücher in Blindenschrift, reparierte Rollstühle, alles sehr ehrenhaft. Manchmal sehnte sich Louise nach den Tagen, als Häftlinge endlos in Tretmühlen gehen oder Kurbeln drehen mussten. Pädophile, Mörder, Vergewaltiger, sollten sie wirklich Bücher herstellen? Wenn es nach Louise ginge, würden sie alle eingeschläfert, doch das war natürlich eine Ansicht, die sie bei Besprechungen nicht laut äußerte. (»Warst du schon immer eine Faschistin?«, fragte Patrick und lachte. »So ziemlich«, antwortete sie.)

Andrew Decker hatte das Abitur und an der Open University einen Abschluss in Philosophie (natürlich) gemacht und zeigte keinerlei Anzeichen mehr, dass er jemandem etwas antun wollte. Richtig. Und dreißig Jahre zuvor hatte er eine Familie abgeschlachtet, obwohl er laut seinen Arbeitskollegen »ein ganz normaler Kerl« war. Ja, dachte Louise, vor den ganz Normalen musste man auf der Hut sein. David Needler war normal. Decker war erst fünfzig, ihm blieben möglicherweise noch gute zwanzig Jahre, um normal zu sein. Aber, man sehe die positive Seite – er hatte einen Abschluss in Philosophie.

»Zumindest hat er die volle Zeit abgesessen«, sagte Joanna

Hunter. »Das ist schon was.« Aber das war es nicht wirklich, und sie wussten es beide.

»Ich könnte wegfahren«, sagte Joanna Hunter. »Mich für eine Weile entziehen, bis sich die Aufregung gelegt hat.«

»Gute Idee.«

Alison Needler lebte in Livingston wie während einer Belagerung. Sie blieb den ganzen Tag im Haus, wurde bleich, verließ es nur, um die Kinder zu Fuß zur Schule zu bringen. Sie fuhr sie nicht mit dem Auto, weil sie überzeugt war, dass David Needler irgendeinen Mechanismus am Wagen anbringen und sie alle in die Luft jagen würde. David Needler war Baukostensachverständiger und verfügte über keine offenkundigen Sprengstoffkenntnisse, aber Louise nahm an, dass es schwer war, sie wieder loszuwerden, wenn sich die Paranoia einmal im Hirn festgesetzt hatte. Und wer hätte damit gerechnet, dass David Needler eine Pistole hatte und wusste, wie man damit schießt?

Louise wusste nicht, was Alison den ganzen Tag lang machte, sie kaufte im Internet ein und behauptete, zu überdreht zu sein, um auf dem Teppich zu einem Gymnastikvideo hin- und herzuhüpfen oder still dazusitzen und eine Patchworkdecke zu nähen (zwei von diversen Vorschlägen einer Sozialarbeiterin). Wann immer Louise das Haus betrat, war es makellos aufgeräumt und sauber, deswegen nahm sie an, dass Alison häufig putzte. Normalerweise lief der Fernseher, Bücher gab es keine, sie sagte, früher hätte sie gern gelesen, aber jetzt könne sie sich nicht mehr konzentrieren. Louise erinnerte sich an das Haus der Needlers in Trinity, es war ein gutes Haus gewesen, ein Reihenhaus aus Sandstein mit einem großen Garten davor und dahinter, dem Vorgarten, genau richtig für einen Mann, um sich darin selbst zu opfern.

Alison Needler hatte an jedem Fenster zwei Schlösser angebracht, drei an der Vorder- und an der Hintertür, plus schwere Riegel. Sie hatte ein Sicherheitssystem aus Klingeln und Pfeifen installiert, sie hatte einen Panikknopf, ein Handy nur für eine Notrufnummer, und wenn sie nicht in der Schule eingesperrt waren, hingen um die Hälse ihrer Kinder kleine Alarmsirenen.

Sie war in ein sicheres Haus gebracht worden, aber Alison wäre nie sicher. An Alisons Stelle würde sich Louise einen großen Hund anschaffen. Einen wirklich, wirklich großen Hund. An Alison Needlers Stelle würde sie ihren Namen ändern, sich die Haare färben, weit wegziehen, in die Highlands, nach England, Frankreich, an den Nordpol. In einem Haus in Livingston, in dem sie darauf wartete, dass der große böse Wolf kam und alles in die Luft jagte, war sie nicht sicher.

Louise dachte daran, über die Weihnachtsfeiertage möglicherweise einen Streifenwagen vor dem Haus zu stationieren. Sollte David Needler jemals zurückkehren, dann war Weihnachten ein wahrscheinlicher Zeitpunkt, das Fest der Liebe und so weiter. Louise hoffte, er würde kommen, sie würde gern einen Einsatzwagen mit Blaulicht herschicken und den Polizeipräsidenten aus den weihnachtlichen Lustbarkeiten schrecken, damit er den Befehl gab, den Dreckskerl totzuschießen.

Louises Handy klingelte. Patrick. Er musste sich fragen, wo sie war. Sie fragte sich das selbst. Louise schaute auf ihre Uhr. Herrgott, sechs. So viel zu zweimal gebackenen Soufflés, die Schwiegerfamilie müsste sich mit Omelettes zufriedengeben.

»Louise?«

»Ja.« In ihren eigenen Ohren klang sie effizient, vielleicht ein wenig zackig. Eigentlich sollte sie sagen: *Es tut mir unglaublich leid, ich habe dich versetzt*, et cetera, aber das Geben und Nehmen, das Schieben und Ziehen, das Kompromisseschließen und Verhandeln in einer Partnerschaft schienen ihr nicht zu liegen. Sie hatte das Gefühl, als hätte sie es schon ihr Leben lang mit Archie getan, mit einem erwachsenen Mann konnte sie nicht noch einmal von vorn anfangen. Patrick schien es wirklich nichts auszumachen, aber sie hätte ihren letzten Penny darauf verwettet, dass es nicht ewig so bliebe.

Sie hätte Blumen kaufen sollen. Dann hätte es ausgesehen, als ob ihr etwas an ihnen läge. Es lag ihr wirklich etwas an ihnen. Möglicherweise nicht genug.

»Ich bin auf dem Weg nach Hause«, sagte sie. »Entschuldige.«

»Du hast doch jetzt keinen Dienst mehr, oder?«, sagte er langmütig.

»Es ist etwas dazwischengekommen.«

»Wo bist du? Du bist in Livingston, oder? Du sitzt in deinem Wagen vor dem Haus dieser Frau, oder? Du bist besessen, Liebling.«

»Nein, bin ich nicht.« Aber sie war es, und wie. »Und sie heißt Alison, nicht ›diese Frau‹.«

»Entschuldige. Er ist längst über alle Berge. Needler wird nicht zurückkommen.«

»Doch, das wird er. Wetten?«

»Ich wette nicht.«

»Du bist Ire, natürlich wettest du. Ich bin gleich zu Hause. Tut mir leid«, fügte sie sicherheitshalber hinzu. Sie schienen viel Zeit damit zu verbringen, sich beieinander zu entschuldigen. Vielleicht war das gut, es bewies, dass sie Manieren hatten.

Alison Needlers Vorhang öffnete sich ein paar Zentimeter, und ihr Gesicht tauchte auf, blass und körperlos, Zigarettenrauch um ihren Kopf wie eine Aura. Früher hatte sie vor den Kindern nicht geraucht, früher hatte sie überhaupt nicht geraucht, sie hatte einst ein normales Leben, Teilzeit in der Verwaltung der Napier-Universität, drei Kinder, Mann, hübsches Haus in Trinity, nicht diesen langweiligen grauen Kieselrauputz und Müll im Nachbargarten. Natürlich war nichts normal, es sah nur normal aus. Gewöhnlich. Der Vorhang schloss sich, und Alison verschwand.

Louise lag etwas an Alison Needler, an Joanna Hunter. Jackson Brodie hatte etwas an verschwundenen Mädchen gelegen, er wollte, dass sie alle gefunden wurden. Louise wollte, dass sie erst gar nicht verschwanden. Es gab viele Möglichkeiten zu verschwinden, und nicht immer hieß es, dass man deswegen vermisst wurde. Nicht immer hieß es, dass sie sich versteckten, manchmal verschwanden Frauen vor aller Augen. Alison Needler, die sich anpasste, in ihrer Ehe verschwand, jeden Tag ein wenig mehr. Jacksons Schwester, die eines Abends im Regen aus einem Bus stieg und aus ihrem Leben trat. Gabrielle Mason verschwand für immer an einem sonnigen Nachmittag.

Der Gedanke an Jackson Brodie versetzte ihrem Herzen einen kleinen schuldbewussten Stich. Schlechte Ehefrau.

Vor dem Haus der Needlers war kein Polizist mehr stationiert. Nur Louise fuhr noch hin, bis das Stück der M8 zwischen Edinburgh und Livingston sich ihrem Gehirn eingegraben hatte, und hielt zu zufälligen Tages- und Nachtzeiten Wache. Auf Alison aufzupassen hatte etwas Meditatives. Eines Tages würde David Needler kommen. Und Louise würde ihn schnappen.

Sie ließ den Motor an, und Alison Needler tauchte erneut am Fenster auf. Louise hob die Hand, aber Alison erwiderte die Abschiedsgeste nicht.

Patrick hatte »ein Bankett für vier« von einem chinesischen Restaurant in der Nähe bestellt. Das hatten sie schon mehrmals getan, und Louise hatte das Essen okay gefunden, aber unter der langen, ziemlich knolligen Nase von Patricks älterer Schwester Bridget wirkte der Inhalt der klebrigen Alubehälter wenig verlockend.

Louise war auf der Heimfahrt am Verhungern gewesen und hätte beinahe ihren schottischen Genen nachgegeben und unterwegs Fish and Chips mitgenommen, aber kaum hatte sie die Schwelle zu »ihrem Haus« (»ihrer beider Haus«, nicht »ihrem Zuhause«) überschritten, war ihr Appetit wie weggeblasen.

»Entschuldigt. Ich war verhindert«, sagte sie zu ihrer neuen Schwiegerfamilie, als sie eintrat.

Louise hätte sich am liebsten ausgezogen und unter die heiße Dusche gestellt, aber sie saßen bereits wartend am Tisch. Sie kam sich vor wie ein aufsässiger Teenager, der sich zu spät hereinschleppte. Sie dachte, dass Archie sich so fühlen müsste. Tief in ihrem Innern spürte sie einen Stich, sie wollte ihren Sohn, sie wollte ihn in die Arme nehmen und festhalten. Nicht wie er jetzt war, sondern so, wie er früher gewesen war. Ihr kleiner Junge.

Patrick reichte ihr ein Glas Rotwein. *Der König sitzt in Dunfermline und trinkt den blutroten Wein*. Rotwein passte nicht zu chinesischem Essen. Wäre es proletenhaft, wenn sie in die Küche ginge und sich eine Flasche Bier aus dem Kühlschrank holte? (»Ja«, lautete offensichtlich die Antwort.) Patrick füllte sein eigenes Glas und stieß mit ihr an. »Willkommen zu Hause«, sagte er und lächelte sie an.

Sie hatte ihres schon fast ausgetrunken.

Bridget pickte mit ihren Stäbchen in süß-saurem Huhn und nahm vorsichtig einen Bissen in den Mund. Das Essen sah jetzt noch weniger verheißungsvoll aus, weil Patrick es in die Porzellanschüsseln von Wedgewood umgefüllt hatte, die zu seiner Aussteuer gehörten. Der Aussteuer aus seiner ersten Ehe mit Samantha. Der ersten Mrs de Winter, seiner letzten Herzogin.

Bridget musste schon Dutzende von Malen von dem Wedgewood gegessen haben. Leckeres, von Samantha mühsam eigenhändig gekochtes Essen, weil ihr daran gelegen hatte, Patrick glücklich zu machen. (»So war es überhaupt nicht«, sagte Patrick. »Sam war Anästhesistin. Sie hat fast so viel gearbeitet wie ich.«)

Was tat sie hier? Sie lebte mit den Sachen einer toten Frau. Nicht im Haus einer Toten, so verrückt war sie nicht. Patrick wohnte noch im »Familienheim«, als sie sich kennenlernten, einem wirklich schönen Haus am Dick Place, die Art Haus, in der Louise gern gewohnt hätte, während sie mit ihrer Mutter in einer Einzimmerwohnung im obersten Stock eines Sozialbaus in Fountainbridge aufwuchs. Dennoch hatte Patrick keine Sekunde gezögert und das Haus am Dick Place verkauft – für eine unglaubliche Summe –, und sie kauften eine schicke neue Wohnung in einem Zweifamilienhaus nahe dem Astley Ainslie Hospital. Von außen sah es abscheulich aus – Holzverkleidungen und Eisenbalkone –, doch innen wies es genau den langweiligen Luxus auf, den Louise seltsam attraktiv fand. Anfänglich war es steril wie ein Operationssaal, doch bald füllten sie es mit den Sachen aus Patricks altem Haus, und die Wohnung verlor nach und nach ihre Neutralität. Die erste Mrs de Winter lebte in ihren Dingen weiter. Patrick hatte angeboten, alles auszutauschen, »bis zum letzten Teelöffel«, und Louise hatte gesagt: »Sei nicht albern«, obwohl es genau das war, was sie von ihm wollte, doch ohne dass sie ihn darum bitten musste. Heirate mit Muße, bereue in Eile.

Patrick und Samantha hatten schöne Dinge: das Wedgewood, das Silberbesteck, Damasttischtücher, Serviettenringe, Kristallgläser. Dinge, die man zur Hochzeit geschenkt bekam, Hab und Gut einer traditionellen Ehe. Louises Besitztümer sahen neben seinen wie die eines Flüchtlings aus, der viel Zeit bei IKEA verbrachte. Als sie die Wäschetruhe (eine Wäschetruhe – wer hatte eine Wäschetruhe? Patrick und Samantha) zum ersten Mal öffnete, war sie beunruhigt angesichts des gestärkten und gebügelten Inhalts, der aussah, als wäre er nicht mehr gelüftet worden, seitdem Samantha zum letzten Mal am Steuer ihres Autos gesessen hatte.

Louise erinnerte sich an eine Ballade oder ein Gedicht über eine Hochzeit, die in einem großen Haus vor langer Zeit stattfand. Die Gäste spielten Verstecken (man stelle sich das heutzutage vor). Die Braut versteckte sich in einer riesigen Truhe in einem entlegenen Teil des Hauses, in dem niemand nach ihr suchte. Der Deckel der Truhe war mit einer verborgenen Feder versehen und konnte nur von außen geöffnet werden, und sie erstickte darin, noch bevor sie ihre Hochzeitsnacht erleben durfte. Jahre später fand man ihr Skelett im Hochzeitskleid. Lebendig begraben – aber andererseits passierte das auch in manchen Ehen. Wer weiß, vielleicht war die arme Braut tot besser dran. Alison Needler sagte, dass ihr Exmann sie, »wenn er gekonnt hätte, in einer verschlossenen Kiste gehalten hätte«. »Die Mistelbraut«, so hieß die Ballade. Wenn man lange genug wartete, schloss das Gedächtnis immer zu einem auf. Eines Tages würde es das nicht mehr tun.

»Liebling?« Patrick stand lächelnd neben ihr. Er hatte eine weitere Flasche Wein geöffnet, ging um den Tisch wie ein Kellner und füllte die Kristallgläser. Er drückte ihre Schulter, und sie erwiderte sein Lächeln. Er war viel zu gut für sie. Zu nett. Es provozierte sie zu schlechtem Verhalten, sie wollte herausfinden, wie weit sie gehen konnte, die Nettigkeit zerschlagen. Ein kleines Problem mit intimen Beziehungen, Louise?

»Also noch mal, cheers«, sagte Patrick, als er sich setzte. Sie stießen an, und das Kristall klang wie eine Glocke. Rief sie nach Hause. Nicht dieses Zuhause, ein anderes, das sie noch nicht gefunden hatte.

»Cheers«, sagte Tim, und Louise sagte *»Slainte«*, um sie daran zu erinnern, dass sie jetzt in ihrem Land waren.

Sie fuhr mit dem Finger über den Rand des Glases. Samanthas Kristallglas.

»Louise?«

»Mhm?«

»Ich habe gerade zu Patrick gesagt«, sagte Bridget, »dass ihr uns im Sommer besuchen müsst.«

»Das wäre toll, ich war noch nie in Eastbourne. Wohnt ihr nahe am Strand?«

»Wimborne. Das ist nicht an der Küste«, sagte Bridget. In Bridgets selbstgefälligem und gut gepolstertem Mittelklassekörper steckte vielleicht ein absolut anständiges menschliches Wesen. Oder auch nicht.

Louise trank den Rest ihres Weines in einem Zug aus und

suchte nach der Erwachsenen in sich selbst. Fand sie. Verlor sie wieder.

»In der Kühltruhe ist Eis«, sagte Patrick. »Cherry Garcia«, sagte er zu Bridget. »Ist das okay?«

»Was soll das *heißen?*«, sagte sie quengelig. »Ich habe es nie verstanden.«

»The Grateful Dead«, sagte Patrick. »War nie deine Musik, Bridie. Ich meine mich zu erinnern, dass du eher Fan der Partridge Family warst.«

»Und du nicht?«, sagte Louise zu ihm. »Auf mich hast du nie den Eindruck eines Deadhead gemacht.«

»Manchmal frage ich mich, mit wem du verheiratet zu sein glaubst«, sagte er. Was sollte *das* heißen? Er stand auf und stellte die Teller zusammen. Das Essen, jetzt kalt und verklebt, sah widerlich aus.

»Ich hole das Eis«, sagte Louise und sprang so schnell auf, dass sie beinahe Tims Glas umwarf. Sie fing es im letzten Moment auf.

»Gut gehalten«, murmelte er. Er war so *englisch*. Gehörte einer anderen Klasse an als Louise. Louise reagierte automatisch auf den Akzent einer dominanten Kultur. Es war komisch, wie allein man sich manchmal in einem Raum voller Menschen fühlte. Vier Menschen, einer davon sie selbst. Fremde in einem fremden Land, eine Ruth unter ausländischen Mittelklasseähren.

Statt direkt in die Küche zu gehen, lief sie nach oben in ihr Schlafzimmer (ihr gemeinsames Schlafzimmer) und holte die Ringe aus dem Safe. Den Safe hatte die Versicherung vorgeschrieben, weil der Ring so wertvoll war. Als sie die Versicherung wechselte, bestand die neue Gesellschaft darauf, dass sie ein Überwachungssystem und einen Safe einbauten. »Wegen dem Ring,

Mrs Brennan«, sagte das Mädchen am anderen Ende der Leitung. Louise war nie zuvor »Mrs« genannt worden und konnte die Menge Galle nicht fassen, die ihr bei diesem Wort in den Körper schoss, und um die Sache noch schlimmer zu machen, sprach das Mädchen sie auch noch mit Patricks Nachnamen an, als wäre sie sein Hab und Gut. Sie wunderte sich über Frauen, die ihren Namen änderten, wenn sie heirateten, der eigene Name war etwas sehr Nahes. Manchmal hatte man nicht mehr als seinen Namen. Joanna Hunter änderte ihren Namen, als sie heiratete, aber in ihrem Fall leuchtete das ein, oder? Sie konnte sich an ihren Doktortitel klammern, um sich eine Identität zu geben. An Joanna Hunters Stelle hätte Louise ihren Namen lange vor der Heirat geändert. Sie hätte nicht ewig als das kleine, in dem verdammten Weizenfeld verschwundene Mädchen bekannt sein wollen. Louises Kindheit war nicht gerade idyllisch gewesen, aber um vieles besser als die von Joanna Hunter.

»Ich bin Detective Chief Inspector Monroe«, sagte sie kalt zu dem Mädchen von der Versicherung. »Nicht Mrs Brennan.«

Erst später fand Louise heraus, dass Patrick den Diamanten mit investiertem Geld aus Samanthas Lebensversicherung gekauft hatte. Ein wahrer Blutdiamant.

Sie trug den großen Diamanten nicht oft, nur gelegentlich, wenn sie ausgingen. Er ging mit ihr aus, ins Theater, in Restaurants, in die Oper, in Konzerte, zu Dinnerpartys – sogar, Gott steh ihr bei, zu Wohltätigkeitsveranstaltungen, bei denen die Reichen und Reicheren für zweitausend Pfund an einem Tisch freundschaftlich miteinander verkehrten. Kilts und Ceilidh, Louises Vorstellung von der Hölle. Dennoch, ihr wurde dabei klar, wie klein ihr Leben zuvor gewesen war, Archie, Arbeit, Katze, nicht notwendigerweise in dieser Reihenfolge. Ihre Katze war jetzt tot, und Archie hatte die Flügel ausgebreitet. »Lebe dein Leben, Louise«, sagte Patrick, »erdulde es nicht nur.«

Ihren Ehering trug sie auch nicht. Patrick trug seinen. Er erwähnte den nicht getragenen Ehering und den Diamanten im Safe nie. Wenn Louise abends im Bett lag, sah sie die Ringe im Dunkeln funkeln, auch wenn der Safe geschlossen war. Das Band aus Gold. Das Band um ihr Herz. Herz der Finsternis. Immerwährende Finsternis.

Es hatte einst einen anderen Mann gegeben. Einen Mann, mit dem sie sich hätte vorstellen können, Seite an Seite zu stehen, einen Waffenbruder, aber sie hatten sich so keusch verhalten wie die Protagonisten in einem Roman von Jane Austen. Nur Verstand und kein Gefühl, überhaupt keine Überredung. Sie hatte gelegentlich noch Kontakt zu Jackson, aber er führte zu nichts, weil es nichts gab, wozu er hätte führen können. Seine Freundin war schwanger gewesen, und keiner von beiden hatte in den gelegentlichen betrunkenen, nächtlichen SMS etwas über die Konsequenzen gesagt. Dann hatte ihn die schwangere Freundin fallen gelassen und ihm mitgeteilt, dass das Kind nicht von ihm war, und über die Konsequenzen daraus hatten sie auch nichts gesagt. Vielleicht war nur Louise betrunken gewesen. Sie trank nicht viel, nicht wirklich (»Nur an Tagen mit einem ›t‹«), sie würde nie den gleichen Weg gehen wie ihre Mutter, doch bevor sie Patrick kennenlernte, freute sie sich manchmal auf eine Weise auf den ersten Drink des Abends, die über eine angenehme Vorfreude hinausging. Jetzt trank sie nach Patricks zivilisiertem System, ein oder zwei Gläser guten Rotwein zum Essen. Gut so, betrunken war sie gefühlsduselig.

Patrick glaubte an die gesundheitsfördernden Eigenschaften

des Rotweins. Er hielt sich an die »Rotwein-Diät«, kaufte kistenweise französischen Wein, der ihn unsterblich machen würde. Er ging in der Woche fünfmal morgens schwimmen, spielte zweimal Golf, hatte jeden Tag eine positive Einstellung. Es war, als lebte sie mit einem Außerirdischen, der tat, als wäre er ein Mensch.

Er sorgte sich auch um ihre Gesundheit (»Hast du jemals daran gedacht, Yoga zu machen? Tai-Chi? Etwas Meditatives?«). Er wollte nicht ein zweites Mal zum Witwer werden. Ein Arzt, der zwei Ehefrauen nacheinander verlor, machte keinen guten Eindruck.

Sie streifte den Ring über den Finger. Sollte Bridget sehen, dass sie vielleicht nicht teurer als Rubine war, aber immerhin war sie ein dreieinhalbkarätiges Stück Eis wert. Sie schob den Hochzeitsring auf denselben Finger, und er fühlte sich plötzlich schwer an. Die Ringe waren eng. Einen Augenblick lang glaubte sie, sie wären geschrumpft, bis ihr klar wurde, dass wahrscheinlich ihr Finger dicker geworden war.

Sie sah sich selbst im Spiegel und war schockiert – ihre Haut war durchscheinend wie Alabaster, ihre Augen waren riesig und schwarz, als hätte sie Belladonna genommen. An einer Schläfe pochte eine dicke Ader wie ein Wurm, der unter der Haut vergraben war. Sie sah aus wie jemand, der einen schrecklichen Unfall erlitten hatte.

Unten klingelte beharrlich das Telefon, und als sie widerstrebend hinunterging, stand Patrick im Flur, zog seine Berghaus-Jacke an und wandte sich der Tür zu. »Ein Zug ist entgleist«, sagte er. »Ziemlich schlimm. Alle werden gebraucht«, fügte er gut gelaunt hinzu. »Kommst du?«

Komische alte Welt

Reggie Chase, klein wie eine Maus, still wie ein leeres Haus. Sie kraulte gedankenverloren Banjos Kopf. Homer lag aufgeschlagen auf ihrem Schoß, aber sie schaute *Coronation Street*. Sie hatte die alte Schachtel Schokobonbons mit Veilchengeschmack fast aufgegessen, die sie ganz hinten in Ms MacDonalds Küchenschrank gefunden hatte (bei Sturm tut's jeder Hafen). Sie blickte auf die Uhr, Ms MacDonald käme bald nach Hause.

Sie hörte, dass sich ein Zug näherte, das Geräusch zuerst vom Wind gedämpft, dann lauter und lauter. Nicht das gewohnte Zuggeräusch, sondern eine laut grollende Krachwoge, die auf das Haus zuzurollen schien. Reggie sprang instinktiv auf, der Zug schien *durch* das Haus fahren zu wollen. Dann folgte ein höheres Geräusch, als würde eine riesige Hand mit riesigen Fingernägeln über eine riesige Schiefertafel kratzen, und schließlich ein ohrenbetäubender Knall wie ein Donnerschlag. Die Apokalypse war da.

Und dann … nichts. Das Gasfeuer zischte, Banjo schnarchte und ächzte, der Regen prasselte weiter gegen das Wohnzimmerfenster. Die Erkennungsmelodie von *Coronation Street* erklang zum Abspann. Reggie, das Buch in der Hand, ein Veilchenbonbon im Mund, stand, noch immer mitten im Wohnzimmer, bereit zur Flucht. Einen Augenblick lang schien es, als wäre nichts geschehen.

Dann hörte sie Stimmen und zuschlagende Türen, als die Menschen aus den Nachbarhäusern auf die Straße rannten. Reggie öffnete die Haustür und steckte den Kopf hinaus in Wind und Regen. »Ein Zug ist entgleist«, sagte ein Mann zu ihr. »Gleich hinter den Häusern.« Reggie griff zum Telefon im Flur und wählte die Notrufnummer. Dr. Hunter hatte ihr erzählt, dass bei einem Notfall alle immer annahmen, jemand anders würde anrufen. Reggie war keine Person, die von Annahmen ausging.

»Bin gleich zurück«, sagte sie zu Banjo und zog ihre Jacke an. Sie nahm die große Taschenlampe, die neben Ms MacDonalds Sicherungskasten stand, steckte die Hausschlüssel in die Tasche, zog die Tür hinter sich zu und lief hinaus in den Regen. Die Welt würde diese Nacht nicht enden. Nicht, wenn Reggie etwas dagegen tun konnte.

Los geht's, Reggie!

Die himmlische Stadt

Der Tunnel war weiß, nicht schwarz. Es war eher ein Korridor als ein Tunnel. Er war hell erleuchtet. Und es gab weiße Plastikbänke mit geformten Sitzen, die ein Teil der Wand zu sein schienen. Er saß auf einem Sitz, als würde er auf etwas warten. Das Ganze erinnerte ihn an eine Szene aus einem Science-Fiction-Film. Jackson rechnete jederzeit damit, dass seine Schwester oder sein Bruder auftauchten und ihn aufforderten, ihnen ins Licht zu folgen. Er wusste, es lag an der veränderten Hirnlappenfunktion oder am Sauerstoffmangel im Gehirn, während der Körper den Betrieb einstellte. Oder an einem Überschuss an Ketamin – er hatte irgendwo davon gelesen, *National Geographic* wahrscheinlich. Dennoch war es eine Überraschung, wenn man es erlebte. Man hätte annehmen können, dass es sich wie ein Klischee anfühlte oder wie ein Traum, aber so war es nicht. Er war entspannt auf eine Weise, wie er es im Leben nie gewesen war. Es war nicht länger wichtig, dass er keine Kontrolle mehr hatte. Er fragte sich, was als Nächstes passieren würde.

Wie auf ein Stichwort hin saß plötzlich seine Schwester neben ihm. Sie berührte seine Hand und lächelte ihn an. Keiner von beiden sprach, es gab gleichzeitig nichts und alles zu sagen. Worte hätten nie vermitteln können, was er empfand, auch wenn er in der Lage gewesen wäre zu sprechen, was er nicht war.

Er erlebte Euphorie. Das hatte er noch nie getan, auch nicht in den glücklichsten Zeiten seines Lebens – als er verliebt war, als Marlee geboren wurde –, jede Gelegenheit zu reiner, unverfälschter Freude war von Angst umwölkt gewesen. Nie zuvor war er frei von den Sorgen der Welt dahingetrieben. Er hoffte, es würde nie aufhören.

Das Gesicht seiner Schwester näherte sich seinem, und er glaubte, sie würde ihn auf die Lippen küssen, stattdessen blies sie ihm in den Mund. Der Erkennungsduft seiner Schwester waren Veilchen gewesen – sie benutzte April Violet Cologne, und nach Veilchen schmeckten ihre Lieblingsbonbons, deren Anblick gereicht hatte, damit ihm als Junge schlecht wurde –, er war also nicht überrascht, dass ihr Atem nach Veilchen roch. Er kam sich vor, als würde er den Heiligen Geist einatmen. Aber dann spürte er, wie er aus dem Tunnel gezogen wurde, fort von Niamh, und er kämpfte dagegen an. Sie stand auf und ging fort. Er atmete den Heiligen Geist aus und schloss den Mund, damit er nicht zurückkonnte. Er stand auf und folgte seiner Schwester.

Ein Bruch, eine Störung im Raum-Zeit-Kontinuum. Etwas hatte ihn unglaublich hart in die Brust getroffen. Er war nicht in dem weißen Korridor. Er war im Land der Schmerzen. Und dann, genauso plötzlich, war er wieder in dem weißen Korridor, seine Schwester ging voran, blickte über die Schulter, winkte ihm. Er wollte zu ihr sagen, okay, ich komme, konnte aber immer noch nicht sprechen. Mehr als alles andere in der Welt wollte er seiner Schwester folgen. Wo immer es war, es wäre das Beste, was ihm je zugestoßen war.

Wieder bearbeitete ein Presslufthammer seine Brust. Er war plötzlich wütend. Wer tat ihm das an, wer wollte ihn daran hindern, seiner Schwester zu folgen?

Er war neuerlich in dem weißen Korridor, sah aber Niamh nicht mehr. Hatte sie nicht länger auf ihn warten wollen? Dann war es vorbei, der weiße Korridor verschwand endgültig, stattdessen sah er etwas Merkwürdiges, Flimmerndes, wie eine Empfangsstörung in einem Schwarz-Weiß-Fernseher. Und mehr heiße Schmerzen wie Blitze, die in seinem Schädel zuckten.

Es gab ein Wort für das, was er jetzt empfand, aber er brauchte lange, bis er es in seinem verbrutzelten Gehirn gefunden hatte. »Untröstlich« war das Wort. Er war unterwegs gewesen an einen wunderbaren Ort, und irgendein Idiot hatte ihn aufgehalten. Dann verblasste alles, er glitt in Dunkelheit, in Vergessen. Diesmal war da kein weißer Korridor, nur endlose Nacht.

III

MORGEN

Die Hunde, die sie zurückließen

Was meinte er damit, dass sie fort war? Fort? Fort wohin? Und warum? *Um eine alte Tante zu besuchen, die krank ist,* sagte er. Sie hatte nie erwähnt, dass sie eine Tante hatte, geschweige denn eine kranke Tante.

»Sie ist gerade erst krank geworden«, sagte Mr Hunter ungeduldig, als wäre ihm Reggie lästig, als wäre *sie* es gewesen, die *ihn* um halb sieben Uhr morgens anrief. Vom Schlaf benommen, begriff sie nicht, warum Mr Hunter am anderen Ende der Leitung sagte: »Du brauchst heute nicht zu kommen.« Einen Augenblick lang dachte Reggie, dass es etwas mit dem entgleisten Zug zu tun hatte, und dann – schlimmer –, dass Dr. Hunter und dem Baby etwas zugestoßen war, oder – am schlimmsten –, dass Dr. Hunter und das Baby irgendwie von dem Zugunglück betroffen waren. Aber nein, er rief zu dieser unmenschlichen Stunde an, um ihr etwas von einer kranken Tante zu erzählen.

»Was für eine Tante?«, wunderte sich Reggie. »Sie hat nie eine Tante erwähnt.«

»Ich glaube nicht, dass Jo dir alles erzählt«, sagte Mr Hunter.

»Es ist also alles in Ordnung mit Dr. Hunter und dem Baby?«, sagte Reggie. »Sie sind nicht krank oder so?«

»Nein«, sagte Mr Hunter. »Warum sollten sie krank sein?«

»Wann ist Dr. Hunter weg?«

»Sie ist gestern Abend runtergefahren.«

»Runter?«

»Nach Yorkshire.«

»Wo in Yorkshire?«

»Hawes, wenn du es genau wissen willst.«

»Haus?«

»H-a-w-e-s. Können wir jetzt mit der Fragerei aufhören? Mach ein bisschen Ferien, Reggie. Jo kommt in ein paar Tagen zurück. Dann wird sie sich bei dir melden.«

Warum hatte Dr. Hunter *sie* nicht angerufen, das war die Frage. Dr. Hunter hatte immer ihr Handy dabei, sie nannte es ihre »Rettungsleine«. Sie benutzte es fortwährend – das Telefon im Haus »gehörte Neil«, sagte sie immer. Aber vielleicht musste sie in zu großer Eile zu dieser mysteriösen Tante fahren, um anzuhalten und Reggie anzurufen. Andererseits war Dr. Hunter nicht die Sorte Person, die *nicht* anrief. Reggie kam sich vernachlässigt vor, ein bisschen wie ein Dienstmädchen. Wann war sie fort? »Gestern Abend«, sagte Mr Hunter.

Es musste stockdunkel gewesen sein, als sie aufbrach. Reggie stellte sich vor, wie Dr. Hunter durch die Nacht und den Regen pflügte, das Baby schlief hinten im Kindersitz oder lenkte wach und quengelnd Dr. Hunter von der Straße ab, während sie in der Babytasche nach einem Keks kramte, um es zu beruhigen, und die *Greatest Hits* der Tweenies (die Lieblingslieder des Babys) das potenzielle Unfallrisiko weiter erhöhten. Es war merkwürdig, dass Dr. Hunter nach Yorkshire gefahren war, während zur gleichen Zeit der Zug, von Yorkshire kommend, in die Katastrophe, in Reggies Leben fuhr.

Reggie hatte eine Tante in Australien – die Schwester ihrer

Mutter, Linda. »Wir standen uns nie nahe, Linda und ich«, sagte Reggies Mutter. Nach Mums Tod musste Reggie einen verlegenen Anruf von Linda über sich ergehen lassen. »Wir standen uns nie nahe, deine Mum und ich«, wiederholte Linda. »Aber mein Beileid für deinen Verlust«, als wäre es nicht auch ihr Verlust, sondern allein Reggies. Vor dem Anruf hatte Reggie sich gefragt, ob Linda sie nach Australien einladen würde, um dort zu leben oder zumindest ein paar Wochen Ferien zu machen *(Oh, du armes Kind, komm her, ich werde mich deiner annehmen),* aber an diese Möglichkeit hatte Linda eindeutig nicht gedacht (»Also, pass gut auf dich auf, Regina«).

Der Tag erstreckte sich plötzlich leer vor ihr. »Eine Weile freizuhaben wird dir Spaß machen«, sagte Mr Hunter, aber es machte ihr überhaupt keinen Spaß, Reggie *wollte* nicht freihaben. Sie wollte Dr. Hunter und das Baby sehen, sie wollte Dr. Hunter von den Ereignissen der letzten Nacht erzählen – vom entgleisten Zug, von Ms MacDonald und dem Mann. Vor allem von dem Mann, wenn man darüber nachdachte, verdankte der Mann sein Leben (falls er noch am Leben war) nicht wirklich Reggie, sondern Dr. Hunter.

Die ganze Nacht – oder das wenige, was noch übrig war, als sie ins Bett ging – wälzte sich Reggie ruhelos in der unvertrauten Umgebung von Ms MacDonalds Gästezimmer, rekapitulierte die Ereignisse der Nacht und platzte nahezu vor Aufregung bei der Vorstellung, sie Dr. Hunter zu erzählen. Na ja, Aufregung war vielleicht das falsche Wort, schreckliche Dinge waren auf dem Gleis passiert, aber Reggie war beteiligt gewesen, eine Augenzeugin und eine Betroffene. Leute, die sie kannte, waren gestorben. Leute, die sie nicht kannte, waren gestorben. Drama – das war ein besseres Wort. Und sie musste jemandem von dem

Drama erzählen. Genauer gesagt, sie musste Dr. Hunter davon erzählen, weil Dr. Hunter die einzige Person war, die sich nach Mums Tod für ihr Leben interessierte.

Dr. Hunter hätte sie in die Küche geführt, die Kaffeemaschine eingeschaltet, Reggie aufgefordert, sich an den schönen großen Holztisch zu setzen, und erst dann, wenn Becher mit Kaffee und ein Teller mit Schokoladenkeksen vor ihnen gestanden hätten *(strenge Regel des Hauses, Reggie)*, hätte Dr. Hunter sie gespannt angesehen und gesagt: »Also gut, Reggie, erzähl mir alles«, und Reggie hätte tief Luft geholt und gesagt: »Haben Sie von dem Zugunglück gestern Abend gehört? Ich war dort.«

Und jetzt hatte sie wegen einer *Tante*, einer Tante, die in H-a-w-e-s lebte, niemanden, dem sie es erzählen konnte. Andererseits wäre Dr. Hunter natürlich schon in der Arbeit gewesen, wenn Reggie gekommen wäre, und es wäre nur Mr Hunter da gewesen *(Was ist deine Geschichte, Reggie?)*, der bestenfalls ein unzulänglicher Zuhörer war.

Reggie ging hinunter in Ms MacDonalds Küche, schaltete den Wasserkessel ein und löffelte Instantkaffee in einen »Ich glaube an Engel«-Becher. Während sie darauf wartete, dass das Wasser kochte, schob sie ihre widerlichen Kleider von letzter Nacht in die Waschmaschine, danach nahm sie alte Weißbrotscheiben aus dem Brotkasten, machte einen Jenga-Turm aus Toast und Marmelade und schaltete gerade rechtzeitig den Fernseher ein, um die Sieben-Uhr-Nachrichten auf GMTV zu sehen.

»Fünfzehn Personen tot, vier in kritischem Zustand, viele Schwerverletzte«, sagte die Nachrichtensprecherin mit ihrer besten ernsten Miene. Dann übergab sie an den Reporter, der »live vor Ort« war. Der Mann trug einen Trenchcoat, hielt ein Mikrofon in der Hand und versuchte nicht so auszusehen, als würde er gleich erfrieren, als wäre er nicht durch die Nacht gerast wie ein Ghul, um nach Schottland zu gelangen, Unmengen Adrenalin im Blut angesichts der Katastrophe. »Während es hier hell wird, können Sie hinter mir einen Ort absoluter Verwüstung sehen«, intonierte er feierlich. Am unteren Rand des Bildschirms stand »Zugunglück in Musselburgh«.

Im Hintergrund, der von Bogenlampen erhellt wurde, bewegten sich Menschen in fluoreszierenden gelben Jacken durch die Wrackteile. »Das erste schwere Gerät trifft ein«, sagte der Reporter, »während die Ermittlungen der Unfallursache beginnen.« Die Geräusche hochtouriger Motoren und rasselnder Maschinen waren die gleichen, die Reggie in Ms MacDonalds Wohnzimmer hören konnte. Wenn sie sich am Schlafzimmerfenster auf die Zehenspitzen stellte, könnte sie wahrscheinlich den Reporter sehen.

Nach Mums Tod kam eine Journalistin in die Wohnung. Sie war wesentlich nachlässiger gekleidet und weniger forsch als die Journalistinnen, die man im Fernsehen sah. Sie hatte einen Fotografen dabei, »Dave«, sagte die Frau und deutete auf einen Mann, der im Treppenhaus lauerte, als wartete er auf das Stichwort, um die Bühne zu betreten. Er winkte Reggie verlegen zu, als könnte sogar er, ein in hundert örtlichen Tragödien der einen oder anderen Art kampferprobter Veteran, verstehen, warum ein Mädchen, das gerade seine Mutter verloren hatte, um acht Uhr morgens mit vom Weinen geröteten Augen nicht fotografiert werden wollte. »Verpissen Sie sich«, sagte Reggie und knallte der Journalistin die Tür vor der Nase zu. Mum wäre über ihre Ausdrucksweise entsetzt gewesen. Sie war selbst ziemlich entsetzt.

Die Journalistin schrieb die Meldung trotzdem. »Frau aus

Edinburgh ertrinkt in spanischem Swimmingpool. Tochter zu mitgenommen, um Stellung zu nehmen.«

Banjo, der neben ihr auf dem Sofa lag wie ein geplatztes Kissen, wimmerte im Schlaf, seine Pfoten bewegten sich, als würde er im Traum Kaninchen jagen. Er hatte letzte Nacht nicht aufwachen wollen, hatte sich für nichts interessiert, und Reggie hatte ihn aufs Sofa gelegt, ihn mit einer Decke zugedeckt und selbst – weil sie ihn wohl kaum allein lassen konnte – in Ms MacDonalds ungastlichem Gästezimmer zwischen Laken aus Nylon-Velours unter einem dünnen, etwas feuchten Daunenbett geschlafen.

Zu Hause schlief Reggie jetzt in Mums Doppelbett mit vielen daunenweichen Kissen, bezogen mit den rosa Laken mit Lochstickerei, die Mum am besten gefallen hatten, gereinigt von allen Spuren von Garys verschwitztem, haarigem Motorradfahrerkörper.

Vor Spanien hatte Reggie in dem Bett auf der anderen Seite der Wand gelegen, drei Kissen auf dem Kopf, um das kaum gedämpfte Gelächter und Knarren in Mums Zimmer nicht zu hören. Es war unglaublich peinlich gewesen. Keine Mutter sollte ihre jugendliche Tochter dem aussetzen.

Wenn sie im Dunkeln in Mums Bett lag, war es angenehm, dass draußen die Straßenlampe tröstlich brannte wie ein großes orangefarbenes Nachtlicht. Reggie hatte nur das Bett in Besitz genommen, weil ihr eigenes Schlafzimmer eine fensterlose Abstellkammer war. Der Rest des Zimmers gehörte noch Mum, ihre Kleider hingen im Schrank, ihre Kosmetiksachen standen auf dem Frisiertisch, ihre Hausschuhe unter dem Bett, wo sie geduldig auf ihre Füße warteten. *Neues Glück* von Danielle Steel lag noch auf dem Nachttisch, die Ecke von Seite 251 umgeknickt, wo Mum aufgehört hatte zu lesen, als sie nach Spanien flog. Reggie konnte es nicht von seinem letzten Ruheplatz entfernen. Mum hatte keine Bücher in den Urlaub mitgenommen. »Ich werde vermutlich keine Zeit zum Lesen haben«, sagte sie kichernd.

Mary, Trish und Jean hatten es aufgegeben, Reggie davon überzeugen zu wollen, Mums Sachen wegzugeben – sie hatten angeboten, alles einzupacken und »es loszuwerden«, aber Reggie kaufte selbst in Läden der Wohlfahrt und stellte sich vor, alte Taschenbücher und altdamenhaftes Porzellan durchzusehen und einen von Mums Röcken oder ein Paar ihrer Schuhe zu finden. Noch schlimmer – eine vollkommen fremde Person durchwühlte Mums Sachen. *Wir gehen und lassen nichts zurück*, sagte Dr. Hunter, aber das stimmte nicht, Mum hatte eine Menge zurückgelassen.

Banjo gab plötzlich einen merkwürdigen ächzenden Laut von sich, wie ihn Reggie nie zuvor gehört hatte. Die Telefonnummer des Tierarztes, geschrieben mit schwarzem Filzstift, klebte an der Wand neben dem Telefon. Reggie hoffte, dass nicht sie ihn würde rufen müssen. Sie streichelte gedankenverloren über den Kopf des Hundes, während sie ihren Toast aufaß. Sie hatte noch immer Heißhunger, als hätte sie mehrere Mahlzeiten ausgelassen. Es schien in einem anderen Leben gewesen zu sein, als sie mit Ms MacDonald am Esstisch saß und ihre »speziellen« Spaghetti aß. Reggie hatte bei dem Gedanken an Ms MacDonald ein flaues Gefühl im Magen. Sie würde nie wieder an dem Tisch sitzen, nie wieder Spaghetti essen, nie wieder überhaupt etwas essen. Sie hatte ihr letztes Abendmahl zu sich genommen.

Der Mann vor Ort sprach noch immer. »Die Aussagen, was genau gestern Abend hier geschehen ist, gehen auseinander, und die Polizei hat bislang weder bestätigt noch dementiert, dass zum Zeitpunkt des Unglücks ein paar hundert Meter von hier ein Auto auf den Schienen stand.« Auf dem Bildschirm tauchte das Bild von einer Brücke über dem Gleis auf. Ein Auto war offenbar von der Straße abgekommen, hatte die Mauer der Brücke durchbrochen und war auf die Schienen darunter gestürzt.

Der Reporter sagte nicht, dass der Wagen ein blauer Citroën Saxo gewesen war oder dass sich Ms MacDonald darin befunden hatte, mausetot. Die Fakten waren noch nicht bekannt gegeben worden, nur Reggie wusste es, weil die Polizei letzte Nacht ins Haus kam, nachdem Reggie vom Unglücksort zurückgekehrt war, und ihr eine Menge Fragen zur »Bewohnerin des Hauses« stellte – wo war sie und wann erwartete Reggie sie zurück? Es waren zwei uniformierte Polizisten, einer mit rotem Gesicht und in mittleren Jahren (»Sergeant Bob Wiseman«), der andere ein Inder, klein, gut aussehend, jung und offenbar namenlos.

Sie hatten etwas missverstanden und hielten Reggie für Ms MacDonalds Tochter. (»Hat dich deine Mutter allein zu Hause gelassen?«) Der hübsche junge indische Polizist machte ihr eine Tasse Tee und reichte sie ihr nervös, als wäre er unsicher, was sie damit tun würde. Sie hatte zu diesem Zeitpunkt schon Hunger und dachte an die Karamellwaffeln von Tunnock's, die sie in diesem Moment mit Ms MacDonald hätte essen sollen. Sie nahm an, dass es unangemessen wäre, Kekse anzubieten, nachdem der ältere Polizist gerade zu ihr gesagt hatte: »Es tut mir wirklich leid, aber wir glauben, dass deine Mutter leider tot ist.«

Einen Augenblick lang war Reggie verwirrt, Mum war seit über einem Jahr tot, und es schien ein bisschen spät, ihr das jetzt erst mitzuteilen. Ihr Gehirn war Brei. Sie war vom Zugunglück zurückgekommen, nass bis auf die Haut und mit Erde, Schmutz und Blut besudelt. Das Blut des Mannes. Sie hatte sich ausgezogen und eine Ewigkeit unter Ms MacDonalds lauwarmer Dusche gestanden, bevor sie ihren lavendelfarbenen Fleecebademantel anzog, der etwas unangenehm roch und Flecken aufwies, wo Ms MacDonalds nächtliche Malzmilch heruntergetropft war. Draußen heulten noch immer Sirenen und flogen Hubschrauber.

Sie hatten den Mann mit einem Helikopter weggebracht. Reggie hatte zugesehen, wie er von einer Wiese neben dem Gleis abhob. »Das hast du gut gemacht«, sagte der Sanitäter zu ihr. »Jetzt hat er vielleicht noch eine Chance.«

»Sie ist nicht meine Mutter«, sagte Reggie zu dem älteren Polizisten.

»Wo ist denn deine Mutter, Kind?«, fragte er und blickte besorgt drein.

»Ich bin *sechzehn*«, sagte Reggie. »Ich bin kein Kind mehr, ich sehe für mein Alter nur jung aus. Dafür kann ich nichts.« Beide Polizisten betrachteten sie zweifelnd, sogar der attraktive Inder, der wie ein Sechstklässler aussah.

»Ich kann Ihnen meinen Ausweis zeigen, wenn Sie wollen. Und meine Mutter ist schon länger tot«, sagte Reggie. »Alle sind tot.«

»Nicht alle«, sagte der Inder, eher als wollte er eine Fehlinformation berichtigen, als dass er freundlich sein wollte. Reggie sah ihn stirnrunzelnd an. Sie wünschte, sie hätte nicht Ms MacDonalds schäbigen Bademantel an. Er sollte nicht denken, dass sie sich freiwillig so anzog.

»Wir geben diese Informationen noch nicht an die Presse«, sagte der ältere Polizist. Er kam ihr bekannt vor, Reggie meinte, dass er einmal auf der Suche nach Billy bei ihnen gewesen war.

»Okay«, sagte Reggie und versuchte sich auf das, was er sagte, zu konzentrieren. Sie war so müde, müde bis in die Knochen.

»Wir wissen nicht genau, was passiert ist«, sagte er. »Wir glauben, dass Mrs MacDonald von der Straße abgekommen und auf das Gleis gestürzt ist. Du weißt nicht, ob sie in letzter Zeit unter Depressionen litt?«

»*Msss* MacDonald«, korrigierte Reggie ihn um Ms MacDonalds willen. »Sie meinen, sie hat sich *umgebracht?*« Reggie war geneigt, diese Möglichkeit in Betracht zu ziehen – Ms MacDonald starb schließlich und hatte vielleicht beschlossen, schnell zu gehen statt langsam –, bis ihr Banjo einfiel. Sie würde den Hund nie allein zurücklassen. Wenn Ms MacDonald Selbstmord hätte begehen wollen, indem sie von einer Brücke fuhr und vor einem Schnellzug landete, hätte sie Banjo mitgenommen, auf dem Beifahrersitz des Saxo wie ein Maskottchen.

»Nee«, sagte Reggie. »Ms MacDonald war eine miserable Autofahrerin.« Sie fügte nicht hinzu, dass Ms MacDonald entrückungsreif war, dass sie das Ende aller Dinge begrüßte und damit rechnete, ewig an einem Ort zu leben, der nach Scarborough klang, so wie sie ihn beschrieb.

Reggie stellte sich vor, wie Ms MacDonald erfreut dem Schnellzug 125 zunickte, der auf sie zuschoss, und sagte: »Das ist also Gottes Wille.« Oder war sie erstaunt, blickte auf die Uhr, um zu kontrollieren, ob der Zug pünktlich war, und sagte: »Jetzt doch noch nicht?« In der einen Sekunde da, in der nächsten fort. Es war eine komische alte Welt.

Natürlich gab es auch die andere Möglichkeit, dass sie vor Panik außer sich war, als sie feststellte, dass der Tod mit hundertsechzig Stundenkilometern auf sie zudonnerte, dass sie zu verwirrt war, um etwas so Vernünftiges zu tun, wie auszusteigen und um ihr Leben zu laufen. Aber über dieses Szenario wollte Reggie lieber nicht nachdenken.

»Und sie hatte einen Gehirntumor«, sagte sie und vermied es, dem indischen Polizisten in die Augen zu schauen für den Fall, dass sie sich in Verlegenheit brachte, indem sie errötete. »Ich meine, vielleicht ist er, ich weiß nicht, einfach explodiert.«

»Wir brauchen jemand, der sie identifiziert«, sagte Sergeant Wiseman. »Meinst du, dass du das tun kannst?«

»Jetzt?«

»Morgen reicht.«

Und jetzt war morgen.

»Wir berichten weiter, sobald wir mehr wissen«, sagte der Reporter und schaute ernst in die Kamera. Dann folgte ein Schnitt zur Nachrichtensprecherin, deren Lächeln von der nahen Katastrophe nur wenig gemäßigt wurde. »Jetzt«, sagte sie, »freuen wir uns, im Studio die neueste Bewohnerin am Albert Square begrüßen zu dürfen, die in *EastEnders* bereits für Aufsehen sorgt mit ihrer –« Reggie schaltete den Fernseher aus.

Ihr fiel auf, wie still es im Haus war, als hätte jemand ausgeatmet und nicht wieder eingeatmet. Reggie betrachtete Banjo. Seine Augen waren wässrige Schlitze, die Zunge hing ihm seitlich aus dem Maul. Seine alten kleinen Lungen atmeten nicht mehr. Tot. In der einen Sekunde hier, fort in der nächsten. Der Atem war das Entscheidende. Er war alles. Atmen war der Unterschied zwischen lebendig und tot. Sie hatte einem Mann Leben eingehaucht, sollte sie das Gleiche bei dem Hund versuchen? Nein, wirklich, wenn er ein Mensch gewesen wäre, hätte in dem winzigen Fässchen an seinem Halsband ein Zettel gesteckt mit der Aufschrift: »Nicht wiederbeleben«. Manche Menschen gingen früh (eine Menge mit Reggie verwandter Menschen), aber andere Menschen (und Hunde) gingen zur rechten Zeit.

Eine große Blase von etwas wie Gelächter stieg in Reggies Brust auf, aber sie wusste, dass es Schmerz war. Sie hatte genauso reagiert, als sie von Mums Tod erfuhr – in einem Anruf von Sue (minus Carl) aus Warrington, weil Gary »zu bedrückt« war und nicht sprechen konnte. »Es tut mir leid, Liebes«, sagte Sue mit einer vom Rauchen heiseren Stimme. Sie klang, als würde sie es ernst meinen, als läge ihr nach ein paar Tagen Bekanntschaft mehr an Mum als ihrer Schwester Linda nach einer gemeinsamen Kindheit.

Reggie wünschte, sie hätte eine Schwester, jemanden, der Mum gekannt und geliebt hatte, damit sie ihr Andenken nicht ganz allein bewahren musste. Es gab Mary, Trish und Jean, aber im letzten Jahr hatten sie aus Mum eine traurige Erinnerung gemacht, für sie war sie keine reale Person mehr. Und Billy lag nur etwas an Billy. Wenn Reggie starb, wäre das das Ende von Mum. Wenn Reggie starb, wäre das natürlich auch das Ende von Reggie. Reggie wollte ein Dutzend Kinder, damit sie alle zusammenkommen und über sie reden könnten, wenn sie tot wäre *(Erinnert ihr euch noch, als …?),* und keins von ihnen hätte das Gefühl, allein in der Welt zu sein.

Reggie hatte Dr. Hunter gefragt, ob sie noch mehr Kinder wollte, einen Bruder oder eine Schwester für das Baby, und sie zog ein komisches Gesicht und sagte: »*Noch ein* Baby?«, als wäre es eine abwegige Vorstellung. Und Reggie konnte sie verstehen. Das Baby war alles, es war der Eroberer der Welt, es *war* die Welt.

Reggie besuchte jede Woche Mums Grab und sprach mit ihr, und auf dem Rückweg von dieser Wallfahrt ging sie in die katholische Kirche und zündete eine Kerze für sie an. Sie glaubte nicht an diesen Hokuspokus, aber sie glaubte daran, die Toten lebendig zu halten. Jetzt müsste sie mehr Kerzen anzünden.

Sie wusste, dass es falsch war, aber der Tod des Hundes bekümmerte sie mehr als der Tod seines Frauchens. Reggie streichelte Banjos Ohren und schloss seine trüben Augen. Die Augen des toten Mannes, des Soldaten, gestern Abend waren halb geöffnet gewesen, doch Reggie hatte sie nicht geschlossen. Für solche Nettigkeiten war keine Zeit gewesen. Der indische Polizist irrte sich, alle waren tot. Es war, als wäre sie verflucht, als wäre sie in einem Horrorfilm. *Carrie*. Die vielen Menschen im Zug, vielleicht hatte sie sie auch auf dem Gewissen. »Gestörter Teenager oder Todesengel?«, sagte sie zum toten Hund. »Man muss sich schon fragen.« War der Mann auch tot? Vielleicht hatte sie ihn umgebracht, statt ihn zu retten, einfach indem sie in seiner Nähe war. Nicht der Odem des Lebens, sondern der Todeskuss.

Er war der zweite Mann, auf den sie stieß, als sie die schlammige Böschung halb hinunterrutschte und halb hinunterfiel. Der erste war der Soldat. Reggie richtete den Schein der Taschenlampe auf ihn und ging weiter. Sie nahm an, dass später noch Zeit genug wäre, darüber nachzudenken, wie er tot aussah. Der Lichtstrahl war schmal und zittrig. *In Höhe der Oberschenkel, nicht in Augenhöhe.* Mum hatte einst als Platzanweiserin im Dominion gearbeitet, wurde aber nach zwei Wochen gefeuert, weil sie Eis aß, ohne dafür zu zahlen.

Der zweite Mann hatte einen Puls, wenn auch einen ziemlich schwachen, aber ein Puls war ein Puls. Sein Arm sah übel zugerichtet aus, er blutete aus einer Arterie, und da sie nichts anderes hatte, zog sie ihre Jacke aus, rollte einen Ärmel zusammen und drückte damit auf den blutenden Arm, wie Dr. Hunter es ihr gezeigt hatte. Reggie rief nach Hilfe, aber sie befanden sich in einer Mulde, wo niemand sie sehen oder hören konnte. In der Ferne begannen die ersten Sirenen zu heulen.

Sie nahm noch einmal den Puls des Mannes, fand ihn aber nicht mehr. Ihre Finger waren glitschig von seinem Blut, vielleicht hatte sie sich geirrt? Sie spürte, wie Panik in ihr aufstieg. Sie dachte an Eliot, die Reanimationspuppe, die Dr. Hunter nach Hause mitgebracht hatte. Eliot war ganz anders als der Mann, dessen Leben plötzlich und unerwartet in ihren Händen lag. Sie wusste nicht, wie sie ihn beatmen sollte – ganz zu schweigen von der Herzmassage –, ohne den Druck von seiner blutenden Arterie zu nehmen. Es war wie ein Alptraumspiel Twister. Sie dachte an den spanischen Kellner, der versuchte, Leben in die Lungen ihrer Mutter zu hauchen. War er ebenso verzweifelt gewesen? Was, wenn er es ein bisschen länger versucht hätte, was, wenn ihre Mutter nicht tot gewesen war, sondern in einem wässrigen Schwebezustand, und darauf wartete, ins Leben zurückgeholt zu werden? Der Gedanke rüttelte Reggie auf, und sie stemmte das Knie auf die improvisierte Kompresse und streckte sich dann wie eine große unbeholfene Spinne über den Körper des Mannes. Sie konnte es schaffen, wenn sie es wirklich versuchte.

»Bleiben Sie da«, sagte sie zu dem Mann. »Bitte, mir zuliebe.« Sie holte so tief wie möglich Luft und drückte ihren Mund auf seinen. Er schmeckte nach Chips mit Käse- und Zwiebelgeschmack.

Reggie fuhr von Ms MacDonald mit dem Bus nach Hause. Bevor sie aufbrach, wickelte sie Banjos Leiche in eine alte Strickjacke von Ms MacDonald und grub ein Loch für ihn in einem Blumenbeet. Ein kleines Päckchen Knochen. In Ms MacDonalds

Garten war es wie an der Somme, und es war eine schreckliche Aufgabe, die kleine Leiche in das unfreundliche, schmutzige Loch zu legen. *Nada y pues nada*, hätten Hemingway und Ms MacDonald gesagt. Die ersten Dinge waren gut, die letzten nicht so sehr. Hätte Reggie gesagt.

Als Mum beerdigt, in ihr eigenes Loch in der Erde gelegt wurde, regnete es auch.

Es hatten sich einige Trauergäste eingefunden – Billy, Gary, Sue und Carl aus Warrington – was nett von ihnen war, wenn man bedachte, dass sie Mum kaum kannten –, ein paar von Garys Motorradfreunden, ein paar Nachbarn, Mary, Trish und Jean natürlich, ziemlich viele Kollegen aus dem Supermarkt, der Geschäftsführer persönlich mit schwarzer Krawatte und in schwarzem Anzug, obwohl er Mum noch einen Monat zuvor mit der Kündigung gedroht hatte wegen »durchgehend schlechter Erfüllung des Zeitsolls«. Sogar der Mann-der-vor-Gary-kam tauchte auf, lauerte im Hinterland des Friedhofs. Billy machte eine obszöne Geste in seine Richtung, woraufhin der Pfarrer über seine Worte stolperte.

»Kein schlechtes Ergebnis«, sagte Carl, als wäre er ein professioneller Begräbnisinspektor.

»Arme Jackie«, sagte Sue.

In der Kirche hatten sie zuvor »Bleib bei mir, Herr« gesungen, ein Lied, das Reggie ausgewählt hatte, weil Mum weinte, wann immer sie es hörte, da es bei der Beerdigung ihrer Mutter gesungen worden war. Reggie hatte die Beerdigung mit Hilfe von Mary, Trish und Jean organisiert. Mum war keine Kirchgängerin gewesen, deswegen war schwer zu entscheiden, was ihr gefallen hätte. »In der Kirche getauft, verheiratet und verabschiedet, wie die meisten von uns«, sagte Trish, als gäbe sie eine

Weisheit von sich. »Es muss *etwas* geben, wenn man drüber nachdenkt«, sagte Jean. Reggie sah nicht ein, warum es irgendetwas geben musste. »Wir sind ganz allein«, sagte Dr. Hunter einmal zu ihr. »Ganz allein und hilflos treiben wir durch die unendliche Weite des Raums« (dachte sie dabei an Laika?), und Reggie sagte: »Aber wir haben doch uns, Dr. H.«, und Dr. Hunter sagte: »Ja, das stimmt, Reggie. Wir haben uns.«

Im Bus hatten nicht wenige Leute Reggie aufgrund ihrer Kleidung komische Blicke zugeworfen, und zwei Mädchen, nicht älter als zwölf, mit glänzendem Lipgloss und unglaublich langweiligen Geheimnissen, kicherten ganz unverhohlen. Reggie hätte am liebsten gesagt: Versucht ihr mal in der Garderobe einer wiedergeborenen ehemaligen Lehrerin mittleren Alters etwas zu finden, was man in der Öffentlichkeit tragen kann, ohne Spott auf sich zu ziehen. Mangels anderer Optionen hatte sich Reggie für Ms MacDonalds unauffälligste Kleidungsstücke entschieden – einen cremefarbenen Pullover aus Viskose, einen braunen Nylonanorak und eine schwarze Polyesterhose, die sie in der Taille hundertmal umstülpte und mit einem Gürtel zusammenhielt. Soweit Reggie wusste, besaß (hatte) Ms MacDonald nicht ein Stück (besessen), das nicht aus Synthetik war. Erst als sie Ms MacDonalds Sachen anzog, begriff Reggie, wie groß und breit sie gewesen war, bevor sie in ihren Kleidern schrumpfte, so dass sie ihr vom Körper hingen, als wäre sie ein Kleiderbügel.

»Die Frau hat große Knochen«, sagte Mum, nachdem sie Ms MacDonald auf dem ersten Elternabend kennengelernt hatte. Reggie dachte an Mum, die sich in der schrecklichen piekfeinen Schule unsicher und unwohl gefühlt hatte, während Ms MacDonald von Aischylos quasselte, als hätte Mum die leiseste Ahnung.

Jetzt waren beide tot (ganz zu schweigen von Aischylos). Alle waren tot.

Ms MacDonalds Unterwäsche zog Reggie nicht an, die großen Hosen und ausgeleierten grauen BHs gingen einen Schritt zu weit. Ihre eigenen Kleider trockneten noch auf dem Gestell in Ms MacDonalds Bad, außer der Jacke, die so getränkt war mit dem Blut des Mannes, dass man sie nicht mehr retten konnte. »Fort, verdammter Fleck«, sagte sie zu der Mülltonne, als sie die Jacke hineinwarf. Sie hatten *Macbeth* in der Mittelstufe durchgenommen. *Aber wer hätte gedacht, dass der alte Mann noch so viel Blut in sich hätte?* Er war nicht so alt. Alt genug, um ihr Vater zu sein. Er hieß Jackson Brodie. Sein Blut war auf ihren Händen gewesen, warmes Blut in der kalten Nacht. Sie war mit seinem Blut gewaschen.

Als er auf die Trage gehoben wurde, hatte sie die Hand in seine Jackentasche gesteckt in der Hoffnung, einen Ausweis zu finden, und eine Postkarte mit einem Bild von Brügge darauf herausgezogen, auf der Rückseite seine Adresse und der Text – *Lieber Dad, Brügge ist sehr interessant, es gibt eine Menge hübscher Häuser. Es regnet. Habe ganz viel Pommes und Schokolade gegessen. Vermisse Dich! Liebe Dich! xxx, Marlee.*

Die Postkarte war noch in ihrer Tasche, schmutzig und blutig und zerknittert. Sie hatte jetzt zwei Postkarten, deren heitere Botschaften der Tod berührt hatte. Vermutlich sollte sie die des Mannes abgeben. Sie wollte sie dem Mann zurückgeben. Wenn er noch lebte. Der Arzt vom Hubschrauber hatte gesagt, dass sie ihn ins Royal Infirmary bringen würden, aber als sie heute Morgen dort anrief, hatten sie keine Unterlagen von einem Jackson Brodie. Reggie fragte sich, ob das bedeutete, dass er gestorben war.

Adam lag gebunden

Also nicht tot, noch nicht. Aber auch nicht wirklich lebendig. An einem geheimnisvollen Ort dazwischen.

Wenn er es sich überhaupt vorgestellt hatte, hatte er es sich etwa so wie das Hilton am Flughafen Heathrow vorgestellt – eine fade beige Vorhölle, wo alle auf Durchreise waren. Hätte er während seiner katholischen Kindheit besser aufgepasst, hätte er sich vielleicht an die reinigenden Flammen des Fegefeuers erinnert. Sie verbrannten ihn jetzt unablässig, ein Feuer ohne Ende, als wäre er immerwährender Brennstoff. Er konnte sich auch an kein Dogma erinnern, die auf das beständige weiße Rauschen im Kopf hingewiesen hätte und auf das Gefühl, als krabbelten riesige Tausendfüßler über seine Haut, und das noch unangenehmere Gefühl, als würden große Kakerlaken, *klack-klack*, in seinem Gehirn weiden. Er fragte sich, was für andere Überraschungen Gottes Raststätte noch zu bieten hatte.

Es war nicht fair, dachte er verdrossen. *Wer behauptet, dass das Leben fair ist?*, hatte sein Vater hundertmal zu ihm gesagt. Er selbst hatte es zu seiner eigenen Tochter gesagt. *(Das ist nicht fair, Daddy.)* Eltern waren elende Saftsäcke. Es *sollte* fair sein. Es sollte das Paradies sein.

Der Tod, bemerkte Jackson, hatte ihn griesgrämig gemacht.

Er sollte nicht hier sein, er sollte bei Niamh sein – wo immer das war –, der idyllische Ort, an dem alle toten Mädchen wandelten, auferstanden und verehrt. Scheiße. Sein Kopf tat wirklich weh. Es war nicht fair.

Gelegentlich besuchten ihn Leute. Seine Mutter, sein Vater. Sie waren alle tot, deswegen wusste Jackson, dass er es auch sein musste. Ihre Konturen waren verschwommen, und wenn er sie zu lange ansah, begannen sie zu wackeln und zu verblassen. Er vermutete, dass auch seine Konturen verschwommen waren.

Der Katalog der Toten schien zufällig zusammengestellt. Sein alter Erdkundelehrer, ein streitlustiger, apoplektischer Typ, der im Lehrerzimmer einen tödlichen Schlaganfall erlitten hatte. Jacksons allererste Freundin, ein nettes, unkompliziertes Mädchen namens Angela, die an ihrem dreißigsten Geburtstag in den Armen ihres Mannes an einem Aneurysma starb. Mrs Patterson, eine alte Nachbarin, die bei seiner Mutter saß, Tee trank und klatschte, als Jackson ein Kind war. Jackson hatte seit Jahrzehnten nicht mehr an sie gedacht, es wäre ihm schwergefallen, ihren Namen zu nennen, wenn sie nicht neben seinem Bett aufgetaucht wäre, nach Kampfer riechend und eine alte kunstlederne Einkaufstasche in der Hand. Julias Schwester, Amelia, schaute vorbei (so aufsässig wie immer). Er fragte sich, ob ihre Anwesenheit bedeutete, dass sie auf dem Operationstisch gestorben war. Die Frau in Rot aus dem Zug kam eines Nachmittags, deutlich weniger lebhaft als das letzte Mal, als er sie gesehen hatte. Die Toten waren Legion. Er wünschte, sie würden aufhören, ihn zu besuchen.

Es war anstrengend, tot zu sein. Er hatte mehr gesellschaftlichen Umgang als im Leben. Sie sprachen nicht mit ihm, mehr als ein unverständliches Murmeln konnte er ihnen nicht entlocken, doch Amelia rief ihm zu seiner Verwunderung plötzlich »Vollstopfen!« zu, und eine Frau mittleren Alters, der er nie zuvor begegnet war, neigte sich über ihn, um ihm ins Ohr zu flüstern und zu fragen, ob er ihren Hund gesehen habe. Sein Bruder kam nie, und seine Schwester kehrte nicht zurück. Sie war die einzige Person, die er wirklich sehen wollte.

Er erwachte, als am Fußende des Betts ein kleiner Terrier bellte. Er wusste, dass er nicht wirklich wach war, nicht gemäß einer bislang gültigen Definition des Wortes. Mr Spocks Stimme (oder Leonard Nimoys, je nachdem, wie man es betrachtete) murmelte ihm ins Ohr: »Es ist das Leben, Jackson, aber nicht, wie wir es kennen.«

Er hatte genug. Er wollte raus aus diesem Irrenhaus, und wenn er dabei umkäme. Er schlug die Augen auf.

»Sie sind also wieder da?«, sagte eine Frauenstimme. Jemand wurde undeutlich sichtbar. Unscharf an den Kanten.

»Unscharf«, sagte er. Vielleicht sagte er es nur in seinem Kopf. Er war im Krankenhaus. Die unscharfe Person war eine Krankenschwester. Er war am Leben. Offenbar.

»Hallo, Soldat«, sagte die Krankenschwester.

Außenseiterin

Was taten sie zu dieser unmenschlichen Stunde? Sie saßen wieder zu viert am Esstisch, diesmal, um zu frühstücken. Patrick hatte französischen Toast gemacht, serviert mit Crème fraîche und nicht der Jahreszeit entsprechenden, aus Mexiko eingeflogenen Himbeeren, die Wedgewoodteller mit Puderzucker bestreut, als wären sie in einem Restaurant.

Bridget und Tim hatten ungestört geschlafen, Louise war stundenlang am Ort des Zugunglücks gewesen. Sie fühlte sich saft- und kraftlos, doch Patrick, der die ganze Nacht operiert hatte, während ein Unfallopfer nach dem anderen eingeliefert wurde, war sein gewohntes putzmunteres Selbst. Mr Fixit.

Louise goss sich eine Tasse Kaffee ein und betrachtete die roten Himbeeren auf dem weißen Teller, Blutstropfen im Schnee. Ein Märchen. Ihr war schlecht vor Müdigkeit. Sie war gefangen in einem Alptraum, es war wie in dem Film von Buñuel, in dem sich alle zum Essen setzen, aber nie etwas serviert wird, nur dass sie ständig mit Essen konfrontiert wurde, das sie nicht verkraftete.

Bridget war früher Modeeinkäuferin für eine Kaufhauskette gewesen, worauf man nie gekommen wäre, so wie sie aussah. Sie trug ein aggressives dreiteiliges Outfit, das wahrscheinlich sehr teuer gewesen war, aber ein Muster hatte, als wären die Flaggen mehrerer obskurer Länder auseinandergeschnitten und von einer blinden Taube wieder zusammengesetzt worden.

Tim war der Oberboss in einer großen Wirtschaftsprüfungsfirma gewesen und hatte sich »den Luxus einer frühen Pensionierung« gestattet. »Ich bin eine Golferwitwe«, sagte Bridget mit einer Miene spöttischer Trauer. Bridget sagte nicht, wie sie ihre Zeit verbrachte, und Louise fragte nicht, weil sie vermutete, dass die Antwort sie irritieren würde. Patrick war ein guter Ire, Bridget war eine schlechte Irin.

»Mexikanische Himbeeren?«, sagte Louise. »Wie absurd ist das? Und was ist mit dem ökologischen Fußabdruck?«

»Ach, nicht so früh am Tag, Louise«, sagte Tim und hielt sich erschöpft eine Hand an die Stirn. »Lasst uns nicht schon am Frühstückstisch über Transportwege reden.«

»Dort gehören sie aber hin«, sagte Louise. Wer war das pampige Kind in *dieser* Familie?

»Louise hat als Teenager nicht rebelliert«, sagte Patrick. »Das holt sie jetzt offenbar nach.« Er lachte, und Louise bedachte ihn mit einem langen Blick. Behandelte er sie von oben herab? Natürlich stimmte es, sie hatte in ihrer Jugend nicht gemeutert, weil es schwer war, über die Stränge zu schlagen, wenn die eigene Mutter spät (wenn überhaupt) nach Hause kam und kotzte wie die wildeste unerzogene Jugendliche. Louise war länger erwachsen als die meisten Menschen ihres Alters. *Das holt sie jetzt nach*. Offenbar. Sie hatte nie einen Vater – eine Nacht in Gran Canaria zählte wohl kaum –, und sie fragte sich, ob sie sich deswegen zu Patrick hingezogen fühlte, sah sie ihn unbewusst als die Vaterfigur, die sie nie gehabt hatte, war er so an ihren Widerständen vorbei unter ihre Bettdecke gelangt? Was machte das aus ihr – eine komplexe Elektra?

»Ich finde nicht, dass es rebellisch ist, wenn man über Konsumverhalten sprechen will«, sagte sie zu Tim. »Du etwa?«

Während er nach einer Antwort suchte, wandte sie sich an Patrick und sagte: »French Toast. Oder Eierbrot, wie wir in den unteren Klassen gesagt haben.« Warum stach sie ihn nicht einfach mit der Gabel?

»Mein Vater hat sein ganzes Leben für die Stadtverwaltung von Dublin gearbeitet«, sagte Patrick freundlich. »Ich glaube, dass uns das kaum zu Mitgliedern der gehobenen Gesellschaft gemacht hat.« Er war Ire, seine Waffen waren Worte, Louise dagegen war eine geborene Straßenkämpferin und dachte einen kurzen, aber befriedigenden Augenblick daran, ihm den kostbaren French Toast an den Kopf zu werfen. Patrick lächelte sie an. Sie lächelte ebenfalls. Ehe – liebevolle Strenge.

»Ach, ich weiß nicht, Paddy«, meldete sich Bridget – die andere Hälfte von »uns« – zu Wort. »Dada war schließlich kein *Müllmann*, er war Landvermesser. Die Brennans gehörten nie zur Unterklasse.«

»Ein Hoch auf die Bourgeoisie«, sagte Louise. »Hoppla, habe ich das laut gesagt? Das wollte ich nicht.«

»Louise«, sagte Patrick leise und legte ihr die Hand auf den Arm.

»Louise was?«, sagte sie und schüttelte seine Hand ab.

»Das war's dann wohl mit der Diät«, sagte Bridget, ignorierte entschlossen alle anderen und schaufelte sich das Essen in den Mund. Louise hätte am liebsten gesagt: *Das hättest du schon vor langer Zeit sagen können,* schaffte es aber, den Mund zu halten.

»Iss was, Louise«, sagte Patrick. Er tat es schon wieder, Dada weiß es am besten. Liebe ist geduldig, Liebe ist freundlich, rief sie sich ins Gedächtnis. Aber sollte sie wirklich eheliche Ratschläge von jemandem annehmen, der von einem frauenfeindlichen Römer aus dem ersten Jahrhundert abstammte? »French Toast, Eiertoast, wie immer du es nennen willst«, sagte er, »du solltest etwas essen.«

»Schade wegen gestern Abend«, sagte Bridget.

»Dass das Zugunglück unser Abendessen ruiniert hat?«, sagte Louise. »Ja, jammerschade.«

»Gott sei Dank, dass wir mit dem Auto gekommen sind«, sagte Tim. Louise dachte daran, ihm Kaffee über das sich lichtende Haar zu gießen.

»Ich weiß durchaus, dass es ein schreckliches Unglück war«, sagte Bridget geziert. »Der arme Paddy hat die ganze Nacht operiert.« Louise zählte natürlich nicht. Patrick war ein Heiliger. Er hatte Menschenleben *gerettet*, laut Bridget. »Normalerweise rettet er ihre Hüften«, sagte Louise, und Patrick lachte auf.

Ein sauberer Operationssaal, nur ein bisschen Blut, ruhige Patienten, die sich nicht danebenbenahmen. Nicht draußen und schmutzig neben dem Gleis, vom Regen durchnässt, wo sie abgetrennte Gliedmaßen fand und schreiende Menschen oder, schlimmer noch, Menschen, die nicht mehr schrien. Sie hatte einem Mann die Hand gehalten, während ein Arzt ihm an Ort und Stelle ein Bein amputierte. Sie trug noch immer ihren Diamantring, seine Facetten funkelten im Licht der Scheinwerfer. Sie hätte nicht hingehen müssen, aber sie war Polizistin, sie ging hin.

»Leitet die Bahnpolizei die Ermittlungen?«, fragte Tim, ganz Pracht und keine Herrlichkeit, als wüsste er etwas über das Vorgehen bei Unglücksfällen.

»Sie stellen den Deputy Senior Investigating Officer«, sagte Louise ohne weitere Erklärung.

»Den stellvertretenden Leiter der Ermittlungen«, half Patrick ihm aus, als Tim verständnislos dreinblickte. Oder noch verständnisloser als üblich.

»Aber gibt es jetzt nicht ein – wie heißt es, Zugunglück-Ermittlungsbüro?«

»Dezernat.« Louise seufzte. »Es heißt Zugunglück-Ermittlungsdezernat. Die Bahnpolizei in Schottland ist nicht groß genug, um den Unfall allein aufzuklären.«

»Und wenn Menschen ums Leben kommen, wird automatisch der Staatsanwalt eingeschaltet«, sagte Patrick.

»Aber warum –«

Heiliger Geldsack. Wie langweilig konnte man sein?

Louise war es gleichgültig, über welchen Mist sie stolperte, er war auf jeden Fall besser als die Gesellschaft von Bridget und Tim. Patrick fuhr heute mit ihnen nach St. Andrews.

»Ich hoffe sehr, dass ihr nicht Golf spielen wollt«, quengelte Bridget.

»Oh, das weiß man nie, vielleicht eine Runde.« Patrick lachte. Seiner Schwester gegenüber verhielt er sich erbarmungslos gut gelaunt, er sprühte nachgerade vor guter Laune. Das schien sie erfolgreich zu beschwichtigen, und Louise fragte sich, ob sie vor guter Laune sprühen konnte. Sie müsste sich schon sehr anstrengen.

Patrick fuhr mit der Rückseite seiner Fingerspitzen über ihre Hand, sanft, als wäre sie krank, unheilbar krank. »Wir wollen morgen vielleicht nach Glamis fahren. Wir würden uns freuen, wenn du mitkämst. *Ich* würde mich freuen«, fügte er leise hinzu. »Ich weiß, dass du morgen nicht arbeiten musst.«

»Es ist was dazwischen gekommen. Ich muss. Arbeiten.«

»Fahr vorsichtig«, sagte Louise, als sie endlich vom Frühstückstisch flüchten konnte.

»Ich fahre immer vorsichtig.«

»Andere nicht.«

Sie hätte zu Fuß zu den Hunters gehen können, aber sie tat es nicht, sie fuhr mit dem Auto.

Ein Mensch mit einem kräftigen Arm hätte vom Dach ihres Hauses einen Stein werfen können, der in der Einfahrt der Hunters gelandet wäre. Gestern Joanna Hunter, heute Neil Hunter. Zwei vollkommen unterschiedliche Besuche zu zwei vollkommen unterschiedlichen Zwecken, doch es schien ein seltsamer Zufall, dass sie innerhalb von zwei Tagen sowohl die Frau als auch den Mann aufsuchen musste. *Ein Zufall ist lediglich eine Erklärung, die noch auf sich warten lässt,* hatte Jackson Brodie einmal zu ihr gesagt, aber wie man die Sache auch betrachtete, es gab keine Beziehung zwischen Andrew Deckers Freilassung und Neil Hunters derzeitigen Problemen. Und nur weil Jackson Brodie es sagte, musste es noch lange nicht stimmen. Er war nicht das Orakel der Verbrechensaufklärung.

Das Haus der Hunters wirkte verlassen und still. Louise parkte neben Mr Hunters protzigem Ungeheuer von Range Rover, eine größere Bedrohung des Planeten als mexikanische Himbeeren.

Sie klingelte, und als Neil Hunter öffnete, zeigte sie ihm ihren Polizeiausweis und sagte mit ihrem besten Raus-aus-den-Federn-Lächeln: »Guten Morgen, Mr Hunter.«

Neil Hunter sah ruppig aus, auf attraktive Weise ausgezehrt. Louise begriff, warum jemand wie Joanna Hunter sich zu ihm hingezogen fühlte. Er war alles, was sie nicht war.

Er trug eine Levi's und ein altes Red-Sox-T-Shirt, ein Wolf in Wolfskleidern. Sie roch den Whisky vom Vorabend, den seine Poren verströmten. Sowohl sein Gesicht als auch seine Kleidung waren zerknittert, als wäre er gerade aufgestanden, aber Louise roch auch Kaffee und bemerkte die verstreut auf dem Küchentisch liegenden Plastikmappen und Papiere, als wäre er die ganze Nacht auf gewesen und hätte seine Buchhaltung gemacht. Vielleicht hatte er ausgerechnet, ob das Versicherungsgeld für die ausgebrannte Spielhalle reichte, um seine Steuern zu zahlen.

Der Tisch war ein altmodisches Ding, an dem gut und gern eine viktorianische Köchin hätte Teig kneten können. Bridget und Tim hatten ihnen gestern zur Hochzeit einen Brotbackautomaten geschenkt. »Ein gutes Gerät«, sagte Bridget, »nicht eins dieser billigen.« Louise fragte sich, wie lange sie warten müsste, bevor sie ihn in einem Wohlfahrtsladen abgeben konnte. Sie war sich im Leben nicht vieler Dinge sicher, aber sie war bereit, ihr Haus darauf zu verwetten, dass sie sich ins Grab legen würde, ohne je einen Laib Brot gebacken zu haben.

Neil Hunter blickte auf ihren Ausweis und sagte mit einem süffisanten Heben der Augenbrauen: »Detective Chief Inspector«, als wäre ihr Rang amüsant. Er sprach mit einer rauen Glasgower Stimme, die klang, als hätte er Zigaretten gefrühstückt. Zwanzig Jahre zuvor hätte auch sie seine Launenhaftigkeit attraktiv gefunden. Jetzt hätte sie ihm am liebsten einen Hieb versetzt. Aber andererseits hätte sie im Moment am liebsten jeden geschlagen.

»Haben Sie etwas dagegen, wenn ich kurz reinkomme?«, sagte sie, weiterhin ganz die flotte Person. Sie war über die Schwelle, bevor er protestieren konnte. Polizisten waren nicht wie Vampire, sie warteten nicht, bis sie hineingebeten wurden.

»Ich würde gern mit Ihnen sprechen, über das Feuer in der Spielhalle.«

»Ist der Ermittlungsbericht fertig?«, sagte er. Er schien erleichtert, als hätte er erwartet, dass sie ihm etwas anderes mitzuteilen hatte.

»Ja. Das Feuer wurde vorsätzlich gelegt.« Er warf nicht gerade die Hände vor Schock und Entsetzen in die Luft. Wenn überhaupt war er resigniert. Oder vielleicht gleichgültig. Im Haus war es überraschend still. Kein Zeichen von Dr. Hunter und dem Baby. Oder dem Mädchen. Wenn man davon überhaupt sprechen konnte, was man nicht konnte, dann war das einzig Gute an dem Zugunglück, dass es den reißerischen Geschichten über Andrew Deckers Freilassung und dem derzeitigen Aufenthaltsort von Joanna Mason in die Quere gekommen war. Der Hund tapste in die Küche, schnüffelte an ihren Schuhen und ließ sich auf den Boden fallen.

»Darf ich fragen, wo sich Dr. Hunter befindet?«, fragte Louise Neil Hunter.

»Darf ich fragen, warum Sie das wissen wollen?« Die Frage schien ihn nervös zu machen. Er hatte nicht nervös reagiert, als sie über den Brand gesprochen hatte, aber bei der Erwähnung seiner Frau begann er regelrecht zu zittern. Interessant. Er seufzte ungeduldig und sagte: »Sie ist nach Yorkshire gefahren, eine Tante ist krank. Was hat Jo damit zu tun?«

»Nichts. Ich war gestern hier, hat sie Ihnen das nicht erzählt? Ich habe sie über Andrew Deckers Freilassung informiert.«

»*Ach so*«, sagte er und verzog das Gesicht. »Er ist draußen?«

»Ja, leider. Hat sie es Ihnen nicht gesagt?« War man nicht deswegen verheiratet? Um die größten, dunkelsten Geheimnisse miteinander zu teilen? Vielleicht hatte sie mehr mit Joanna Hunter gemein, als sie angenommen hatte. »Die Presse hat von seiner Freilassung erfahren, ich wollte Dr. Hunter davor warnen, dass die Sache wieder aufgewärmt wird. Hat sie Ihnen wirklich nichts davon gesagt?«

»Sie hatte es eilig, wegzukommen. Vermutlich ein glücklicher Zufall. Wenn sie in Yorkshire ist, kann sie dem Rummel vielleicht entgehen.«

»Ich glaube nicht, dass Yorkshire eine No-go-Area für die Presse ist«, sagte Louise. »Aber vielleicht tappen sie erst mal im Dunkeln.« Außer sie kämen auf die Idee, nach einer Tante zu suchen. »Eine verwandte oder eine angeheiratete Tante?«, fragte sie. »Mütterlicher- oder väterlicherseits?«

»Ist das wichtig?«

Louise zuckte die Schultern. »Ich bin nur neugierig.«

»Die Schwester ihres Vaters, Agnes Barker. Zufrieden?«

»Danke«, sagte Louise. Sie grinste ihn an. Das Wort »Lügner« stand ihm unübersehbar ins Gesicht geschrieben. »Sie sprach davon, sich eine Weile zu entziehen.«

Neil Hunter wirkte plötzlich müde, bedeutete ihr, sich an den Tisch zu setzen und sagte: »Kaffee?« Er schüttete Bohnen in den Trichter einer teuren Espressomaschine, die vom Mahlen der Bohnen bis zum Aufschäumen der Milch alles machte und aussah, als würde sie die Kaffeepflanzen auch noch wachsen lassen, wenn man sie nett darum bat. Der Duft war zu gut, um zu widerstehen, Louise würde morgens lieber auf einen Arm verzichten als auf Kaffee. Das war ein unschöner Gedanke. Sie erinnerte sich, wie sie gestern Abend einen Arm vom Gleis aufgehoben und verzweifelt nach dem Besitzer gesucht hatte. Einen kleinen Arm.

»Wo in Yorkshire?«

»Hawes«, sagte Neil Hunter.

»Haus?«

»H-a-w-e-s. In den Dales.«

Joanna hatte keine Tante erwähnt, als Louise sie gestern besuchte (aber warum sollte sie?). Vielleicht hatte er recht, und die Tante war zufälligerweise zum richtigen Zeitpunkt krank geworden, damit sie *sich entziehen* konnte. Eine sehr praktische Tante.

»Also …«, sagte Louise heiter. »Fällt Ihnen jemand ein, der Ihre Spielhalle angezündet haben könnte, jemand, der vielleicht etwas gegen Sie hat?«

»Es gibt jede Menge Leute, die ich vergrault habe«, sagte Neil Hunter.

»Könnten Sie uns eine Liste zusammenstellen?«

»Machen Sie Witze?«

»Nein. Außerdem brauchen wir alle Ihre Unterlagen, geschäftliche wie private. Und Ihre Versicherungspolicen.«

»Sie glauben, dass ich das Feuer wegen des Geldes von der Versicherung gelegt habe«, sagte er erschöpft, eine Feststellung, keine Frage.

»Haben Sie?«

»Glauben Sie, ich würde es Ihnen sagen, wenn ich es getan hätte?«

»Heute Vormittag wird jemand mit einer richterlichen Anordnung kommen und Ihre Unterlagen beschlagnahmen«, sagte Louise. »Das wird doch kein Problem sein, oder? Die Unterlagen?« Sie mochte es, wenn Männer wie Neil Hunter ihr gegenüber pampig wurden, weil letztlich sie die Polizistin war und nicht die Männer. Karo, Herz, Pik, Kreuz, richterliche Anordnung. Trümpfe.

»Nein«, sagte er. »Kein Problem, Schätzchen.« Glasgower, die sich selbst auf den Arm nahmen, wie waren sie?

Das Telefon klingelte, und Neil Hunter starrte es an, als hätte er noch nie zuvor eines gesehen.

»Probleme, Schätzchen?«, sagte Louise.

Er schnappte das Telefon, gerade als sich der Anrufbeantworter einschalten wollte, sagte: »Haben Sie was dagegen?«, und verließ mit dem Telefon die Küche, ohne ihre Antwort abzuwarten. Bevor er die Tür schloss, konnte sie einen kurzen Blick ins Wohnzimmer werfen. Sie sah die Duftheckenkirschen und Duftenden Fleischbeeren in der blauweißen Vase. Sie sahen tot aus.

Sie ging mit ihrer Tasse Kaffee zu Joanna Hunters Pinnwand und studierte sie. Auch als sie das letzte Mal hier war, hatte sie sie betrachtet und war anschließend zu Office World am Hermiston Gate gefahren und hatte eine für ihre eigene Küche gekauft, aber es war ihr beim besten Willen nichts eingefallen, was sie hätte daran pinnen wollen.

An Joanna Hunters Pinnwand hingen eine Menge Fotos vom Baby und dem Hund, aber nur eins von Neil Hunter, zusammen mit Joanna Hunter in den Ferien. Sie sahen beide wesentlich jünger und unbeschwerter aus als jetzt. Da war eins von Joanna Hunter (damals Mason) als Jugendliche in Sportkleidung, wie sie durch ein Zielband rannte, und eins als Teilnehmerin des London-Marathons, auf dem sie in besserer Form war, als Louise es unter diesen Umständen je hoffen konnte, zu sein. Dann ein Foto von Joanna Hunter als Medizinstudentin in Edinburgh, wie sie, umgeben von anderen im gleichen Trikot, mit einem triumphierenden Grinsen eine Trophäe hochhielt. Alle trugen das gleiche Sweatshirt mit den Buchstaben »SCUE«, eine vertraute Abkürzung, aber Louise fiel nicht ein, wofür sie stand. Irgendetwas mit der Universität von Edinburgh. Louise hatte an dieser Universität ihren Abschluss in Anglistik gemacht, 1985, vier Jahre vor Joanna Hunter. Vor einem Leben. Vor mehreren Leben.

Die Pinnwand schien eine sehr öffentliche Weise, ein Leben zu dokumentieren. Vielleicht war es ihre Art, den Hunderten von Bildern von ihr und ihrer Familie zu begegnen, die für kurze Zeit die Medien überschwemmt hatten. Das ist mein Leben, sagten diese Fotos, das bin ich. Kein Opfer mehr. Verwahrte sie ihr Herz, ihr geheimes Selbst, oben, versteckt in einer Schublade? Drei Kinder und eine Mutter in Schwarz-Weiß.

Natürlich. »SCUE«. Schützenclub der Universität Edinburgh. Während des Studiums war Louise mit einem Studenten ausgegangen (ein gewählter Ausdruck für das, was passiert war), der im SCUE gewesen war. Wer hätte gedacht, dass Joanna Hunter einst die Annie Oakley der Medizinstudentinnen gewesen war. Sie konnte laufen, sie konnte schießen. Sie war bereit für das nächste Mal.

Als Neil Hunter in die Küche zurückkam, wirkte er erschüttert. Seine Haut hatte einen kränklichen Schimmer angenommen, und Louise fragte sich, ob er Alkoholiker war.

»Noch einen Kaffee?«, fragte er mit resignierter Miene, aber dann sagte er in einem plötzlichen, unerwarteten Versuch, jovial zu sein: »Oder wäre Ihnen ein kleiner Schluck lieber?« So waren die Glasgower, im einen Augenblick griesgrämig, überfreundlich im nächsten. Die gute Laune war geheuchelt, er war so blass, als würde er gleich ohnmächtig. Was für ein Telefonanruf konnte so eine Wirkung haben?

»Es ist halb zehn Uhr morgens«, sagte Louise, als Neil Hunter zwei Gläser und eine Flasche Laphroaig aus dem Schrank nahm.

»Na also, es ist praktisch noch Nacht«, sagte er und schenkte sich zwei großzügige Fingerbreit ein. Er hielt die Flasche in der Hand und sah sie fragend an. »Kommen Sie, leisten Sie einem einsamen Mann Gesellschaft beim Katerfrühstück.«

Die berühmte Reggie

Auf dem Weg in die Wohnung schaute Reggie in Mr Hussains Laden an der Straßenecke vorbei. Alle nannten ihn den »Paki-Laden«, ein so beiläufiger Rassismus, dass es nahezu liebevoll klang. Mr Hussain erklärte jedem, der zuhörte (es waren nicht viele), dass er eigentlich Bangladescher war. »Ein Land im Aufruhr«, sagte er einmal düster zu Reggie.

»Dieses hier auch«, sagte Reggie.

Reggie dachte an den hübschen indischen Polizisten und fragte sich, ob er auch Bangladescher war. Er hatte wunderschöne Haut, vollkommen makellos wie die eines Kindes, wie die von Dr. Hunters Baby. Dr. Hunter hätte Reggie mitnehmen sollen. Sie hätte sich um das Baby kümmern können, während Dr. Hunter sich um die sogenannte Tante kümmerte.

»Wie heißt sie?«, hatte sie Mr Hunter gefragt.

»Wie heißt wer?«, sagte Mr Hunter gereizt.

»Die Tante«, sagte Reggie.

Mr Hunter zögerte eine Sekunde, bevor er schließlich sagte: »Agnes.«

»Tantchen Agnes?«

»Ja.«

»Oder Tante Agnes?«

»Ist das wichtig?«, sagte Mr Hunter.

»Für die Tante vielleicht.«

Reggie kaufte eine Lokalzeitung und ein Mars. Mr Hussain tippte auf die Titelseite, während er den Preis in die Kasse eingab. »Schrecklich«, sagte er.

Die *Evening News* machte das meiste aus dem Zugunglück; »CARNAGE!«, Blutbad, schrie die Schlagzeile über dem Farbfoto eines Waggons, der nahezu entzweigebrochen war. »Carnage«, vom lateinischen *carne*, Fleisch. Gleiche Wurzel wie »carnival«, Karneval. »Die Wegnahme des Fleisches.« Zwei unterschiedlichere Worte waren kaum vorstellbar. Überall – na ja, vielleicht nicht überall, nicht in Bangladesch zum Beispiel, aber jedenfalls in sehr vielen Ländern – gab es einen Karneval vor der Fastenzeit, aber in Großbritannien gab es nichts außer Pfannkuchen. Der letzte Faschingsdienstag war einer der dunklen Tage zwischen Mums Tod und dem Arbeitsbeginn bei Dr. Hunter gewesen. Dennoch hatte Reggie Pfannkuchen gebacken, allein *Rebus* geschaut und sie alle aufgegessen. Danach war ihr schlecht.

Das Foto auf der Titelseite gab überhaupt nicht wieder, wie es gestern Abend gewesen war, im Dunkeln, im Regen. Oder wie es war, wenn einem das Blut eines anderen an den Händen klebte, oder wie es sich anfühlte, wenn das Leben eines Mannes so schwer wie die ganze Welt auf den schmalen Schultern einer einzigen Person lastete.

»Schrecklich«, stimmte Reggie Mr Hussain zu.

Als die Sanitäter endlich kamen, um Reggie die Last abzunehmen, drückte einer dem Mann eine Sauerstoffmaske aufs Gesicht, während ein anderer sein Hemd aufriss und ihm zwei Elektroden auf die Brust knallte. Der Mann zuckte und wand sich zurück ins Leben. Es war so sehr wie eine Episode aus *ER*, dass es unwirklich schien.

»Gut gemacht«, sagte ein Sanitäter.

»Wird er überleben?«

»Du hast ihm eine Chance gegeben«, sagte er, und dann hievten sie ihn in den Hubschrauber. Und das war's. Reggie hatte ihn verloren.

Reggie seufzte, nahm die Zeitung und das Mars. »Ich muss weiter, hab viel zu tun, Mr H.«

»Hast du nichts vergessen?«, fragte er. Mr Hussain schenkte Reggie immer Tic Tac. Sie mochte Tic Tac nicht besonders, aber einem geschenkten Gaul und so weiter. Er schüttelte die Schachtel in der Luft, bevor er sie ihr zuwarf.

»Danke«, sagte Reggie und fing sie mit einer Hand.

»Wir sind ein gutes Team«, sagte Mr Hussain.

»Total gut.«

Letzte Woche hatte Mr Hussain ihr die Ausgabe einer Immobilienzeitung von Edinburgh gezeigt, in der stand, dass ihre Gegend im Aufstieg und im Kommen war. »Heiße Gegend«, sagte er pessimistisch. Reggies Genossenschaftsblock war weder im Aufstieg noch im Kommen. Im Hof roch es immer unangenehm, und Reggie war die Einzige, die die Treppe putzte. Der Block stand in einer Sackgasse, an deren Ende sich ein verlassenes, unter Zollverschluss stehendes Lagerhaus befand, die schwarz vergitterten Fenster so finster wie bei Dickens.

Mr Hussain sprach von einem Gerücht, dass Tesco das Lagerhaus abreißen und einen neuen Tesco Metro bauen wollte, aber Reggie und Mr Hussain waren einer Meinung, nämlich dass sie es erst glauben würden, wenn sie es mit eigenen Augen sahen, und sich Mr Hussain wegen der Konkurrenz bis dahin keine Sorgen machen müsste.

Die Tür zu Reggies Wohnung war nicht schön. Dr. Hunter sagte, dass es die schönsten Türen der Welt in Florenz gäbe, am »Battistero«, das war italienisch für Taufkapelle. Dr. Hunter war mit einem Schülerprogramm sechs Monate in Rom gewesen (»Ah, *bella Roma*«) und »überall« hingefahren, Verona, Firenze, Bologna, Milano. Dr. Hunter sprach italienische Worte richtig aus, ob es »Leonardo da Vinci« oder »Pizza napoletana« war (Dr. Hunter hatte Reggie zum Geburtstag zum Abendessen eingeladen, Reggie hatte sich für den Pizza Express in Stockbridge entschieden). Reggie konnte sich nichts Schöneres vorstellen, als ein halbes Jahr in Florenz zu leben. Oder in Paris, Wien, Granada, St. Petersburg. Wo auch immer.

Auf Reggies Wohnungstür war willkürlich etwas gesprayt, nichts Künstlerisches, von einem Jungen, der eines Abends die Treppe hinauf- und hinuntergegangen war und eine wacklige Schneckenspur roter Farbe hinterlassen hatte. Auf der Wohnungstür waren außerdem Kratzspuren, als hätte eine Riesenkatze versucht, sich mit den Krallen Einlass zu verschaffen (Reggie hatte keine Ahnung, wie das passiert war), und Spuren, die aussahen, als hätte sich jemand eines Abends mit der Axt Zutritt erzwungen (so war es gewesen, auf der Suche nach Billy natürlich). Nichts davon war neu. Neu war ein mit Kaugummi an die Tür geklebter Zettel, auf dem stand: »Reggie Chase – du kanst dich nicht vor uns verstecken.« Mit einem »N«. Sie brauchte eine Weile, um die Botschaft zu lesen, und dann brauchte sie eine Weile, um darüber nachzudenken, warum die Tür nicht verschlossen war. Vielleicht war die Riesenkatze zurückgekommen. Die Tür schwang auf, kaum hatte sie sie berührt.

War der verantwortungslose, lästige Billy hier gewesen? Er hatte eine Wohnung in The Inch, aber er benutzte ihre Adresse in Gorgie häufig, um die Leute zu verwirren, und schaute gelegentlich vorbei, um nachzusehen, ob er interessante Post hatte. Manchmal gab er Reggie Geld, aber sie fragte nicht, woher es stammte. Eins war sicher, er hatte es nicht verdient, in keinem Sinn des Wortes. Sie zahlte das Geld stets auf ihr Konto bei der Genossenschaftsbank ein und hoffte, dass es sich selbst säubern und Billys Spuren abschütteln würde, indem es dort still lag.

Reggie stand auf der Schwelle zum Wohnzimmer und starrte hinein. Ihr Gehirn brauchte eine Weile, um zu verarbeiten, was ihre Augen sahen. Das Zimmer war vollständig verwüstet. Die Schubladen der Anrichte waren herausgezogen und auf den Boden geleert, das Ledersofa war aufgeschlitzt, Mums liebster Nippes war heruntergefallen und zerbrochen, Fingerhüte und Miniaturteekännchen lagen auf dem Teppich verstreut. Reggies Aufsätze und Notizen waren aus Mappen und Karteikästen gerissen, und ihre Bücher lagen in einem großen Haufen mitten auf dem Wohnzimmerteppich wie ein Lagerfeuer, das darauf wartete, angezündet zu werden. Der Haufen verströmte einen komischen Geruch, wie Katzenpisse.

In Mums Schlafzimmer waren die Schubladen ausgeleert, und Mums Kleider lagen auf dem Boden und waren mit einem Messer oder einer Schere bearbeitet worden. Etwas, das aussah wie Schokolade, war auf der rosa Bettwäsche mit Lochstickerei verschmiert. Reggie war sicher, dass es nicht Schokolade war. Es roch jedenfalls nicht nach Schokolade.

Reggie bewahrte ihre Kleidung in ihrem alten Schlafzimmer auf, und auch hier war alles herausgezerrt und auf den Boden geworfen. Es roch widerlich, doch Reggie brachte es nicht über sich, ihre Kleider eingehender anzusehen.

In der Küche war alles aus den Schränken geworfen worden, der Kühlschrank stand weit offen, überall lagen Lebensmittel und Besteck. Teller und Tassen waren zerbrochen. Milch war über den Boden gegossen, eine Flasche mit Tomatensoße gegen die Wand geschmettert worden, wo sie einen großen arteriell roten Fleck hinterlassen hatte.

Die Wände der Dusche – ein im Flur eingebauter Schrank, der gefliest und ans Wasser angeschlossen war – waren ungeschickt mit den Worten »Du bist tot« besprüht worden. Reggie spürte, wie Galle in ihr aufstieg, wovon ihr leicht schlecht wurde. *Du kanst dich nicht vor uns verstecken.* Wer waren »uns«? Wer waren diese Leute, die nicht wussten, wie man »kannst« schreibt? Sie mussten auf der Suche nach Billy sein. Billy kannte viele ungrammatikalische Menschen.

Sie stieß einen leisen Schrei aus, es klang wie ein kleines verwundetes Tier. Das war ihr Zuhause, das war Mums Zuhause, und es war verwüstet. Entweiht. Nicht, dass es viel gewesen wäre, aber es war alles, was Reggie hatte.

Dann stieß eine Hand sie heftig, und sie stürzte in die Dusche, riss im Fallen den Vorhang herunter. Ein paar unglückselige Bilder aus *Psycho* gingen ihr durch den Sinn. Sie schlug sich die Stirn an, als sie aufprallte, und sie hätte am liebsten geweint.

Zwei Männer. Jung, gangsterhaft. Einer mit roten Haaren, einer blond gebleicht, sein Gesicht übersät mit alten Aknenarben, schartig wie Orangenschale. Sie hatte keinen von beiden je zuvor gesehen. Der Blonde hielt ein Messer mit gezackter Klinge, das aussah, als könnte man damit einen Hai aufschlitzen. Reggie sah einen Fetzen von Mums Bettwäsche mit Lochstickerei an einem Zacken hängen. Ihr drehte sich der Magen um. Sie hatte Angst, sich nass zu machen, oder Schlimmeres. *Ich bin kein Kind mehr*, hatte sie gestern Abend zu den Polizisten gesagt, aber es stimmte nicht.

Sie dachte an ihre Mutter, die in ihrem wenig schmeichelhaften organgefarbenen Badeanzug aus Lycra neben dem Pool lag. Reggie wollte nicht in der Dusche als unwürdiges Häufchen tot gefunden werden, in Ms MacDonalds schrecklichen Kleidern. Sie hatte nicht einmal Unterwäsche an. Sie spürte ihren Herzschlag unangenehm heftig im Hals. Wollten sie sie umbringen? Vergewaltigen? Beides? Schlimmeres? Sie konnte sich Schlimmeres vorstellen, das Messer und die Zeit spielten dabei eine Rolle. Sie musste etwas tun, etwas sagen. Sie hatte gelesen, dass es wichtig war, mit den Angreifern zu sprechen, damit sie einen als Menschen, nicht als Objekt sahen. Reggies Mund war trocken, als hätte sie Sandpapier gegessen, und Worte zu bilden war mühsam. Sie wollte sagen: »Bringt mich nicht um, ich habe noch nicht gelebt«, aber stattdessen flüsterte sie: »Billy ist nicht da. Ich habe ihn schon ewig nicht mehr gesehen. Ehrlich.«

Die Männer wechselten einen verwirrten Blick. Rothaar sagte: »Wer ist Billy? Wir suchen nach einem Typ namens Reggie.«

»Nie von ihm gehört. Ich schwör's.«

Unglaublicherweise wandten sich die Männer zum Gehen. »Wir kommen wieder«, sagte der Blonde. Dann sagte der Karottenhaarige: »Wir haben ein Geschenk für dich«, zog ein Buch aus der Tasche – unverwechselbar ein Klassiker von Loeb – und warf es ihr zu wie eine Handgranate. Sie versuchte nicht einmal, es aufzufangen, dachte, es würde in ihren Händen explodieren, konnte nicht glauben, dass es nur etwas so Harmloses wie Worte enthielt. Sie hörte Ms MacDonalds Stimme sagen: »Worte sind die mächtigsten Waffen, über die wir verfügen.« Wohl kaum. Worte konnten einen nicht vor einem riesigen Schnellzug retten, der mit Höchstgeschwindigkeit auf einen zuraste. *(Hilfe!)* Sie konnten einen nicht vor Gangstern retten, die Geschenke brachten. *(Nein, danke.)*

»*Hasta la vista, Baby*«, sagte der Rothaarige, und beide gingen. Sie waren Idioten, Idioten mit Klassikern von Loeb.

Sie nahm den grünen Loeb, der in der Duschwanne gelandet war. Der erste Band der *Ilias*. Wie konnte das eine Botschaft sein? Sie las die verblasste Inschrift auf dem Deckblatt: *Moira MacDonald, Girton College, 1971*. Komisch, sich Ms MacDonald jung vorzustellen. Komisch, sie sich tot vorzustellen. Noch komischer, sich vorzustellen, dass sich einer ihrer fehlenden Loebs in den Händen von Billys Feinden befand.

Trojanische Pferde hatten ein überraschendes Innenleben und so auch Ms MacDonalds *Ilias*. Als Reggie das Buch aufschlug, stellte sie fest, dass es einer rasiermesserscharfen Operation unterzogen worden war, sein Herz in einem ordentlichen Quadrat herausgeschnitten. Ein Sarg für etwas. Ein Sarg und ein Grab. Ein perfektes Versteck. Wofür?

Reggie glaubte, sie wären verschwunden, aber dann steckte der Blonde plötzlich den Kopf durch die Tür. Reggie schrie.

»Hab was vergessen«, sagte er und lachte über ihr Entsetzen. »Erzähl der Polizei nichts von diesem kleinen Besuch oder, rate mal!« Er formte mit Zeigefinger und Daumen eine Pistole und zielte auf sie. Dann ging er wieder.

Reggie erstaunte sich selbst, indem sie plötzlich den ganzen Toast in die Toilette erbrach. Es dauerte eine Weile, bis sie aufhörte zu zittern. Sie fühlte sich, als hätte sie Grippe, aber sie nahm an, dass es nur der Schrecken war.

Sie stolperte die Treppe hinunter, in kaltem Schweiß gebadet und mit hämmerndem Herzen. Sie torkelte zurück zu Mr Hussains Laden. »Alles in Butter?«, fragte Mr Hussain, und sie murmelte: »Nein, die Hälfte in Margarine.« Das war ein schlechter Witz von Billy, den er als Kind gemacht hatte. Er war damals schon nicht komisch gewesen. Sollte sie es Mr Hussain erzählen? Was würde passieren? Er würde ihr hinten im Laden eine Tasse Tee mit viel Zucker machen und die Polizei rufen, und kämen dann die Männer zurück und erschössen sie mit einer imaginären Pistole? Würden sie sie mit Worten umbringen? Sie sahen aus wie Typen, die echte Pistolen hatten. Sie sahen aus wie Billy.

»Muss weiter, Mr H. Sonst verpasse ich den Bus.«

Wenn nur Sadie bei ihr wäre, dachte Reggie, als sie so schnell wie möglich zur Bushaltestelle ging. Wenn man einen großen Hund dabeihatte, überlegten es sich die Leute zweimal, ob sie sich mit einem anlegen wollten. »Es ist, als ob sich das Rote Meer teilt, wenn man mit Sadie unterwegs ist«, hatte Dr. Hunter einmal zu ihr gesagt und die Ohren des großen Hundes gekrault. »Mit ihr fühle ich mich immer sicher.« Musste Dr. Hunter sich sicher fühlen? Warum? Hatte es etwas mit ihrer *Geschichte* zu tun?

Waren sie wirklich auf der Suche nach ihr gewesen? Hatten sie sich in ihrem Geschlecht getäuscht *(ein Typ namens Reggie)*? Warum? Sie hatte nichts weiter verbrochen, außer Billys Schwester zu sein. Vielleicht reichte das schon. Sie versuchte, ihren Bruder anzurufen, und hatte »Die Person, die Sie sprechen wollen, ist derzeit nicht erreichbar« in der Leitung. Sie wählte Dr. Hunters Nummer, und es klingelte und klingelte, ohne dass sich jemand meldete. *Du bist tot.* Reggie und die Toten. Es gab schon genug davon.

Das Komische war, dass Reggie, als sie mit Mr Hunter telefoniert hatte, Sadie im Hintergrund bellen hörte. Wenn sie nicht in der Arbeit war, nahm Dr. Hunter Sadie überallhin mit. Warum sollte sie sie zurücklassen?

»Ihre Tante ist allergisch.«

»Tante Agnes?«

»Ja.«

»Kann Dr. Hunter ihr nicht etwas dagegen geben? Antihistaminika oder so? Warum geht sie nicht an ihr Handy, Mr Hunter?«

»Lass Jo in Ruhe, Reggie. Sie macht eine schwere Zeit durch. Es reicht schon, dass die Vergangenheit sie wieder heimsucht, da musst nicht auch du noch hinter ihr her sein. Okay?«

»Aber –«

»Weißt du was, Reggie?«, sagte Mr Hunter.

»Was?«

»Belassen wir's dabei. Ich habe im Augenblick eine Menge anderer Dinge um die Ohren.«

»Ich auch, Mr H. Ich auch.«

Im Kampf vermisst

Vor langer Zeit, vor langer, langer Zeit, als die Welt und Jackson noch viel jünger waren, hatte er sich seine Blutgruppe oberhalb des Herzens auf die Brust tätowieren lassen. Ein Soldatentrick, damit die Ärzte einen, wenn man angeschossen oder in die Luft gejagt wurde, so rasch wie möglich behandeln konnten. Andere, mit denen Jackson in der Armee war, hatten ihre Kollektion erweitert, Frauen und Bulldoggen und Union Jacks und, ja, tatsächlich, das Wort »Mutter« hinzugefügt, doch Jackson war nie ein Fan des Tätowierens gewesen und hatte seiner Tochter sogar tausend Pfund in bar versprochen, wenn sie es bis einundzwanzig schaffte, ohne ihre Haut mit einem Schmetterling oder einem Delphin oder dem chinesischen Schriftzeichen für »Glück« verzieren zu lassen. Jackson selbst hatte sich auf die eine sinnvolle Nachricht in Kleinbuchstaben beschränkt – »Blutgruppe A positiv«, mittlerweile nur noch ein verblasstes blaues Souvenir aus einem anderen Leben. »A positiv« – eine nette, weitverbreitete Blutgruppe, die er mit ungefähr fünfunddreißig Prozent der Bevölkerung gemein hatte. Jede Menge Spender. Und die hatte er offenbar gebraucht, jeder verlorene Milliliter roten Bluts war ersetzt worden dank einer Serie von Blutsbrüdern und -schwestern, die verhinderten, dass er ausradiert wurde.

»Wir dachten, wir hätten die Arterie, aber Sie haben nicht aufgehört das Blut rauszupumpen. Wir mussten's ein paarmal versuchen«, sagte ein gut gelaunter Arzt zu ihm. »Dr. Bruce, nennen Sie mich Mike«, sagte er. Er saß am Fußende von Jacksons Bett und grinste ihn an, als hätten sie sich gerade in einer Bar kennengelernt. Nennen-Sie-mich-Mike war zu jung, um Arzt zu sein. Jackson fragte sich, ob die Krankenschwestern wussten, dass ein Junge aus der Grundschule hier sein Unwesen trieb.

»Halten Sie ihn bei Laune«, flüsterte die – jetzt weniger – unscharfe Schwester Jackson ins Ohr. »Er hält sich für erwachsen.«

»Danke«, sagte Jackson zu ihm.

»Keine Ursache, Kumpel.«

Ein australischer Schulbub.

Der Facharzt, »Dr. Samms – nennen-Sie-mich-Charlie«, sah aus wie Harry Potter. Jackson wollte nicht von einem Arzt behandelt werden, der wie Harry Potter aussah, aber er war nicht in der Position, es abzulehnen. »Sie scheinen einen kleinen Schlag auf den Kopf abgekriegt zu haben«, sagte der Zauberlehrling. »Ist das früher auch schon mal passiert?«

»Kann sein«, sagte Jackson.

»Keine gute Idee«, sagte der Zauberlehrling, als wären Schläge auf den Kopf etwas, wofür man sich freiwillig anstellte.

»Unscharf«, sagte Jackson. Es war eindeutig sein Lieblingswort. Als seine Tochter das Sprechen lernte, war ihr erstes Wort »Hund«. Sie benutzte es für alles – Enten, Milch, Buggy –, was sie im Leben interessierte, alles war »Hund«. Eine Ein-Wort-Welt. Es machte das Leben einfacher, er musste sie anrufen und es ihr erzählen. Sobald er sich an ihren Namen erinnern konnte. Oder an seinen eigenen.

Er schlief, und als er erneut aufwachte, stand eine andere Schwester an seinem Bett.

»Wer bin ich?«, fragte er. Er klang wie ein Amateurphilosoph, aber es war keine metaphysische Frage. Wirklich, wer *war* er?

»Sie heißen Andrew Decker«, sagte sie.

»Wirklich?«, sagte Jackson. Der Name kam ihm im dunklen Loch seiner verlorenen Erinnerungen vage, ganz vage bekannt vor, aber er hatte keinerlei Beziehung dazu. Er *fühlte* sich nicht wie ein Andrew Decker, aber andererseits fühlte er sich nicht wirklich wie jemand. »Woher wissen Sie das?«

»Ihre Brieftasche war in Ihrer Jackentasche«, sagte die Schwester. »Darin war ein Führerschein mit Ihrem Namen und Ihrer Adresse. Die Polizei versucht, dort Bescheid zu sagen.«

Seine Ellenschlagader war teilweise durchtrennt worden und hatte zu »starkem und raschem Ausbluten« geführt, sagte das Potter-Double. Sein Blutdruck war gesunken, und er war in einen Schockzustand gefallen. Sein Gehirn war nicht mehr versorgt worden. »Müdigkeit, Kurzatmigkeit, Schüttelfrost?«, sagte der australische Mike, der fliegende Arzt. Er sah aus, als würde er mehr Drogen nehmen als seine Patienten. »Übelkeit, Verwirrung, Desorientierung, Halluzinationen. Ja?«

»Ich war in einem weißen Korridor.«

»Das ist ein Klischee«, sagte der Zauberlehrling.

»Sagen Sie das nicht, solange Sie nicht dort waren«, sagte Jackson.

»Sie werden sich vielleicht nie an den Unfall erinnern«, sagte der fliegende Arzt. »Wahrscheinlich wurde er nie in Ihr Langzeitgedächtnis transferiert. Aber an alles andere werden Sie sich wieder erinnern. Schließlich ist Ihnen ja schon eingefallen, dass Sie eine Tochter haben.«

Jemand hatte Erste Hilfe geleistet, hatte sein Leben am Unfallort gerettet. Eine Person mehr, der er nie würde danken können.

Eine Polizistin setzte sich neben sein Bett und wartete geduldig, bis er sie wahrnahm. Jemand war zu der Adresse auf seinem Führerschein gegangen, und die Leute, die dort wohnten, hatten noch nie von einem »Andrew Decker« gehört. Es war ein alter Führerschein, nicht ein neuer scheckkartengroßer mit Foto, vielleicht hatte er vergessen, ihn erneuern zu lassen, als er umzog?

Jackson sah sie ausdruckslos an. »Keine Ahnung.«

»Na ja, die ersten Tage«, sagte sie frohgemut. »Jemand wird auftauchen und Anspruch auf Sie erheben.«

Es war seltsam, mit den Folgen einer Katastrophe zu leben, an die man keinerlei Erinnerung hatte. Er konnte sich an nichts, was mit dem Zugunglück zu tun hatte, erinnern, er konnte sich an überhaupt nichts erinnern. Er war ein leeres Blatt Papier, eine Uhr ohne Zeiger. Jetzt wünschte er, er hätte sich mit mehr Informationen brandmarken lassen. Neben seiner Blutgruppe hätte er seinen Namen, seinen Rang und seine Nummer eintätowieren lassen sollen.

»Ich habe meiner Katze einen Chip einpflanzen lassen«, sagte eine Krankenschwester. »Jetzt bin ich ruhiger.«

»Ich bin gestorben«, sagte er zu einer neuen Ärztin.

»Aber nur kurz«, tat sie es ab, als müsste man wesentlich länger tot sein, um sie zu beeindrucken. Dr. Foster schien nicht beim Vornamen genannt werden zu wollen.

»Aber technisch …«, sagte er, zu schwach, um das Gespräch weiterzuführen.

Sie seufzte, als würden Patienten beständig mit ihrem toten

oder lebenden Zustand hadern. »Ja. Technisch tot«, gestand sie ihm zu. »Ganz kurz.«

Er war schon ein Leben lang hier. Wie viele Wochen? »Achtzehn Stunden«, sagte die Ärztin. Er war in der Hölle (oder dem Himmel) gewesen und wieder zurückgekehrt, und es hatte nicht einmal einen Tag gedauert. Ziemlich beeindruckend. Und wann könnte er nach Hause?

»Wenn Sie wissen, wo Sie wohnen. Wie wäre das?«, fragte Dr. Foster.

»Klingt fair«, sagte Jackson.

Er schlief. Das tat er. Er war ein Schläfer. Er schlief jahrelang. Als er erwachte, erzählten sie ihm wieder von dem Zugunglück. Eine Schwester zeigte ihm die Titelseite einer Zeitung. »CARNAGE«, stand darauf. Er wusste nicht mehr, was das Wort bedeutete. Er nahm an, dass es nichts mit Cars, Autos, zu tun hatte. Er mochte Autos. Er war ein Mann namens Andrew Decker, der Autos mochte, aber mit dem Zug fuhr, mit unbekanntem Ziel. Keine Fahrkarte, kein Telefon, keine Lebenszeichen. Niemand, der bemerkt hatte, dass er fort und nicht zurückgekommen war.

Wie lange war er *jetzt* hier?

»Zwanzig Stunden«, sagte Dr. Foster.

Reggie Chase, Detektivin

Ich dachte, ich könnte mit dem Hund spazieren gehen.«

»Mit dem Hund?«

»Sadie.«

Mr Hunter war heiser. Er war nicht rasiert und sah müde aus. *(Morgens ist er wie ein Bär.)* Er roch nach den Zigaretten, die er angeblich »vor einer Ewigkeit« aufgegeben hatte. Die Küche war bereits ein Saustall. Er schien sie an der Schwelle warten lassen zu wollen, statt sie hineinzubitten. Reggie sah eine halb leere Whiskyflasche auf dem Tisch stehen. »Es gelten Junggesellenregeln«, sagte er und lachte kurz. »Wenn die Katze aus dem Haus ist, tanzen die Mäuse auf dem Tisch.« Zwei leere Tassen standen auf dem Tisch, eine mit Lippenstiftspuren am Rand, helle Koralle, nicht Dr. Hunters Farbe. Fiel das auch unter Mr Hunters Junggesellenregeln?

»Da Dr. Hunter Sadie normalerweise ausführt«, sagte Reggie, »habe ich mir gedacht, dass ich das übernehmen könnte, solange sie bei ihrer Tante ist. Tante Agnes.«

Mr Hunter rieb sich die Bartstoppeln, als hätte er Schwierigkeiten, sich zu erinnern, wer Reggie war. Sadie hatte das Problem nicht, als sie neben Mr Hunter auftauchte und bei ihrem Anblick mit dem Schwanz wedelte, wenn auch gemäßigter als üblich.

»Haben Sie mit Dr. Hunter gesprochen, seitdem sie fort ist?«

»Ja, natürlich habe ich das.«

»Wie haben Sie mit ihr gesprochen?«

»Wie?« Mr Hunter runzelte die Stirn. »Mit dem Telefon natürlich.«

»Ihrem Handy?«

»Ja, über ihr Handy.«

»Nur, dass ich versucht habe, Dr. Hunter *auf ihrem Handy* anzurufen, und sie meldet sich nie.«

»Sie wird viel zu tun haben.«

»Mit der Tante?«

»Ja, mit der Tante.«

»Tante Agnes? In Hawes?«

»Ja und ja. Ich habe mir ihr gesprochen, Reggie. Es geht ihr gut. Sie will nicht gestört werden.«

»Gestört?«

»Was hast du mit deinem Kopf gemacht?«, fragte Mr Hunter und wechselte das Thema. »Du siehst schlimmer aus, als ich mich fühle.« Reggie betastete vorsichtig die Beule auf ihrer Stirn, wo sie in der Dusche aufgeschlagen war.

»Hab nicht aufgepasst, wohin ich gehe«, sagte sie.

Sadie winselte ungeduldig, sie hatte ein paar Sätze zuvor die Worte »spazieren gehen« gehört, und bislang war nichts geschehen.

»Wahrscheinlich haben Sie keine Zeit, Sadie auszuführen«, sagte Reggie. »Weil Sie ja so viel zu tun haben und so.« Mr Hunter blickte auf den Hund hinunter, als würde er für ihn antworten, zuckte dann die Schultern und sagte: »Von mir aus, in Ordnung, gut, okay.« Das schienen sehr viele Worte für ein »Ja«, selbst für jemanden aus Glasgow.

»Kann ich die Telefonnummer von Dr. Hunters Tante haben?«

»Nein.«

»Warum nicht?«, fragte Reggie.

»Weil ihre Tante Ruhe braucht.«

»Kann ich meine Tasche dalassen?«

»Deine Tasche?«, wiederholte Mr Hunter, als könnte er die enorme Tüte von Topshop nicht sehen, die Reggie den ganzen Weg hergeschleppt hatte. Sie war mit dem Bus ins Stadtzentrum gefahren und hatte ihre Topshop-Kundenkarte geplündert. Sie war aus der Wohnung in Gorgie mit dem auf dem Leib geflohen, was sie anhatte (leider Ms MacDonalds Kleider), und sie würde nicht zurückkehren, um etwas von dem verdächtig riechenden Haufen in ihrem Zimmer zu holen. Sie würde überhaupt nichts aus der Wohnung holen. Sie wünschte nur, dass ihre Bücher und die Unterlagen fürs Abitur nicht versaut wären.

Bei Topshop hatte Reggie zwei Jeans, zwei T-Shirts, zwei Pullover, sechs Unterhosen und sechs Paar Socken, einen Mantel, einen Schal, einen Hut und ein Paar Handschuhe gekauft. (»Nie vorsätzlich zu dünn angezogen«, sagte Dr. Hunter und lachte, wenn sie sah, wie Reggie eine Schicht Winterkleidung über die andere zog, um nach Hause zu gehen.) Reggie hatte noch nie so viele Kleidungsstücke auf einmal gekauft, außer als Mum und sie versucht hatten, die Sachen auf der gewaltigen Schuluniform-Liste der schrecklichen piekfeinen Schule zu besorgen. Bei Topshop hatte sie das Gefühl gehabt, sie würde eine Säuglingsausstattung oder eine Aussteuer kaufen, beides angenehm altmodische Worte für den Neubeginn eines Lebens. Die Chance dazu war nicht groß.

In einer Ankleidekabine von Topshop zog sie einen Satz neuer Kleider an, dann warf sie Ms MacDonalds Sachen in einen

Baustellencontainer auf der Straße. Es war ein grausamer Akt. Ms MacDonald lag still im Kühlraum, so unerwünscht wie ihre Kleider.

Anschließend war Reggie mit dem Bus ins Krankenhaus gefahren und hatte sich am Empfang präsentiert (sie fragte erneut nach »Jackson Brodie«, aber er war immer noch nicht registriert), wo ein nettes polnisches Mädchen (aus »Gdansk«) sie abholte und zu einem Raum führte, von dem aus sie durch eine Glasscheibe Ms MacDonald sehen konnte. Ein Zimmer mit Aussicht. Es war, als betrachtete sie ein Tableau oder ein kleines privates Theaterstück. Ms MacDonalds Gesicht war aufgedeckt, und Reggie sagte: »Ja, das ist sie.« Ihr Gesicht war voller blauer Flecken und geschwollen, aber sie sah nicht so schlimm aus, wie Reggie erwartet hatte. Sie wollte nicht daran denken, in welchem Zustand sich der Rest von ihr befand. Es schien unwahrscheinlich, dass es sich nur um ein Stück handelte.

Reggie nahm an, dass sowohl bei ihrer alten Lehrerin als auch bei ihrem blauen Saxo forensische Untersuchungen durchgeführt würden. Gestern Abend hatte sich Sergeant Wiseman ihre Handynummer notiert und gesagt, dass man sich mit ihr in Verbindung setzen würde, wenn »der Leichnam« freigegeben wurde. Reggie wollte sagen, dass es nicht ihre Sache war, aber das hätte angesichts der Umstände – Blutbad und so weiter – kleinlich geklungen. Und außerdem war sie erst sechzehn. Sie mochte praktisch erwachsen sein, aber tatsächlich war sie noch ein Kind. Man konnte Leuten, die fast noch Kinder waren, doch nicht die Verantwortung für Leichen aufhalsen. Oder?

Es war die dritte Leiche, die Reggie sah. Ms MacDonald, Mum und der Soldat gestern Abend. Vier, wenn man Banjo mitzählte. Das schien eine Menge für jemanden von so jungen Jahren.

Sie hatte eine Leiche identifiziert, ihre Wohnung war verwüstet worden, sie war von gewalttätigen Idioten bedroht worden, und es war noch nicht einmal Mittag. Reggie hoffte, dass der Rest des Tages weniger ereignisreich verliefe.

»Nein«, sagte Mr Hunter.

»Nein was?«

»Nein, du kannst deine Tasche nicht dalassen, ich muss weg.«

»Ich habe einen Schlüssel.«

»Natürlich, du hast einen Schlüssel.« Mr Hunter stieß einen leidgeprüften Seufzer aus, als würde er einen langwierigen Streit verloren geben. »Okay. Gib mir die Tasche, ich hole die Hundeleine.« Er nahm Reggie die Topshop-Tüte ab und ließ sie ungeniert neben der Spüle auf den Boden fallen, dann zog er die Hundeleine vom Haken hinter der Tür und reichte sie ihr. Eine begeisterte Sadie sprang an ihm vorbei, als würde sie aus dem Gefängnis befreit.

»Ach, und Mr H.«, sagte Reggie mutig *(und reizte den Bären)*, »es ist Donnerstag. Dr. Hunter zahlt mich donnerstags.«

»Tut sie das?«, sagte Mr Hunter. Er lächelte sie an, sein nettes Lächeln, das einen als besondere Person anerkannte, zog die Brieftasche aus der Gesäßtasche seiner Jeans und reichte ihr ein dünnes Bündel Geldscheine, ohne sie zu zählen. »Gib nicht alles auf einmal aus«, sagte er und lachte, als gäbe er ihr Taschengeld, statt sie für geleistete Arbeit zu entlohnen. »Lass noch ein paar Sachen in den Läden, okay?«

»Sehr witzig, Mr H. Danke.« Sinnlos, ihm zu erzählen, dass sie eingekauft hatte, weil zwei Scherzbolde ihre Wohnung und ihre Kleider verwüstet hatten. Die Hunters lebten nicht in dieser Welt. Reggie wollte in dieser Welt auch nicht leben.

Nachdem Mr Hunter ins Haus zurückgekehrt war und die Tür geschlossen hatte, zählte Reggie das Geld. Es war die Hälfte dessen, was Dr. Hunter ihr gab.

In der Garage stand ein Korb mit Sadies Spielsachen, Bälle, Gummiknochen und -ringe und ein alter Teddybär, und Reggie sagte: »Wir holen dir einen Ball, Sadie.« Und Sadie stieß beim Wort »Ball« ein aufgeregtes *Wau* aus.

Früher schlossen die Hunters die Garage ab, aber dann verloren sie den Schlüssel, und niemand ließ einen nachmachen. Dr. Hunter sagte, das Schlimmste, was passieren könnte, wäre, dass ihr Auto gestohlen würde, und das war versichert, also wozu die Aufregung? Mr Hunter warf ihr eine leichtsinnige Haltung vor, und Dr. Hunter sagte, »Dann lass du doch einen Schlüssel nachmachen«, und das war wahrscheinlich das, was einem Streit zwischen ihnen am nächsten kam. Mr Hunter wusste nichts von den Ersatzschlüsseln für das Auto, die Dr. Hunter auf einem Brett in der Garage aufbewahrte, hinter einer Dose Farbe (Umwölkte Perle, die Farbe, in der der Flur gestrichen war), denn dann würde er, laut Dr. Hunter, »an die Decke gehen«.

Die Garage war winzig, weil das Haus in einer Zeit errichtet worden war, als die meisten Menschen noch kein Auto hatten, geschweige denn zwei, sie war später auf einer kleinen Fläche neben dem Haus gebaut worden, durch einen schmalen Durchgang davon getrennt. Mr Hunters großer Range Rover passte nicht hinein, und deswegen war es das gemütliche Heim von Dr. Hunters Toyota Prius. Reggie zwängte sich am Wagen vorbei zum Korb, um Sadies Lieblingsspielzeug zu holen, einen alten Gummiball, der so zerbissen war, dass er nicht mehr sprang.

»Komm, altes Mädchen«, sagte Reggie zum Hund, als sie die Garagentür schloss. Das sagte Dr. Hunter immer zu Sadie, wenn sie losgingen. Es war merkwürdig, für Sadie verantwortlich zu sein. Keine Dr. Hunter, kein Mr Hunter, kein Baby. Reggie ging auf, dass sie nie zuvor allein mit dem Hund gewesen war. Sie zwängten sich durch die Lücke in der Hecke, die direkt auf die Wiese führte, auf der heute lustlos drei Pferde herumstanden, als warteten sie darauf, dass etwas geschehen würde. Reggie warf den Ball und rannte dann mit dem Hund über die Wiese, denn das mochte Sadie am liebsten.

Komisch. Dr. Hunter war gestern Abend nach Hawes gefahren. *Sie ist gestern Abend runtergefahren,* hatte Mr Hunter am Telefon gesagt. Warum stand dann ihr Wagen in der Garage?

Als sie zurückkamen, war das Haus verschlossen, und Mr Hunter war nicht da. Auf einem auffällig auf dem Küchentisch platzierten Zettel stand: »Liebe Reggie – ich hab was vergessen – Jo hat vorgeschlagen, dass Du unsere gemeinsame Freundin vielleicht zu Dir nach Hause mitnehmen und Dich um sie kümmern möchtest, bis sie zurück ist. Wahrscheinlich hast Du im Moment mehr Zeit als ich. Danke, Neil.« Reggie brauchte einen Augenblick, bis sie begriff, dass der Hund gemeint war. Mr Hunter schien schriftlich ein anderer Mensch zu sein, jedenfalls war er wortreicher. Geld für Hundefutter hatte er nicht erwähnt.

Komisch. Als sie mit dem Hund von der Wiese zurückkehrte, ging Reggie nach oben in Dr. Hunters Schlafzimmer – es war natürlich auch Mr Hunters Schlafzimmer –, nicht aus irgendeinem besonderen Grund, sondern einfach, um dort zu sein und sich Dr. Hunter näher zu fühlen. Das hätte sie nicht tun sollen, das wusste sie, aber sie schadete ja niemandem damit. Dr. Hunter hätte nichts dagegen gehabt, Mr Hunter wahrscheinlich schon.

Das Bett war nicht gemacht – Mr Hunters »Junggesellenregeln«. Ansonsten war es ziemlich aufgeräumt, aber nicht ganz so aufgeräumt, wie wenn Dr. Hunter zu Hause gewesen wäre. Sadie ging durch das Zimmer, schnüffelte überall wie ein Spürhund – an den Betten, am Teppich, an der Plastikhülle mit dem Kostüm, das Dr. Hunter gestern mitgebracht und über eine Stuhllehne gelegt hatte. Reggie nahm das frisch gereinigte Kostüm aus der Hülle und hängte es in den Schrank neben Dr. Hunters anderes Kostüm. Der Schrank war groß und begehbar, eine Seite für Dr. Hunter, die andere für Mr Hunter. Alle Kleider auf Dr. Hunters Seite dufteten leicht nach ihrem Parfum. Die schlichte blaue Flasche stand auf der Kommode neben Dr. Hunters altmodischer silberner Haarbürste, ihrem Ersatzasthmaspray und einem Foto des Babys, als es erst ein paar Tage alt war und noch darauf zu warten schien, aufgeblasen zu werden. Reggie tupfte ein paar Tropfen des Parfums auf die Innenseiten ihrer Handgelenke. ›Je Reviens‹. Ein Versprechen. Oder eine Drohung. *Hasta la vista, Baby.* Bin gleich zurück.

Wo war das dritte Kostüm? Am Kragen des Kostüms, das bereits im Schrank hing, steckte der kleine rosa Zettel der Reinigung, demnach musste Dr. Hunter das fehlende Kostüm gestern getragen haben. Es war nirgendwo zu sehen. War sie die ganze Strecke nach Yorkshire zu der mysteriösen kranken Tante gefahren, ohne sich vorher umzuziehen? Das schien ganz und gar untypisch für Dr. Hunter, die sich sofort umzog, kaum war sie von der Arbeit zurück, sie schlüpfte aus den Schuhen, hängte das Kostüm auf und zog sich etwas Lässiges an, Jeans normalerweise.

»So, jetzt bin ich wieder ich«, sagte sie manchmal, als wäre das Kostüm eine Verkleidung.

Auf dem Teppich vor der Kommode befanden sich Dr. Hunters schwarze Pumps, einer stand, der andere war umgefallen, als hätte Dr. Hunter sie gerade ausgezogen. Sadie schnüffelte gierig an beiden Schuhen, als sollte sie gleich losgeschickt werden, um die Geruchsspur zu verfolgen. Neben den Schuhen lag Dr. Hunters Strumpfhose in einem faltigen Häufchen, blass und leer wie eine zurückgelassene Schlangenhaut.

Beim Betrachten des Schrankinhalts hatte Reggie ein merkwürdiges Gefühl, ein bisschen, wie wenn sie Mums Kleider im Schrank anschaute oder Ms MacDonalds Sachen im Container. Sadie schien es genauso zu gehen, denn sie ließ sich neben den Schuhen auf den Boden fallen und winselte kurz traurig. Reggie wollte Dr. Hunters Stimme hören, die sagte: »Ich bin bald wieder da, Reggie, mach dir keine Sorgen.« Reggie war überzeugt, dass Dr. Hunter sich nicht »gestört« fühlen würde, wenn sie anriefe. Sie wählte erneut Dr. Hunters Nummer auf ihrem Handy, aber gerade, als es am anderen Ende der Leitung anfing zu klingeln, hörte sie ein Auto vorfahren. Sadie stellte die Ohren auf und stand auf. Ein Blick aus dem Fenster bestätigte, dass es der Range Rover war. »Zucker«, sagte Reggie zum Hund.

Einen irren Augenblick lang dachte sie daran, sich im Schrank zu verstecken, aber wenn die Leute das in Horrorfilmen taten, ging es nie gut aus. Entweder wurden sie gefunden und ermordet oder sie mussten hinter den Lamellentüren ihres Verstecks etwas Schreckliches mit ansehen.

Komisch. Nachdem sie Dr. Hunters Handy *(meine Rettungsleine)* angerufen hatte, hatte sie es unzweideutig klingeln hören – Bachs »Krebskanon«. (»So genannt«, erklärte Dr. Hunter, »weil die zweite Stimme genau die gleichen Noten spielt wie die erste, nur rückwärts«, was Reggie nicht ganz verstand, aber sie lächelte und nickte und sagte: »Genau, ich hab's kapiert.«) Das Handy klingelte irgendwo unten. Reggie war halb die Treppe hinunter auf der Jagd nach dem Handy – der Bach klang, als spielte er in der Küche –, als Mr Hunter mit gewohnter Rasanz durch die Tür stürzte und bei ihrem Anblick wie angewurzelt stehen blieb.

»*Noch* immer hier, Reggie?«

»War nur auf dem Klo«, sagte Reggie und heuchelte Nonchalance. Das Handy hatte, eine Sekunde nachdem Mr Hunter das Haus betreten hatte, aufgehört zu klingeln.

»Hast du kein Zuhause?«, fragte Mr Hunter.

»Doch, klar hab ich das«, sagte sie und marschierte an ihm vorbei und zur Tür hinaus. Sadie raste an ihr vorbei, nahm am Rand der Einfahrt vertraute Gerüche auf. Als Reggie am Tor war, pfiff sie nach Sadie, die zu ihr trottete mit aufgeregt wedelndem Schwanz, wie sie es tat, wenn sie einen Schatz gefunden hatte. Sie hatte etwas in der Schnauze, und als sie bei Reggie ankam, legte sie ihr den Fund zu Füßen, setzte sich und wartete auf Lob.

Reggie blieb fast das Herz stehen, als sie sah, was Sadie auf den Boden hatte fallen lassen.

Der Talisman des Babys, sein Stück moosgrüner Decke. Es sah aus, als wäre es in die Erde getreten worden, und als Reggie es aufhob und genau betrachtete, entdeckte sie einen Fleck, einen Fleck, der nicht Tomatensoße oder Rotwein war, sondern Blut. Reggie kannte Blut. Sie hatte in den letzten vierundzwanzig Stunden mehr davon gesehen als in ihrem gesamten vorherigen Leben.

Dr. Hunters Praxis war in Liberton, und Reggie ging zu Fuß, weil sie nicht wusste, wie Sadie, die noch nie Bus gefahren war, mit den trampelnden Füßen und schiebenden Körpern zurechtkommen würde. Reggie selbst kam nicht gut damit zurecht. Sie aß das Mars und hätte Sadie ein Stück davon gegeben, aber Dr. Hunter sagte, dass Schokolade schlecht für Hunde war. Sie müsste Hunde-Leckerbissen kaufen, ohne Zucker, Dr. Hunter wollte nicht, dass Sadie Zucker fraß (»Wir müssen auf die Zähne des alten Mädchens achten.«). Reggie hatte ein paar Dosen Hundefutter von Mr Hunter geschnorrt, aber sie wogen schwer in der Tasche. Sie musste sie hin und wieder mit der Topshop-Tüte über der anderen Schulter austauschen. Sie fühlte sich wie ein Packesel. Mum trug immer viele schwere Taschen mit sich herum – sie hatten sich kein Auto leisten können –, sie hatte gesagt, ihre Gene wären mit denen eines Esels gespleißt. Nein, das hatte sie nicht gesagt, Mum hätte das Wort »spleißen« nicht benutzt, wahrscheinlich nicht einmal das Wort »Gene«. Wie hatte sie sich ausgedrückt? Sie verblasste, zog sich in eine Dunkelheit zurück, in die Reggie ihr nicht folgen konnte. »Mit einem Esel gekreuzt« – das war es. Oder? *Die Finsternis fällt ein.*

Schließlich war Reggie zu müde, um weiter zu Fuß zu gehen, und fuhr den Rest der Strecke mit dem Bus. Sadie machte sich ziemlich gut für eine erstmalige Busbenutzerin.

Die Praxis befand sich in einem großen, modernen, zweistöckigen Gebäude. Es gab keinen offensichtlichen Platz, wo man einen Hund hätte lassen können, deswegen sagte Reggie zu Sadie »Platz!« und »Bleib!« in ihrem autoritärsten Tonfall, den sie sonst nur beim Baby anwandte (»Nein!«), wenn es sich blitzschnell auf eine tödliche Traube oder Münze zubewegte. Als Sadie noch ein Welpe war, hatte Dr. Hunter Kurse mit ihr absolviert, die sie als Beste abschloss. (»Hundeschule«, nannte Dr. Hunter es. Was eine schöne Vorstellung war.) Sie hatte sogar eine vom Alter fadenscheinige rosa Rosette, um es zu beweisen. Dr. Hunter hatte sie an die Pinnwand in der Küche gesteckt. Sie war ziemlich schlau für einen Hund, sie beherrschte die üblichen Dinge wie »Sitz« und »Bleib« und »bei Fuß« wie ein Hund bei einer Hundeschau. »Meine Beste«, sagte Dr. Hunter liebevoll. Sadie hatte auch ein Repertoire an »Partytricks«, wie Dr. Hunter es nannte, konnte sich von einer Seite zur anderen rollen, sich tot stellen und einem die Hand schütteln – ihre große Pfote lag weicher und schwerer in der Hand, als man erwartete.

Sadie setzte sich gehorsam auf den Boden vor den großen Glastüren der Praxis, und Reggie ging hinein zum Empfang, wo eine Frau ein wortloses Duell mit einem Computer ausfocht. Ohne in Reggies Richtung zu blicken, hob sie die Hand, um ihr Einhalt zu gebieten. Reggie fragte sich, ob sie auch »Platz« und »Bleib« sagen würde. Schließlich riss die Frau den Blick vom Bildschirm los, sah Reggie förmlich an und sagte: »Ja?« Der Gedanke, dass Dr. Hunter mit so unfreundlichen Menschen zusammenarbeiten musste, schmerzte sie.

»Ich weiß, dass Dr. Hunter nicht da ist«, sagte Reggie. »Aber kann ich erfahren, wann sie zurückkommt?«

»Das kann ich dir leider nicht sagen.«

»Weil es vertraulich ist?«

»Weil ich es nicht weiß. Hast du einen Termin bei ihr?«

»Nein.«

»Weil ich einen Termin mit einem anderen Arzt machen kann.«

»Nein, danke. Sie wissen nicht, warum sie nicht da ist, oder?«, fragte Reggie hoffnungsvoll.

»Nein, das kann ich dir nicht sagen.«

»Weil es vertraulich ist?«

»Ja.«

»Eine letzte Frage«, sagte Reggie. »Hat sie selbst angerufen, oder hat Mr Hunter angerufen?«

»Wer *bist* du?«

Fräulein Niemand. Schwester des noch unbedeutenderen Billy. Waise des Sturms. Aschenputtel mit einer Schüssel Linsen. Reggie sagte nichts davon, sondern: »Na gut, auf Wiedersehen«, und hoffte, es würde nicht dazu kommen.

Aus dem Weg aus der Praxis, als sie an einer scheinbar endlosen Reihe von Plakaten vorbeiging, die sie drängten, sich zweimal am Tag die Zähne zu putzen und fünfmal Obst zu essen und auf Chlamydien zu achten, stieß sie mit einer Hebamme zusammen, die für die Praxis arbeitete. Dr. Hunters Freundin Sheila.

Eines Nachmittags im Spätsommer kam Dr. Hunter mit ihr nach Hause und sagte: »Sheila, das ist die berühmte Reggie, mein Lebenserhaltungssystem.« Dann setzten sich Sheila und Dr. Hunter in den Garten, das Baby krabbelte im Gras herum (»Ich kann gar nicht glauben, wie groß er geworden ist, Jo!«), und sie tranken Pimm's, obwohl Dr. Hunter sagte: »O Gott, Sheila, ich stille ihn noch, es ist eine Schande«, aber sie lachten darüber, und Sheila sagte, »Ist schon in Ordnung, Jo. Glaub mir, ich bin Hebamme«, und sie lachten noch mehr.

Sie boten auch Reggie etwas zu trinken an, doch Reggie dachte, dass jemand alles nüchtern im Blick behalten sollte, falls sie sich betranken, aber natürlich war Dr. Hunter nicht so, und sie streckte den Drink bis zur Dämmerung. Dann kam Mr Hunter nach Hause und sagte: »Bist du immer noch da, Reggie?«

Beide Frauen schien der Anblick von Mr Hunter zu beunruhigen, der mit einer Bierdose in der Hand über den Rasen schritt wie jemand, der aus einer anderen Welt bruchgelandet war, aber dann sagte er: »Darf ich mitmachen?«, und Dr. Hunter sagte: »Du kommst zu spät zur Party, wir sind voll wie die Haubitzen«, was nicht stimmte, und Mr Hunter sagte: »Ja, ein Paar richtige Sumpfhühner«, und alle drei lachten. Reggie ging hinaus, hob das Baby vom Rasen auf und brachte es mit einer Flasche ins Bett – Dr. Hunter bewahrte einen Vorrat abgepumpter Milch im Gefrierschrank auf. Reggie hatte einmal beobachtet, wie Mr Hunter seine Flasche Stoli aus dem Gefrierschrank nahm und angesichts der kleinen Behälter mit gefrorener Muttermilch die Stirn runzelte. »Der Unterschied zwischen Männern und Frauen«, sagte er und lachte, als er bemerkte, dass Reggie ihn beobachtete. »Am Inhalt des Gefrierschranks sollst du sie erkennen.«

»Du bist Reggie, stimmt's?«, sagte Sheila. Sie deutete auf ihre eigene Brust und sagte: »Ich bin Sheila, Jos Freundin. Sheila Hayes.«

»Ja, ich weiß, ich erinnere mich. Hallo.«

»Wie geht es dir? Suchst du Jo? Ich glaube nicht, dass sie heute da ist, ich habe sie jedenfalls nicht gesehen.«

»Sie ist zu einer kranken Tante nach Yorkshire gefahren.«

»Wirklich? Davon hat sie nichts gesagt. Das würde es erklären. Wir wollten gestern Abend zu Jenners gehen, zum Weihnachtsabend, aber sie ist nicht gekommen. Das sieht ihr gar nicht ähnlich.«

»Und als Sie versucht haben, sie anzurufen – keine Antwort?«, riet Reggie.

»Ja, komisch, nicht wahr. Das Handy ist ihre –«

»Rettungsleine?«

»Trotzdem«, sagte Sheila, »ein Krankheitsfall in der Familie ist eine Erklärung. Eine Tante?«

»Ja.«

»Sie hat nie eine Tante erwähnt. Bei dir alles in Ordnung, Reggie?«

»Total. Danke.«

Lucy Locket verlor ihren Beutel, Kitty Fisher fand ihn. Aus der Tasche ihrer neuen Jacke nahm Reggie das Stück grüner Decke, das Sadie in Dr. Hunters Garten gefunden hatte. In einem Beutel bewahrten Prostituierte ihr Geld auf, sagte Dr. Hunter. »Kinderreime haben immer eine versteckte Bedeutung.« Das galt Reggies Ansicht nach für viele Dinge. Als Sadie ihr das schmutzige Stück Decke zu Füßen gelegt hatte, war sie entsetzt gewesen. Es gehörte zum Baby. Das Baby gehörte zu Dr. Hunter. Der Hund gehörte zu Dr. Hunter. Reggie gehörte zu Dr. Hunter. Nichts stimmte. Die ganze Welt stimmte nicht. Schwere Zeiten.

Pilgerreise

Er träumte. Er ging auf einer verlassenen Landstraße, folgte einer Frau. Es war die schlendernde Frau aus den Dales. Sie schlenderte noch immer. Er rief »He!«, und sie drehte sich um und sah ihn an. Sie hatte kein Gesicht, nur ein leeres Oval wie ein Teller. Er erschrak. Und erwachte.

»Eine Tasse Tee?«, sagte eine Schwester zu ihm. Eine Krankenschwester (mit einem Gesicht) stellte eine Tasse mit Untertasse auf ein Tablett vor ihn. Und er erinnerte sich an alles. Nicht an das Zugunglück, nicht dass er im Zug gewesen war, das Letzte, woran er sich erinnerte, war, dass er die verlorene Autobahn fand, auf der Auffahrt zur A1 darauf wartete, dass er sich in den Verkehr einfädeln konnte.

Aber er wusste, wer er war, seinen Namen, seine Geschichte, alles.

»Ich heiße Jackson Brodie«, sagte er zur Schwester. »Ich erinnere mich jetzt.«

»Jackson Brodie? Sind Sie sicher?«

»Ja.«

»Wo bin ich?«, fragte Jackson die Schwester.

»Im Royal Infirmary in Edinburgh«, sagte sie.

»Edinburgh? Edinburgh, Schottland?« Er klang wie ein amerikanischer Tourist.

»Ja, Edinburgh, Schottland«, bestätigte sie.

Was um alles in der Welt tat er in Edinburgh? Es war der Schauplatz einiger seiner größten Niederlagen im Leben und in der Liebe. Warum war er in Edinburgh? »Ich war unterwegs nach London«, sagte er.

»Dann sind Sie in die falsche Richtung gefahren.« Sie lachte. »Pech gehabt.«

Er mochte nicht wissen, woher er gekommen war, aber er wusste, wohin er wollte. Nach Hause.

Edinburgh. Louise war in Edinburgh. Plötzlich überkam ihn Panik. Niemand hatte nach ihm gesucht. Hieß das, dass er nicht allein im Zug gewesen war, dass Tessa womöglich in Northallerton zugestiegen war und er sich nicht daran erinnerte? Und jetzt lag sie irgendwo im Krankenhaus? Oder Schlimmeres?

Jackson setzte sich auf und griff nach dem Arm der Schwester.

»Meine Frau«, sagte er. »Wo ist meine Frau?«

»Eine alte Tante«

Louise hatte keinen Frühstückswhisky mit Neil Hunter getrunken, obwohl sie im Gegensatz zu den meisten den medizinischen Geschmack des Laphroaig zu schätzen wusste. Wenn sie musste (manchmal musste sie), konnte sie die meisten Männer unter den Tisch trinken, aber sie hielt sich an die Regeln. Wenn sie trank, fuhr sie nicht Auto, und sie trank nie im Dienst – sie hätte sich in Grund und Boden geschämt, wenn die Kollegen den Whisky in ihrem Atem gerochen hätten. Nur Alkoholiker rochen morgens um neun nach Alkohol. (Ihre Mutter. Immer.) Stattdessen kaufte sie an der Straße einen doppelten Espresso und fuhr ins Büro, setzte sich und ging zum hundertsten Mal durch, wo David Needler angeblich gesehen worden war.

Der Fall war nicht länger heiß, Louise spürte, wie er jeden Tag kälter wurde, wie er ihr entglitt. Eine Weile war er groß in den Medien gewesen, und jetzt war es fast so, als wäre nie etwas passiert, und allmählich meinte sie, dass er für alle Beteiligten zu einer nie enden wollenden Hölle wurde, zu einem Fall, über dem die Kriminalpolizei jahrzehntelang brütete. Louise nahm diesen höchst negativen Gedanken und hielt ihn unter Wasser, bis er schlaff wurde, dann zwang sie ihre verrostete Truhe am Grund des Meeres, sich zu öffnen, und warf ihn hinein.

David Needler war überhaupt nicht gesehen worden, bis über den Fall in *Crimewatch* berichtet wurde, und danach waren sie überschwemmt worden von Anrufern, die behaupteten, ihn überall gesehen zu haben, von Bangor bis Bognor, aber nichts hatte sich ergeben. Der Mann war vom Radarschirm verschwunden. Er hatte weder eine Kreditkarte noch seinen Pass benutzt. Sein Wagen wurde in der Nähe von Flamborough Head gefunden, aber Louise glaubte, dass das das Werk von jemandem war, der sich für schlauer als die Polizei hielt. Sie war überrascht, dass er nicht das Wort »Spur« in großen schwarzen Buchstaben auf die Seite des Wagens gemalt hatte. Sie glaubte nicht, dass er sich umgebracht hatte, er war nicht der Typ dafür, er hielt sich für viel zu wichtig.

»Hitler hat sich umgebracht«, sagte Karen Warner. »Er hat sich auch wichtig genommen.« Sie stand vor Louises Schreibtisch und aß ein Krabbensandwich von Marks and Spencer, bei dessen Anblick Louise schlecht wurde.

»Napoleon hat sich nicht umgebracht«, sagte Louise. »Ebenso wenig Stalin, Pol Pot, Idi Amin, Dschingis Khan, Alexander, Cäsar. Seien wir ehrlich, Hitler war die Ausnahme von der Regel.«

»Oje, hast du eine Laune«, sagte Karen.

»Nein, habe ich nicht.«

»Doch.« Karens Bauch war riesig. Louise konnte sich nicht erinnern, dass sie bei Archie so dick gewesen war, er war winzig gewesen, fast wie ein Frühchen. Louise gab sich die Schuld, sie hatte während der ersten drei Monate geraucht, weil sie nicht gewusst hatte, dass sie schwanger war. Louise war überzeugt, dass tief in ihrem Inneren, im schlammigen Labyrinth ihres Herzens, eine unglaublich gut erzogene Person lauerte und sich fragte, wann sie endlich herausgelassen würde. Patrick fragte sich das wahrscheinlich auch. Der geduldige Patrick, der darauf wartete, dass sie zu einem guten Menschen wurde. Da kannst du lange warten, Baby.

Karen hatte recht, sie war heute besonders unleidlich, der viele Kaffee hatte es eine Weile gemildert, aber jetzt spürte sie die Kopfschmerzen einsetzen wie einen Seenebel, der den Forth hinaufzieht.

»Ich wollte dir nur von der Frau berichten, die behauptet hat, sie hätte David Needler auf der Hafenmauer in Arbroath sitzen und Fish and Chips essen sehen«, sagte Karen.

»Und?«

»Die Polizei von Tayside bezweifelt es«, sagte sie mit vollem Mund. »Niemand sonst kann sich an ihn erinnern, und als sie das Foto gesehen hat, war sie sich nicht mehr sicher.«

»Er ist untergetaucht«, sagte Louise. »Er ist nicht der Typ, der öffentlich herumhängt und in Arbroath Pommes isst.« David Needler war von der cleveren, schlauen Sorte, und er war Engländer, er war wahrscheinlich schon jenseits der Grenze. Er hatte im Süden noch viele Kumpel, die ihm vielleicht geholfen hatten, natürlich leugneten sie es stur, aber ein paar von ihnen hatten Geld, es war also nicht ausgeschlossen, dass er sich ins Ausland abgesetzt hatte. Doch Louise glaubte, dass er noch irgendwo im Land war, der ganz normale Mann, der Nachbar von nebenan. Vielleicht machte er schon wieder einer Frau den Hof.

Sie nahm das Foto aus der Akte und studierte sein ausdrucksloses Gesicht, das sie anstarrte. Alison Needler hatte kein neues Foto von ihm allein gefunden (Fotos waren Erinnerungen, vielleicht wollte sich niemand an ihn erinnern), deswegen hatten sie dieses ausgeschnitten und vergrößert. Auf dem ursprünglichen

Foto war die ganze Familie zu sehen, aufgenommen in Disneyland Paris – drei Kinder und eine Ehefrau um ihn geschart, lächelnd, als nähmen sie an einem Glückswettbewerb teil. (»Es war ein schrecklicher Tag«, sagte Alison bitter. »Er war mies drauf.«) Louise dachte an Joanna Hunters dreißig Jahre altes Schwarz-Weiß-Foto, Menschen festgehalten in einem Augenblick, der nie wiederkam.

Marcus betrat ihr Büro, wedelte mit einem Blatt Papier herum wie mit einer Fahne. Sein Blick fiel auf das Foto, und er sagte: »Neuigkeiten von Lord Lucan?«

Alle erinnerten sich an Lord Lucan, aber kaum einer an Sandra Rivett, das Kindermädchen, das er erschlagen hatte. Die falsche Person zur falschen Zeit am falschen Ort. Wie Gabrielle Mason und ihre Kinder, vom kollektiven Gedächtnis nahezu vergessen. Wer konnte die Namen der Opfer des Yorkshire Rippers aufzählen? Oder die von Wests Opfern? Die vergessenen Toten. Opfer verblassten, Mörder lebten in der Erinnerung weiter, nur die Polizei verhinderte das Erlöschen des ewigen Feuers, gab es Jahr für Jahr weiter.

»Wie hieß das Kindermädchen, das er umgebracht hat?«, fragte Louise Marcus. Hier beginnen die Fragen.

»Weiß ich nicht«, sagte Marcus.

»Sandra Rivett«, sagte Karen.

»Sie hat ein Elefantengedächtnis«, sagte Louise zu Marcus.

»Und brütet einen Elefanten aus«, sagte Karen. »Ich kann es gar nicht erwarten, bis der kleine Arsch draußen ist.«

»Zügle deine Zunge, wenn du ein Kind hast«, sagte Louise.

»Hast du das getan?«

»Nein.«

»Du sollst angeblich ein Vorbild für mich sein.«

»Ja? Dann hast du Probleme.«

»Boss?«, sagte Marcus und reichte ihr das Blatt Papier. »Unser Mr Hunter hatte in letzter Zeit etwas Pech. Zwei Wochen vor dem Brand in der Bread Street wurde der Geschäftsführer angegriffen, als er das Geld abholte, und ein Fenster in einer anderen Spielhalle wurde letzte Samstagnacht eingeworfen. Und einer seiner Fahrer wurde vor dem Foot of the Walk aus seinem Taxi gezerrt und verprügelt, bei einem anderen Wagen wurden die Fenster eingeschlagen, als er einen Fahrgast in Livingston aufnehmen wollte –«

»Livingston?«, sagte Louise scharf.

»Ist in Ordnung, Boss – hat nichts zu tun mit unserer Frau.«

Louise wusste nicht, wann oder warum Marcus begonnen hatte, Alison Needler »unsere Frau« zu nennen, aber es brachte Louise jedes Mal aus der Fassung. Unsere Frau von Livingston. Unsere Frau von den Schmerzen.

Louise konnte Karens Bauch deutlich durch den dünnen Stoff der Schwangerschaftsbluse aus Jersey sehen. Der Nabel stand heraus wie ein Klingelknopf, der darum bat, darauf zu drücken. Als sich das Baby bewegte, pulsierte der Bauch wie etwas aus *Alien*. Louise erinnerte sich an das merkwürdige, flatterige Gefühl eines sich bewegenden Babys im Bauch, unabhängig und abhängig zugleich, die ewige mütterliche Dialektik. Ein Fuß, ein kleiner Fuß, ein winziges, winziges Füßchen trat gegen das dünne Trommelfell aus Fleisch und Stoff. Louises Übelkeit wurde dadurch nicht besser.

»Und?«, sagte sie. »Hat der Mann ein schlechtes Karma, oder versucht jemand, ihm eine Botschaft zu übermitteln? Er gehört übrigens ganz Ihnen, er sagt nichts, sieht aber aus, als hätte er große Sorgen.«

DI Sandy Mathieson, ein Mann, der Louises Ansicht nach über seine Fähigkeiten hinaus aufgestiegen war, steckte den Kopf zur Tür herein. Wenn es einen Sammelbegriff für Polizisten wie Sandy gab, dann war es »Trottel«.

»MAPPA hat angerufen, wegen Decker.«

»Was ist mit ihm?«

»Er ist verschwunden.«

Eine schwarze Krähe flog über die Sonne, ein schwarzer Fleck, ein schlechtes Gefühl in Louises Bauch. Ein reales, körperliches Gefühl, verursacht wahrscheinlich von einem Glas Mayonnaise, das Karen Warner gerade hervorgeholt hatte und jetzt mit einem Teelöffel bearbeitete. Die Frau hielt es keine fünf Minuten aus, ohne etwas zu essen. Etwas Ekelhaftes für gewöhnlich.

»Ein Streifenwagen in Doncaster hat heute Morgen routinemäßig überprüft, ob er da ist, wo er sein soll.«

»Und er war es nicht?«

»Die Mutter hat gesagt, dass er am Mittwochabend ausgegangen und nicht mehr zurückgekommen ist.«

»Er wusste, dass die Presse Wind gekriegt hat«, sagte Louise. »Wahrscheinlich wollte er sich nur ein bisschen entziehen.« Wieder dieses Wort. Was hatte Joanna Hunter gesagt: *Ich könnte wegfahren, mich für eine Weile entziehen*? Liefen sie beide vor der gleichen Sache davon? Zwei Menschen, die nie voneinander loskommen würden. Joanna Hunter und Andrew Decker würden für immer zusammengehören, ihre Geschichten miteinander verwoben und verquickt.

»Zumindest hat das Zugunglück für ein, zwei Tage verhindert, dass es in die Presse kommt«, sagte Sandy.

»Jede Katastrophe hat auch was Gutes, was, Sandy?«, sagte Karen. »Es wird nicht lange dauern, und die Pressehunde nehmen die Fährte wieder auf. Ein Zugunglück macht wie lange Schlagzeilen – drei Tage? Außerdem ist er in England, oder? Er ist nicht unser Problem. MAPPA hat ein Foto gemailt«, fügte sie hinzu und legte es vor Louise auf den Schreibtisch.

Decker sah vollkommen anders aus als der junge Mann, der einen dreißig Jahre zuvor aus den Zeitungen angestarrt hatte (Louise hatte sein Gespenst gegoogelt). Er war natürlich ein anderer Mensch. Zwischen den zwei Bildern lag ein ganzes verschwendetes Leben.

Auf dem Rückweg von einer Arbeits- und Koordinierungsbesprechung in St. Leonard's hatte Louise Heißhunger und fuhr auf den Parkplatz von Cameron Toll und kaufte einen riesigen Schokoladenriegel bei Sainsbury's. Sie aß nie Schokolade, aber sie aß den ganzen Riegel, kaum saß sie wieder im Wagen, und kaum war sie im Revier, erbrach sie den ganzen Riegel in die Toilette. Geschah ihr recht dafür, dass sie versucht hatte, sich in ein diabetisches Koma zu versetzen.

Als sie aus der Toilette kam, klingelte ihr Handy. »Reggie Chase«, sagte eine Stimme. Der Name kam ihr bekannt vor, aber Louise wusste nicht mehr, wer es war. Das Mädchen sprach so rasend schnell, dass Louise ihr nicht folgen konnte. Das Wesentliche war, dass »irgendetwas mit Dr. Hunter passiert war«.

»*Joanna* Hunter?«, sagte Louise. Meine Frau, dachte sie, noch eine. Louises Frauen. Reggie Chase, das kleine Mädchen, das ihr am Dienstag Joanna Hunters Tür geöffnet hatte. »Wie meinst du das, dass ihr was passiert ist?«

Ein kleines Mädchen und ein großer Hund. Dr. Hunters Hund. Er wedelte mit dem Schwanz, als er sie sah, und Louise fühlte sich absurderweise geschmeichelt. Vielleicht könnte ein Hund den Raum zwischen ihr und Patrick füllen, den er mit einem Baby besetzen wollte. Gab es einen Raum zwischen ihnen? War das gut? Oder schlecht?

Sie traf sich mit dem Mädchen in der Stadt. Sie ließen den Hund auf dem Rücksitz von Louises Wagen, während sie bei Starbucks in der George Street Kaffee tranken. Louise hasste Starbucks. Yankee Dollars. »Jemand muss für die bösen Kapitalisten Geld machen«, sagte sie zu dem Mädchen und kaufte ihr eine Latte und ein Schokomuffin. »An manchen Tagen sind das du und ich. Heute ist so ein Tag.«

Das Mädchen sagte: »Ach, wir tun vieles, was wir nicht tun sollten.«

Das Mädchen hatte eine hässliche Beule auf der Stirn, für die sie eine Ausrede fand, aber Louise glaubte, dass sie von jemandem geschlagen worden war. Reggie Chase. Joanna Hunters Kindermädchen, wie Sandra Rivett – nein, nicht Kindermädchen, »Haushaltshilfe«. Mother's little helpers. Louise hatte nach Archies Geburt Valium genommen. »Um den Schock ein bisschen abzumildern«, sagte ihr Arzt. Der Kerl war ein Dealer gewesen, verteilte Beruhigungsmittel, als wären es Bonbons. Louise konnte sich nicht vorstellen, dass Joanna Hunter so etwas tat. Louise stillte nicht, als sie die Drogen nahm, ihr war die Milch nie richtig eingeschossen, und nach einer Woche hatte sie keine mehr. (»Stress«, sagte der Arzt gleichgültig.) Archie schien eine Flasche emotional tröstlicher zu finden als die Brust seiner Mutter.

Nach einer Woche hörte sie mit dem Valium auf, sie wurde davon geistig so träge, dass sie Angst hatte, das Baby fallen zu lassen oder es zu verlieren oder zu vergessen, dass sie überhaupt eins hatte.

War Reggie, die selbst fast noch ein Kind war, alt genug, um sich um das Kind einer anderen Frau zu kümmern? Sie war genauso alt wie Archie. Bei dem Gedanken, Archie ein kleines Baby anzuvertrauen, schauderte sie.

»Schaun Sie, schaun Sie, was Sadie in Dr. Hunters Garten gefunden hat«, sagte das Mädchen und drückte ihr ein dreckiges Stück grüner Baumwolle in die Hand.

»Sadie?«

»Dr. Hunters Hund.«

»Was *ist* das?«, fragte Louise unsicher und hielt den Fetzen zwischen Daumen und Zeigefinger.

»Das ist die Decke des Babys, sein Maskottchen«, sagte Reggie. »Es nimmt es überall hin mit. Dr. Hunter hätte es nie dagelassen. Ich habe es im Garten gefunden. *Warum* lag es im Garten? Es war schon dunkel, als ich gegangen bin, und er hat es in der Hand gehalten, und schauen Sie sich das an, das ist *Blut.*«

»Nicht unbedingt.«

Archie hatte etwas Ähnliches gehabt, ein Stück eidottergelben Plüsch, das eine Enten-Handpuppe gewesen war, bevor sich die Nähte auflösten und die Ente enthauptet wurde. Er konnte abends ohne es nicht schlafen, hielt es fest umschlossen in der Hand, als hinge sein Leben davon ab. Nur im Schlaf entspannten sich seine Finger. Er schlief so tief. Louise schlich sich mitten in der Nacht in sein Zimmer, um seine Zehennägel zu schneiden, Splitter zu entfernen, Schnittwunden und Kratzer zu desinfizieren, all die kleinen Kinderwartungsarbeiten, bei denen er untertags das Haus zusammengeschrien hätte. Er hätte sich eher von Louise getrennt als von dem kleinen Stück gelben Stoffs.

Sie gab es dem Mädchen zurück und sagte: »Sachen gehen verloren.« Unfälle passieren. Milch wird verschüttet. Plattitüden regnen vom Himmel.

»Mr Hunter hat gesagt, dass Dr. Hunter gefahren ist«, sagte Reggie, »aber ihr Wagen steht in der Garage. Als sie gestern nach Hause gekommen ist, war alles in Ordnung damit. Sie ist weg, aber sie hat mir nicht gesagt, dass sie weg wollte, was ihr *überhaupt* nicht ähnlich sieht, und Mr Hunter sagt, dass sie eine kranke Tante besucht, aber sie hat die *Existenz* einer Tante nie erwähnt, ich habe mit ihrer Freundin Sheila gesprochen, und gestern hätte sie zum Weihnachtsabend von Jenners gehen sollen, aber sie hat ihr nicht gesagt, dass sie nicht kommt – was ganz untypisch für Dr. Hunter ist, glauben Sie mir –, und ihr Handy liegt irgendwo im Haus, ich habe es klingeln gehört, ich habe es eindeutig klingeln gehört, der Krebskanon von Bach – sie würde ihr Handy nie vergessen, es ist ihre *Rettungsleine* –, sie ist überhaupt nicht vergesslich, Dr. Hunter vergisst nie etwas, und ihr Kostüm fehlt, sie würde nie in ihrem Kostüm die ganze Strecke fahren und –«

»Hol mal Luft«, riet ihr Louise.

»Sie ist verschwunden«, sagte das Mädchen. »Ich glaube, jemand hat sie *mitgenommen.*«

»Niemand hat sie mitgenommen.«

»Oder Mr Hunter hat ihr etwas angetan.«

»Etwas angetan?«

Das Mädchen senkte die Stimme zu einem Flüstern. *»Ermordet.«*

Louise seufzte lautlos. Das Mädchen war eine von denen. Sie hatte eine überbordende Phantasie, konnte sich in eine Idee verrennen und von ihr davontragen lassen. Sie war eine Romantikerin, wahrscheinlich eine Phantastin. Catherine Morland in *North-*

anger Abbey. Reggie Chase war ein Mädchen, das überall etwas Interessantes sah. Sie übte, eine Heldin zu sein, damit hatte Catherine Morland die ersten sechzehn Jahre ihres Lebens verbracht, und sie wäre nicht überrascht, wenn Reggie das Gleiche tat.

»Zufälligerweise war ich heute Morgen bei Mr Hunter«, sagte Louise. »Wegen etwas ganz anderem.«

»Das ist ein komischer Zufall.«

»Und mehr ist es nicht«, sagte Louise scharf. »Ein Zufall. Mr Hunter hat mir erzählt, dass seine Frau zu einer Tante gefahren ist, der es nicht gutgeht.«

»Ja, ich weiß, das habe ich doch *gesagt*, *mir* hat er das gleiche erzählt, aber ich glaube es nicht.«

»Die Tante ist keine Glaubensfrage, sie ist nicht der Weihnachtsmann, sie ist eine *Verwandte.* Sie ist nicht Teil einer großen Verschwörung, um Dr. Hunter zu verstecken.«

»Niemand hat Dr. Hunter gesehen. Niemand hat mit ihr gesprochen.«

»Mr Hunter schon.«

»Das *behauptet* er.«

Louise seufzte laut. »Reggie – wie wär's, wenn ich dich nach Hause fahre?«

»Sie sollten sich die Telefonnummer von Dr. Hunters Tante geben lassen und sich vergewissern, dass es ihr gutgeht. Vielleicht könnten Sie jemand zu dem Haus der Tante in Yorkshire schicken, jemand von dort. Hawes, H-a-w-e-s. Mr Hunter will mir die Adresse oder die Telefonnummer nicht geben, aber Ihnen muss er sie geben.«

»Genug.« Louise hob die Hand wie eine Verkehrspolizistin. »Schluss jetzt. Dr. Hunter ist nichts zugestoßen. Komm, mein Wagen steht dort drüben.«

»Finden Sie heraus, ob die Tante existiert. Suchen Sie Dr. Hunters Handy, es ist im Haus, dann können Sie sehen, ob die Tante *wirklich* angerufen hat.«

»Zum Wagen. Jetzt. Nach Hause.«

Sie behauptete, einem Mann bei dem Zugunglück das Leben gerettet zu haben. Offenbar noch so eine Phantasiegeschichte. Louise hätte jemanden in Uniform zu ihr schicken sollen. Hätte es sich um jemand anders gehandelt, hätte sie es getan, aber sie beanspruchte Joanna Hunter für sich und konnte sie nicht mehr loslassen. Ihre Frau.

Ich könnte wegfahren, mich für eine Weile entziehen. Die Finanzen ihres Mannes befanden sich in Kernschmelze, er bewegte sich auf der dunklen Seite, hatte Umgang mit ein paar fragwürdigen Gestalten, die Ehe war wahrscheinlich am Zerbrechen, und Andrew Decker trieb sich irgendwo herum. Wer würde nicht untertauchen? War die Ehe am Zerbrechen, oder projizierte sie ihre eigenen Gefühle auf Joanna Hunter?

Joanna Hunter hatte Reggie nicht erzählt, was ihrer Familie passiert war. Sie hatte es, soweit Louise wusste, niemandem erzählt außer ihrem Mann, und Louise würde dieses Vertrauen nicht brechen. Es war Joanna Hunters Entscheidung, ihre Geheimnisse für sich zu behalten, und nicht Louises, sie weiterzuerzählen. »Ich möchte nicht, dass Reggie es weiß«, sagte Joanna Hunter. »Es würde sie beunruhigen. Die Menschen sehen einen anders, wenn sie wissen, dass einem etwas Schreckliches zugestoßen ist. Sie finden es dann am interessantesten an einem.«

Aber es war am interessantesten. Menschen, die Katastrophen überlebt hatten, waren immer interessant. Sie waren Zeugen des Undenkbaren. Wie Alison Needler und ihre Kinder.

»Eine Last, die man für den Rest seines Lebens tragen muss«, sagte Joanna Hunter. »Es wird nicht besser, es hört nicht auf, es begleitet einen bis zum Ende.« Louise dachte an Jackson, dessen Schwester vor langer Zeit ermordet worden war, und jetzt war er der Einzige, der sie gekannt hatte. Bei Samantha war es anders. Wenn ihr Mann und ihr Sohn sich nicht mehr an sie erinnerten, dann erinnerten sich noch ihre Dinge. Sie lebte weiter, vergessen, aber nicht verschwunden, der Geist von Patricks Frau für immer einbalsamiert in ihren Servietten und Vasen und dem guten silbernen Fischbesteck. Samantha war die wahre Ehefrau, Louise war die bleiche Schwindlerin.

Natürlich musste sie nicht die ganze Strecke bis nach Musselburgh fahren und im Berufsverkehr zurückkriechen.

»Es liegt nicht auf Ihrem Weg«, sagte Reggie.

Das stimmte, aber es machte ihr nichts aus. Nicht aus wahrer Rücksichtnahme auf das Mädchen, sondern weil es die Zeit streckte, die unvermeidliche Rückkehr nach Hause hinausschob. Sie war den ganzen Tag unterwegs gewesen, ihre ganz persönliche Hedschra, und die Vorstellung, anzuhalten, war beunruhigend. Unfähig, an einem Ort zu bleiben, war sie den halben Tag mit dem Wagen herumgefahren, die andere Hälfte hatte sie damit verbracht, sich Orte auszudenken, zu denen sie fahren könnte. (*Tut mir leid, es wird spät, es ist etwas dazwischengekommen.* Wer hatte darauf bestanden, Bridget und Tim für fünf volle Tage einzuladen? Louise.)

»Wie ist Dr. Hunter?«, fragte sie Reggie Chase auf der Fahrt nach Musselburgh, und das Mädchen sagte: »Also, …« Wie es schien, mochte Joanna Hunter Chopin und Beth Nielsen Chapman und Emily Dickinson und Henry James und legte eine bemerkenswerte Toleranz für die Tweenies an den Tag. Sie konnte Klavier spielen – »wirklich gut«, laut Reggie – und war mit William Morris einer Meinung, dass man nichts im Haus haben sollte, was man nicht für nützlich oder für schön hielt. Sie liebte Kaffee am Morgen und Tee am Nachmittag und aß erstaunlicherweise gern Süßes und behauptete, es sei eine medizinische Tatsache, dass man einen separaten »Nachtischmagen« habe, weswegen man auch nach einem großen Essen immer noch »Platz für ein Dessert« fand. Sie glaubte nicht an Gott, ihr Lieblingsbuch war *Betty und ihre Schwestern*, weil es davon handelte, wie »Mädchen und Frauen ihre Stärken entdeckten«, und ihr Lieblingsfilm war *La Règle du jeu*, den sie Reggie einmal geliehen hatte und den Reggie mochte, wenn auch nicht so wie *The Railway Children*, der *ihr* Lieblingsfilm war. Wenn Dr. Hunter drei Dinge aus einem brennenden Haus retten müsste, wären es das Baby und der Hund, aber Reggie war nicht sicher, was das dritte wäre – Louise schlug Mr Hunter vor, aber Reggie meinte, der könne sich wahrscheinlich selbst retten. Wenn Reggie in dem Haus wäre, würde Dr. Hunter *sie* retten, sagte Reggie.

Und sie liebte das Baby. Gabriel – natürlich, Gabriel, Gabrielle. Das Baby war nach Joanna Hunters toter Mutter benannt. Louise hatte die Verbindung nicht hergestellt, wahrscheinlich weil weder Joanna Hunter noch Reggie Chase ihn beim Namen nannten. Er war für beide »das Baby«. Das einzige Baby, das Licht der Welt.

»Chase und Hunter« – was war das gleich noch mal? Es klang wie eine schlechte Krimikomödie aus den Siebzigerjahren. Oder »Hunter und Chase«, Immobilienmakler für gehobene Landhäuser. Reggie. Regina. Es gab nicht viele Mädchen, die Regina hießen.

»Ich habe das in der Tasche des Mannes gefunden«, sagte das Mädchen und reichte ihr schüchtern eine schmutzige Postkarte.

»Welcher Mann?«, fragte Louise und nahm die Postkarte widerwillig zwischen Daumen und Zeigefinger. Wie die Babydecke war die Postkarte ein biologisches Risiko aus Dreck und Blut und sah aus, als wäre eine Herde Pferde darüber getrampelt.

»Der Mann, dem ich das *Leben* gerettet habe.«

Ah, der Mann, dachte Louise. Der imaginäre Mann. Auf der Postkarte war das Bild irgendeiner europäischen Stadt. Louise versuchte sie unter dem Schmutz zu erkennen.

»Brügge«, sagte das Mädchen. »In Belgien. Sein Name und seine Adresse stehen auf der anderen Seite. Ich habe ihn nicht erfunden.«

»Das habe ich auch nicht gesagt.« Sie drehte die Postkarte um und las die Nachricht. Las Namen und Adresse.

»Jackson Brodie«, sagte das Mädchen hoffnungsvoll. »Ich weiß nicht, ob er tot ist oder noch lebt. Vielleicht könnten Sie ein bisschen nach ihm suchen?«

Louise gab ihr die Postkarte zurück und sagte: »Ich habe im Moment viel zu tun.«

Sie nahm nicht die Abfahrt von der A1. Statt nach Hause zu fahren, bog sie in Newcraighall ab und fuhr zum Krankenhaus, so gehorsam wie der Hund, den der Schäfer zu sich ruft.

Nada y pues nada

Auf keinen Fall würde sie nach Gorgie zurückkehren, deswegen war es nur gut, dass sie die Schlüssel zu Ms MacDonalds Haus hatte. Ein weiterer Pluspunkt war, dass Musselburgh derzeit im Mittelpunkt der landesweiten Medienaufmerksamkeit stand. Reggie konnte sich nicht vorstellen, dass die Möchtegernterminatoren in Ms MacDonalds langweiliger Straße nach einem »Typ namens Reggie« suchen würden, insbesondere da sie vor Polizisten nur so wimmelte. Je mehr Zeit seit heute Morgen vergangen war, desto unwahrscheinlicher schien es, dass die Idioten, von Reggie umbenannt in »Rotkopf« und »Blondie«, tatsächlich nach ihr suchten. Sie suchten Billy. Sie hätte ihnen einfach seine Adresse in The Inch geben sollen, offensichtlich hatte er den beiden *ihre* Adresse gegeben. Sie sollte ihm den Gefallen erwidern.

»Hier wohnst du?«, sagte Inspector Monroe und spähte durch die Windschutzscheibe auf Ms MacDonalds Haus.

»Ja«, sagte Reggie. »Meine Mutter ist im Augenblick nicht da.« Einmal gelogen, einmal die Wahrheit gesagt. Das hob sich gegenseitig auf und ließ die Welt unverändert. Es schien so viel einfacher, nicht in irgendwelche Einzelheiten zu gehen.

Inspector Monroe hatte ihr zumindest zugehört, auch wenn

sie ihr eindeutig nicht glaubte, aber wenn Reggie noch hinzugefügt hätte: »Und in einem damit überhaupt nicht in Zusammenhang stehenden Vorfall haben heute Morgen zwei Männer meine Wohnung verwüstet und gedroht, mich umzubringen, und ach ja, sie haben mir eine Ausgabe der *Ilias* gegeben«, wäre Inspector Monroe auf der Stelle aus dem Starbucks gerannt. Sie sah nicht wirklich aus wie eine Polizistin, unter ihrem Wintermantel trug sie Jeans und einen weichen Pullover, die gleiche Freizeitkleidung wie Dr. Hunter.

Ihr Haar war zu einem Pferdeschwanz gebunden, für den es eigentlich noch zu kurz war, und sie schob immer wieder eine widerspenstige Strähne hinters Ohr. »Ich lasse es wachsen«, sagte sie. »Ich hab's ganz kurz schneiden lassen, aber das hat mir nicht gestanden.« Mum sagte immer, dass sich Frauen am Ende einer gescheiterten Beziehung die Haare drastisch schneiden ließen. Mums Freundinnen tauchten immer mit kurz geschorenen Köpfen auf, aber Reggies Mutter wusste, dass ihr Haar ein geschätzter Aktivposten war. Doch sie war so verknallt in Gary, dass sie sich die Haare hätte schneiden lassen, hätte er sie darum gebeten. Sie hätte so gut wie alles getan, um Gary zu halten, auch wenn er vor allem deswegen so attraktiv war, weil er nicht der Mann-der-vor-ihm-kam war. Man stelle sich vor, er hätte gesagt: »Ich würde dich gern mit kurzen Haaren sehen, Jackie.« Es war schwer, Gary Worte in den Mund zu legen, er war so maulfaul. (»Du kannst dich gut ausdrücken, Reggie«, hatte Dr. Hunter einmal zu ihr gesagt, und sie hatte es als großes Kompliment aufgefasst. »Oh, sie ist ein Plappermaul, unsere Reggie«, sagte Mum.) Und dann wäre Mum zu ihrem Friseur gegangen (Philip – »schwul, aber verheiratet«, laut Mum) und hätte gesagt, »Schneid es ab, Philip, Zeit für eine Veränderung«, und Philip hätte ihr einen hübschen kurzen Bubikopf geschnitten, bis unterhalb der Ohren, oder noch sicherer, einen Bürstenschnitt wie Kylie nach dem Krebs, und – tadaa – Mum würde in diesem Augenblick Hackfleisch in einer Pfanne in der Küche in Gorgie rühren und sich auf *EastEnders* freuen.

Reggie fragte sich, ob Inspector Monroe jemals ein gebrochenes Herz gehabt hatte. Sie schien nicht der Typ dafür zu sein.

Sadie war ein kleines Problem gewesen, aber letztlich hatte Inspector Monroe sie (mit der schweren Topshop-Tüte) auf den Rücksitz ihres Wagens verfrachtet, von wo der Hund ihnen, als sie auf der George Street davongingen, nachgesehen hatte, als versuchte er, ihre Bilder auf seine Retina zu brennen. Inspector Monroe war auch nicht der Typ für Haustiere, aber dann sagte sie: »Ich hatte eine Katze«, als hätte sie ihr etwas bedeutet.

Reggie war dankbar für den Muffin, sie war am Verhungern – abgesehen von Mr Hussains Tic Tacs und dem Marsriegel (keine ausgewogene Ernährung) hatte sie den ganzen Tag nichts gegessen, den morgendlichen Toast hatte sie wieder ausgeworfen, bevor sie ihn verdaut hatte. Sie wollte sich auf den Muffin konzentrieren, deswegen sprach sie schnell – der Wagen, das Handy, das moosgrüne Stück Decke, die Schuhe, das Kostüm, Dr. Hunters ganzes unwahrscheinliches Nicht-Dasein, als wären Außerirdische herabgestiegen und hätten sie davongetragen. Die Entführung durch Außerirdische erwähnte sie Inspector Monroe gegenüber natürlich nicht.

Als sie mit ihrer Geschichte zu Ende war, gähnte Inspector Monroe und sagte: »Entschuldigung. Ich bin sehr müde, ich war die ganze Nacht auf.«

»Wegen des Zugunglücks?«

»Ja.«

»Ich auch.«

»Wirklich?« Inspector Monroe warf ihr einen zweifelnden Blick zu, als überlegte sie, ob sie sie nicht doch in die Psycho-mit-überbordender-Phantasie-Schublade stecken sollte.

»Ich habe einen Mann wiederbelebt«, sagte Reggie und verkroch sich tiefer in der Schublade. »Ich habe ihm das Leben gerettet.« Die Schublade knallte zu.

Es war das erste Mal, dass sie von dem Mann sprach. Sie hatte ihn den ganzen Tag wie ein Geheimnis mit sich herumgetragen, und es tat gut, ihn aus ihrem Kopf in die Welt zu entlassen, obwohl die Vorstellung, kaum war sie ausgesprochen, unwahrscheinlich schien. Die Ereignisse von gestern Abend wurden stündlich unwirklicher, dann dachte sie an Ms MacDonalds Leiche, die sie am Morgen identifiziert hatte, und die Ereignisse schienen weniger unwirklich.

»Ja?«, sagte Inspector Monroe. Reggie hätte genauso die Entführung-durch-Außerirdische-Karte spielen können, denn Inspector Monroe hätte beim besten Willen nicht skeptischer dreinblicken können.

»Woher hast du die Beule?«, fragte sie und betrachtete eingehend Reggies Stirn.

Reggie schob ihr Pony darüber und sagte: »Das ist nichts, ich habe nicht geschaut, wohin ich gehe.«

»Bestimmt?«

Sie schien besorgt. Reggie wusste, was sie dachte, häusliche Gewalt und so weiter. Sie dachte nicht: »Sie ist ausgerutscht und in die Dusche gefallen, als zwei Idioten sie bedrohten.«

»Ich schwör's.«

Sie hätte Inspector Monroe von Rotkopf und Blondie erzählen können, aber das wäre nicht hilfreich bei der Suche nach

Dr. Hunter (und Psycho-mit-überbordender-Phantasie et cetera). Und vielleicht war ihre Drohung ja ernst gemeint *(Erzähl der Polizei nichts von diesem kleinen Besuch oder, rate mal).* Was, wenn sie sie beobachteten? Was, wenn sie sie im Starbucks beim Kaffeetrinken ausgerechnet mit einer Detective Chief Inspector sahen? Sie würden nie glauben, dass es nicht um sie ging. Als Reggie vor Ms MacDonalds Haus sagte: »Hier ist es«, sagte Inspector Monroe: »Oh, ich verstehe, es ist gleich vor deiner Tür passiert«, als würde sie endlich glauben, dass Reggie sie wegen des Zugunglücks nicht angelogen hatte.

»Fast«, sagte Reggie.

»Okay«, sagte Inspector Monroe, »ich muss weiter, hab noch was zu erledigen.«

»Mach Sachen«, sagte Reggie.

Zum Abschied winkte sie Inspector Monroe zu, die die Stirn runzelte und nicht winkte, als sie davonfuhr.

Reggie schob das widerspenstige Fenster im Schlafzimmer so weit wie möglich nach oben, um frische Luft hereinzulassen. Am Gleis arbeiteten Männer im Scheinwerferlicht, begleitet vom unablässigen Rattern und Kreischen des schweren Geräts. Ein riesiger Kran hievte einen Waggon von den Schienen. Der Waggon baumelte in der Luft wie ein Spielzeug. Ein großer, knochenweißer Mond ging am Himmel auf und schien gleichgültig auf die unnatürliche Szenerie.

Es war zu laut, um auch bei geschlossenem Fenster im vernachlässigten Gästezimmer auf der Rückseite des Hauses zu schlafen, und in Ms MacDonalds Schlafzimmer vorn zu schlafen, in dem es nach schmutziger Wäsche und halb verbrauchten Medikamenten roch, kam nicht infrage.

Sie sah sich im Spiegel auf der Frisierkommode. Die Beule auf ihrer Stirn wurde schwarz.

Sadie hatte die letzte Stunde damit verbracht, im Haus dem Geistergeruch von Banjo nachzuspüren, aber jetzt saß sie unglücklich auf dem Boden im Wohnzimmer. Reggie vermutete, dass Haustiere glaubten, jemand sei vom Antlitz der Erde verschwunden, wenn er wegging. Hier im einen Augenblick, fort im nächsten. Dr. Hunter sagte, Sadie habe Glück, weil sie nicht wusste, dass sie eines Tages sterben würde, aber Reggie meinte, sie wollte es wissen, denn dann könnte sie es verhindern. Natürlich konnte niemand das Sterben verhindern, aber man konnte einen *vorzeitigen* Tod durch die Hand von *Idioten* verhindern. (»Nicht immer«, sagte Dr. Hunter.)

Reggie suchte in Ms MacDonalds spärlich bestückten Schränken und fand eine halbe Schachtel alter Ritz Cracker, stieß jedoch auf Gold, als sie eine Großmarktpackung Karamellwaffeln von Tunnock's entdeckte. Sie teilte sich die Ritz Cracker mit Sadie und aß eine Waffelschnitte.

Würde Chief Inspector Monroe wirklich nach Dr. Hunter suchen? Sie zweifelte irgendwie daran. Warum war sie am Dienstag zu Dr. Hunter gekommen? »Ach, alles und nichts«, sagte sie. »Wegen eines Patienten.« Sie war eine gute Lügnerin, aber das war Reggie auch. Erkenne dich selbst.

Alles und nichts. Dies und das. Hier und dort. Die Leute in Reggies Umgebung verhielten sich definitiv ausweichend.

Reggie beschloss, auf dem Sofa zu schlafen. Sadie sprang auf einen Sessel und drehte sich mehrmals im Kreis, bis sie zufrieden war, und ließ sich dann mit einem lauten Seufzer fallen, als schüttelte ihr Körper den Tag ab. Im Sofa befand sich eine kleine

Mulde, wo Banjo immer gelegen hatte, aber das war irgendwie tröstlich. Es war ein unglaublich schwieriger Tag gewesen. Schwere Zeiten, in der Tat.

Irgendwann in der Nacht verließ Sadie ihren Sessel und legte sich zu Reggie aufs Sofa. Reggie vermutete, dass auch sie Trost brauchte. Sie schlang den Arm um den Hund und horchte auf den lauten Herzschlag in Sadies Brust. Der Hund roch nach nichts anderem als Hund. Reggie hatte nie zuvor darüber nachgedacht, aber normalerweise roch Sadie nach Dr. Hunters Parfum. Dr. Hunter musste Sadie oft umarmen, damit sie ihren Geruch annahm. Wenn mit Dr. Hunter alles in Ordnung wäre, hätte sie angerufen, wenn nicht um mit Reggie zu sprechen, dann mit Sadie *(Hallo, Hündchen, wie geht's meinem großartigen Mädchen?).*

Wo war Dr. Hunter? *Elle revient.* Was, wenn nicht?

Warum war Dr. Hunter aus ihren Schuhen geschlüpft und aus ihrem Leben verschwunden? So viele Fragen und keine Antworten. Jemand musste Dr. Hunter suchen.

Ad lucem

Jackson spürte einen Stich von etwas, was Einsamkeit sehr ähnlich war. Er wollte, dass jemand, den er kannte, wusste, dass er hier war. Josie zum Beispiel. (Bei Sturm tut's jede Ehefrau.) Nein, nicht Josie. *(Was hast du jetzt wieder gemacht, Jackson?)* Julia vielleicht. Sie wäre mitfühlend *(oh, Schatz),* aber wahrscheinlich nicht auf eine Weise, dass er sich besser fühlte.

»Wie viel Uhr ist es?«

»Sechs«, sagte Schwester Unscharf. (»Ich heiße eigentlich Marian.«)

»Morgens?«

»Nein.«

»Abends?«

»Ja.«

Er fragte nur für den Fall, dass es noch eine Tageszeit gab, auf die sechs Uhr passte. Alles andere war von innen nach außen gekehrt, warum nicht auch die Zeit. »Kann ich das Telefon haben?«

»Nein. Sie werden sich ausruhen, und wenn es Sie umbringt«, sagte die Schwester. Sie war Irin. Das passte, sie klang wie seine Mutter. »Wenn Sie sich um Ihre Frau Sorgen machen, dann bin ich ganz sicher, dass wir sie morgen erreichen. Nach einem Unglück herrscht immer ein großes Chaos.«

»Ich weiß. Ich war Polizist«, sagte Jackson.

»Wirklich? Dann werden Sie jetzt tun, was ich Ihnen gesagt habe, und wieder schlafen.«

Er fragte sich, wann die Dankbarkeit einsetzen würde. Das »Ich bin fast gestorben, habe aber eine zweite Chance«-Ding. Sollte man das nicht nach einer Nahtoderfahrung empfinden? Ein plötzliches Wegfallen der Angst, die Entschlossenheit, von jetzt an das meiste aus jedem Tag zu machen. Ein neuer Jackson, der aus der Hülle des alten trat und in den Rest seines Lebens wiedergeboren wurde. Er empfand nichts davon. Er fühlte sich krank und müde.

»Bleiben Sie da stehen und starren mich an, bis ich eingeschlafen bin?«

»Ja«, sagte Schwester Unscharf. Schwester *Marian* Unscharf.

Er erwachte, als etwas seine Wange streifte, ein Schmetterlingsflügel oder ein Kuss. Wahrscheinlicher ein Kuss als ein Schmetterlingsflügel.

»Hallo, Fremder«, sagte eine vertraute Stimme.

»Unscharf«, murmelte er.

Er schlug die Augen auf, und da war sie. Natürlich. Er erlebte einen Augenblick übernatürlicher Klarheit. Er war mit der falschen Frau zusammen. Er war in die falsche Richtung gefahren. Das war die richtige Richtung. Die richtige Frau.

»Hallo, du«, sagte er. Er war seit Jahrzehnten stumm gewesen, und jetzt hatte er plötzlich eine Stimme. »Ich habe an dich gedacht«, sagte Jackson. »Ich wusste es nur nicht.«

Ihre Augen waren schwarze Seen der Erschöpfung. Sie war hübscher, als er sie in Erinnerung hatte. Sie legte ihm einen Finger auf den Mund und sagte: »Schsch. Mit unscharf hast du mich gewonnen.« Sie lachte. Er wusste nicht, ob er sie schon einmal lachen gesehen hatte.

»Ich liebe dich«, sagte er.

Fiat lux

Gott sei Dank saß niemand am Esstisch, als sie nach Hause kam. Eine Nachricht von Patrick lehnte an einem Arrangement von Treibhauslilien, das am Morgen noch nicht da gewesen war. Sie hasste Lilien und war überzeugt, dass ihr Duft gezüchtet worden war, um den Gestank verwesenden Fleisches zu übertönen, deswegen lagen sie immer auf Beerdigungen herum. *Essen vorher bei Lazio*, schrieb Patrick. *Komm doch nach, wenn du früh genug zu Hause bist.* »Vorher« – vor was?

Bei dem Gedanken, noch einmal mit Bridget und Tim zu essen, wurde Louise schlecht. Und außerdem hatte sie bereits gegessen. Sie war vom Krankenhaus zu einem Drive-in-McDonald's gefahren und hatte Happy Meals für die Needlers mitgenommen. Die Kinder gingen nicht in Burgerläden, sie waren zu öffentlich. Sie hatten vor dem Fernseher gegessen und dabei *Shrek der Dritte* auf DVD gesehen. Louise aß ein paar Pommes. Seit Tagen konnte sie kein Fleisch mehr zu sich nehmen, die Vorstellung, totes Fleisch in ihr lebendiges Fleisch zu schieben, war ihr unerträglich.

»Happy Meal«, sagte Alison mit einem schmalen Lächeln, das kein wirkliches Lächeln war. »Davon gibt's nicht viele.«

»Haben Sie kein eigenes Zuhause?«, fragte Alison nach der Hälfte des Films.

»Na ja …«, sagte Louise. Sie sah ein, dass das nicht die richtige Antwort war.

Sie hatte Deckers Führerschein im Krankenhaus vergessen. Sie hatte ihn mitnehmen wollen. Er schien ein Beweis, aber sie wusste nicht, wofür.

Natürlich hatte sie den Führerschein vergessen, sie hatte alles vergessen. Sie hatte für einen Augenblick sich selbst vergessen.

Sie hatte ihren Polizeiausweis gezückt – sie müssten ihr den Ausweis entwinden, wenn sie die Polizei verließe – und auf den Stationen mit Opfern des Zugunglücks gesucht, bis sie ihn fand.

Er war nicht tot, aber er sah ganz zerbrochen aus. Sie sprach mit einem australischen Arzt, der meinte, es sei nicht so schlimm, wie es aussehe. Louise streichelte seine Hand, da, wo die Infusion gelegt war, war ein schwarzer Fleck. Der Arzt sagte, er sei »ausgezählt« worden (offenbar ein medizinischer Ausdruck), sei jetzt aber auf dem Weg der Besserung.

Sie blieb und passte eine Weile auf ihn auf.

Als sie aufstand, um zu gehen, neigte sie sich vor und küsste ihn auf die Wange, und er schlug die Augen auf, als hätte er auf sie gewartet. »Hallo, Fremder«, sagte sie, und er sagte, »Ich liebe dich«, und sie fühlte sich vollkommen desorientiert, als wäre sie in einem Achterlooping durchgeschüttelt und dann über eine Tanzfläche gewirbelt worden. Sie versuchte, die richtige Antwort auf die Erklärung seiner Gefühle zu formulieren, als die irische Schwester hereinkam und sagte: »Er fragt immer nach seiner Frau, Sie wissen nicht zufällig, wo wir sie finden?«, und der Bann war gebrochen.

Als Reggie ihr die Postkarte von Brügge zeigte und sagte, »Ich weiß nicht, ob er tot ist oder noch lebt«, flatterte ihr Herz so ängstlich, als hätte sie schlechte Nachrichten von Archie. Und in dieser Mikrosekunde des Flatterns wusste sie, dass sie nicht so reagieren würde, ginge es um Patrick. Sie hatte einen schrecklichen Fehler gemacht, nicht wahr? Sie hatte den falschen Mann geheiratet. Nein, nein, sie hatte den richtigen Mann geheiratet, aber sie war einfach die falsche Frau.

»Wir haben ihn eben erst identifiziert«, sagte die Schwester. »Wir dachten, er heißt Andrew Decker.«

»*Was?*«

Sandy Mathieson hatte die Nachtschicht übernommen. »Ich habe getauscht, damit ich zum Fußballspiel des Kleinen gehen kann.«

»Deckers Führerschein ist am Ort des Zugunglücks aufgetaucht. Er ist also vermutlich in der Gegend, ich sehe nicht, wie der Führerschein sonst hätte herkommen sollen. Veranlass, dass die Häfen überwacht werden.«

»Und alle Kaschemmen aller Städte und so weiter, sieht mir nicht nach Zufall aus«, sagte Sandy. »Glaubst du, dass er auf der Suche nach Joanna Hunter ist? Um zu Ende zu bringen, was er vor dreißig Jahren angefangen hat? So was gibt's doch nur im Fernsehen und nicht im wirklichen Leben, oder?«

»Wenn ja, dann hat er Pech gehabt«, sagte Louise. »Sie ist in England. Glaube ich. Hoffe ich.« Denn wo war sie, wenn sie dort nicht war? »Mitgenommen«, hatte das Mädchen gesagt. Was, wenn das Mädchen recht hatte? Was, wenn Joanna Hunter etwas zugestoßen war? Etwas Schlimmes. Wieder. Nein, das Mädchen war paranoid. Joanna Hunter war bei ihrer alten kranken Tante. Ende der Geschichte.

»McLellen hat dir was auf den Schreibtisch gelegt«, sagte Sandy. »Kopien der Unterlagen von wie heißt er gleich wieder?«

»Neil Hunter?«

»Ich glaube.«

Sie hörte den Anrufbeantworter ab, nachdem sie die Nachricht gelesen hatte. »Wir sind jetzt auf dem Weg ins Theater« informierte sie Patricks Stimme. Das erklärte das »Vorher«. Sie war überzeugt, dass der leutselige irische Tonfall ihres Mannes sehr beruhigend war, wenn man auf dem Operationstisch lag und von ihm aufgeschnitten werden sollte. *Mein Mann*. Die Worte waren Steine in ihrem Mund, ein Substantiv und ein Pronomen, die jemand anderem gehörten, nicht Louise. Sie war immer wieder erstaunt, wie mühelos Patrick *meine Frau* sagte. Er hatte natürlich jahrelange Übung. Wie fühlte sich seine andere Frau? Die in einem geschlossenen Holzsarg unter der Erde auf dem Friedhof lag. Nach fünfzehn Jahren war sie nur noch ein Skelett. Der Autounfall war an Heiligabend passiert, die Mistelbraut.

Er fragt immer nach seiner Frau. Nicht nur hatte Jackson es geschafft, dass er mit einem Psychokiller verwechselt wurde, der Mistkerl hatte auch noch geheiratet.

»Wir trinken zuerst etwas in einer Bar«, lautete Patricks Botschaft weiter. »Wenn du bis dahin noch nicht aufgetaucht bist, hinterlege ich deine Karte am Schalter. Bis bald, arbeite nicht zu hart, ich liebe dich.« Ins Theater? Niemand hatte das Theater erwähnt. Oder? Vielleicht hatten sie heute Morgen beim Frühstück darüber gesprochen, nachdem sie das Gehirn ausgeschaltet hatte, während Tim Tipps gab, wie man Rosen veredelte. *(Man muss die ganze Messerklinge durchziehen, ein schlechter Schnitt hat immer einen schlechten Propfen zur Folge.)*

Sie blickte auf die Uhr, halb zehn. Viel zu spät fürs Theater. Außerdem hatte er nicht gesagt, welches Theater – das Lyceum? Das King's? Offenbar sollte sie es wissen. Sie hörte die zweite Nachricht ab, die der ersten auf dem Fuße folgte. »Danach gehen wir in Bennet's Bar, wenn du kannst, komm doch auch.« Vorher, danach, er tat alles, damit sie zu ihnen stieß. Bennet's Bar hieß wahrscheinlich, dass sie ins King's gegangen waren. Sie konnte es schaffen, wenn sie es versuchte.

Sie versuchte es nicht. Stattdessen öffnete sie die Flasche Bordeaux, die in der Küche stand, trug sie ins Wohnzimmer, wo sie einen von Patricks und Samanthas Kristallkelchen füllte, legte die Füße aufs Sofa und sah die Wiederholung einer alten *CSI*-Episode im Fernsehen. Sie spürte, wie sich die Anspannung des Tages allmählich löste. Es war, als wäre sie wieder Single. Es war ein gutes Gefühl.

In *CSI* wurde Stokes gerade lebendig begraben. Louise holte den Rest Eis aus dem Gefrierschrank und löffelte es aus der Schachtel. Sie mochte kein Eis, aber immerhin zählte es nicht, weil es in den Nachtischmagen kam (danke, Dr. Hunter). Rotwein und Cherry Garcia, eine waghalsige Kombination, so es je eine gegeben hatte. Louise spürte schon, wie der Kater einsetzte.

Grissom hielt seinen Ausweis hoch und rief jemandem »Polizei« zu. Auf ihrem Schreibtisch hatte sie nur Kopien von Versicherungspolicen gefunden, keine Buchhaltungsunterlagen, nichts, was mit Neil Hunters Geschäften zu tun hatte. Sie mochte, wie Grissom ging, wie ein Bär mit einer Windel. »Schauen wir uns die Fakten an«, sagte Louise zu ihm. »Neil Hunter hat Versicherungen abgeschlossen, nicht nur für seine Unternehmen, sondern auch für seine Frau, die eine coole halbe Million wert ist.« (Nicht schlecht, Patrick hatte nur einen Splitter glitzernden Kohlenstoff für eine zweite Frau zahlen müssen.) Eine halbe Million würde Neil Hunters Probleme mehr als gut abfedern. Sie hatten ihn im Verdacht, wegen des Geldes bereits einmal ein Feuer gelegt zu haben, was, wenn er fähig wäre, sich zum gleichen Zweck seiner Frau zu entledigen? Aber für die Versicherung bräuchte er eine Leiche, oder? Und eine Leiche gab es definitiv nicht. Weil Joanna Hunter *bei einer kranken Tante war*, rief sie sich ins Gedächtnis. Es gab keine Verdachtsmomente außer Neil Hunters angegriffenen Nerven und einem eigensinnigen Mädchen mit überbordender Phantasie.

Reggie sagte, dass Joanna Hunter, als sie sie das letzte Mal gesehen hatte, ein schwarzes Kostüm, ein weißes T-Shirt und schwarze Pumps trug, in unterschiedlichen Graden von *Chic* die Uniform berufstätiger Frauen in der ganzen Welt. Louises Outfit. Schwestern unter dem Kostüm. Joanna Hunter trug noch immer das Kostüm, sagte Reggie. Warum hatte sie sich nicht umgezogen? Wie medizinisch schwerwiegend mochte der Notfall der Tante sein, dass sie sich nicht etwas Bequemes zum Autofahren anzog? Sie kam von der Arbeit nach Hause, verabschiedete Reggie an der Tür, ging nach oben, zog Schuhe und Strumpfhose aus – und dann?

Der Verdächtige, mit dem Grissom sprach, jagte sich plötzlich in die Luft.

CSI war ein Zweiteiler und endete, als es am spannendsten war, Stokes war noch immer lebendig vergraben, und allmählich ging ihm die Luft aus. Louise goss sich noch ein Glas Wein von der Farbe alten Bluts ein.

Ein paar Stunden später wurde sie geweckt, als die Theaterbesucher zurückkehrten. Sie betraten lautstark das Wohnzimmer, und Louise schloss die Augen wieder und tat so, als würde sie schlafen.

»Sie schläft«, sagte Patrick, ohne die Stimme zu senken.

Louise hörte das Kristallglas gegen die leere Bordeaux-Flasche stoßen, als er beides vom Teppich aufhob. Sie fragte sich, ob er sie küssen oder eine Decke über sie breiten oder sie auffordern würde, ins Bett zu gehen, aber sie hörte nur, wie die Tür zufiel, und dann Bridgets schweren Schritt auf der Treppe.

Natürlich lautete die richtige Antwort: »Ich liebe dich auch«, und nur um Haaresbreite hatte sie sich davon abhalten können, sie Jackson zu geben.

Gefahr im Verzug

Und dann nichts. Die Zeit war verloren in einem schrecklichen dunklen Abgrund des Gehirns, in den Joanna nie wieder hinuntersteigen wollte. Sie nahm an, dass die fehlende Zeit gefüllt war von vielen, wenn nicht Hunderten von Leuten, Leuten, die Aufgaben zu erfüllen hatten – Leuten, die sie baten, Ereignisse zu beschreiben, Fotos anzusehen, Zeichnungen zu machen. Fragen über Fragen, die sanft und erbarmungslos in einer offenen Wunde bohrten.

Das Erste, woran sie sich später erinnerte, war, dass sie eines Morgens allein in einem fremden Bett in einem fremden Zimmer aufwachte und überzeugt war, dass alle anderen auf der Welt tot waren. Das Licht, das durch die Vorhänge fiel, war ungewöhnlich, hell und fremd, und erst als Martina das Zimmer betrat, die Vorhänge aufzog und sagte: »Hallo, mein Schatz, schau, es hat geschneit. Ist das nicht schön?«, begriff Joanna, dass alle lebten, abgesehen von den Menschen, die sie am meisten liebte. Und es war Winter. *Still und starr ruht der See.*

»Warum kommst du nicht nach unten und frühstückst mit mir?«, sagte Martina und lächelte sie aufmunternd an. »Haferflocken? Oder Eier? Du doch magst Eier, Schatz.« Und Joanna stieg folgsam aus dem Bett und ließ zu, dass der Rest ihres Lebens begann.

Martina war in Surrey aufgewachsen, aber ihre Mutter war Schwedin, aus einer Kleinstadt nahe der finnischen Grenze, und in Martinas Blut floss eine nordische Schwermut. Sie kämpfte so gut wie möglich dagegen an, aber während die nach unten gezogenen Mundwinkel von Joannas Mutter Glück signalisierten, verwiesen Martinas frohgemut nach oben gezogene häufig auf das Gegenteil. Martina, die Dichterin. *(Schlampe-Fotze-Hure-Dichterin.)* Martina mit dem glatten blonden Haar und dem breiten Gesicht, mit ihrer Last der Buße. Martina, die sich nach einem eigenen Kind sehnte, doch vom großen Howard Mason zu zwei Abtreibungen überredet wurde. »Meine skandinavische Muse«, nannte er sie, aber nicht auf freundliche Weise.

Von Martina war nichts mehr übrig. Ihr eines veröffentlichtes Bändchen mit Gedichten, *Blutopfer,* lange vergessen. *(Die Geister an unserem Tisch, ihre bleichen Gesichter erhellen unser Fest/Wir lassen uns nicht auslöschen, sagen sie. Nein, niemals.)* Erst viel später begriff Joanna, dass die Gedichte von ihrer verlorenen Familie handelten. Jahrelang hatte sie ein Exemplar voller Eselsohren besessen, aber irgendwann war es verschwunden, wie es oft mit Dingen geschieht. Martina hatte sich mit zwei Flaschen ins Bett gelegt, eine mit Schlaftabletten, die andere mit Brandy. *Meine Flasche Erlösung.* Das stammte von Sir Walter Raleigh, oder? »Der verliebte Pilger.« *Gib mir meine Muschelschale Stille, mein dings dings dings.* Martina hatte ihre Gedichte gegeben, aber sie hatten letztlich niemandem geholfen. *Schrecklich stöhnt der kleine Bär: »Hol mal schnell den Doktor her.«*

Sie fassten den Mann im Monat nach den Morden. Er war jung, kaum zwanzig, er hieß Andrew Decker und machte eine Ausbildung als technischer Zeichner. Martina nannte ihn »den bösen Mann«, und wenn Joanna einen ihrer plötzlichen hysterischen Anfälle hatte, hielt sie sie fest und flüsterte ihr ins Haar: »Der böse Mann ist für immer weggesperrt, Schatz.« Nicht für immer, wie sich herausstellte, nur für dreißig Jahre.

Decker wurde im darauffolgenden Frühjahr der Prozess gemacht, und er bekannte sich schuldig. »Zumindest wird ihr der Prozess erspart«, sagte ihr Vater zu Martina. Joanna war für ihren Vater immer »sie« oder »ihr«, er sagte es nicht boshaft, es schien ihm nur schwerzufallen, sie beim Namen zu nennen. Sie war von den drei Kindern das von ihm am wenigsten geliebte gewesen, und jetzt war sie das einzige und immer noch nicht das Lieblingskind.

Decker wurde zu lebenslanger Haft verurteilt, die er bis zum Ende absitzen musste. Er galt als zurechnungsfähig, als wäre es nicht irrsinnig, drei vollkommene Fremde aus keinem erkennbaren Grund abzuschlachten. Kein bisschen wahnsinnig, eine Mutter und zwei ihrer Kinder kaltblütig umzubringen. Als er vor Gericht gefragt wurde, warum er es getan hatte, zuckte er die Schultern und sagte, er wisse nicht, was über ihn gekommen sei. Joannas Vater war dort gewesen, um dieses kurze und unbefriedigende Ende zu bezeugen.

Im Rückblick begriff Joanna, dass ihr nicht der Prozess erspart wurde, sondern dass sie um ihren Auftritt vor Gericht gebracht worden war. Selbst jetzt noch stellte sie sich vor, wie sie als Zeugin auftrat, in ihrem besten roten Samtkleid mit dem weißen Spitzenkragen, das sie von Jessica geerbt hatte, und dramatisch mit dem Finger auf Andrew Decker zeigte und mit ihrer hohen unschuldigen Kinderstimme sagte: »Das ist er! Das ist der Mann!«

Und jetzt war er draußen. Draußen und frei. »Ich muss Ihnen mitteilen, dass Andrew Decker letzte Woche entlassen wurde«, sagte Louise Monroe.

Andrew Decker war fünfzig Jahre alt, und er war frei. Joseph wäre einunddreißig, Jessica achtunddreißig, ihre Mutter vierundsechzig. *When I'm sixty-four.* Nie. Nimmermehr, nimmermehr.

Manchmal kam sie sich vor wie eine Spionin, wie eine Schläferin, die in einem fremden Land zurückgelassen und vergessen worden war. Sich selbst vergessen hatte. Sie spürte einen Schmerz in der Brust, ein Ziehen, heftig und heiß. Ihr Herz hämmerte. Klopf, klopf, klopf. Scholl auf einmal leis ein Pochen –

Das Baby erwachte mit einem Quäken, und sie drückte es fest an die Brust und beruhigte es, hielt seinen Hinterkopf mit der Hand. Was man tun würde, um das eigene Kind zu beschützen, kannte keine Grenzen. Aber was, wenn man es nicht beschützen konnte, so sehr man es auch versuchte?

Er war frei. Etwas lief leer, ein Klicken der Zeit, wie ein geheimes Signal, ein Stichwort, das vor langer Zeit in ihrem Kopf implantiert worden war. Die bösen Männer waren alle draußen, machten die Straßen unsicher. *Und von nun an Dunkelheit.*

Lauf, Joanna, lauf.

IV

UND MORGEN

Jacksons Auferstehung

Als er erwachte, stand ein ungenießbar aussehendes Frühstück auf seinem Nachttisch. Er hatte von Louise geträumt, zumindest schien es ein Traum gewesen zu sein. War sie hier gewesen? Jemand war da gewesen, eine Besucherin, aber er wusste nicht, wer. Nicht das Mädchen, das Mädchen saß jedes Mal, wenn er die Augen öffnete, am Bett und betrachtete ihn.

Im Traum hatte er sein Herz geöffnet und Louise eingelassen. Der Traum beunruhigte ihn. Tessa hatte in der Traumwelt nicht existiert, als wäre sie nie in sein Leben getreten. Das Zugunglück hatte einen Riss in seiner Welt verursacht, eine Erdbebenspalte, eine unüberbrückbare Distanz zwischen ihm und seinem Leben mit Tessa. Neue Frau, neues Leben. Er hatte ihr einen Antrag gemacht am Tag, nachdem Louise ihm gesimst hatte, dass sie heiraten würde; damals war ihm nicht in den Sinn gekommen, dass die beiden Vorgänge etwas miteinander zu tun haben könnten. Aber andererseits war er nie besonders gut darin gewesen, die Anatomie seines Verhaltens zu analysieren. (Frauen dagegen hielten ihn für leicht durchschaubar.)

Er fragte sich, ob Tessa versuchte, sich mit ihm in Verbindung zu setzen? Machte sie sich Sorgen? Sie neigte nicht dazu. Jackson schon.

Natürlich war Tessa nicht in Northallerton in den Zug gestiegen. Sie war in Amerika, in Washington, auf irgendeiner Konferenz. »Bin am Sonntag zurück«, sagte sie, als sie aufbrach. »Ich hole dich ab«, sagte er. Er sah sie vor sich stehen am Mittwochmorgen – oder wann immer es gewesen war, er hatte jegliches Zeitgefühl verloren – in dem Schrank, den sie Küche nannte, in ihrer kleinen Wohnung in Covent Garden (ihre Wohnung, in die er gezogen war). Sie trank Tee, er trank Kaffee. Er hatte vor kurzem eine Espresso-Maschine gekauft, ein großes, glänzendes rotes Ungeheuer, das aussah, als hätte es während der industriellen Revolution eine kleine Fabrik mit Strom versorgt. Kaffeekochen war die eine Sache, die Tessa nicht konnte. »Um Himmels willen, ich wohne in Covent Garden«, sagte sie und lachte. »Ich kann keinen Stein werfen, ohne jemanden zu treffen, der mir eine Tasse Kaffee verkaufen will.«

Die Espresso-Maschine nahm die halbe Küche ein. »Tut mir leid«, sagte Jackson, nachdem er sie aufgebaut hatte. »Mir war nicht klar, dass sie so groß ist.« Doch eigentlich meinte er, dass ihm nicht klar gewesen war, wie klein die Küche war. Sie sprachen davon, in eine größere Wohnung zu ziehen, in eine weniger urbane Gegend, und hatten sich in den Chilterns umgesehen. Obwohl Jackson es kaum glauben konnte, plante er nichtsdestoweniger, in einen Londoner Vorort zu ziehen. So verwandelte einen die Liebe einer guten Frau, sie kehrte einen von innen nach außen und machte einen zu einem anderen, den man kaum wiedererkannte, als wäre man schon immer wendbar gewesen und hatte es nur nicht gewusst. Die Chilterns waren schön, sogar das Eisen in Jacksons hartem nordischen Herzen schmolz ein wenig beim Anblick von so viel geschwungener grüner Leichtigkeit. »E.-M.-Forster-Land«, sagte Tessa. Sie war unheimlich belesen,

Beweis einer teuren, umfassenden Ausbildung (»St. Paul's Mädchenschule, dann Keble College«). Jackson fragte sich, ob es zu spät für ihn war, um noch anzufangen, Romane zu lesen.

Eine Polizistin, überhaupt nicht unscharf. »Haben Sie die Telefonnummer Ihrer Frau?« Sie lächelte ihn mitfühlend an. »Können Sie sich erinnern?«

»Nein«, sagte er. In seinem Kopf fiel die Antwort länger aus und lautete, dass er Tessa nicht anrufen und aufregen wollte, dass sie nicht früher aus den USA zurückkommen brauchte, weil er nicht länger tot war, aber mehr als ein »Nein« schaffte er nicht.

Das hieß nicht, dass er sie nicht bei sich haben wollte. Er versuchte, sich ihr Gesicht vorzustellen, doch er brachte nur einen verschwommenen Tessa-förmigen Fleck zustande. Er konzentrierte sich auf das letzte Mal, als er sie gesehen hatte, in der Küche, wo sie ihre Tasse spülte und auf die Ablauffläche stellte (sie war sehr ordentlich, ließ nie etwas unerledigt). Das Haar hochgesteckt, kein Make-up, kein Schmuck außer der Armbanduhr (»Reiseoutfit«), schwarze Hose und beigefarbener Pullover. Der Pullover fühlte sich unglaublich weich an, als er sie in den Armen hielt. Er konnte sich besser an den Pullover als an Tessa erinnern.

Dann küsste sie ihn und sagte: »Ich muss zum Flughafen. Hoffentlich vermisst du mich.« Er wollte sie nach Heathrow fahren, aber sie meinte: »Sei nicht albern, ich fahre mit der U-Bahn nach Paddington und nehme von dort den Heathrow Express.« Er wollte nicht, dass sie U-Bahn fuhr, er wollte nicht, dass überhaupt jemand U-Bahn fuhr. Feuer und Unfälle und Selbstmordattentäter und Polizeischützen und Wahnsinnige, die einen mit einem kleinen Stoß in den Rücken vor einen Zug warfen – die U-Bahn war ein fruchtbarer Nährboden für Katastrophen. Früher dachte er nicht so, er hatte zwei Kriege und ein Leben voller entsetzlicher Ereignisse auf dem Buckel, aber irgendwo auf dieser einsamen Straße war er an dem Punkt vorbeigekommen, wo mehr Jahre hinter ihm als vor ihm lagen, und er hatte plötzlich begonnen, den zufälligen Horror der Welt zu fürchten. Der entgleiste Zug war die letzte Bestätigung.

»Ich bin sicher, sie wird Ihnen bald einfallen«, sagte die Polizistin. »Für Ihre Genesung ist es wahrscheinlich am besten, wenn Sie sich keine Sorgen machen.«

»Ich war früher Polizist«, sagte Jackson. Jedes Mal, wenn er in seinem existenziellen Labyrinth in eine Sackgasse geriet, schien er es für notwendig zu halten, dies festzustellen. Seine Identität mochte infrage stehen, aber dieser Tatsache war er sich sicher.

Es war unwahrscheinlich, dass Tessa in Washington von dem Zugunglück erfuhr, in Europa musste schon etwas ziemlich Großes passieren, damit es ins amerikanische Bewusstsein sickerte. Schlimmstenfalls hätte sie ihm eine SMS geschickt und sich gefragt, warum er nicht antwortete, doch sie würde nicht sofort die Schlussfolgerung ziehen, dass er in Schwierigkeiten steckte, im Gegensatz zu seiner ersten Frau, Josie. Seine *erste* Frau, wie seltsam das klang, vor allem, weil sie es amüsant fand, sich selbst mit *Hallo, ich bin Jacksons erste Frau* vorzustellen, als sie mit ihm verheiratet war.

Selbstverständlich hatte Tessa keine Ahnung, dass er in dem Zug gesessen hatte, sie wusste nicht, dass er nicht in London war, weil er es nicht erwähnt, weil er nicht zu ihr gesagt hatte: »Kaum bist du unterwegs zum Flughafen, fahre ich nach Norden, um meinen Sohn zu sehen.« Er hatte es ihr deswegen nicht gesagt, weil er ihr nie von Nathan erzählt hatte. Nicht wenige Sünden der Unterlassung, noch dazu in einer so jungen Ehe, in der es keine Geheimnisse geben sollte. Und selbst wenn sie gewusst hätte, dass er mit dem King's-Cross-Zug fuhr, wäre es gleichgültig gewesen, weil er es ja nicht tat. *Sie fahren in die falsche Richtung.* Sein Kopf schmerzte. Zu viel Nachdenken macht aus Jackson einen dummen Jungen.

Seitdem sie sich kannten, waren sie kaum getrennt gewesen. Sie ging natürlich jeden Tag zur Arbeit, und sie trafen sich oft im British Museum zum Mittagessen. Manchmal schlenderten sie nach dem Essen durch das Gebäude, Tessa erzählte ihm etwas zu Ausstellungsstücken. Sie war Kuratorin, »Assyrisch hauptsächlich«, sagte sie, als sie sich kennenlernten. »Für mich ist das alles griechisch«, scherzte Jackson lahm. *Der Assyrer brach ein wie ein Wolf in die Herde.* Selbst die von ihr geführten Touren durch den assyrischen Teil machten ihn nicht viel klüger. Er war überzeugt, dass es ein besseres Wort als »Teil« gab. War »Abteilung« nicht das richtige Wort? »Die assyrische Abteilung« – das klang nicht richtig, es klang wie eine bürokratische Nische in der Unterwelt.

Trotz einiger sorgfältig formulierter Erklärungen von Tessa war er sich immer noch nicht ganz sicher, dass er das Wo / Was / Wann von Assyrien verstanden hatte. Er glaubte, dass es etwas mit Babylon zu tun hatte. *An den Wassern zu Babel saßen wir und weinten, wenn wir an Zion gedachten.* Psalm 137. *Wir gedachten an Zion, wir gedachten an unsere Lieder, denn hier durften wir nicht singen.* Das Lied des Exils. War nicht jeder im Exil? Zuinnerst? War er rührselig? Wahrscheinlich.

Neue Informationen waren schwer zu behalten wegen der Menge nutzloser Informationen, die sein Gehirn zumüllten. Merkwürdig war, dass er aus der Schulzeit nur Gedichte erinnerte, wahrscheinlich waren das die Unterrichtsstunden, in denen er am wenigsten aufgepasst hatte. *Ein schmutziger britischer Küstendampfer mit salzverkrustetem Schornstein.*

In seiner Brieftasche bewahrte er ein Foto von ihr auf, neben dem von Marlee, aber seine Brieftasche wurde noch vermisst. Er konnte sich einzelne Züge vorstellen, die braunen Augen mit den langen Wimpern, die hübsche gerade Nase, ein schönes Ohr, aber nichts fügte sich zu einem Gesamtbild zusammen. Sie war eher ein Picasso als ein Vermeer. Er hätte Tessa eingehender betrachten, mehr Fotos von ihr machen sollen, aber sie war chronisch kamerascheu, kaum sah sie eine Linse, hielt sie eine Hand vors Gesicht, lachte und sagte: »Nein, nicht! Ich sehe schrecklich aus.« Sie sah nie schrecklich aus, selbst am Morgen, gleich nach dem Erwachen, schien sie makellos. Schwer zu glauben, dass sie sich von allen Männern der Welt ausgerechnet für ihn entschieden hatte. (»Sehr schwer zu glauben«, stimmte Josie ihm zu.)

Der objektive, des Lebens überdrüssige Teil von Jackson wusste, dass er von der Liebe verwirrt war, dass er sich noch in den berauschenden Frühlingstagen der Beziehung befand, wenn alles im Garten rosig blüht. *Meine Liebe ist eine blutrote Rose.* Nein, nicht Blut. Rot. *Rote, rote Rose.* »Du bist noch immer pubertär und unreif«, sagte Julia. »Unerfahren im Urteilen.« »Und was genau findet diese Musterfrau an dir?«, fragte Josie. »Abgesehen vom Geld natürlich.«

»Wie alt ist sie?«, fragte Julia, eine Schauspielermiene des Entsetzens im Gesicht.

»Vierunddreißig«, sagte Jackson vernünftigerweise.

»Das nennt man Mädchenraub, Jackson«, sagte Josie.

»Blödsinn«, sagte Jackson.

»Du weißt doch, dass Verliebtsein eine Spielart des Wahnsinns ist, oder?«, sagte Amelia. (»Dann muss es eine *folie à deux* sein«, sagte Tessa und lachte, als er es ihr erzählte.) Amelia war einst (haarsträubend, sich daran zu erinnern) in Jackson verliebt gewesen. Er musste Julia anrufen und sich nach Amelias Operation erkundigen. War sie tot? Julia wäre untröstlich. Neben seinem Bett stand ein Telefon, aber um es zu benutzen, brauchte er seine Kreditkarte, und seine Kreditkarte war in seiner Brieftasche. Wenn er Andrew Deckers Brieftasche hatte, hatte dann Andrew Decker seine? In Andrew Deckers Brieftasche befand sich fast nichts, der alte Führerschein, ein Zehn-Pfund-Geldschein. Er reiste mit wenig Gepäck. Lag er irgendwo im Krankenhaus?

Das Foto in seiner Brieftasche war das einzige, das er von Tessa hatte, aufgenommen mit Jacksons Kamera von einem der unbekannten Trauzeugen nach der hastigen Hochzeit, und sogar bei dieser Glück verheißenden Gelegenheit hatte sie versucht, sich abzuwenden. Jetzt hatte er nicht einmal mehr das. Keine Brieftasche, keinen BlackBerry, kein Geld, keine Kleider. Nackt geboren, nackt wiedergeboren.

»Wir kennen uns kaum«, sagte sie, als er ihr den Antrag machte.

»Dafür ist die Ehe da«, sagte Jackson, obwohl seine Erfahrungen mit der Ehe eher für das Gegenteil sprachen – je länger er mit Josie verheiratet war, umso weniger schienen sie sich zu verstehen.

Tessa behielt ihren Namen, sie habe sich nie als Mrs Brodie gesehen, sagte sie. Auch Josie hatte seinen Namen nicht angenommen, als sie heirateten.

Die letzte »Mrs Brodie«, die Jackson kannte, war seine Mutter gewesen. Jacksons Schwester, ein in jeder Beziehung altmodisches Mädchen, hatte es gar nicht erwarten können, zu heiraten und ihren Mädchennamen abzulegen und »Mrs Jemand

Anders zu werden«. Das war sie gewesen – ein Mädchen, eine Jungfrau, »die sich für Mr Right aufsparte«. Jede Menge Jungen waren hinter ihr her, aber sie hatte noch keinen festen Freund, als sie vergewaltigt und ermordet wurde. In der untersten Schublade der kleinen Kommode in ihrem Zimmer lagen ordentliche Schichten von Geschirrtüchern und bestickten Deckchen und ein Edelstahlbesteck, zu dem sie jeden Monat ein Teil hinzukaufte. Alles für ein Leben, das nie kam. Es schien alles so lange her, nicht nur Niamh, sondern alle Mädchen, die bestickte Deckchen und Kästen mit Besteck sammelten. Wo waren sie jetzt?

Die meisten Menschen trugen ein paar Fotoalben durchs Leben, aber in Tessas Wohnung in Covent Garden hatte er kein einziges Foto gefunden. Ihre Eltern waren tot, bei einem Autounfall ums Leben gekommen, aber es gab keine Anzeichen, dass sie jemals existiert hatten. Nichts aus ihrer Kindheit, keine Andenken an die Vergangenheit. »In der Arbeit lebe ich in der Vergangenheit«, sagte sie. »Mein Leben möchte ich in der Gegenwart verbringen. Und Ruskin sagt, dass jeder übertriebene Besitz uns müde macht, und er hat recht.«

Das Spartanische an Tessas Make-up fand er attraktiv, besonders nach Julia, einer Frau mit einer Vorliebe fürs Rokoko, ein Thema, zu dem sie ihm einmal einen unterhaltsamen Vortrag gehalten hatte, inklusive Sex (typisch Julia). Julia war viel gebildeter, als sie sich anmerken ließ. Tessa wäre von Julia verwirrt gewesen, hätte sie sie gekannt. So wie die Dinge lagen, war sie indifferent, »deine Ex«, kein Interesse, keine Eifersucht (aber was, wenn sie von dem Baby wusste?). Tessa hatte etwas erfrischend Neutrales. Er hätte nie gedacht, dass er »neutral« bei einer Frau für eine positive Eigenschaft halten würde. Da sah man mal wieder.

Sie kannten sich seit vier Monaten, seit zwei Monaten waren sie verheiratet. Mit Josie war er über zwei Jahre verlobt gewesen, bevor sie heirateten, er hatte also keinen persönlichen Beweis, dass ein langes Werben die Grundlage einer langen Ehe war. (»Ach, ich glaube, wir waren lange genug verheiratet«, sagte Josie.) Dennoch war diese plötzliche, impulsive Heirat völlig untypisch für ihn. »Nein, war sie nicht«, sagte Josie, »du warst schon immer der treuliebendste aller Männer.« »Nein, war sie nicht«, sagte Julia, »du wolltest mich unbedingt heiraten, und stell dir vor, was für eine Katastrophe *das* gewesen wäre.« *Denn ich bin immer lüstern und verbuhlt und kann nicht leben ohne Weib.* Er war weder lüstern noch verbuhlt (das dachte er zumindest), aber die Ehe war ihm stets als idealer Zustand erschienen. Der Garten Eden, das verlorene Paradies.

»Du bist nicht wirklich ein guter Ehemann«, sagte Josie. »Du *hältst* dich nur für einen.« »Du bist ein Einzelgänger«, sagte Julia. »Du kannst es nur nicht zugeben.« Josie und Julia lebten unbehaglich in seinem Kopf, verschmolzen zu der Stimme seines Gewissens, Zwillingsengel, die sein Verhalten kommentierten. »Heirate in Eile«, sagte Josies Stimme. »Bereue mit Muse«, schloss Julia.

»Was für ein Tag ist heute?«, fragte er die Polizistin.

»Freitag.«

Tessa landete am Sonntagmorgen in Heathrow. Bis dahin, wenn nicht früher, wäre er zu Hause. Er würde sie wie versprochen vom Flughafen abholen. Es war gut, wenn ein Mann ein Ziel hatte, es war gut, wenn ein Mann wusste, wohin er wollte. Jackson wollte nach Hause.

Sie hatten sich auf einer Party kennengelernt. Jackson ging nie zu Partys. Es war die geringste aller Chancen, ein Zusammentreffen von Planeten, ein Kräuseln der Zeit.

Er war seinem alten Befehlshaber in der Militärpolizei über den Weg gelaufen, ausgerechnet in der Regent Street – wiederum kein *endroit*, an dem Jackson sich für gewöhnlich aufhielt. Die Parzen hatten seine Zeit genommen, als er die Regent Street überquerte, aber diesmal mit positivem Ausgang.

Sein alter Boss war ein etwas schurkenhafter Typ namens Bernie, den Jackson seit über zwanzig Jahren nicht mehr gesehen hatte. Außer der Arbeit hatten sie nie viel gemein gehabt, aber sie hatten sich gut verstanden, und Jackson war überrascht, dass er sich über diese unerwartete Begegnung so freute, und als Bernie sagte: »Hör mal, nächste Woche schauen ein paar Leute auf einen Drink vorbei, ganz entspannt, warum kommst du nicht auch?«, war er zuerst versucht gewesen, die Einladung anzunehmen, bis er schließlich doch absagte, woraufhin Bernie eine Charmeoffensive startete, die sich letztlich als unwiderstehlich erwies. Im Rückblick war ihm klar, dass es nicht so sehr die Freude gewesen war, Bernie zu treffen, als vielmehr die unerwartete Erinnerung an ein Leben, das jetzt verloren war, zwei Soldaten, die in Erinnerungen an die Vergangenheit schwelgten.

Zwei Dinge erstaunten ihn. Das erste war Bernies Wohnung in Battersea, die plüschig eingerichtet und voll war – Möbel, Nippes, Bilder, die sogar Jackson als »gut« erkannte. Bernie hatte erzählt, dass er »im Sicherheitsgeschäft« (was sonst?) war, aber Jackson hätte nicht vermutet, dass Sicherheit so gut dotiert sein konnte. Sein eigenes finanzielles Glück hatte Jackson nicht erwähnt.

Die zweite Überraschung waren Bernies Gäste. »Ein paar Leute auf einen Drink« waren, so hörte Jackson einen Gast es nennen, »eine von Bernies berühmten Soirées«. Jackson war noch nie zuvor auf einer »Soirée« gewesen.

Die Gäste waren gut gekleidete Londoner – Männer mit modischen Brillen und Frauen in hässlichen und extrem unbequemen Schuhen. Jackson war von Natur aus misstrauisch gegenüber gut gekleideten Männern – richtige Männer (Männer aus dem Norden) hatten weder Zeit noch Lust, Designerklamotten zu kaufen, und er war der Überzeugung, dass keine Frau Schuhe tragen sollte, in denen sie, falls nötig, nicht davonlaufen konnte. (Obwohl er ein paar Jahre zuvor gesehen hatte, wie eine junge Frau ihre Schuhe einfach wegwarf, um davonzulaufen, aber sie war Russin und verrückt gewesen, wenn auch besorgniserregend attraktiv. Er dachte bisweilen noch immer an sie.) Keine der Frauen bei Bernies »Soirée« sah aus, als wäre sie bereit, ihre Manolos oder Jimmy Choos wegzuwerfen, um rasch zu entkommen. Ja, er kannte die Namen von Designerschuhmachern, und nein, eigentlich sollten richtige Männer aus dem Norden so etwas nicht wissen, aber er musste letzten Sommer mit Marlee im Flughafen von Toulouse auf seinen Flug warten und war von ihr unbarmherzig aus den Seiten von *Heat* und *OK!* belehrt worden.

Bernie begrüßte ihn überschwänglich an der Tür und führte ihn in die schon etwas überhitzte Menge. Woher Bernie diese Leute kannte, war ihm ein Rätsel. Keiner von ihnen schien zu dem natürlichen sozialen Umfeld eines fünfzigjährigen Exmilitärpolizisten zu gehören.

»Cocktail?«, fragte Bernie, und Jackson sagte: »Das kann ich mit meiner Religion nicht vereinbaren. Hast du Bier?«, und Bernie lachte, stieß ihn in den Arm und sagte: »Der gute alte Jackson.« Jackson glaubte nicht, dass er der gute alte Jackson war, er hatte sich mehrmals gehäutet (und sich mehrere neue Häute zugelegt), seitdem er Bernie das letzte Mal gesehen hatte, aber er sagte es nicht.

Jackson war nicht gut auf Partys. Er war unfähig zu Smalltalk. *Hallo, ich heiße Jackson Brodie und war früher Polizist.* Vielleicht hatte es tatsächlich etwas mit den Leben zu tun, die er gelebt hatte, zuerst Soldat und dann Polizist – beide Berufe begünstigten müßiges Geplauder nicht. Auf den ersten Blick wirkten die Menschen auf Bernies Party (Entschuldigung, *Soirée*) merkwürdig hohl, als wären sie angeheuert worden, um Feierlaune vorzuspielen. Jackson hielt sich am Rand der Versammlung auf wie ein Spätankömmling an einem Wasserloch, und fragte sich, wie lange er den Abend noch erdulden musste, bis er sich ruppig entschuldigen und gehen konnte.

Zu diesem Zeitpunkt tauchte Tessa neben ihm auf und flüsterte ihm ins Ohr: »Ist es nicht grässlich?« Jackson bemerkte erfreut nicht nur, dass sie ein schlichtes Leinenkleid trug, das im Kontrast zu der sonderbaren Kleidung einiger anderer Frauen noch attraktiver wirkte, sondern auch Sandalen mit niedrigen Absätzen, in denen sie leicht davonlaufen konnte. Sie rannte nicht, sondern blieb an seiner Seite. »Sie scheinen mir ein sicherer Hafen zu sein«, sagte sie.

Nach fünf Minuten aufgrund des Lärmpegels im Raum beschwerlicher Unterhaltung sagte er mutig zu ihr: »Wie wär's, wenn wir hier verschwinden?« Und sie sagte: »Nichts lieber als das.« Sie gingen in eine Kneipe in Chelsea auf der anderen Seite des Flusses, nicht wirklich Jacksons Sorte von Kneipe, aber tausendmal besser als bei Bernie. Sie unterhielten sich bis zur Sperrstunde bei einer zivilisierten Flasche Cabernet Sauvignon, bis er sie zu Fuß bis zu ihrer Wohnung (»kleiner als eine Briefmarke«) in Covent Garden begleitete. Auf dem letzten Stück nahm er ihre Hand (»Schüchterne Jungs bringen's nicht weit« – die Worte seines lange toten Bruders kamen ihm unerwartet in den Sinn), und vor ihrer Tür drückte er ihr einen festen, aber sittlichen Kuss auf die Wange und wurde dafür belohnt. »Sollen wir das wieder machen? Wie wär's mit morgen?«, sagte sie.

Er hätte keine bessere Frau entwerfen können. Sie war fröhlich, optimistisch und lieb. Sie war lustig, manchmal sogar komisch und viel schlauer als er, aber im Gegensatz zu seinen früheren Frauen befand sie es nicht für nötig, es ihm ständig unter die Nase zu reiben. Sie war anmutig (»viel Ballett, als ich klein war«) und athletisch (»Tennis dito«), mochte Kinder und Tiere, war aber dabei nicht übermäßig sentimental. Sie liebte ihren Job, ließ sich von der Arbeit jedoch nicht überwältigen. Sie war fünfzehn Jahre jünger als er (»Du glücklicher Hund«, sagte Bernie, als er sich von Jackson »updaten« ließ) und hatte sich den glühenden Enthusiasmus der Jugend bewahrt und wirkte, als würde sie ihn nie verlieren. Sie hatte langes hellbraunes Haar mit einem dichten Pony, so dass sie aussah wie eine Schauspielerin oder ein Modell aus den Sechzigerjahren (Jacksons bevorzugter Look bei Frauen). Sie war jemand, um den man sich nicht kümmern musste, der jedoch ungeheuchelt dankbar war, wenn man es tat. Sie konnte Auto fahren, kochen und sogar nähen, sie wusste, wie man einfache Reparaturen ausführte, war erstaunlich genügsam, konnte jedoch auch sehr großzügig sein (Beweis war die Breitling – ihr Hochzeitsgeschenk für ihn) und beherrschte mindestens zwei Beischlafpositionen, die Jackson noch nie zuvor ausprobiert hatte (von deren Existenz er nichts gewusst hatte, aber das behielt er für sich). Sie war, kurz gesagt, wie Gott Frauen geplant hatte.

Woher kannte sie jemanden wie Bernie? »Freund eines Freundes eines Freundes«, sagte sie vage. »Normalerweise gehe ich nicht auf Partys. Ich ende immer wie eine Stehlampe in einer Ecke. Ich kann nicht gut Smalltalk machen. Bis ich elf war, ging ich in eine Klosterschule, dort lernt man früh zu schweigen.« Jacksons Schwester Niamh war in eine Klosterschule gegangen. Mit dreizehn verkündete sie, dass sie Nonne werden wollte. Ihre Mutter, die zwar eine fromme irische Katholikin war, reagierte entsetzt. Sie hatte sich auf eine Zukunft gefreut, in der eine verheiratete Niamh kam und ging, Kinder im Schlepptau. Zu aller Erleichterung war Niamhs Begeisterung dafür, eine Braut Christi zu werden, von kurzer Dauer. Jackson war damals erst sechs, doch er wusste bereits, dass Nonnen ihr Leben eingesperrt und fern von ihren Familien verbringen, und die Vorstellung, dass ihm Niamh, die so voller Leben war, für immer genommen würde, ertrug er nicht.

Und dann passierte es doch.

Er spürte, wie seine Kopfschmerzen sich vermehrten, sich übereinander stapelten.

Als er wieder aufwachte, saß das Mädchen wieder da, blinzelte ihn an wie eine kleine Eule. Sie sprach Nonsens. »Dr. Foster ging nach Gloucester, nahm einen Weg quer durchs Tal.«

Im Flur hörte Jackson Kinderstimmen ziemlich schlecht Weihnachtslieder singen. Zum ersten Mal fiel ihm auf, dass sein Zimmer halbherzig mit grellem Weihnachtsschmuck dekoriert war. Er hatte Weihnachten ganz vergessen. Er fragte sich, ob das Mädchen etwas mit dem Kinderchor zu tun hatte. Sie sah so alt aus wie Marlee und betrachtete ihn konzentriert, als erwartete sie etwas Außergewöhnliches von ihm.

»Sie haben gesagt, dass Sie Soldat waren«, sagte sie.

»Das ist lange her.«

»Die Schwester hat gesagt, dass sie deswegen Ihre Blutgruppe wussten.«

»Ja.« Seine Stimme krächzte noch immer. Er war eine schwache Version seiner selbst, ein fehlerbehafteter Klon, alles funktionierte, aber nicht ganz richtig.

»Mein Vater war Soldat.«

Er kämpfte sich in eine sitzende Position, und sie half ihm mit den Kissen. »Ja? In welchem Regiment?«, fragte er und ließ sich erstaunlich bereitwillig auf dieses angenehme Thema ein.

»Royal Scots«, sagte sie.

»Warst du gestern auch hier?«, sagte er. »Der Tag vor heute«, stellte er klar. Er freute sich, dass er mit der Zeit allmählich wieder zurechtkam. Gestern, heute, morgen, so funktionierte das, ein Tag nach dem nächsten. *Morgen, und morgen, und dann wieder morgen.* Julia hatte im Birmingham Repertory Theatre eine wahnsinnige, blutrünstige Lady Macbeth gespielt. »Sie spielt mal wieder mit ihrem Haar«, schnaubte Amelia auf dem Sitz neben ihm. Jackson fand sie gut, jedenfalls besser, als er erwartet hatte.

»Nein«, sagte sie. »Ich habe Sie gerade erst gefunden.«

Er fragte sich, ob sie freiwillig Leute besuchte, die sonst niemanden hatten (denn offenbar hatte er niemanden), im Gefängnis zum Beispiel. Vielleicht hatte die Armee sie geschickt wie ein Carepaket.

»Sie wären verblutet«, sagte sie. Sie schien sich sehr für sein Blut zu interessieren. In seinen Adern floss das Blut von Fremden, er fragte sich, ob das Auswirkungen hatte. Hatte er seine Immunität gegen Masern verloren? Hatte er eine Prädisposition für etwas anderes erworben? (Etwas, das im Blut lag.) Hatte er die DNS von Fremden in sich? Es gab eine Menge unbeantworteter Fragen rund um seine Transfusionen. War das Mädchen eine Blutspenderin? Sie war bestimmt zu jung dafür.

»Exsanguiniert«, sagte sie unter gewissenhafter Betonung jeder Silbe.

»Genau.«

»Exsanguiniert«, wiederholte sie. »Sangria hat dieselbe Wurzel, lateinisch für Blut. Blutroter Wein. Weindunkle See.«

»Kenne ich dich?«, fragte Jackson. Vielleicht war sie eine Überlebende des Zugunglücks. Sie hatte eine Beule auf der Stirn.

»Nicht wirklich«, sagte sie. Keine sehr hilfreiche Antwort. »Essen Sie den Toast?«, fragte sie und blickte zu dem unappetitlichen Essen, das noch immer vor ihm stand.

»Iss, so viel du willst«, sagte Jackson und schob ihr das Tablett hin. »Kennen wir uns?«, hakte er nach.

»Auf gewisse Weise«, sagte sie mit dem Mund voller Toast.

Die Kopfschmerzen, die er beim Erwachen erfreulicherweise nicht gehabt hatte, setzten pochend wieder ein.

»Sie erinnern sich nicht an mich, oder?«, sagte sie.

»Tut mir leid, nein. Im Augenblick erinnere ich mich an vieles nicht. Erzählst du es mir, oder muss ich raten? Ich glaube nicht, dass ich die Kraft zum Raten habe.«

»Sie würden's nicht erraten. Sie würden ewig brauchen.« Diese Vorstellung schien ihr zu gefallen. Sie machte eine dramatische kleine Pause beim Kauen und sagte: »Ich habe Ihnen das Leben gerettet.«

Ich habe Ihnen das Leben gerettet. Was sollte das heißen? Er verstand es nicht. »Wie?«

»Mund-zu-Mund-Beatmung. Arterienkompresse. Beim Zugunglück. Neben dem Gleis.«

»Du hast mir das Leben gerettet«, sagte er.

»Ja.«

Endlich begriff er. »Du bist die Person, die mir das Leben gerettet hat.«

»Ja.« Sie kicherte über seine Begriffsstutzigkeit. Er stellte fest, dass er grinste, er konnte überhaupt nicht mehr aufhören zu grinsen. Er war seltsam dankbar, dass ihm ein kicherndes Kind und nicht ein stämmiger Sanitäter das Leben gerettet hatte.

»Sie haben auch ihren Teil geleistet«, sagte sie. »Aber ich habe Sie am Anfang gerettet.«

Sie hatte ihm Leben eingehaucht, buchstäblich. Sein Atem war ihrer. *Da machte Gott der HERR den Menschen aus Erde vom Acker und blies ihm den Odem des Lebens in seine Nase. Und so ward der Mensch ein lebendiges Wesen.* Mehr auswendig Gelerntes von einem trüben Ort in seiner spirituellen Vergangenheit.

Was um alles in der Welt sollte er zu ihr sagen? Es dauerte eine Weile, aber schließlich fiel es Jackson ein.

»Danke«, sagte er. Er grinste immer noch.

»Und die Cornflakes? Essen Sie die?«

»Technisch gesprochen, gehören Sie mir.«

»Wie bitte?« Sie hieß Reggie. Ein Männername.

»Sie sind mein *Leibeigener.*« Sie schien entzückt von dem Wort »Leibeigener«. »Sie können sich nur durch Reziprozität befreien.«

»Reziprozität?«

»Wenn Sie *mir* das Leben retten.« Sie lächelte ihn an, und ihr kleines Gesicht strahlte. »Und bis dahin bin ich für Sie verantwortlich.«

»Bis dahin?«

»Bis Sie mir das Leben retten. Amerikanische Indianer glauben das. Ich habe es in einem Buch gelesen.«

»Bücher sind nicht, was daraus gemacht wird«, sagte Jackson. »Wie *alt* bist du?«

»Älter, als ich aussehe. Glauben Sie mir.«

Was meinte sie damit, dass er ihr gehörte? Vielleicht hatte er seine Seele doch verpfändet, nicht an den Teufel, sondern an dieses komische kleine schottische Mädchen.

Dr. Foster steckte den Kopf zur Tür herein, sah das Mädchen an, runzelte die Stirn und sagte: »Sprich nicht zu lange mit ihm, es macht ihn müde. Noch fünf Minuten.« Sie hob in einer emphatischen Geste die Hand, als müssten sie ihre Finger zählen, um zu wissen, was fünf war.

»Hast du mich verstanden?«, wandte sie sich ausdrücklich an Reggie.

»Total«, sagte das Mädchen. Zu Jackson sagte sie: »Ich muss sowieso gehen. Draußen wartet ein Hund. Ich komme wieder.«

Jackson merkte, dass es ihm viel besser ging. Er war gerettet worden. Er war für die Zukunft gerettet worden. Seine Zukunft.

Wenn man eine Zukunft hatte, konnten sich zwei Krankenschwestern zusammenrotten und einem ohne Betäubung, ja, ohne Vorwarnung, den Katheter entfernen und einen zwingen, aus dem Bett aufzustehen und in einem dünnen, hinten offenen Krankenhaushemd auf die Toilette zu hoppeln, wo sie einen aufforderten, »allein zu pinkeln«. Jackson hatte nicht gewusst, dass eine grundlegende Körperfunktion so schmerzhaft und gleichzeitig so befriedigend sein konnte. Ich pinkle, also bin ich.

Er würde von nun an alles anders sehen. Das Wiedergeburtsding entfaltete seine Wirkung. Er war ein neuer Jackson. Halleluja.

Dr. Foster ging nach Gloucester

Wählte einen Weg quer durchs Tal. Ging grad übern Bach, als der Steg plötzlich brach. Wählte den Weg nicht noch mal. »Das sagen sie bestimmt dauernd zu ihr.«

»Zu wem?«

»Dr. Foster.«

»Bestimmt nicht«, sagte Jackson Brodie.

Sie hatte ihn endlich gefunden, und jetzt hielt sie treu Wache an seinem Bett, Greyfriars Reggie.

Wie Chief Inspector Monroe schien auch Dr. Foster Reggie nicht wirklich zu glauben, als sie erzählte, dass sie Jackson Brodie das Leben gerettet hatte.

»Wirklich?«, sagte Dr. Foster sarkastisch. »Ich dachte, das hätten wir hier im Krankenhaus getan.« Sie schien genervt von Reggies Fragen zu Jackson Brodies Zustand. »Wer bist du?«, fragte Dr. Foster rundheraus. »Bist du eine Verwandte? Ich kann nur gegenüber nahen Verwandten Auskunft über seinen Gesundheitszustand geben.«

Gute Frage. Wer war sie? Sie war die berühmte Reggie, sie war Regina Chase, Detektivin, sie war die Virgo Regina, die sturmgeschüttelte Königin der beherzten verlassenen Waisen. »Ich bin seine Tochter Marlee«, sagte Reggie.

Dr. Foster runzelte die Stirn. Dr. Foster runzelte immer die Stirn, wenn sie etwas sagte, und ziemlich oft, wenn sie schwieg. Sie sollte an die Falten denken, die sie in ein paar Jahren haben würde. Mum machte sich immer Sorgen um Falten. Eine Weile lang war sie abends wie ein Unfallopfer mit hochgebundenem Kinn ins Bett gegangen.

»Du bist die Erste, an die er sich erinnert hat«, sagte Dr. Foster schließlich.

»Das ist nett.«

»Bleib nicht so lange, er muss sich ausruhen.«

Man sollte denken, dass sie nach einem Ausweis fragen würden, nach einem Beweis, dass sie war, wer sie behauptete zu sein. Sie konnte jeder sein. Sie konnte Billy sein. Nur gut, dass sie bloß Reggie war.

Er hatte ein eigenes kleines Zimmer. Als sie nach ihm suchte, hatte sie Angst, sie würde ihn nicht erkennen, aber sie erkannte ihn. Er sah hagerer aus, aber weniger tot. Ein nicht angerührtes Frühstück stand auf einem Tablett. Es schien eine schreckliche Verschwendung von Essen für jemanden, der zwei Tage in Folge Karamellwaffeln gefrühstückt hatte. Heute Morgen brauchte Reggie schlaftrunken eine Weile, bis sie begriff, dass sie auf Ms MacDonalds unbequemem Sofa geschlafen hatte und dass der Krach, der sie geweckt hatte, von dem schweren Gerät am Gleis stammte. Sie fragte sich, ob sie jemals wieder von ihrem eigenen Wecker in ihrem eigenen Bett geweckt würde. Zu einer von ihr festgesetzten Zeit.

Der Becher, aus dem sie den Instantkaffee trank, hatte eine Aufschrift, die für diese frühe Morgenstunde zu kompliziert war. (*»Kaufurkunde. Das ewige Leben voll bezahlt mit dem Blut von*

Jesus Christus.«) Dann rief sie im Krankenhaus an, und – Abrakadabra – sie hatten ihn gefunden.

Er schlief, und eine Schwester kam herein, kontrollierte seinen Tropf und sagte laut: »Sie haben Besuch. Man hat Sie doch nicht vergessen. Er ist noch ein bisschen benommen vom Unfall«, sagte sie zu Reggie. »Er wird bald aufwachen.«

Reggie saß geduldig auf einem Stuhl neben seinem Bett und beobachtete ihn. Sie hatte schließlich nichts anderes zu tun. Er war alt genug, um ihr Vater zu sein. »Dad«, sagte sie versuchsweise, aber er wachte nicht auf. Nie zuvor hatte sie dieses Wort zu jemandem gesagt. Es fühlte sich an wie ein Wort in einer fremden Sprache. *Pater.*

Er war Kriminalpolizist. (»Früher«, murmelte er.) Er war früher auch Soldat gewesen. Was tat er jetzt?

»Dies und das.« Alles und nichts.

Sie zog einen Zehn-Pfund-Geldschein aus dem festen Bündel, das ihr der knauserige Mr Hunter gestern gegeben hatte. Sie legte ihn auf seinen Nachttisch. »Falls Sie was brauchen«, sagte sie. »Sie wissen schon, Schokolade oder eine Zeitung.«

»Ich geb's dir zurück«, sagte er.

Reggie fragte sich, wie er das bewerkstelligen wollte. Er hatte kein Geld, keinen Penny. Er hatte keine Brieftasche, keine Kreditkarten, kein Telefon, überhaupt nichts. Er hatte gerade erst seinen Namen zurückbekommen (»Ja, wir hatten Probleme, deinen Vater zu identifizieren«, sagte Dr. Foster). Kein Wunder, dass das Krankenhaus keine Akte über ihn hatte, als sie das erste Mal anrief, er war mit jemand anderem verwechselt worden. Wie Reggie hatte er gar nichts mehr. Reggie hatte jetzt zumindest eine Topshop-Tüte mit Kleidung. Und einen Hund.

»Ich dachte, Sie wären gestorben«, sagte sie zu ihm.

»Ich auch«, sagte er.

Reggie hatte den Hund in der Nähe des Taxistands friedlich auf der Grasfläche vor dem Krankenhaus liegen lassen. Auf ein Blatt Papier schrieb sie: *Das ist kein streunender Hund, seine Besitzerin macht einen Besuch im Krankenhaus*, sie steckte es unter sein Halsband für den Fall, dass jemand beschloss, den Tierschutzverein zu rufen. Wohin man auch ging, überall hieß es »Hunde müssen draußen bleiben«. Was sollte man tun? Es wäre vorteilhaft, wenn sie ein Blindenhundgeschirr hätte, das sie Sadie anlegen könnte. Dann könnte sie sie überallhin mitnehmen. Und, ein zusätzlicher Pluspunkt, die Leute hätten Mitleid mit dem armen, kleinen blinden Mädchen und wären besonders nett zu ihr.

»Braver Hund«, sagte Reggie zu Sadie, als sie ging, und der Hund antwortete mit einem leisen Winseln, und Reggie glaubte, es hieß: »Vergiss nicht, zurückzukommen.« Die Hundesprache war ziemlich einfach zu verstehen im Gegensatz zur Menschensprache. (Alles und nichts, dies und das, hier und da.)

Soweit sie es beurteilen konnte, war Jackson Brodie okay. Es wäre eine Schande, sollte sich herausstellen, dass sie einem schlechten Menschen das Leben gerettet hätte, wenn sie jemanden hätte retten können, der ein Mittel gegen Krebs erforschte oder die einzige Stütze einer großen, bedürftigen Familie war und womöglich ein behindertes Kind hatte.

Jackson Brodie hatte eine Frau und ein Kind, sie wären ihr demnach dankbar. War Jackson Brodies Frau auch Marlees Mutter? Es war merkwürdig, wie man eine andere Person zu sein schien, je nachdem, wem man zugeordnet wurde. Jackies Tochter. Billys Schwester. Dr. Hunters Haushaltshilfe.

Jackson Brodie wollte seine Frau nicht beunruhigen, indem er sie von dem Unglück benachrichtigte, was sehr altruistisch von ihm war. Das Wort des Tages. Aus dem Lateinischen, *alteri huic*, für den anderen. Seine Frau (»Tessa«) war »bei einer Konferenz in Washington«. Wie weltläufig das klang. Wahrscheinlich trug sie ein schwarzes Kostüm. Reggie dachte an die beiden schwarzen Kostüme von Dr. Hunter, die geduldig in ihrem Schrank hingen und darauf warteten, dass sie nach Hause kam und sie anzog. Wo war sie?

Die automatischen Krankenhaustüren öffneten sich zischend, und Reggie ging hinaus, blieb einen Augenblick stehen, um sich zu vergewissern, dass keine mit Loebs bewaffneten Vandalen auf sie warteten. Sie hatte Billy noch nicht erreicht, er war die am schwersten zu findende Person, die sie kannte. Obwohl es schien, als wollte Dr. Hunter es mit ihm aufnehmen.

Sadie sah Reggie sofort. Sie stand auf, spitzte die Ohren, wie sie es tat, wenn sie Wache halten musste. Reggie spürte so etwas wie ein Glücksgefühl in sich aufwallen. Es war gut, jemanden zu haben (wenn ein Hund jemand war), der sich freute, einen zu sehen. Sadie wedelte mit dem Schwanz. Hätte Reggie einen Schwanz gehabt, hätte sie auch damit gewedelt.

»Einen Freund besucht?«, fragte eine alte Dame in der Schlange für den 24er-Bus vor dem Krankenhaus.

»Ja«, sagte Reggie. Er war nicht wirklich ein Freund, aber er würde einer werden. Eines Tages. Er gehörte jetzt ihr.

»Ich komme wieder«, hatte sie zu Jackson Brodie gesagt. »Ganz bestimmt«, hatte sie hinzugefügt. Reggie würde nie zu jemandem werden, der nicht wiederkam.

Sie hatte vergessen, ein Buch mitzunehmen, aber sie fand die verstümmelte *Ilias* in ihrer Tasche und las um das Loch in der Mitte herum. Der Anfang des sechsten Gesangs war intakt, und sie kontrollierte ihre Übersetzung – *Nestor anjetzt ermahnte mit lautem Ruf die Argeier: Freund', ihr Helden des Danaerstamms, o Genossen des Ares! Lasst keinen zurück.* Ziemlich gut.

Die Busfahrt wurde schicksalhaft gestört von einem Anruf von Sergeant Wiseman, der sie davon in Kenntnis setzte, dass Ms MacDonald noch nicht »verfügbar« sei. »Toxikologische Tests und so weiter«, sagte er vage.

»Wann glauben Sie denn, dass sie beerdigt werden kann?«, fragte Reggie.

Reggie überlegte, ob Ms MacDonald *(ihre Tote)* überhaupt beerdigt werden wollte. Wurmfutter oder Asche? *Sie ist tot; wer immer stirbt, sich auflöst in die ersten Elemente.* Das hatten sie in der Schule durchgenommen. Sie hatten Donne gelesen. Ha.

In Reggie tat sich eine schreckliche Leere auf, als hätte jemand alle lebenswichtigen Organe entfernt. Die Welt zog sich zurück. Panik machte sich in ihr breit, so wie damals, als man sie von Mums Tod unterrichtet hatte. Wo war Dr. Hunter? Wo war Dr. Hunter? Wo *war* sie?

Er war Kriminalpolizist. Früher. Sie wussten, wie man Leute findet. Leute, die verschwunden waren.

Ein guter Mann ist schwer zu finden

Aber leicht zu verlieren.

Sie bekam keine Luft. Ein schweres Gewicht drückte ihr auf die Brust und erstickte sie, ein großer Felsen zermalmte sie, folterte ihre Lunge. Louise wachte erschrocken auf und schnappte nach Luft. Verdammt, was war das gewesen?

Es schien unnatürlich früh, extrem früh, so wie es sich anfühlte und anhörte. Sie tastete nach ihrer Brille. Ja, tatsächlich, die digitale Anzeige auf der Nachttischuhr glühte halloweengrün und zeigte nur Fünfen, fünf Uhr fünfundfünfzig.

Ihr Kopf pochte, und ihr Magen war in Aufruhr, der Wein vom Vorabend floss noch träge in ihrem Blut. Rotwein war keine gute Idee gewesen, er zerrte die rührselige Schottin aus dem dunklen, kariert ausgeschlagenen Loch in ihr, in dem sie lebte. Whisky beruhigte das verbitterte Monster, aber Rotwein brachte sein Blut in Wallung.

Sie war noch immer jeden Morgen überrascht, dass sie neben einem Mann erwachte. Diesem Mann. Er schlief ruhig, die ganze Nacht in Embryohaltung, weit auf seiner Seite des neuen kaisergroßen Bettes. Ohne dass sie es ihm erklären musste, verstand Patrick, dass sie viel Platz für ihren unruhigen Schlaf brauchte.

Es hatte ihn letzte Nacht amüsiert, dass die gluckenhafte Anwesenheit von Bridget im Gästezimmer am anderen Ende des Gangs Sex für Louise vollkommen unmöglich machte. Mit Samantha hatte er es vermutlich in Hörweite seiner Schwester getan. Louise glaubte, dass Samantha *in extremis* leise gewesen war. Patrick war es jedenfalls, gab keinen Laut außer einem diskreten, aber schmeichelhaften Stöhnen von sich. Louise dagegen schrie.

Der Sex war gut, aber er haute einen nicht vom Stuhl, er war nicht *gierig*. Sie trieben keine Unzucht, sie schliefen miteinander. Louise hatte »miteinander schlafen« immer als euphemistischen Ausdruck für einen animalischen Instinkt betrachtet, aber Patrick teilte diese Ansicht nicht. Das Ehebett sei heilig, sagte er, ein gottloser Mann, wenn auch ein gottloser Ire, was nahezu ein Widerspruch in sich war.

Zuerst fand sie, dass ihre zivilisierten Paarungen von beträchtlichem Charme geprägt waren – sie hatte genügend verschwitzte wilde Begegnungen hinter sich –, aber mittlerweile begann sie daran zu zweifeln. Sollte sie Jackson jemals küssen, dann wäre das das Ende von Anstand und guten Manieren. Zwei Tiger, die des Nachts brüllten. Nicht letzte Nacht im Krankenhaus, das war ein züchtiger Kuss für einen Kranken gewesen. Sollten sie sich jemals richtig küssen, würden sie Atem austauschen, würden sie ihre Seelen austauschen. Denk nie im Bett eines Mannes an einen anderen Mann, insbesondere wenn der Mann im Bett dein Mann ist. Der Gipfel schlechter Manieren, Louise. Schlechte Ehefrau. Miserable Ehefrau.

Sie sah zu, wie die Uhr auf fünf Uhr sechsundfünfzig sprang, und schlüpfte leise aus dem Bett. Patrick wachte normalerweise nicht vor sieben Uhr auf, aber Bridget und Tim waren Frühaufsteher, und Louise hielt sich für nicht in der Lage, um diese Uhrzeit eine höfliche Konversation mit einem von beiden zu führen. Oder, Gott bewahre, ein weiteres Frühstück *en famille.* Dennoch war sie entschlossen, sich für die restliche Zeit ihres Besuchs auf die Zunge zu beißen, sie falls nötig abzubeißen und so höflich wie eine Hausdame zu sein. Die Hündin trug einen Maulkorb.

Sie setzte ihre Kontaktlinsen ein und betrachtete sich im Spiegel. Sie sah immer noch erschöpft aus – sie *war* erschöpft –, doch gleichzeitig fühlte sie sich über die Maßen erleichtert, weil sie zur Arbeit gehen und nicht Gastgeberin spielen musste.

Sie dachte an Jackson, wie er im Bett lag, geschunden und verletzt, ausgezählt. Er war der Typ, der immer wieder auf die Beine kam, aber eines Tages wäre es natürlich vorbei. Warum war er immer zur falschen Zeit am falschen Ort? Sie hörte ihn *Vielleicht war es der richtige Ort zur richtigen Zeit* sagen. Er war überaus irritierend, sogar in ihrer Phantasie.

Er sah so verletzlich aus. *Der König sitzt in Dumfernline und trinkt blutroten Wein.*

Der König der Fischer, krank und ausgezehrt, um ihn herum verödete das Land. Musste man den König wiederbeleben, um das Land zu retten, oder musste man ihn opfern? Sie erinnerte sich nicht. *Blutopfer.* Das war der Titel von Martina Applebys Gedichtband. Sie schrieb unter ihrem Mädchennamen, nicht dem unglückseligen »Mason«. Louise hatte sie gegoogelt und einen kleinen Artikel gefunden. Howard Mason hatte sie »seine Muse« genannt. Eine Weile zumindest. In einem kaum verhüllten Schlüsselroman war sie Ingegerd, »der schwermütige skandinavische Mühlstein um seinen Hals, der ihn unter Wasser zog«. Nicht gerade einfallsreich, unser Howard, wenn es um Metaphern ging. Jetzt war Martina vergriffen. Sie waren alle vergriffen. Jeder Einzelne von ihnen. Außer Joanna.

Sie ging auf Zehenspitzen durchs Haus, verzichtete darauf, Kaffee zu machen, weil es zu viel Lärm verursacht hätte.

Beeinträchtigt von ihrem Kater schaffte Louise die große Flucht nicht ganz. Als sie ihren Mantel zuknöpfte, wallte die gute alte Bridget herunter – in einem entzündlich orangefarbenen Morgenmantel aus Satin – und sagte: »Musst du schon zur Arbeit?«, und Louise sagte: »Die Bösen ruhen nicht, die Polizei auch nicht.«

»Mach dir keine Sorgen, ich kümmere mich um Patrick«, sagte Bridget, und Louise – die sich im Bruchteil einer Sekunde von der gesetzlich angetrauten Schwägerin zur Außenseiterin verwandelte – knurrte: »Ich mache mir keine Sorgen, er ist zweiundfünfzig, er kann sich um sich selbst kümmern.« Die Hündin hatte den Maulkorb durchgebissen.

Als Louise aus der unterirdischen Garage kam, hätte sie beinahe den Briefträger überfahren, der eine Eilsendung brachte, einen weiteren Band von Howard Masons Œuvre, den sie im Internet gefunden hatte. Sie unterschrieb, steckte ihn ins Handschuhfach und fuhr davon.

Diesmal ging sie nicht zur schicken Vordertür, sondern am Haus entlang zur Hintertür. Der Weg führte an der Garage vorbei, und durchs Fenster sah sie Dr. Hunters tugendhaften Prius, genau wie Reggie gesagt hatte. Am Dienstag hatte Louise auf der Straße geparkt und gewartet, bis Dr. Hunter von der Arbeit nach Hause kam. Sie hatte zugesehen, wie ihr Wagen auf die Einfahrt fuhr, wie sie ins Haus ging, und sich gefragt, wie es war, als Einzige davongekommen zu sein. (»Schuldig«, sagte Joanna Hunter, »ich fühle mich jeden Tag schuldig.«)

»Ich schon wieder«, sagte Louise fröhlich, als Neil Hunter die Tür öffnete. Er schien in jeder Beziehung noch aufgelöster als gestern.

»Wissen Sie, wie viel Uhr es ist?«

Louise blickte auf ihre Uhr und sagte: »Zehn vor sieben«, wie eine hilfsbereite Pfadfinderin. Früher Morgen – die beste Zeit, um Drogendealer, Terroristen und unschuldige Ehemänner von fürsorglichen Allgemeinärztinnen zu wecken. Louise hatte es bei den Pfadfinderinnen nicht weit gebracht, sie wurde mit sieben Jahren hinausgeworfen. Es war komisch, weil sie sich selbst für eine gute Mannschaftsspielerin hielt, auch wenn sie bisweilen argwöhnte, dass niemand sonst in ihrer Mannschaft so dachte. (»Nicht Mannschaftsspielerin, Mannschafts*führerin*, Boss«, sagte Karen Warner diplomatisch.)

»Ich habe gesagt, dass ich wiederkommen würde«, sagte sie zu Neil Hunter, ganz Königin der Logik.

»Das haben Sie.« Er rieb sich die Bartstoppeln am Kinn und starrte sie einen Augenblick gedankenverloren an. Er schien in keiner guten Verfassung. Vielleicht war er einer der Männer, die eine Frau brauchten, um ihr Leben in den Griff zu kriegen (von denen gab es eine ganze Menge).

»Vermutlich wollen Sie reinkommen«, sagte er. Er drückte sich gegen den Türrahmen, so dass sie sich an ihm vorbeiquetschen musste. Ein bisschen zu nahe an Louises Einzäunung. Er roch nach Alkohol und Zigaretten und sah aus, als wäre er die ganze Nacht auf gewesen, wirkte dennoch nicht ganz so unattraktiv, wie er es hätte sollen. Louise würde ihn nicht von der Bettkante stoßen. Das heißt, wenn sie nicht verheiratet wäre, wenn er nicht verheiratet wäre, und wenn es nicht die minimale Möglichkeit gäbe, dass er seine Frau um die Ecke gebracht hatte. Blödsinn, Louise.

»Wie ich gesehen habe, steht Dr. Hunters Wagen in der Garage«, sagte sie.

»Er ist kaputt, muss was mit der Elektronik zu tun haben. Ich bringe ihn morgen in die Werkstatt. Jo hat ein Auto gemietet, um nach Yorkshire zu fahren.«

»Ich habe mehrfach versucht, Dr. Hunter zu erreichen, aber sie meldet sich nicht«, sagte Louise. Es stimmte nicht, aber na und. »Sie hat doch ihr Handy mitgenommen, oder?«

»Ja, natürlich.«

»Vielleicht könnten Sie mir die Telefonnummer und Adresse ihrer Tante geben?«

»Ihrer Tante?«

»Mhm.«

Er tippte sich mit dem Finger an die Schläfe und überlegte kurz, bevor er sagte: »Ich glaube, sie ist im Arbeitszimmer«, und verließ widerstrebend den Raum, als würde er sich auf eine besonders schwierige Suche machen.

Nachdem er in den Eingeweiden des Hauses verschwunden war, begann ein Telefon, ein Handy, zu klingeln. Es war in der Nähe, aber das Geräusch war gedämpft, als wäre das Handy irgendwo vergraben. Louise verfolgte das Klingeln bis zu der Schublade im großen Küchentisch. Als sie die Schublade aufzog, drang plötzlich Musik heraus. Es klang vage nach Bach, war jedoch zu obskur, als dass Louise es hätte identifizieren können. Dank Patrick erkannte sie jetzt viel, konnte aber nur ein paar bekannte Stücke benennen – Beethovens Fünfte, *Schwanensee, Carmina Burana* –, »Klassik light«, laut Patrick. Er war zudem ein großer Opernfan, insbesondere liebte er die Opern, die Louise nicht mochte. Sie war »eine Populistin«, meinte er lachend, weil ihr nur die großen Herzensbrecherarien gefielen. Im Wagen hatte sie eine CD von Maria Callas, eine »Best of«, die sie viel hörte, obwohl sie bezweifelte, dass es gesundes Entertainment bei Autofahrten war.

Instinktiv wollte sie an das klingelnde Handy gehen, doch es wäre aufdringlich, ja, unethisch gewesen. Sie nahm trotzdem ab.

»Jo?« Eine Männerstimme, eine Stimme, der man die Aufregung und Spannung anhörte, sogar in dieser einen Silbe.

»Nein«, sagte Louise. Louise gestand sich ein, dass sie sich darauf gefreut hatte, Joanna Hunter wiederzusehen, sich diese Freude jedoch verweigert hatte. Joanna Hunter war der Grund gewesen, warum sie heute Morgen gekommen war, nicht Neil Hunter.

Wer immer es war, legte sofort auf. Wenn es Joanna Hunters Handy war, warum lag es dann in der Schublade? Und wer rief sie an – falsche Nummer gewählt? Ein Liebhaber? Ein verrückter Patient?

Sie legte das Handy zurück und schloss die Schublade. Der Akku war so gut wie leer. Neil Hunter musste es während der letzten beiden Tage klingeln gehört haben. Warum hatte er es nicht einfach ausgeschaltet? Vielleicht wollte er wissen, wer seine Frau anrief. Er kehrte in die Küche zurück, und Louise sagte: »Ich würde gern Dr. Hunters Handy sehen, wenn es Ihnen nichts ausmacht.«

»Ihr Handy?«

»Ihr Handy«, sagte sie bestimmt. »Wir haben ein Problem,

Andrew Decker zu finden, ich muss wissen, ob er Dr. Hunter während der letzten Tage angerufen hat.« Sie improvisierte. Erfand, während sie sprach, tat das nicht jeder? Nein?

»Warum sollte Andrew Decker sie anrufen?«, sagte Neil Hunter. »Jo ist doch bestimmt die letzte Person, mit der er sich in Verbindung setzen würde?«

»Oder die erste. Ich will mich nur vergewissern«, sagte Louise. Sie lächelte Neil Hunter aufmunternd an und streckte ihm die Hand hin. »Das Handy?«

»Sie hat es mitgenommen, das habe ich Ihnen doch gestern schon gesagt.«

»Nur, dass sich Dr. Hunter nicht meldet, wenn ich sie anrufe«, sagte Louise unschuldig (oder so unschuldig wie möglich). Sie wählte auf ihrem Handy eine Nummer und hielt es hoch, als wollte sie ihre Unfähigkeit, Dr. Hunter zu erreichen, demonstrieren. Ein paar Sekunden später setzte der blecherne, gedämpfte Bach ein. Neil Hunter starrte auf den Holztisch, als hätte der gerade die Beine in die Luft geworfen und einen Cancan getanzt. Louise öffnete die Schublade und nahm das Handy heraus.

»Na, so was. Jo hat es dagelassen, ist das zu fassen?«, sagte er. Er war nicht so gut darin, Unschuld zu heucheln, wie Louise. »Ehrlich, meine Frau ist manchmal so was von vergesslich.« (Was hatte das Mädchen gesagt: *Dr. Hunter vergisst nie etwas.*)

»Sie haben also nicht mit ihr gesprochen?«

»Mit wem?«

»Mit Ihrer Frau, Mr Hunter.«

»Natürlich habe ich das, das habe ich Ihnen doch gesagt. Dann habe ich sie eben auf dem Telefon ihrer Tante angerufen.« Er reichte ihr einen Zettel mit einer Adresse und einer Telefonnummer. Die Tante.

»Wann?«, fragte Louise.

»Gestern.«

»Haben Sie was dagegen, wenn ich das Handy mitnehme?«

»Sie wollen ihr Handy mitnehmen?«

»Ja«, sagte sie. »Ich will ihr Handy mitnehmen.«

Sie saß im Wagen vor Alison Needlers Haus und trank einen unterwegs gekauften Kaffee.

Agnes Barker. Die alte Tante, wie eine Figur in einer Farce, überhaupt nicht wie eine wirkliche Person (*Die Bühne betritt von links:* »Eine alte Tante«). Die Tante war siebzig, nicht so alt, nicht heutzutage. Das Alter rückte in die Ferne, je näher man ihm kam. Lebe schnell, stirb jung, hatte Louise früher gescherzt, aber es war schwer, sich rasch zu bewegen, wenn man von Wäschetruhen und silbernen Serviettenringen behindert wurde, ganz zu schweigen davon, dass man sich freiwillig für den Rest des Lebens an einen einzigen Mann gekettet hatte. Verstand man das unter Eheschließung? Ein guter Mann, rief sie sich ins Gedächtnis.

Sie hatte im Internet recherchiert und ein paar Dinge über Agnes Barker herausgefunden – geborene Agnes Mary Mason, 1936, Besuch der Königlichen Schauspielakademie, ein paar Jahre auf der Bühne, 1965 Heirat mit Oliver Barker, einem Hörfunkproduzenten der BBC. Sie lebten in Ealing, keine Kinder. Umzug nach Hawes 1990, der Mann war vor zehn Jahren gestorben.

In *Der Ladenbesitzer* gab es eine Schwester namens »Margot« – ein hochnäsiges, snobistisches Mädchen –, vermutlich Agnes' fiktionales Alter Ego. Louise hatte allmählich das Gefühl, sie könnte bei *Mastermind* auftreten und alle Fragen zu »Leben und Werk von Howard Mason« beantworten.

Auf Künstlerin machende Schwester eines auf Künstler machenden Bruders. In *Der Ladenbesitzer* ging Margot noch in die Schule, hatte jedoch »närrisch unrealistische Träume von Ruhm und Erfolg«.

Es gab keinen Grund auf der Welt, an der Existenz der Tante oder an ihrem Zustand zu zweifeln. Doch als sie Joanna Hunters Handy überprüfte, was sie jetzt tat, und die Anrufer und gewählten Nummern mit der Nummer verglich, die ihr Neil Hunter widerwillig gegeben hatte, tauchten keine Anrufe bei oder von Agnes Barker auf, überhaupt keine Anrufe aus Hawes. Vielleicht benutzten Joanna Hunter und ihr Mann die Tante als eine Art Deckung, um Joanna Hunter Raum zu geben. Damit sie sich *entziehen* konnte. Unwahrscheinlich.

Joanna Hunter hatte am Mittwoch sechs Anrufe getätigt und war fünfmal angerufen worden. Am Donnerstag war sie mehrmals angerufen worden – oder zumindest das Telefon. Sie kramte Reggie Chases Nummer heraus, und die meisten Anrufe waren von ihr, was keine Überraschung war. Jede weitere Erforschung von Joanna Hunters Handy erwies sich als unmöglich, weil der Akku, der auf dem letzten Loch pfiff, endgültig den Geist aufgab.

Sie rief bei Agnes Barker an, und eine höfliche roboterhafte Stimme informierte sie darüber, dass diese Nummer nicht länger existierte. Sie rief im Revier an und beauftragte den geschicktesten Kollegen, herauszufinden, wann das Telefon abgeschaltet worden war. Keine zehn Minuten später rief er zurück und sagte: »Letzte Woche, Boss.« Abgeschaltet und vergriffen. Die Masons waren wie ein Trugbild, alles nur Rauch und Spiegel.

Louise blätterte in dem neuen Buch von Howard Mason, *Der Weg nach Hause,* zwei Jahre nach seiner Hochzeit mit Gabrielle geschrieben. Die Protagonistin des Romans hieß Francesca und hatte exotische Eltern und eine kosmopolitische Jugend, eine ganz andere Welt als der männliche Protagonist, Stephen, der in einer klaustrophobischen Bergarbeiterstadt in West Yorkshire aufgewachsen war – überall schmutzige Kanäle und rußgeschwärzte Häuser. (Louise fragte sich, wie Jackson Howards Buch finden würde.)

Stephen, der seinem Erbe nördlichen Elends entkommen war, lebte jetzt ein Zigeunerleben mit seiner neuen Schulmädchenfrau – er war mit ihr durchgebrannt – in den Boheme-Enklaven Europas. In dem Buch gab es unheimlich viel Sex, auf jeder zweiten Seite fielen Stephen und Francesca übereinander her wie die Karnickel, saugten und stießen und bäumten sich auf. Louise vermutete, dass Howard Mason dank des vielen Sex in Mode gekommen war, und zwar – sie schlug das Publikationsjahr nach – 1960. Louise gähnte, es war erstaunlich langweilig, um diese Uhrzeit, ja, zu jeder Tageszeit, Sexszenen zu lesen.

Die Tür der Needlers wurde geöffnet, und Alison steckte den Kopf heraus, um zu kontrollieren, ob die Luft rein war, bevor sie kurz darauf mit den Kindern wieder auftauchte. Sie führte sie die Straße entlang in die Schule, als wären sie ein ungebärdiges Rudel Hunde, doch tatsächlich waren sie so fügsam wie Zombies. Die vier Needlers nahmen ein ganzes Arsenal von Aufputsch- und Beruhigungsmitteln zu sich. Louise ließ den BMW an und fuhr langsam hinter ihnen her. Als sie durch das Schultor gingen, blieb Louise am Straßenrand stehen, und Alison Needler nickte ihr kaum merklich zu.

Es war noch dunkel, sie näherten sich der Wintersonnenwende, und es würde ein Tag, an dem die Sonne nicht aus dem Bett aufstand. Louise blickte auf die Uhr. In der Praxis, in der Joanna Hunter arbeitete, würde Hochbetrieb herrschen, wenn sie zurück in Edinburgh wäre. Sie ließ den Motor an und machte sich auf den Weg. Sie fragte sich, wie viele Kilometer der Tacho des BMWs anzeigen würde, wenn sie endlich wieder das Gefühl hätte, nicht mehr unterwegs sein zu müssen.

Keine Nachricht von Dr. Hunter, kein einziges Wort, seitdem sie am Donnerstagmorgen von ihrer plötzlichen Beurlaubung erfahren hatten.

Louise gelang es schließlich, die Sprechstundenhilfe aufzuspüren, die den Anruf entgegengenommen hatte, und rief sie vom Wagen aus an. Es war ihr freier Tag, und sie klang, als machte sie Weihnachtseinkäufe. »Ich bin im Gyle«, sagte die Sprechstundenhilfe mit erhobener Stimme, um Slade zu übertönen. Die Frau klang verständlicherweise genervt, Louise wäre genervt, wenn sie im Gyle Shopping Centre Weihnachtseinkäufe machen müsste. Was sollte sie Patrick zu Weihnachten schenken? Archie war leicht, er wünschte sich Geld (»Viel Geld, bitte«), aber Patrick erwartete etwas Persönliches, etwas von Bedeutung. Louise war nicht gut mit Geschenken, sie wusste weder, wie man sie annahm, noch, wie man sie gab. Und das nicht nur bei Geschenken.

»Nein«, sagte die Sprechstundenhilfe nach einem Augenblick des Zögerns. »Nicht Dr. Hunter, ihr Mann hat angerufen. Er sagte, es handelt sich um einen Notfall in der Familie.«

»Sind Sie sicher, dass es ihr Mann war?«

»Tja, das hat er zumindest behauptet. Er war aus Glasgow«, fügte sie hinzu, als entschiede das die Sache. »Sie ist zu einer kranken Tante gefahren.«

»Ja«, sagte Louise. »Das habe ich auch gehört.«

Sheila Hayes leitete eine Pränatalpraxis am Ende des Korridors. Die Gegenwart von so viel Fruchtbarkeit nervte Louise, es war schlimm genug, mit Karen zu arbeiten, aber hier war die Luft gesättigt mit Hormonen, während busgroße Fruchtbarkeitsgöttinnen in alten, mit Eselsohren versehenen Ausgaben von *OK!* blätterten und das Gewicht ihrer unförmigen Massen auf den harten Stühlen verlagerten.

Louise zeigte der Sprechstundenhilfe ihren Polizeiausweis und sagte: »Sheila Hayes?«, und die Sprechstundenhilfe deutete auf eine Tür und sagte: »Eine Frau ist gerade bei ihr drin.« Mehr Frauen. Frauen des Sees, der Lampe, der Nacht. Louise wartete, bis die Frau, bereits von zwei Kindern behindert, herauswatschelte, und schlüpfte ins Sprechzimmer der Hebamme.

Sheila Hayes lächelte sie freundlich an, schaute in ihre Akte und sagte: »Mrs Carter? Ich glaube, wir kennen uns noch nicht.«

»Ich bin nicht Mrs Carter«, sagte Louise und hielt ihr den Ausweis hin. »Detective Chief Inspector Louise Monroe.« Sheila Hayes' Lächeln erlosch. »Ich habe eine Frage zu Dr. Hunter.«

»Ist ihr was passiert?«

»Nein. Ich führe Routineermittlungen wegen der Geschäfte ihres Mannes durch –«

»Neil?«

»Ja, Neil. Ich wäre Ihnen dankbar, wenn Sie mit niemandem darüber sprechen würden.«

»Natürlich.«

Louise vermutete, dass die gesamte Praxis davon wüsste, bevor sie wieder draußen wäre. Die Sprechstundenhilfe war angesichts von Louises Ausweis vor Neugier schier geplatzt. »Ich versuche, Dr. Hunter ausfindig zu machen, sie hat Ihnen nicht gesagt, dass sie verreist?«

»Nein«, sagte Sheila Hayes. »Offenbar ist sie bei einer Tante, laut Reggie – Reggie ist das Mädchen, das sich um ihr Baby kümmert. Jo sollte mich am Mittwochabend treffen, aber sie kam nicht und hat sich am Telefon nicht gemeldet, als ich sie anrief, um herauszufinden, was los war. Das ist sehr untypisch für sie, aber vermutlich hat es etwas mit der Geschichte in der Zeitung zu tun.«

»Mit welcher Geschichte?«

»Was gefällt dir besser?«, fragte Karen Warner. »›Mason-Mörder vermisst‹ oder ›Das Ungeheuer von Bodmin Moor‹. Es war nicht Bodmin Moor.«

»Eine schottische Zeitung«, sagte Louise, »ist zwangsläufig vage, wenn es um englische Geographie geht.«

»*Nachdem er dreißig volle Jahre für den brutalen Mord an* bla, bla, bla. *Gesicht eines Mörders*. Das Foto ist über dreißig Jahre alt. *Joanna Mason änderte ihren Namen und arbeitet vermutlich als Allgemeinärztin in Schottland*, und so weiter. Sie haben sie noch nicht gefunden. Aber sie sind ihr auf den Fersen.«

»In gewisser Weise wünschte ich, sie würden«, sagte Louise. »Sie finden.«

»Wirklich?«

Eine DC namens Abbie Nash steckte den Kopf zur Tür herein und sagte: »Boss? Sie wollten was von mir.«

»Ja, rufen Sie die Autovermietungen an und finden Sie heraus, ob Joanna Hunter am Mittwoch einen Wagen gemietet hat. Und Abbie«, sagte Louise und reichte ihr Joanna Hunters Handy. »Lassen Sie jemand anders die Nummern auf dem Handy überprüfen, es gehört auch Joanna Hunter.«

»Sofort, Boss.« Abbie war eine kleine, stämmige Frau, die aussah, als könnte sie bei einem Faustkampf ihren Mann stehen. Sie hatte mehr Phantasie, als ihr schlechter Haarschnitt nahelegte. »Sandy Mathieson sagt, dass sie die Überlebende des Mason-Massakers ist«, sagte sie. »Ich habe sie gegoogelt. Gerüchteweise ist sie wieder verschwunden.«

Louise fragte sich, wie viele Menschen sterben mussten, damit aus einem Mord ein Massaker wurde. Doch bestimmt mehr als drei?

»Chips?«, sagte Karen und hielt beiden eine knisternde Tüte hin. »Roastbeefgeschmack.« Abbie Nash nahm eine Handvoll, aber Louise winkte ab, ihr wurde allein vom Geruch übel. Auf diese Weise musste man zum Vegetarier werden.

»Ich will nur wissen, wo sie ist und ob alles in Ordnung ist«, sagte Louise. »Und ich will sicher sein, dass sich Andrew Decker nicht in ihrer Nähe aufhält.«

Was hatte Reggie gesagt? *Hat irgendjemand mit ihr gesprochen?* Nein, offenbar nicht. »Das Problem ist, dass sie verschwunden ist, aber niemand sie als vermisst gemeldet hat.« Louise seufzte. »Ich glaube, es ist ein Fall von *cherchez la tante*.«

Komisch, hätte Reggie Chase gesagt. Neil Hunters Reaktion auf den verwirrenden Fund des Handys seiner Frau hätte Ingrid Bergman in *Das Haus der Lady Alquist* alle Ehre gemacht, war jedoch längst nicht so sehenswert wie seine Miene, als der Motor des Prius zufrieden schnurrte, nachdem Louise ihn angelassen hatte. »Wunderheilung?«, sagte sie unschuldig zu Neil Hunter.

Er versuchte es mit Lachen. »Brauche ich einen Anwalt?«, sagte er.

»Das weiß ich nicht. Brauchen Sie einen?«, sagte sie.

Bleib bei mir

Sie war neun, als Martina starb. Sie kam von der Schule nach Hause – ihr Vater war nirgendwo zu sehen –, als zwei Männer eine in ein Laken gewickelte Leiche auf einer Trage von oben heruntertrugen.

Joanna war nicht sicher, wer es war, bis sie in Martinas Zimmer lief, die zerwühlten Laken und die leeren Flaschen auf dem Boden sah und etwas Kränkliches roch, das auf eine Katastrophe deutete.

Martina hatte eine Notiz hinterlassen auf einer blumengemusterten Karte, Teil des Briefpapiers, das Joanna ihr zu Weihnachten geschenkt hatte. Sie lag auf dem Kaminsims im Esszimmer und war von der Polizei übersehen worden. Sie enthielt nichts Denkwürdiges, kein Gedicht, nur ein verschlafenes Gekritzel, »Zu viel« und etwas auf Schwedisch, was für immer unübersetzt blieb.

Sie suchte ihren Vater und fand ihn in seinem Arbeitszimmer, wo er sich bis auf den Grund einer Whiskyflasche vorgearbeitet hatte. Sie stand auf der Schwelle und hielt die Karte hoch. »Martina hat dir was geschrieben«, sagte sie, und er sagte, »Ich weiß«, und warf die Whiskyflasche nach ihr.

Eine Weile blieben Joanna und ihr Vater allein. Nachdem sie zu ihm gezogen war, nachdem alle, die sie liebte, tot waren, hatte er ein Kindermädchen eingestellt, eine vertrocknete Stange von einer Hexe in strenger Kleidung, die glaubte, dass Joanna die Tragödie am besten überwinden würde, wenn man so tat, als hätte sie sich nie ereignet.

Es dauerte lange, bevor Joanna zur Schule gehen konnte. Jedes Mal, wenn sie sich dem Schultor näherte, sackten ihr die Beine weg, und der Psychiater, den ihr Vater zu Rate zog (ein Mann in Tweed, der nach Zigaretten roch und mit dem sie lange und verlegen schwieg), schlug vor, sie eine Zeitlang zu Hause zu unterrichten, und so musste das Kindermädchen doppelten Dienst tun als Gouvernante und Lehrerin, die Joanna jeden Tag Unterricht gab, schrecklich langweilige Arithmetik- und Englischstunden. Wenn sie etwas falsch oder einen Klecks in ihre Hefte machte oder nicht aufpasste, schlug sie Joanna mit dem Lineal auf die Hand. Als Martina das Kindermädchen einmal bei einem Schlag erwischte, griff sie nach dem Lineal und schlug ihr damit ins Gesicht.

Es gab ein fürchterliches Theater, das Kindermädchen sprach davon, die Polizei zu rufen, aber Howard wurde sie irgendwie los.

Er war gut darin, Frauen loszuwerden. Joanna erinnerte sich nur noch daran, dass sich Martina, nachdem das Kindermädchen mit einem Taxi davongefahren war, zu ihr wandte und sagte: »Kein Kindermädchen mehr, Schatz. Ich kümmere mich von jetzt an um dich. Versprochen.« *Versprich nichts, was du nicht halten kannst*, sagte ihre Mutter immer, und sie hatte recht. Sie sagte es nicht zu ihren Kindern, sie sagte es vor allem zu ihrem Vater, Howard Mason, dem großen Heuchler.

Die Frau, die nach der Dichterin kam (die in Wahrheit vor der Dichterin kam, was einer der Gründe war, warum sich Martina mit ihren Flaschen der Erlösung ins Bett legte), war Chinesin, eine Künstlerin aus Hongkong, die Howard versicherte, dass Joanna glücklicher wäre, wenn sie nicht in die örtliche Schule ging, wo sie sich endlich eingelebt hatte, sondern in ein Internat tief in den Falten der Cotswolds, und so wurde Joanna auftragsgemäß weggeschickt, bis sie achtzehn war. Nur in den Ferien kam sie nach Hause.

Ihr Vater lebte Jahre im Exil in Los Angeles und versuchte, eine neue Karriere zu starten, und sie verbrachte die Schulferien bei Tante Agnes und Onkel Oliver, schreckliche Menschen, die Angst vor Kindern hatten und sie wie ein gefährliches, wildes Tier behandelten, das ständig gequält und an die Leine genommen werden musste. Jetzt beschränkte sich ihr Kontakt auf den Austausch von Weihnachtskarten. Joanna konnte ihrer Tante nie verzeihen, dass sie sie nicht mit Liebe verwöhnt hatte, wie sie es an ihrer Stelle getan hätte.

Nur weil sie eine Anzeige in der Zeitung sah, wusste sie, dass ihr Vater gestorben war. Seine fünfte, vergessliche Frau hatte es unterlassen, sie zu benachrichtigen, und ließ ihn verbrennen und seine Asche verstreuen, bevor Joanna erfuhr, dass er endlich gestorben war. Da lebte er in Rio wie ein Verbrecher oder ein Nazi. Die fünfte Frau war Brasilianerin, und vielleicht hatte Howard auch davon abgesehen, ihr von seiner Tochter zu erzählen.

Sie hätte untergehen können, aber die Schule glich die Versäumnisse der Masons aus. Durch reinen Zufall hatte Howard sie in ein Internat gesteckt, in dem man sie förderte und hegte, und im Gegenzug erwies sie sich als heiter und liebte das Schulleben mit seinen geordneten Tagen und seinen tröstlichen Regeln.

Als Joanna von der Schule ging und studierte, hatte Howard eine weitere Frau und mehrere Geliebte verschlissen, aber er bekam keine Kinder mehr. »Ich hatte Kinder«, erklärte er betrunken in Gesellschaft wie ein auf seine Wirkung bedachter Tragöde. »Sie sind nicht zu ersetzen.«

»Und du hast immer noch Joanna«, erinnerte ihn jemand, und er sagte: »Ja, natürlich. Gott sei Dank, ich habe immer noch Joanna.«

»Zehn lagen in einem Bett«, sang sie dem Baby leise vor, obwohl es schlief. »Und der Kleinste sagte: ›Rutsch rüber, rutsch rüber.‹« Es war problemlos auf der unebenen Matratze eingeschlafen, auf der sie gemeinsam schliefen, aber wie gewöhnlich um vier Uhr morgens aufgewacht, um gestillt zu werden. Die Zeit der Nacht, wenn die Menschen starben und geboren wurden, wenn der Körper dem Kommen und Gehen der Seele den geringsten Widerstand leistete. Joanna glaubte nicht an Gott, wie könnte sie, aber sie glaubte an die Existenz der Seele, ja, sie glaubte an Seelenwanderung, sie hätte sich zwar nicht vor einer wissenschaftlichen Konferenz dazu bekannt, doch sie glaubte, dass sie die Seelen ihrer toten Familie in sich trug und dass das Baby eines Tages das Gleiche für sie tun würde. Nur weil man eine rationale und skeptische Atheistin war, hieß das nicht, dass man nicht jeden Tag so gut wie möglich durchstehen musste. Es gab keine Regeln.

Die beste Zeit ihres Lebens war die Schwangerschaft gewesen, als das Baby noch sicher in ihr war. Sobald man auf der Welt war, fiel einem der Regen ins Gesicht, lüpfte der Wind das Haar, die Sonne brannte auf einen herunter und der Weg erstreckte sich vor einem und darauf ging das Böse.

Draußen war kohlrabenschwarze Nacht, ein winterweißer Mond ging auf.

Das Baby war so alt wie Joseph, als er starb. Er wurde so früh aus dem Leben gerissen, dass sie sich unmöglich vorstellen konnte, was für ein Mann er geworden wäre, hätte er gelebt. Bei Jessica war es einfacher, ihr Charakter stand mit acht schon fest. Loyal, einfallsreich, zuversichtlich, irritierend. Clever, manchmal zu clever. *Zu clever, als dass es noch gut für sie wäre,* sagte ihr Vater, aber ihre Mutter sagte: *Das ist nicht möglich. Vor allem nicht für ein Mädchen.* Hatten sie diese Dinge wirklich gesagt? Erfand sie sie, um die Lücken zu füllen, so wie sie sich eine Jessica vorstellte (lächerlich, ein Tagtraum, von dem sie niemandem erzählte), die in der Gegenwart lebte, in einem Paralleluniversum in den Cotswolds, in einem alten Haus mit einer Glyzinie an der Mauer. Vier Kinder, Regierungsberaterin für Dritte-Welt-Politik. Streitbar. Mutig. Verlässlich. Und ihre Mutter lebte irgendwo in blendendem Sonnenschein, malte wie eine Verrückte, die exzentrische englische Künstlerin.

Natürlich alles nur erfunden. Sie konnte sich nicht mehr wirklich an sie erinnern, aber das hielt sie nicht davon ab, eine Realität zu besitzen, die stärker als alles Lebende war, abgesehen von dem Baby selbstverständlich. Sie waren der Maßstab, an dem alles gemessen wurde, und die Vorbilder, an die nichts heranreichte. Abgesehen von dem Baby.

Sie war beraubt, ihr ganzes Leben war ein Akt der Beraubung, sie sehnte sich nach etwas, an das sie sich nicht mehr erinnerte. Manchmal hörte sie nachts in ihren Träumen den alten Hund bellen, und das brachte die Erinnerung an einen so unerträglichen Schmerz mit sich, dass sie sich bisweilen überlegte, erst das Baby und dann sich selbst zu töten, sie beide hinübergleiten zu lassen mit etwas so Friedvollem wie Opium, so dass ihm nie etwas Grässliches zustoßen konnte. Ein Notfallplan für den Fall, dass sie mit dem Rücken zur Wand stand, dass sie nicht davonlaufen konnte. Eine Hungersnot oder ein Atomkrieg. Ein Vulkanausbruch oder ein Komet, der auf die Erde fiel. Wenn sie in ein Konzentrationslager musste. Oder von bösen Psychopathen entführt wurde. Wenn es keine Spritzen gab, wenn es keine andere Möglichkeit gab, würde sie dem Baby die Hand aufs Gesicht legen und sich selbst erhängen. Einen Weg, sich zu erhängen, fand man immer. Manchmal brauchte man dafür große Selbstdisziplin. *Elsie Marley ist jetzt so fein, nie mehr füttert sie das Schwein.*

Wenn sie könnte, würde sie laufen, sie würde mit dem Baby davonlaufen, schnell wie der Wind, bis sie in Sicherheit war. Sie hörte Schritte, die die Treppe heraufkamen, und drückte das Baby an sich. Der böse Mann kam.

Reggie Chase,
jungfräuliche Kriegerin

Sie hatte Chief Inspector Monroe bislang dreimal angerufen, und niemand hatte sich gemeldet. Wenn sie Dr. Hunters Handy anrief, klingelte es nicht mehr, sondern eine Stimme vom Band setzte Reggie davon in Kenntnis, dass der Teilnehmer derzeit nicht erreichbar war. Vielleicht war der Akku leer, er musste mittlerweile angeschlagen, wenn nicht tot sein. Der dünne Faden, der Reggie mit Dr. Hunter verband, war gerissen. Dr. Hunters *Rettungsleine.* Auch Reggies.

Wenn Reggie Dr. Hunters Handy in die Hände bekäme, dann könnte sie die sogenannte Tante im »Telefonbuch« nachschlagen. Sie könnte die Tante anrufen und bitten, mit Dr. Hunter sprechen zu dürfen. Und dann würde Dr. Hunter sich melden, und Reggie würde – ganz beiläufig – sagen: »Hallo, ich wollte nur fragen, wann Sie zurückkommen. Hier ist alles in Ordnung. Sadie lässt grüßen.« Und Dr. Hunter würde sagen: *Vielen Dank, dass du angerufen hast, Reggie. Du fehlst uns beiden.* Und dann wäre die Welt wieder in Ordnung.

Sie musste nur ins Haus und das Handy finden. Und wenn Mr Hunter zurückkäme, könnte sie immer sagen, dass sie etwas vergessen hätte, ein Buch, eine Haarbürste, einen Schlüssel. Sie würde nicht einbrechen, technisch gesprochen, konnte man nicht einbrechen, wenn man den Schlüssel hatte, oder? Sie musstc wissen, dass es Dr. Hunter gut ging.

Sie stieg in der Blackford Avenue aus dem Bus und kaufte eine Tüte Chips in den Avenue Stores, bevor sie den Rest des Weges zu Dr. Hunters Haus ging. Die Chips schmeckten nach Käse und Zwiebeln, und kaum hatte sie sie probiert, musste sie die Tüte wegstecken, weil die Chips sie zu sehr an die Nacht des Zugunglücks erinnerten, daran, wie sie in Jackson Brodies luftlose Lungen geatmet und ihn ins Leben zurückgeholt hatte.

Der Range Rover war nicht zu sehen, was hieß, dass Mr Hunter nicht zu Hause war, da sich der eine nie ohne den anderen fortbewegte. Reggie duckte sich in die Büsche und spähte zum Haus, um sich zu vergewissern, dass wirklich niemand da war. Vielleicht hätte sie Billy mitnehmen sollen, dieses eine Mal wären seine Talente als geborener Anschleicher nützlich gewesen. Auch Billy meldete sich nicht am Telefon. Wozu waren Telefone gut, wenn nie jemand ranging?

Sadie winselte beim Anblick des Hauses leise vor Heimweh, und Reggie kraulte ihr die Ohren und sagte, »Ich weiß, altes Mädchen. Ich weiß«, wie Dr. Hunter es getan hätte.

Als sie nach dem Schlüssel kramte, berührten Reggies Finger das schmutzige Stück Decke, das in ihrer Tasche lag. Ein kleines grünes Fähnchen der Not, das sie deuten sollte, eine Fährte, der nachzugehen war, eine Brotkrümelspur, die zu verfolgen war. Wie traurig das Baby sein musste, weil es seinen Talisman verloren hatte. Wie traurig sie war, weil sie das Baby verloren hatte.

»Okay«, flüsterte sie Sadie zu, und der Hund sah sie fragend an. »Gehen wir.«

Erst der Zapfenschlüssel, dann der Sicherheitsschlüssel, so weit, so gut. Im Flur blieb sie einen Augenblick stehen, um zu überprüfen, dass die Luft rein war, während Sadie die Treppe hinaufstürmte auf der Suche nach Dr. Hunter, doch Reggie war es sonnenklar, dass weder Dr. Hunter noch das Baby hier waren. Im Haus atmete niemand, es war still wie ein Grab. Tote Luft. Sogar die Uhren waren stehen geblieben, weil niemand sich die Mühe machte, sie aufzuziehen. Die Abwesenheit Dr. Hunters in ihrem eigenen Haus lastete schwer auf Reggies Herzen.

Die Küche war jetzt unaufgeräumter, obwohl nichts darauf hinwies, dass Mr Hunter gekocht hatte. Auf dem Tisch befanden sich die Überreste einer Pizza und eine Menge schmutziger Gläser, die er nicht in die Geschirrspülmaschine gestellt hatte. Der Kühlschrank war noch gefüllt mit denselben Lebensmitteln, die schon am Mittwoch darin gewesen waren. Die Bananen in der Obstschale waren jetzt schwarz, und die Äpfel begannen zu verschrumpeln. In einer Ecke hing eine große Spinnwebe an der Decke.

Es war, als würde sich die Zeit in Dr. Hunters Abwesenheit beschleunigen. Wie lange würde es dauern, bis das Haus in seinen Urzustand zurückkehrte? Bis es ganz verschwand und Wiese und Wald Platz machte?

Reggie suchte überall in der Küche nach dem Handy – in der Tischschublade, in allen Schränken, im Kühlschrank, im Backofen, aber sie fand es nicht. Sie fragte sich, wo sie noch suchen könnte, als sie hörte, wie der Range Rover mit gewohnt brutaler Geschwindigkeit und dramatischem Finish vorfuhr. Ihm folgte ein ebenso aggressiv klingender zweiter Wagen.

Autotüren wurden zugeschlagen, und auf dem Kiesweg neben dem Haus knirschten schwere Schritte – sie gingen zur

Hintertür, zur Küche. Reggie rannte die Treppe hinauf wie ein Spülküchenmädchen, das mit der Hand in der Keksdose erwischt worden war, und in Dr. Hunters Schlafzimmer, wo ihre Verbrechergefährtin schlafend auf dem Bett lag. Sadie erwachte, als Reggie hereingelaufen kam, und bellte leise, aber aufgeregt. Reggie sprang aufs Bett und schloss die Hand um die Schnauze des Hundes. In dieser Art von Stress konnte man an einem Herzinfarkt sterben.

Sie hörte Stimmen von unten, jetzt im Flur. Mr Hunter und zwei andere Männer, die laut sprachen. Sie verstand nicht, was sie sagten, aber sie kamen näher, sie waren nicht mehr im Flur, sie waren auf der Treppe. Unter diesen Umständen konnte man definitiv an einem Herzinfarkt sterben. Reggie packte Sadies Halsband und zerrte daran. »Komm«, flüsterte sie verzweifelt. »Wir müssen uns verstecken.« Im Schlafzimmer gab es natürlich nur ein Versteck, den begehbaren Schrank, die letzte Zuflucht für das unschuldige Opfer des Slashers in Horrorfilmen. Schnell trat Reggie in Dr. Hunters Hälfte und zog die widerstrebende Sadie zu sich.

Es gab nicht genügend Platz zum Atmen, es war schrecklich, es war, als würde man nach Narnia gehen, aber es befände sich keine Welt dahinter, nur Dr. Hunters Kleider, die gegen Reggies Gesicht drückten und nach Dr. Hunters Parfum dufteten. Reggies Herz war nicht mehr in ihrer Brust, es war zu groß und zu laut, um noch hineinzupassen, es füllte das ganze Schlafzimmer. *Bum, bum, bum.*

Die Männer sprachen mit Mr Hunter im Flur vor der offenen Schlafzimmertür. Durch die Schlitze in der Schranktür sah Reggie den Rücken eines Mannes. Er war groß, größer als Mr Hunter, und steckte in einer Lederjacke, sie sah den dicken

Stamm seines Stiernackens und seinen kahlen Kopf. Am Handgelenk trug er eine dicke Golduhr, und er tippte demonstrativ auf das Zifferblatt und sagte zu Mr Hunter: »Die Zeit wird knapp, Neil.« Auch aus Glasgow, so, wie er klang.

Dort, wo sie standen, mussten sie ihr Herz hören, ein lautes Trommeln im Schrank, *bum, bum, bum*. Jeden Moment musste einer von ihnen die Tür aufreißen, um die Lärmquelle zu finden. Reggie streckte die Finger und kraulte zum Trost das weiche Fell auf Sadies Kopf.

»Verdammt noch mal, ich tue mein Bestes«, sagte Mr Hunter, und der Mann mit der Golduhr sagte: »Du weißt, wie es steht, Hunter. Du und die Deinen. Denk drüber nach. Die nette kleine Frau, das süße kleine Baby. Willst du sie wiedersehen? Du bist dran. Was soll ich Anderson sagen?«

Sadie knurrte leise, beunruhigt von der Nähe von so viel widerlichem menschlichem Testosteron. Reggie duckte sich tiefer und legte die Arme um sie, um sie zu beruhigen. »Okay«, schrie Mr Hunter, und plötzlich war er im Schlafzimmer, auf halber Strecke zum Schrank. Reggie meinte, ihr Herz würde explodieren, und sie würden es wie einen geplatzten Luftballon am Boden des Schranks finden. Er öffnete die Tür auf seiner Seite, riss aggressiv daran, und Reggie spürte, wie der ganze Schrank bebte. Er warf Sachen herum, suchte nach etwas und musste es gefunden haben, denn er ging wieder, und die Männer folgten ihm nach unten. Reggie drückte das Gesicht an Sadies großen Körper und horchte auf ihren Herzschlag, fest und regelmäßig, ganz anders als ihr eigenes flatterndes Organ. Die Hintertür fiel ins Schloss, dann wurden die Motoren angelassen, und beide Wagen fuhren davon. Reggie raste zum Fenster und sah, wie Mr Hunters Range Rover einem monströsen schwarzen Nissan nachfuhr.

Sie wiederholte das Kennzeichen immer wieder, bis sie einen Block und einen Stift aus ihrer Tasche nehmen und es aufschreiben konnte.

Die Luft im Haus schien verschmutzt von dem Gespräch, das sie gerade gehört hatte. Einerseits war es sehr schlimm – der Mann mit der goldenen Uhr schien Dr. Hunter und das Baby entführt zu haben –, doch andererseits, und das war gut, waren sie nicht tot. Noch nicht.

Reggie stolperte beinahe über etwas, das auf dem Boden lag – Dr. Hunters teure Handtasche von Mulberry *(Die Bayswater, Reggie – ist sie nicht schön?).* Reggie hob sie auf und sagte zu Sadie: »Komm, wir müssen los.«

Reggie fuhr mit mehreren Bussen. Das Erlebnis in Dr. Hunters Haus hatte sie vorübergehend gegen Angst immunisiert, deswegen fuhr sie zu ihrer Wohnung in Gorgie. Der Akku ihres Handys war fast leer, und wenn schon nichts anderes, konnte sie zumindest das Ladegerät retten.

Sie saß oben, Dr. Hunters schwarze Bayswater auf dem Schoß, und überprüfte ihren Inhalt. Technisch natürlich Diebstahl, aber Reggie war der Ansicht, dass die normalen Regeln nicht mehr galten. *Die nette kleine Frau, das süße kleine Baby. Willst du sie wiedersehen?* Jedes Mal, wenn sie an diese Worte dachte, fühlte sich ihr Inneres wie ausgehöhlt an. Sie waren entführt worden, das war es. Goldene Uhren tragende Männer aus Glasgow forderten Lösegeld für sie. Warum? Wo? (Und was hatte die Tante damit zu tun?)

Der Inhalt der Tasche schien vollständig – Haarbürste, Minzbonbons, Papiertaschentücher, ein Päckchen mit Babywischtüchern, ein Exemplar von *Das ist nicht mein Teddy*, eine kleine

Taschenlampe, ein Müsliriegel, das Asthmaspray, Antibabypillen, eine Puderdose von Chanel, Dr. Hunters Brille, die sie zum Autofahren brauchte, ihre Geldbörse und – zum Platzen voll – ihr Filofax.

Musste Inspector Monroe ihr jetzt nicht glauben? Dr. Hunter würde ohne ihre Brille, ihre Geldbörse, ihr Asthmaspray (das Ersatzspray stand auf dem Nachttisch) nicht wegfahren. Keine Tante konnte so krank sein, dass man alles zurückließ. Das Einzige, was fehlte, war ihr Handy, aber das machte nichts, weil im Filofax die Adresse einer »Agnes Barker« in Hawes stand. Die mysteriöse Tante Agnes war endlich gefunden.

Reggie stieg aus dem Bus aus und ging um die Ecke, wo die nur allzu vertrauten Visitenkarten einer Katastrophe auf sie warteten – drei Feuerwehrautos, ein Krankenwagen, zwei Streifenwagen, irgendeine Art Unfallwagen und eine Schar Zuschauer –, alle auf der Straße vor ihrem Haus. Reggie wurde bang ums Herz, es schien unvermeidlich, dass sie wegen ihr da waren.

Alle Fensterscheiben ihrer Wohnung waren geborsten, und schwarze Rußstreifen verschmierten die Mauern, wo Flammen aus dem Wohnzimmer geschossen waren. In der Luft hing ein schrecklicher Gestank. Ein dicker Schlauch schlängelte sich wie eine Boa constrictor in den Hof. Die Sanitäter lehnten lässig am Krankenwagen, statt verkohlte Nachbarn wiederzubeleben, so dass Reggie hoffen konnte, nicht auch noch für den Tod aller Hausbewohner verantwortlich zu sein. Reggies Leben war wie die trojanische Ebene, übersät mit Toten.

»Was ist passiert?«, fragte sie einen Jungen, der ehrfurchtsvoll auf die Überreste der Katastrophe schaute.

»Es hat gebrannt«, sagte er.

»Ja, du Dummkopf. Aber was ist *passiert?*«

Ein anderer Junge mischte sich ein und sagte aufgeregt: »Jemand hat Benzin durch den Briefschlitz gegossen.«

»Von welcher Wohnung?« Bitte, sag nicht Nummer acht, dachte sie.

»Nummer acht.«

Reggie dachte an die Bücher, die auf dem Wohnzimmerboden lagen wie ein Lagerfeuer, das darauf wartete, angezündet zu werden. Alle ihre Hausaufgaben, Danielle Steel, Mums winzige Teekannen. Vergil, Tacitus, der gute alte Plinius (der Jüngere und der Ältere), alle Penguin Classics, die sie aus Wohlfahrtsläden gerettet hatte. Fotos.

»Oh«, sagte Reggie. Ein leiser Laut. Ein leiser runder Laut. Gewichtslos wie ein Zaunkönig. Ein Hauch. »Ist jemand verletzt?«

»Nee«, sagte der erste Junge enttäuscht.

»Reggie!«, sagte Mr Hussain, der sich plötzlich aus der Menge löste. »Alles in Ordnung?«

Ein Fetzen schwarzen Papiers schwebte langsam vom Himmel wie eine schmutzige Schneeflocke. Mr Hussain hob ihn auf und las laut: »*Fühlt das Herz der Geliebten noch schlagen unter der Rinde.*«

»Klingt nach Ovid«, sagte Reggie.

»Ich habe mir Sorgen gemacht, dass du im Haus bist«, sagte Mr Hussain. »Komm in den Laden. Ich mache dir eine Tasse Tee.«

»Nein, wirklich, ich bin okay. Trotzdem danke, Mr Hussain.«

»Sicher?«

»Ich schwör's.«

Ein Feuerwehrmann, der aussah, als trüge er die Verantwortung, kam aus dem Haus und sagte zu einem Polizisten: »Alles klar da drin.« Die Feuerwehrleute begannen den dicken Schlauch aus dem Hof zu ziehen. Reggie sah den gut aussehenden indischen Polizisten, der sie fragend anblickte, als würde er sie kennen, wüsste jedoch nicht, woher. Sie wandte sich ab, bevor es ihm einfiel.

Sie schlug den Kragen hoch, verkroch sich in der Jacke und schritt forsch aus, Sadie im Schlepptau. Sie hatte keine Ahnung, wohin sie wollte, sie ging einfach nur, weg von der Wohnung, weg aus Gorgie. Es dauerte eine Weile, bis sie merkte, dass sie von einem weißen Kombi verfolgt wurde, der neben dem Randstein auf wirklich unheimliche Weise hinter ihr herfuhr. Sie beschleunigte, der Wagen ebenso. Sie begann zu laufen, Sadie hüpfte aufgeregt neben ihr, als wäre es ein Spiel. Der Wagen fuhr schneller und schnitt ihr an der nächsten Kreuzung den Weg ab. Blondie und Rotkopf stiegen aus. Sie befleißigten sich eines o-beinigen, federnden Gangs wie Affen.

Sie bezogen bedrohlich nahe bei ihr Stellung, sie roch Rotkopfs Atem, er roch nach Fleisch wie der eines Hundes. Aus der Nähe war Blondies Haut noch schlimmer, mit Löchern und Narben überzogen wie ein unfruchtbarer Mond.

»Bist du Reggie Chases Schwester Billy?«, fragte Blondie.

»*Wessen* Schwester?«, fragte Reggie und runzelte unschuldig die Stirn. Als wüsste sie es nicht, als wäre sie nicht die arme Reggie Chase, Schwester des pfiffigen Gannefs. (Als wäre sie nicht alle unerwünschten Mädchen, die Florences, die Esthers, die Cecilia Jupes.)

»Die Schwester des kleinen Scheißkerls Reggie Chase«, sagte Rotkopf ungeduldig. Sadie begann auf seinen Tonfall hin zu knurren, und die beiden Männer schienen den Hund erst jetzt zu bemerken, sehr spät angesichts seiner Größe, doch andererseits sahen sie auch nicht aus, als hätten sie vorn in der Reihe gestanden, als die Gehirne ausgegeben worden waren.

Rotkopf trat einen Schritt zurück.

»Sie ist ein ausgebildeter Kampfhund«, sagte Reggie voller Hoffnung. Sadie knurrte wieder.

Blondie trat einen Schritt zurück.

»Richte deinem Bruder was aus«, sagte Rotkopf. »Sag der kleinen Fotze, wenn er die Ware nicht rausrückt, wenn er nicht zurückgibt, was ihm nicht gehört, dann –« Er fuhr sich mit der Handkante über den Hals. Die beiden hatten ein Faible dafür, Waffen pantomimisch darzustellen.

Sadie begann, auf eine Weise zu bellen, die auch Reggie beunruhigend fand, und Blondie und Rotkopf zogen sich in ihren Wagen zurück. Rotkopf kurbelte das Fenster herunter und sagte: »Gib ihm das«, und warf ihr etwas zu. Ein weiterer Loeb, diesmal ein roter, die *Aeneis*, Erster Gesang. Das Buch flog mit flatternden Seiten durch die Luft und traf Reggie voll am Backenknochen, bevor es auf den Boden fiel und aufgeschlagen liegen blieb.

Sie hob es auf. Wieder ein ordentlich herausgeschnittenes Loch in der Mitte. Sie fuhr mit dem Finger über den Rand des kleinen Papiersargs. Versteckte jemand Geheimnisse in Ms MacDonalds Klassikerausgaben? In allen? Oder nur in denen, die sie für das Abitur brauchte? Das ausgeschnittene Loch war das Werk von jemandem, der geschickt mit den Fingern war. Jemandem, der eine Zukunft als Tischler gehabt hätte, stattdessen aber Dealer geworden war und an Straßenecken herumhing, bleich und verschlagen. Er war in der Hierarchie aufgestiegen, aber Billy wusste nicht, was Loyalität war. Er war jemand, der von der Hand, die ihn fütterte, stahl und das Gestohlene in geheimen kleinen Fächern versteckte.

Reggie wollte nicht weinen, aber sie war so müde und so jung, und ihr Gesicht schmerzte, wo das Buch es getroffen hatte, und die Welt war voller großer Männer, die andere mit dem Tod bedrohten. *Nette kleine Frau, süßes kleines Baby.*

Wohin ging eine Person, wenn sie ganz allein auf der Welt war und nirgendwo mehr hinkonnte?

Jackson verlässt das Haus

In seiner Stirn befanden sich ein paar Metallklammern, die ihm eine Ähnlichkeit mit Frankensteins Monster verliehen. Sein bandagierter linker Arm hing in einer Schlinge, so dass seine Hand auf seinem Herzen lag, auf diese Weise konnte er sich beständig vergewissern, dass er am Leben war. Immer wieder sah er vor sich, wie die Arterie in seinem Arm platzte und erneut sein Blut vergoss. Aber er war nicht länger ans Bett gefesselt. Er war frei. Ein bisschen groggy, sehr waidwund – mit manchen seiner Prellungen hätte er Wettbewerbe gewonnen –, doch im Prinzip auf dem Weg, wieder ein voll funktionierender Mensch zu werden.

Er musste raus. Jackson hasste Krankenhäuser. Er hatte mehr Zeit als die meisten Menschen darin verbracht. Er hatte eine Ewigkeit zugesehen, wie seine Mutter in einem Krankenhaus starb, und als Polizist hatte er eine Weile nahezu jede Samstagnacht in der Notaufnahme verbracht, um Aussagen aufzunehmen. Geburten, Todesfälle (beides gleich traumatisch), Verletzungen, Krankheiten – Krankenhäuser waren keine gesunden Orte. Zu viele kranke Menschen. Jackson war nicht krank, er war instand gesetzt, und er wollte nach Hause oder zumindest an den Ort, den er heutzutage sein Zuhause nannte, die kleine, exquisite Wohnung in Covent Garden, in der sich das unschätzbare Juwel seiner Frau aufhielt oder aufhielte, wenn sie am Sonntagmorgen in Heathrow aus dem Flugzeug gestiegen wäre. Nicht sein wahres Zuhause, sein wahres Zuhause, das er nie mehr erwähnte, war die dunkle rußige Kammer in seinem Herzen, in der sich seine Schwester und sein Bruder aufhielten, und, weil es ein behaglicher Raum war, die gesamte schmutzige Geschichte der industriellen Revolution. Es war erstaunlich, wie viel dunkle Materie man in das schwarze Loch eines Herzens pressen konnte.

Wann immer Jacksons Phantasie durchging, wusste er, dass es Zeit war, zu gehen. »Ich gehe jetzt«, sagte er zu Dr. Foster.

»Das sagen sie alle.«

»Nein, wirklich. Ich gehe.«

»Der Hinweis liegt im Wort ›Patient‹, lateinisch für ›geduldig‹.«

»Ich muss nicht länger im Krankenhaus sein.«

»Gestern haben Sie die ganze Zeit davon gesprochen, dass Sie gestorben sind, und heute wollen Sie raus? Den Stein wegwälzen? Einfach so?«

»Ja.«

»Nein.«

»Mir geht es gut genug, um entlassen zu werden«, sagte Jackson zum Zauberlehrling-Arzt.

»Wirklich?«

»Ja, wirklich.«

»Nein, nein, nein, Sie haben die sarkastische Betonung überhört. Hören Sie noch mal hin – *wirklich?*«

Aufgeblasener kleiner Potter-Pantomime.

»Ich bin okay«, sagte Jackson zum australischen Mike. »Ich muss hier raus, es nervt mich.«

»Keine Sorge«, sagte der fliegende Arzt.

»Heißt das, dass ich gehen kann?«

»Auf eigene Verantwortung, Kumpel. Was hält Sie auf?«

»Ich habe kein Geld. Keinen Führerschein.« (Letzteres schien wichtiger als Ersteres.)

»So ein Pech aber auch.«

»Ich habe nichts zum Anziehen.«

»Alles in Ihrer Größe«, sagte Reggie und deutete auf eine große Tüte von Topman zu ihren Füßen. »Ich bin zu Topman, weil ich dort eine Kundenkarte habe. Ist vielleicht nicht ganz Ihr Stil. Ich habe von allen Sachen eins gekauft.« Sie blickte verlegen drein. »Und drei Unterhosen.« Sie blickte noch verlegener drein. »Boxershorts. Die Größe weiß ich von Ihren alten Sachen, die Schwester hat sie mir gegeben. Sie sind ruiniert, sie mussten sie Ihnen vom Körper schneiden, und außerdem sind sie voller Blut. Ich habe sie in einen schwarzen Plastiksack getan, Sie werden sie wahrscheinlich wegwerfen wollen.«

»Warum haben sie dir meine Sachen gegeben?«, wunderte sich Jackson, als sie innehielt, um Luft zu holen.

»Ich habe gesagt, dass ich Ihre Tochter bin.«

»Meine Tochter?«

»Es tut mit leid.«

»Und du tust das, weil du für mich verantwortlich bist?«

»Na ja, eigentlich …«, sagte Reggie, »beruht das auf Gegenseitigkeit.«

»Ich wusste, dass die Sache einen Haken hat«, sagte Jackson. Es gab immer einen Haken. Seit sich Adam an Eva wandte (oder wahrscheinlicher umgekehrt) und sagte: »Ach, übrigens, ich habe mich gefragt, ob …«

Sie hatte einen frischen blauen Fleck, diesmal auf der Wange. Was tat sie, wenn sie ihn nicht gerade besuchte? Machte sie Karate?

»Sie waren doch Privatdetektiv, oder?«, sagte sie.

»Unter anderem.«

»Sie haben also Leute gesucht?«

»Manchmal. Ich habe auch Leute verloren.«

»Ich möchte Sie anheuern.«

»Nein.«

»Bitte.«

»Nein. Ich mache das nicht mehr.«

»Ich brauche wirklich Ihre Hilfe, Mr Brodie.«

Nein, dachte Jackson, bitte mich nicht um Hilfe. Leute, die ihn um Hilfe baten, führten ihn immer auf Wege, die er nicht gehen wollte. Wege, die in die Stadt namens Ärger führten.

»Und Dr. Hunter auch«, fuhr sie erbarmungslos fort. »Und ihr *Baby.*«

»Du änderst ständig die Regeln«, sagte er. »Zuerst hieß es: ›Du rettest mich, ich rette dich‹. Und jetzt soll ich Leute retten, die mir völlig fremd sind?«

»Für mich sind sie keine Fremden. Ich glaube, sie wurden entführt.«

»Entführt?« Jetzt wurde sie wirklich extrem.

Er wusste, was sie sagen würde. Sag's nicht. Sag nicht die magischen Worte.

»Sie brauchen Ihre Hilfe.«

»Nein. Auf keinen Fall.«

»Wir sollten bei der Tante anfangen.«

»Welcher Tante?«

V

UND DANN
WIEDER MORGEN

Die verlorene Ehefrau

Laut Navi waren es zweihundertachtundfünfzig Kilometer nach Hawes, für die sie drei Stunden und dreiundzwanzig Minuten brauchen sollten. »Mal sehen«, sagte Louise, als sie den Motor anließ. Marcus, der auf dem Beifahrersitz saß, salutierte und sagte: »Und los geht's.« Unschuldig. Er war gut aussehend, glänzend und neu, wie frisch aus der Larve geschlüpft. Archie würde in Marcus' Alter nicht so aussehen. Technisch war sie alt genug, um Marcus' Mutter zu sein. Wenn sie ein sorgloses Schulmädchen gewesen wäre.

Sie war nicht sorglos gewesen, mit vierzehn nahm sie die Pille. Während ihrer Jugend hatte sie nur Sex mit älteren Männern, seinerzeit war ihr nicht klar gewesen, wie pervers sie gewesen sein mussten. Damals schmeichelten ihr ihre Aufmerksamkeiten, jetzt würde sie sie allesamt verhaften.

Als sie mit Patrick während der Kennenlernphase die kleinen Intimitäten des Lebens austauschte – Lieblingsfilme und -bücher, Haustiere (»Paddy« und »Bridie«, unnötig zu erwähnen, hatten eine ganze Kindheitsmenagerie an Hamstern, Meerschweinchen, Hunden, Katzen, Schildkröten und Hasen besessen), wo sie Ferien gemacht hatten (in Louises Fall so gut wie nirgendwo), wie sie ihre Unschuld verloren hatten und mit wem –, erzählte er ihr, dass er Samantha während der ersten Woche am Trinity College kennengelernt hatte. »Und das war's dann.« – »Aber davor?«, fragte sie, und er zuckte die Achseln und sagte: »Nur ein, zwei Mädchen aus unserem Ort. Nette Mädchen.« Drei. Drei Sexualpartnerinnen, bis er Witwer wurde (alle nett). Nach Samantha hatte er ein paar Freundinnen, aber nichts Ernstes, nichts Unschickliches. »Und du?«, fragte er. Er hatte keine Ahnung, wie sexuell inkontinent Louise in ihrem Leben gewesen war, und von ihr würde er es nicht erfahren. »Ach«, sagte sie und stieß die Luft aus. »Eine Handvoll Männer – wenn überhaupt –, ziemlich lange Beziehungen. Mit achtzehn habe ich zum ersten Mal mit dem Jungen geschlafen, mit dem ich schon zwei Jahre zusammen war.«

Lügen, lügen und betrügen. Louise war eine sehr gute Lügnerin, des Öfteren dachte sie, dass sie in einem anderen Leben eine ausgezeichnete Hochstaplerin abgegeben hätte. Wer weiß, vielleicht sogar noch in diesem Leben, es war schließlich noch nicht zu spät.

Sie hätte die Wahrheit sagen sollen. Sie hätte über alles die Wahrheit sagen sollen. Sie hätte sagen sollen: »Ich habe keine Ahnung, wie man einen anderen Menschen liebt, außer indem ich ihn in Stücke reiße und auffresse.«

»Ein bisschen frische Landluft, um die Spinnweben wegzublasen«, sagte sie zu Marcus. »Genau, was der Doktor empfohlen hat.«

Oder auch nicht. »Wird es wieder spät?«, fragte Patrick, als sie ihn anrief, um ihn von ihrer »kleinen Spritztour« (wie Marcus es beharrlich nannte) zu informieren. »Hätte nicht die Polizei vor Ort der Tante einen Besuch abstatten können?«, fragte er. »Es scheint mir ein weiter Weg. Es ist doch kein Fall, zumindest kein offizieller, oder? Nichts ist *passiert*.«

»Ich sage dir auch nicht, wie du operieren sollst, Patrick«, fuhr sie ihn an, »insofern würde ich es wirklich zu schätzen wissen, wenn du mich nicht belehrst, wie ich zu ermitteln habe, okay?« Er hatte sie genommen in dem Glauben, dass sie sich unter seiner geduldigen Fürsorge bessern würde, und musste jetzt enttäuscht von ihr sein. Die Rose mit dem Wurm, die Schale mit dem Sprung. Da kann der Doktor nichts machen.

»Du bist sauer auf mich«, fuhr sie fort, »weil ich mich gestern Abend allein betrunken habe, statt mit euch ins ›Theater‹ zu gehen, stimmt's?« Sie betonte das Wort »Theater«, als wäre es etwas Langweiliges und Mittelklasse, als wäre sie Archie zu seinen schlimmsten pubertären Zeiten.

»Ich werfe dir nicht vor, dass du betrunken warst«, sagte Patrick ruhig und schluckte den Köder nicht. »Das übernimmst du selbst.« Louise überlegte, ob sie ihn umbringen sollte. Einfacher, als sich scheiden zu lassen, und sie stünde vor vielen neuen schwierigen Problemen statt der langweiligen altbekannten. Sie fragte sich, ob ein Teil von Howard Mason erleichtert gewesen war, als seine Familie komfortablerweise ausradiert wurde. Nur Joanna war übrig, ein hartnäckiger Fleck. Es wäre viel besser für ihn gewesen, wenn sie auch umgebracht worden wäre.

»Reg dich nicht so auf«, sagte Patrick. »Deine schottische Streitlust steht dir im Weg.«

»Im Weg wohin?«

»Zu deinem besseren Selbst. Du bist dein schlimmster Feind.«

Sie schluckte die gehässige Bemerkung, die ihre instinktive Reaktion gewesen wäre, und murmelte: »Ja, gut, ich hab viel um die Ohren. Tut mir leid«, fügte sie hinzu. »Tut mir leid.«

»Mir auch«, sagte Patrick, und Louise fragte sich, was genau er damit meinte.

Sie hatten die Grenze überschritten. Über den Tweed. Grenzland.

»Jetzt gelten englische Regeln«, sagte sie zu Marcus.

»Tantenjagd«, sagte er zufrieden. »Sollen wir Musik auflegen, Boss?« Er begutachtete die Maria-Callas-CD und sagte zweifelnd: »Mein lieber Herr Gesangsverein, Boss. Nicht wirklich Musik zum Autofahren, oder? Ich habe ein paar CDs dabei.« Er kramte in seinem Rucksack, holte eine CD-Mappe heraus und zog den Reißverschluss auf. »Allzeit bereit«, sagte er. Ja, natürlich, er war bei den Pfadfindern gewesen. Jemand, der sich freute, wenn er Knoten knüpfen und ein Feuer mit ein wenig Reisig anzünden konnte. Ein Junge, den jede Mutter gern zum Sohn hätte. Und sie hätte ihr letztes Geld verwettet, dass er zur Polizei gegangen war, weil er »etwas verändern« wollte.

»Warum sind Sie zur Polizei gegangen, Marcus?«

»Ach, wissen Sie, die üblichen Gründe. Ich will versuchen, etwas zu verändern, den Leuten zu helfen. Und Sie, Boss?«

»Damit ich den Leuten eins mit dem Schlagstock überziehen kann.«

Er lachte, ein unkompliziertes Lachen, das nicht mit jahrelangem Zynismus befrachtet war. Louise überlegte, welche Musik er für eine »Spritztour« für geeignet hielt. Für Springsteen war er zu jung, zu alt für die Tweenies, die Lieblingsmusik des Babys beim Autofahren. (Komisch, dass auch sie automatisch »Baby« dachte, wenn es um Joanna Hunters Baby ging.) Marcus war sechsundzwanzig, vielleicht mochte er noch die gleiche Musik wie Archie – Snow Patrol, Kaiser Chiefs, Arctic Monkeys –, doch nein, die Musikanlage des BMW wurde von James Blunt verschmutzt, dem König des Easy Listening. Sie neigte sich zu Marcus und leerte mit einer Hand die CD-Mappe auf seinen Schoß: Corinne Bailey Rae, Norah Jones, Jack Johnson, Katie Melua. »Mann, Marcus«, sagte sie. »Sie sind zu jung zum Sterben.«

»Boss?«

An einer Tankstelle tauschte sie den Platz mit ihm. Im Laden sah sie zwei Boulevardzeitungen, die über den verschwundenen Decker berichteten. »Entlassener Mörder untergetaucht.«

»Irgendwie kann einem der Mann leid tun«, sagte Marcus. »Schließlich hat er seine Zeit abgesessen, aber er wird immer noch bestraft.«

»Wer sind Sie, Mutter Teresa?«

»Nein, aber er wurde verurteilt, er hat bezahlt, soll er bis in alle Ewigkeit zahlen?«

»Ja. Bis in alle Ewigkeit«, sagte Louise. »Und noch länger. Machen Sie sich keine Sorgen«, fügte sie hinzu, »wenn Sie in meinem Alter sind, werden sie auch hart und gefühllos sein.«

»Vermutlich, Boss.«

»Ich habe noch nie einen BMW gefahren«, sagte er, setzte sich auf den Fahrersitz und justierte ihn für sich. »Cool. Warum fahren wir nicht mit einem Polizeiwagen?«

»Weil wir nicht als Polizisten unterwegs sind. Streng genommen. Es ist Ihr freier Tag und mein freier Tag. Wir machen eine Spritztour.«

»Eine ziemlich lange.«

»Seien sie bitte vorsichtig mit dem Wagen, Pfadfinder.«

»Ja, Boss. Los geht's. In die Unendlichkeit und weiter!«

Er war ein guter Fahrer, fast so gut, dass sie sich entspannen konnte. Fast. Also, alte Tante, wir kommen, allzeit bereit oder nicht, dachte Louise. Die Hochstaplertante. Die Posse war possenhafter geworden. Nur dass sie nicht komisch war, aber das waren Possen selten, fand Louise, ihr gefielen Rachetragödien besser. Patrick mochte überraschenderweise (oder vielleicht auch nicht) Komödien aus der Zeit der Restauration. Und Wagner. Sollte man einen Mann heiraten, der Wagner mochte?

Das erste Konzert, das der jugendliche Howard Mason besuchte, war *Der Messias* von Händel, gesungen von der Bradford Choral Society, und er hatte während des Halleluja-Chors geweint. Oder verwechselte sie ihn mit einem seiner Alter Ego, seinem imaginären Doppelgänger?

Das Buch, das er in Devon im Winter vor den Morden schrieb, hatte den Titel *Die Blaskapelle spielt weiter*, und der Protagonist war ein sich abmühender Stückeschreiber (aus dem Norden natürlich), der von Häuslichkeit in Form zweier kleiner Töchter und einer Frau behindert wurde, die ihn gezwungen hatte, aufs Land zu ziehen. Es gab kein zweites, fiktives Selbst für das Baby Joseph, Howard Masons Sohn schien es erspart geblieben zu sein, auf Papier gebannt zu werden.

Nach den Morden hörte Howard Mason auf, sich durch sein Leben zu schreiben, und zog nach Los Angeles, wo er die Drehbücher für eine Handvoll nicht erfolgreicher Spielfilme schrieb. (Wo war Joanna während dieser Zeit?) Als seine Laufbahn als Drehbuchautor im Sand verlief, hing er an einem Swimmingpool im Laurel Canyon herum und produzierte eine langweilige Sammlung Erzählungen über einen britischen Schriftsteller, der in Hollywood arbeitete. Er war kein Fitzgerald. Was Howard Mason nie schrieb (worüber er nicht einmal sprach), war ein Roman über einen Mann, dessen Familie ermordet wurde, während er sich mit seiner schwedischen Geliebten vergnügte. Diese Gelegenheit hatte er nicht wahrgenommen, wahrscheinlich wäre es ein Bestseller geworden.

Reggie hatte heute schon dreimal angerufen. Sie war immer aufgeregt, einmal ging es um ein Autokennzeichen (*ein schwarzer Nissan Pathfinder*, das Mädchen war eine bessere Augenzeugin als die meisten), und in einem besonders atemlosen Kommuniqué verstand Louise den Namen »Anderson«. Sie hatte ein schlechtes Gewissen. Reggies Phantasien erwiesen sich alle als in der Realität fundiert, aber entführt – wirklich? *(Entführt! Dr. Hunter ist entführt worden.)* Verrücktes, verrücktes Gerede.

Die dritte Nachricht war eine Aufzählung des Inhalts von Joanna Hunters Handtasche, die Reggie in ihrem Schlafzimmer gefunden hatte – *Ihre Brille, wie kann sie ohne Brille Auto fahren? Ihr Asthmaspray. Ihre Geldbörse!* Louises Kopfschmerzen erblühten, und sie stellte sich ihr Hirn wie eine Atomexplosion vor, der Pilz wurde immer größer, presste gegen die harten Platten ihres Schädels. Sie schloss die Augen und drückte die Fäuste darauf. Sie hatte das schreckliche Gefühl, dass Reggie Chase recht haben könnte, Joanna Hunter war etwas Schlimmes zugestoßen.

»Lassen Sie das Kennzeichen überprüfen«, beauftragte sie Marcus.

»Warum genau sind wir wegen dieser Tante beunruhigt, Boss?«, fragte er.

»Ich bin nicht wegen der Tante beunruhigt.« Louise seufzte. »Ich bin wegen Joanna Hunter beunruhigt. Es gibt da – ein paar Anomalien.«

»Und wir beide fahren zweihundertachtundfünfzig Kilometer, um an eine Tür zu klopfen?«, wunderte sich Marcus. »Das könnte doch die Polizei dort auch tun.«

»Ja, das könnte sie«, sagte sie geduldig (wesentlich geduldiger als zu Patrick). »Aber stattdessen tun wir es.«

»Und glauben Sie, dass es möglicherweise was damit zu tun hat, dass Decker sich in Edinburgh herumtreibt? Oder ist es ihr zwielichtiger Mann? Ein Im-Garten-vergraben-Szenario?«

»Oder entführt«, sagte Louise. Da, sie hatte das Wort ausgesprochen, das sie vermeiden wollte.

»Entführt?«

»Na ja, es gibt keinen Beweis, dass Joanna Hunter am Leben und wohlauf und frei ist, oder?«, sagte Louise.

»›Ein Lebenszeichen‹, so heißt es doch in Entführungsfällen, oder?«

»So heißt es in Filmen. Ich weiß es nicht, ich weiß es wirklich nicht. Vielleicht bin ich einfach nur verbohrt. Ich will sicher sein. Ich hätte gesagt, dass sie nicht der Typ ist, der davonläuft und sich versteckt. Aber genau das hat sie einmal getan.«

»Ich wollte Sie nicht kritisieren, Boss. Hab nur gefragt.«

Louise konnte sich nicht erinnern, wann sie das letzte Mal zugegeben hatte, verbohrt zu sein.

Marcus erhielt einen Anruf wegen Reggies Nissan. »Zugelassen auf eine Firma in Glasgow, eine Art Limousinenservice für Hochzeiten und so, obwohl man sich nur schwer vorstellen kann, dass eine frische Braut aus einem Pathfinder steigt.«

»Alle Wege führen nach Glasgow«, sagte Louise.

»Wer war der Typ, der nicht Decker war, Boss? Im Krankenhaus?«

»Niemand. Er war niemand. Irgendein Mann.«

»Er hat sich selbst entlassen? Wie? Warum?« Als sie erneut ins Krankenhaus gegangen war und das leere Bett gesehen hatte, dachte sie sofort, dass er im Leichenschauhaus liegen musste, aber: »Entlassen? Sind Sie sicher?«

»Gegen ärztlichen Rat«, sagte eine Schwester auf der Station missbilligend.

»Seine Tochter war da«, sagte die irische Schwester. »Er ist mit ihr gegangen.«

»Seine Tochter?« Louise erinnerte sich nicht an den Namen von Jacksons Tochter, obwohl sie sich einmal über Erziehungsprobleme ausgetauscht hatten, aber sie war – elf, zwölf? Louise wusste es nicht mehr. »Sie war allein hier?«, fragte sie.

Die Schwester zuckte die Achseln, als wäre es ihr gleichgültig.

Er war weg. Ohne sich von ihr zu verabschieden. Der Mistkerl.

Es dauerte weniger lang, als gedacht, um mitten im Nirgendwo anzukommen. Sie brauchten nicht einmal drei Stunden. »Na also«, sagte sie zum Navi.

»Holen Sie die Kekse raus«, sagte Marcus.

Man biege am Scotch Corner links ab, und innerhalb von Minuten war man in einer anderen Welt. Einer grünen Welt. Nicht ganz so grün wie das wassernasse Irland, wo sie in den Flitterwochen gewesen waren. Louise hatte Kerala vorgeschlagen, aber irgendwie landeten sie in Donegal. »In deinen nächsten Flitterwochen kannst du nach Kerala fliegen«, sagte Patrick. Wie sie lachten. Ha, ha, ha.

Er sprach davon, »eines Tages nach Irland zurückzukehren«. Er meinte, wenn er pensioniert war, und so sehr sie es auch versuchte, Louise konnte sich in dieser Zukunftsvision nicht entdecken.

Hawes war eine kleine Marktstadt, die irgendwie berühmt für Käse war, was sie erst verstand, als Marcus sagte: »Wensleydale, Boss. Sie wissen schon.« Er machte ein lächerliches Gummigesicht, grinste, dass alle Zähne zu sehen waren, und sagte: »Käse, Gromit, *Käääääse*. Wallace und Gromit sind hier so was wie Lokalhelden.«

»Aha«, sagte Louise. Man stelle sich nie zwischen einen Jungen und seine Zeichentrickhelden. Archie war ein fanatischer Fan einer amerikanischen Horrorcomicserie. Meine zwei Jungen, dachte Louise – hell und dunkel, Cherub und Dämon.

Es war ein Ort, der alles hatte, was sich eine alte Tante wünschen konnte, er war groß genug für Geschäfte, Ärzte und Zahnärzte. Ein hübsches Haus mit Aussicht, »Hillview Cottage«, von dem aus man tatsächlich in die Hügel blickte. Es war eher ein Bungalow aus den fünfziger Jahren als eine malerische Wohnstatt mit Rosen vor der Tür, stand am Rand von Hawes und überblickte Stadt und Land. *Das Beste aus zwei Welten*, stellte sie sich vor, hatte Oliver Barker zu seiner Frau gesagt, als sie sich hier niederließen. Louise fragte sich, ob sie sich Sorgen machen sollte, weil der gesamte Mason-Clan, der reale und der fiktive, sein Lager in ihrem Hirn aufgeschlagen hatte.

Louise war Städterin, sie zog das markerschütternde Heulen einer Sirene, die die Nacht durchschnitt, dem ländlichen Zwitschern der Vögel in der Morgendämmerung vor. Kneipenschlägereien, lärmende Straßenbauarbeiten, ausgeraubte Touristen, das Ödland einer Samstagnacht, all das ergab einen Sinn, war Bestandteil des riesigen, schmutzigen, zerrissenen sozialen Geflechts. In der Stadt wütete ein Krieg, und sie kämpfte mit, aber das Land beunruhigte sie, weil sie nicht wusste, wer der Feind war. Sie hatte *North and South* immer der *Sturmhöhe* vorgezogen. Das viele wahnsinnige Rennen über die Moore, das Identifizieren mit der Landschaft waren keine guten Rollenbilder für eine Frau.

Sollte man ihr die Pistole auf die Brust setzen und sie zu einer Entscheidung zwingen, wo sie begraben werden wollte – in Irland oder Hawes –, würde sich Louise vermutlich für Hawes entscheiden. Das letzte Mal, als sie länger mit Jackson gesprochen hatte, besaß er ein Haus in Frankreich. Das klang wesentlich besser als Yorkshire oder Irland, aber sie vermutete, dass sie »Jackson« mehr als »Frankreich« angezogen hatte, da das ländliche Frankreich wahrscheinlich mit einem Gutteil zwitschernder Vögel und geisttötender Ruhe aufwarten konnte. Sie war nie dort gewesen, eigentlich war sie noch nirgendwo gewesen. Ganz bestimmt nicht in Kerala. Patrick hatte für den nächsten April »ein verlängertes Wochenende« in Paris vorgeschlagen, und sie war zurückgeschreckt, weil sie Paris insgeheim für Jackson aufsparte, was absolut lächerlich war. Sie befand sich jetzt in seiner Grafschaft, aber die Dales waren nicht die Trostlosigkeit und der Dreck, die sein Wesen ausmachten. Sie sollte aufhören, an ihn zu denken. Diese Art Obsession endete damit, dass man auf dem Totenbett Federn aus Kissen zupfte.

Marcus parkte ein paar Häuser von »Hillview« entfernt. Keine Autos auf der Straße, keine Autos in der Einfahrt. Kein Lebenszeichen. Nichts.

»Sie dürfen die Honneurs machen«, sagte Louise zu Marcus, als sie ausstiegen, und er trat vor und klopfte an die Tür.

»Sehr professionell«, sagte Louise. »Sie sollten zur Polizei gehen.«

Ein großer, höchst unattraktiver Mann in einem weißen ärmellosen Unterhemd, wie sie Männer trugen, die ihre Frauen verprügelten, öffnete die Tür und starrte sie unfreundlich an. Sie hörte den Kommentar zu einem Autorennen aus dem Fernseher irgendwo im Hintergrund. In der einen Hand hielt er eine Dose Bier, in der anderen eine Zigarette. Er war ein ausgezeichnetes Klischee, und Louise hätte ihn gern zu seinem nahezu ikonenhaften Status beglückwünscht.

»Guten Tag«, sagte Marcus freundlich. »Vielleicht können Sie uns weiterhelfen.« Er klang wie ein Evangelist, der an der Tür frohe Botschaften und Bibeln verkaufte.

»Unwahrscheinlich«, sagte das fehlende Bindeglied zwischen Affen und Menschen. Louise wusste nicht, ob er nur dummdreist oder nur englisch war. Wahrscheinlich beides. Ihr Polizeiausweis juckte in ihrer Tasche, aber sie waren in Zivil und nicht offiziell unterwegs.

»Ich suche eine Mrs Agnes Barker«, fuhr Marcus freundlich fort.

»Wen?« Der Mann runzelte die Stirn, als spräche Marcus in Zungen.

»Agnes Barker«, wiederholte er langsam. »Dies ist die Adresse, die wir von ihr haben.«

»Da täuschen Sie sich.«

Louise konnte nicht anders. Sie zückte den Ausweis, hielt ihn vor sein hässliches Gesicht und sagte: »Wir versuchen es noch mal. Von Anfang an – wir suchen nach einer Mrs Agnes Barker.«

»Ich weiß nichts«, sagte er trotzig. »Ich habe das Haus gemietet. Ich gebe Ihnen die Telefonnummer.«

»Danke.«

Das Mädchen, das sich im Maklerbüro meldete und wie eine Zwölfjährige klang, erklärte bereitwillig, dass sie im Auftrag von Mrs Barkers Anwalt vermieteten, ohne dass Louise sagen musste, wer sie war. »Er hat eine Vollmacht«, sagte sie, was Louise so interpretierte, dass die Tante gaga war.

»Ist Mrs Barker pflegebedürftig?«

»Sie ist in Fernlea. Das ist ein Pflegeheim.«

»Sie existiert also doch«, sagte Marcus.

Louises Handy klingelte, als Marcus das Navi neu programmierte. Abbie Nash sagte: »Boss? Wir haben was wegen der Autovermietungen, oder wir haben vielmehr nichts. Wir haben alle Autovermietungen in Edinburgh angerufen. Keine hat Joanna Hunter ein Auto vermietet.«

»Vielleicht hat sie ihren Namen auf dem Führerschein nicht geändert, als sie geheiratet hat.«

»Damit haben wir's auch versucht«, sagte Abbie. »Nichts. Aber da wir schon beim Telefonieren waren, habe ich Deckers Namen überprüfen lassen, nur für den Fall, Sie wissen schon, und – bingo. Decker hat heute Morgen einen Citroën Espace gemietet. Und das Interessante ist – seine Tochter war dabei.«

»Er hat keine Tochter.«

»Deswegen ist es ja interessant.«

»Der Plot verdichtet sich«, sagte Marcus zufrieden, nachdem Louise diese Informationen an ihn weitergegeben hatte.

Fernlea war alles, was Louise fürchtete. Die Stühle mit den hohen Rückenlehnen, die im Aufenthaltsraum vor dem Fernseher standen, der Geruch nach Großküche, der den schwachen, aber aufdringlichen Geruch nach Desinfektionsmittel überlagerte. Es spielte keine Rolle, dass an einer Pinnwand Aktivitäten für die Bewohner *(Teppichboccia)* und Ausflüge *(Harlow Carr Gardens, Harrogate mit Mittagessen bei Betty!)* angekündigt wurden, es blieb ein Ort für Menschen, die niemand wollte. Ein Ort zum Sterben. Archie würde sie in so ein Heim schicken, wenn sie zahnlos und glatzköpfig und inkontinent wäre und den Namen ihres Sohnes vergessen hätte. Sie würde es ihm nicht übel nehmen. Patrick könnte sie nicht pflegen, er war ein Mann, statistisch gesehen würde er vor ihr sterben, trotz des Golfs, des Rotweins und des Schwimmens.

Sie käme nicht hierher. Sie würde lieber aus ihrem Leben treten, in eine kalte, kalte Nacht hinausgehen *(Ich bin dann mal weg)*, sich unter eine Hecke legen und einschlafen, statt sich in ein Pflegeheim einweisen zu lassen. Oder sich die Pulsadern aufschneiden und warten, gefasst wie eine Römerin. Oder sich eine Pistole besorgen – nichts einfacher als das –, sich den Lauf in den Mund stecken, als wäre er eine Lakritzstange, und sich das Gehirn auf der Rückseite des Kopfes herausblasen. Ein Teil von ihr freute sich nahezu darauf. Es sprach einiges dafür, zu sterben, bevor man in Windeln endete und endlose Wiederholungen von *Friends* sah. Gabrielle Mason, Patricks Samantha, Alison Needlers Schwester Debbie. Aufbewahrt im Bernsteinzimmer der Erinnerung, für immer jung. Für immer tot.

Am Empfang zeigte Louise ihren Ausweis, lächelte ihr höflichstes Lächeln und sagte »Ich muss kurz mit Mrs Barker sprechen« zu einem dicken Mädchen in einer rosa-weiß karierten Uniform, die ihr zu eng war und mehrere Speckrollen enthüllte, die gern entkommen wären. Wurst mit Haut. »Hayley« stand auf ihrem Namensschild aus Plastik. Hayleys dünnes blondes Haar war mit einem Haargummi zusammengefasst, ihr Mondgesicht erbarmungslos entblößt. Sie warf Marcus, der sie höflich ignorierte, einen Blick von der Seite zu.

Das Mädchen holte unter Mühen einen Schokoladenriegel aus der Tasche ihrer Uniform. Sie wickelte ihn aus und bot Louise ein Stück an. Der Riegel war flachgedrückt und etwas geschmolzen, und Louise winkte ab, obwohl sie gern etwas genommen hätte. Marcus nahm ein Stück, und das Mädchen wurde rot. Sie erinnerte Louise an ein Schwein aus Zucker. Sie hatte Zuckerschweine früher gern gegessen. »Meinen Sie, dass sie in der Lage ist, mit uns zu reden?«

»Das bezweifle ich«, sagte das Mädchen.

»Weil sie dement ist?«

»Weil sie tot ist.«

Ja, dachte Louise. Wenn man tot war, brachte man den Mund wirklich nicht mehr auf. *Alte Tante geht rechts von der Bühne ab.*

»Vor kurzem?«, fragte Marcus.

»Vor zwei Wochen. Ein massiver Schlaganfall«, sagte das Mädchen und steckte sich das letzte Stück Schokolade in den Mund.

»Jemand sollte es ihrem Anwalt sagen«, sagte Louise mehr zu sich selbst als zu dem Mädchen. Und Neil Hunter. »Hatte sie Familie?«

»Ich glaube, es gab einen Neffen oder eine Nichte, aber sie waren, Sie wissen schon, wie heißt das? So ähnlich wie verfremdet.«

»Entfremdet?«

»Ja, so heißt es. Entfremdet.«

»Sie *existiert nicht*. Die Tante ist nicht mehr«, sagte Marcus zu Louise, als sie Fernleas unheilige Hallen verließen. »Die Tante gibt es nicht mehr, sie ist eine Extante. Wenn der Plot noch dichter wird, wäre er solide, was, Boss?«

»Sie fahren, Pfadfinder«, sagte Louise großzügig. Allmählich wurde ihr von den Kopfschmerzen schlecht.

»Und jetzt, Boss?«

»Ich habe keinen blassen Schimmer. Wir könnten Käse kaufen. Nein, warten Sie, rufen Sie an und lassen Sie herausfinden, wer Decker während des letzten Jahrs im Gefängnis besucht hat. Er verschwindet bei einem Zugunglück und mietet mit einer sogenannten Tochter ein verdammtes Auto. Finden Sie heraus, wer die Tochter wirklich ist. Jemand muss ihm helfen.«

»Außer er hat das Mädchen gerade erst aufgegabelt. Außer sie ist gegen ihren Willen bei ihm.«

»O Gott«, sagte Louise. »Hören Sie auf.«

»Meinen Sie, dass Decker irgendwas mit der Tante zu tun hat?«, rätselte Marcus.

»Ich weiß nicht mehr, wer was mit wem zu tun hat.«

Die Tante war nicht mehr, das zumindest war eine unumstößliche Tatsache. Also hatte entweder Joanna Hunter ihren Mann angelogen *(Ich muss schnell mal Tante Agnes besuchen)*, oder er hatte alle anderen angelogen *(Sie ist zu einer kranken Tante gefahren)*. Und was war wahrscheinlicher – dass Neil Hunter log oder die schöne Dr. Hunter? Louise war sich nicht sicher, dass sie die Antwort auf diese Frage wusste. Sie vermutete, dass Joanna Hunter, wenn es hart auf hart kam, ihre Absichten genauso gut verheimlichen konnte wie alle anderen.

Sie war einmal davongelaufen und hatte sich versteckt, und jetzt tat sie es wieder. Deckers Entlassung musste sie aufgebracht haben. Sie war so alt wie ihre Mutter, als sie ermordet wurde, ihr Baby war so alt wie ihr Bruder. War sie in der Lage, eine Dummheit zu begehen? Sich selbst etwas anzutun? Decker? Hatte sie dreißig Jahre lang Rachegefühle in ihrem Herzen gehegt und wollte jetzt Gerechtigkeit durchsetzen? Das war eine abartige Idee, so etwas taten die Leute nicht. Louise hätte es getan, sie hätte Würfel aus Deckers Knochen und Katzenfutter aus seinem Herzen gemacht, ihn bis ans Ende der Zeit verfolgt, aber Louise war nicht wie andere Menschen. Aber auch Joanna Hunter war nicht wie andere Menschen, oder?

Sie hielten im Zentrum von Hawes an, und Louise stieg aus, schlenderte auf eine Brücke und schaute ins Wasser. Sie fühlte sich haltlos, Louise Ungebunden. Joanna war mit nichts aus ihrem Leben verschwunden (abgesehen von ihrem Baby, das alles war). Ein Trick, um den man sie beneiden könnte. Joanna Hunter, die große Eskapistin.

»Boss?«, sagte Marcus und blieb neben ihr stehen. »Alles okay?«

»Gut«, sagte sie, das universelle schottische Wort für alle Befindlichkeiten von »Ich sterbe unter Qualen« bis zu »Ich empfinde euphorische Freude«. »Gut«, wiederholte sie.

Und dann taten sie, was man in Orten wie diesem tut. Sie gingen in ein Café und tranken Tee.

»Soll ich die Mutter spielen?«, sagte Marcus und hob eine praktische braune Teekanne an, warm gehalten von etwas, das aussah wie eine Pudelmütze.

»Sie sind in dieser Rolle bestimmt besser als ich«, erwiderte Louise.

Sie steckte sich zwei Paracetamol in den Mund und trank einen Schluck dunkelbraunen Tee, der stark genug war, um den Abfluss damit zu reinigen.

»Ich habe meine Tage«, sagte sie, als Marcus sie fragend ansah. Es stimmte zwar nicht, aber na und.

»Natürlich«, sagte Marcus und nickte ernst. Oh, diese neuen Männer mit ihrem Respekt vor Frauen, wie waren sie? Sie waren nicht wie David Needler, sie waren nicht wie Andrew Decker, das stand fest.

Marcus hatte ein Stück Obstkuchen bestellt, und als er serviert wurde, lag eine dicke Scheibe Wensleydalekäse darauf (Käse und Kuchen, was stimmte nicht mit diesen Leuten?).

»*Käääse*, Gromit«, sagte er. Süßer Junge. Dummer Junge, aber dennoch süß.

Louise aß warmen Teekuchen, um die Schmerztabletten verträglicher zu machen. Er schmeckte teigig und blieb ihr im Hals stecken.

Ihr Handy klingelte – Reggie Chase. Sie stöhnte und ließ sie auf ihre Mailbox sprechen, überlegte es sich anders und wählte Reggies Nummer, um sie zu beruhigen. Sie sollte ihr allerdings nichts von der Tante sagen, das Mädchen könnte einen Nervenzusammenbruch haben, wenn Louise ihr erzählte, dass die Tante tatsächlich krank war, und zwar so krank, dass sie unter der Erde lag. Reggies Handy klingelte fünfmal, bevor sich jemand meldete. Jackson.

»Hallo?«, sagte er. »Hallo?«

Auch das noch, dachte Louise. Es war nur logisch, dass sich die zwei irritierendsten Personen, die sie kannte, irgendwie zusammengetan hatten.

»Ich bin's«, sagte sie. Und weil er vielleicht nicht wusste, wer »ich« war, obwohl es ihr gefallen hätte, wenn er es gewusst hätte, fügte sie hinzu: »Louise«.

»Das ist erstaunlich«, sagte er, und dann war die Verbindung unterbrochen. Was war erstaunlich?

»Wahrscheinlich schlechter Empfang, Boss«, sagte Marcus. »Zu viele Hügel.«

Louises Handy klingelte erneut, und sie klappte es auf in der Annahme, dass es Jackson war. »Was?«

»Wow«, sagte Sandy Mathieson. »Nur die Ruhe. Läuft die ›kleine Spritztour‹ nicht so gut?«

»Nein, alles in Ordnung. Tut mir leid. Es gibt keine Tante.«

»Interessant. Es ist wie bei Agatha Christie.«

»Nicht wirklich.«

»Wie auch immer, ich rufe an, weil die Verkehrspolizei von North Yorkshire angerufen hat.« Es stimmte, der Empfang war nicht gut, und Sandys Stimme kämpfte mit dem Äther, aber der triumphale Tonfall seiner Botschaft war unüberhörbar. »Decker wurde auf der A1 festgenommen, in der Nähe von Scotch Corner. Sie bringen ihn ins Krankenhaus von Darlington. Sie können in null Komma nichts dort sein, Boss.«

»Ins Krankenhaus?«

»Irgendein Unfall.«

»Seltsam«, sagte Marcus, als sie ihn anwies, aufs Gas zu treten. »Sieht fast so aus, als wäre er hinter Ihnen her und nicht hinter Joanna Hunter.«

»Das ist nicht das wirklich Seltsame«, sagte Louise. »Das wirklich Seltsame werden Sie nicht glauben.«

»Versuchen Sie's, Boss.«

»Noch etwas, Boss«, sagte Sandy Mathieson. »Es wird Ihnen nicht gefallen.«

»Das kann man von vielen Dingen behaupten.«

»Wakefield hat sich bei uns gemeldet. Decker war nicht der beliebteste Häftling im Block. Er hatte nur drei Besucher während der letzten eineinhalb Jahre. Seine Mutter, der Pfarrer der Gemeinde seiner Mutter – er ist im Gefängnis zum Katholizismus übergetreten, war viel mit dem Gefängnispfarrer zusammen und so weiter –, simple Methode, um mit Schuld fertigzuwerden, wenn Sie mich fragen.«

»Es ist der dritte Besucher, der mich umhauen wird, oder?«, sagte Louise.

»Ja. Niemand anders als eine Dr. Joanna Hunter.«

»Sie machen Witze. Sie hat ihn *besucht?* Wie oft?«

»Nur einmal. Einen Monat vor seiner Entlassung. Sie hat um Erlaubnis gebeten, und er hat sie gegeben.«

Das hat sie nicht erzählt, dachte Louise. Sie hatte Joanna Hunter in ihrem schönen Haus besucht und in ihrem schönen Wohnzimmer mit den Duftheckenkirschen und den Duftenden Fleischbeeren gesessen und ihr gesagt, dass Andrew Decker entlassen worden war, und Joanna Hunter sagte: »Ich habe mir schon gedacht, dass es jetzt so weit ist.« Sie sagte nicht, ja, ich weiß, ich habe vor ein paar Wochen bei ihm vorbeigeschaut. Sie log nicht, sie sagte einfach nicht die Wahrheit. Warum?

»Opfer besuchen Häftlinge, Boss«, sagte Marcus. »Sie suchen nach Erklärungen, Reue, wollen das Verbrechen verstehen.«

»Normalerweise warten sie nicht dreißig Jahre damit.«

Joanna Hunter konnte laufen, sie konnte schießen. Sie wusste, wie man Leben rettete, und sie wusste, wie man Leben beendete. »Es gibt keine Regeln«, hatte sie letzte Woche in ihrem schönen Wohnzimmer zu Louise gesagt. »Wir tun nur so, als ob es sie gäbe.« Was hatte sie vor?

Louises Handy klingelte erneut. Sie ließ es lange läuten, sie war sich nicht sicher, ob sie noch mehr erfahren wollte.

»Boss?« Marcus schaute sie einen Moment zögernd an. »Wollen Sie nicht rangehen?«

»Es sind immer schlechte Nachrichten.«

»Nicht immer.«

Ein Crescendo an Anrufen, die zwangsläufig in einem dramatischen Finish endeten. Sie seufzte und meldete sich.

»Entschuldigung, Boss«, sagte Abbie Nash. »Nichts Dramatisches. Wir haben die Anrufe auf Joanna Hunters Handy am Mittwoch überprüft.«

»Fangen Sie mit den Anrufen nach sechzehn Uhr an, nachdem sie von der Arbeit zurück war.«

»Einer von ihrem Mann, zwei von einer Sheila Hayes und der letzte um halb zehn – derselbe Teilnehmer hat auch am Donnerstag mehrmals angerufen und dann wieder gestern Morgen, ein Handy, registriert auf den Namen Jackson Brodie, London.«

Selbstverständlich, warum nicht?

Arma virumque cano

Reggie weckte Jackson mit einer Tasse Tee und einem Teller mit Toast. Auf der Tasse stand »Gewaschen im Blut des Lammes«, und sie sagte: »Natürlich nicht die Tasse, die wurde mit Fairy gespült.«

Gestern Abend war er verblüfft, dass das Haus, zu dem sie ihn brachte (in einem unglaublich teuren Taxi), nur ein paar Meter von der Stelle entfernt war, wo der Zug verunglückt war, wo er gestorben und wiederbelebt worden war.

»Eigentlich wohne ich nicht hier«, sagte Reggie.

»Wer wohnt dann hier?«

»Ms MacDonald, aber jetzt nicht mehr, weil sie tot ist. Alle sind tot.«

»Ich nicht«, sagte Jackson. »Du auch nicht.«

Das war die Abmachung, er fuhr nach Hause, nach London, wo er seine Frau am Flughafen abholen würde, und unterwegs würde er einen kleinen Umweg machen und eine Tante suchen, von der Reggie phantasierte, eine Tante, die in irgendeiner Verbindung zu Reggies verschwundener Ärztin *(Entführt!)* stand. Nachdem sie die Tante (an deren Existenz anscheinend Zweifel bestanden) gefunden hätten, würde er Reggie zum nächsten

Bahnhof bringen und dann allein nach Hause fahren. Wie genau er das bewerkstelligen würde, wusste er noch nicht, vielleicht in Etappen wie ein müder alter Hund.

Reggie schien eine überhitzte Phantasie zu haben. Diese Dr. Hunter nahm sich wahrscheinlich nur eine Auszeit von ihrem Leben.

Jackson gehörte nicht zu denen, die eine verschwundene Frau ignorierten, aber manche wollten wirklich nicht gefunden werden. Sowohl bei der Polizei als auch als Privatdetektiv war er beauftragt worden, ein paar von ihnen aufzuspüren. Einmal hatte er beim Militär das Verschwinden einer Offiziersfrau aufgeklärt, ihre Spur bis nach Hamburg verfolgt und sie in einer Lesbenbar gefunden, in der alle Frauen gekleidet waren wie Komparsen in *Cabaret*. Man sah ihr an, dass sie nicht vorhatte, demnächst wieder zu ihrem Mann in die Kaserne von Rheindahlen zurückzukehren.

Dennoch, es würde sein Gewissen belasten, wenn er sich nicht davon überzeugte, und er hatte bereits genug Frauen auf dem Gewissen.

Sie waren zu Reggies Bank gegangen und hatten ihr Geld abgehoben. Sie hatten eine Vereinbarung. Reggie überließ ihm die Ersparnisse ihres Lebens, und er gab sie aus. So schien es jedenfalls. Sie kauften Sandwiches, Saft, ein Ladegerät für ihr Handy und einen Straßenatlas. Er traute sich nicht länger zu, ohne Karte durch das Bermudadreieck Wensleydale zu manövrieren.

»Du bekommst dein Geld wirklich zurück«, sagte er, als sie ihr Konto an einem Bankomaten in der George Street leerte. »Ich bin reich«, sagte er noch, etwas, was er normalerweise nicht so leicht eingestand.

»Ja, genau«, sagte sie, »und ich bin die Königin von Wasauchimmer.«

»Saba?«

»Auch.«

Der einzige mit einer Hand zu fahrende Wagen, den der Autoverleih in Edinburgh auftreiben konnte – ein Automatik mit der Handbremse am Lenkrad –, war ein riesiger Citroën Espace, in dem man zur Not hätte wohnen können. *Espace* – Platz. Jede Menge. »Brauchen Sie Kindersitze?«, fragte die Frau mittleren Alters in der Autovermietung. »Joy« stand auf ihrem Namensschild, es klang wie eine New-Age-Botschaft. »Es ist ein Familienwagen«, sagte sie tadelnd, als wäre es ihnen misslungen, ihre Kriterien für eine Familie zu erfüllen. Selten war einer Frau bei der Geburt ein so falscher Namen gegeben worden, dachte Jackson.

»Wir sind eine Familie«, sagte Reggie. Der Hund wedelte erfreut mit dem Schwanz. Jackson spürte einen Stich, der sich wie Verlust anfühlte. Ein Familienmensch ohne Familie. Tessa war ambivalent, was Kinder betraf. »Wenn es passiert, passiert es«, sagte sie, obwohl sie die Pille nahm und nicht so unbekümmert war, wie sie vorgab zu sein. Er hatte das Thema nicht wirklich angesprochen, es schien zu persönlich zu sein. Sie mochten verheiratet sein, aber sie kannten sich kaum.

Wäre er Joy gewesen, hätte er den Autoschlüssel auch nur widerwillig jemandem überreicht, der aussah, als wäre er gerade aus dem Gefängnis oder dem Krankenhaus oder beidem entlassen worden. »Absolut gegen meinen Rat«, sagte Harry Potter, als er ging. »Das geht auf Ihre Kappe«, sagte Dr. Foster. »Sie sind ein verdammter Idiot, Kumpel«, sagte der australische Mike und lachte.

Dank der Prellungen und Klammern an seiner Stirn sah Jackson mehr nach einem Verbrecher als nach einem Opfer aus, und der Arm in der Schlinge disqualifizierte ihn natürlich in den Augen jeder geistig gesunden Person als Autofahrer, deswegen hatte Reggie sie abgenommen und die blauen Flecken in seinem Gesicht mit ihrem Rimmel-Make-up betupft. »Weil Sie aussehen wie jemand auf der Flucht oder so.« Im Allgemeinen kam Jackson sich immer vor, als wäre er auf der Flucht (oder so), aber das sagte er Reggie nicht.

Unter nonchalanter Missachtung des Gesetzes benutzte er Andrew Deckers Führerschein, den Reggie mit großer Geste hervorgezogen hatte. (»Er war bei Ihren Sachen.«) Leider erwies sich die Tatsache, dass er keinerlei anderen Identitätsnachweis hatte, als kleiner Stolperstein bei Joy, die über den Mangel an Existenznachweisen unzufrieden die Stirn runzelte.

»Sie könnten jeder sein«, sagte sie.

»Also, nicht *jeder*«, murmelte Jackson und sah von weiterem Widerspruch ab.

Er hätte natürlich mit dem Zug fahren können, nur dass er es nicht konnte. Er war bis zum Fahrkartenschalter in der Waverley Station gekommen (Reggie an seiner Seite wie eine kleine Klette), als ihm das Adrenalin ins Blut schoss. Die Sofort-wieder-aufs-Pferd-steigen-Theorie war schön und gut, solange es nur eine Theorie (oder ein Pferd) war, aber wenn es sich um ein nicht theoretisches, brutales *eisernes* Pferd in Form des Intercity 125 handelte, der schauderhafte Erinnerungen heraufbeschwor, lag die Sache ganz anders.

Im Krankenhaus hatten sie zu ihm gesagt, dass er sich möglicherweise nie mehr an die Ereignisse kurz vor dem Unglück würde erinnern können, doch dem war nicht so, ihm fiel mit der Zeit immer mehr ein, Stücke einer nicht zusammengenähten Patchworkdecke – die Erkennungsmelodie von *High Chaparral* als Klingelton eines Handys, ein Paar roter Schuhe, der unerwartete Anblick des Gesichts eines toten Soldaten, als er ihn auf der Erde umdrehte.

»BLUTBAD«, lautete die Schlagzeile einer Zeitung, die sie ihm im Krankenhaus gezeigt hatten. Es war reines Glück, dass er lebte und andere nicht, ein kurzfristiges Nachlassen der Konzentration der Parzen, das ihn überleben ließ und jemand anderen nicht.

Die alte Frau mit dem Buch von Catherine Cookson, die Frau in Rot, der schlaffe Anzug, wo waren sie? Jackson stellte unwillkürlich sein Recht infrage, (mehr oder weniger) auf den Beinen zu sein, wenn fünfzehn andere Menschen irgendwo in einem Kühlfach lagerten. Was war mit seinem Alter Ego? Lag der echte Andrew Decker noch in einem Krankenhaus – war er unverletzt davongegangen oder hatte seine Reise tödlich geendet? Der Name kam Jacksons angeschlagenem Gehirn immer noch vage bekannt vor, aber er hatte keine Ahnung, warum.

Er vermutete, dass er unter dem litt, was man Überlebensschuld-Syndrom nannte. Er hatte viele Dinge überlebt und sich nicht schuldig gefühlt oder zumindest nicht auf eine Weise, die ihm bewusst gewesen wäre. Die meiste Zeit seines Lebens hatte er allerdings das Gefühl gehabt, in den Nachwehen einer Katastrophe zu leben, im endlosen Postscriptum der Zeit, das sein Leben nach der Ermordung seiner Schwester und dem Selbstmord seines Bruders war. Er hatte diese schrecklichen Gefühle in sich hineingesogen, sie gehegt und gepflegt, bis sie den harten schwarzen Kohlekern im Innersten seiner Seele bildeten, aber dieses Unglück war kein Teil davon, die Trümmer waren greifbar, sie befanden sich außerhalb des Raums, in dem er schlief.

»Wir sind alle Überlebende, Mr B.«, sagte Reggie.

Im Bahnhof hatte Jackson zum ersten Mal im Leben eine Panikattacke. Er taumelte zu einer eisernen Bank in der Halle, setzte sich schwerfällig und hielt den Kopf zwischen die Knie. Die Leute machten ihm Platz. Vermutlich sah er aus wie ein verprügelter Trinker. Er fühlte sich, als hätte er einen Herzinfarkt. Vielleicht hatte er einen Herzinfarkt.

»Nee«, sagte Reggie, griff nach seinem Handgelenk und nahm seinen Puls. »Sie haben nur panische Angst. Atmen Sie«, riet sie ihm. »Das hilft immer.«

Schließlich hörten die schwarzen Punkte vor seinen Augen auf zu tanzen, und sein Herz schlug nicht mehr wie ein Presslufthammer. Er trank Wasser aus der Flasche, die Reggie an einem Kaffeestand gekauft hatte, und merkte, wie sein Zustand allmählich wieder zu normal oder was in der Nach-Zugunglückswelt als normal galt, zurückkehrte.

»Eins muss ich klarstellen«, sagte er zu Reggie. »Du hast mir jetzt nicht schon wieder das Leben gerettet. Verstanden?«

»Total.«

»Posttraumatischer Stress oder so«, murmelte er.

»Nichts, wofür man sich schämen müsste«, sagte Reggie. »Es ist wie« (sie machte eine überschwengliche Geste) »eine Tapferkeitsmedaille. Sie haben doch den Soldaten aus dem Zug geholt, oder? Schade, dass er tot war.«

»Danke.«

»Sie sind ein Held.«

»Nein, bin ich nicht«, sagte Jackson. Ich war früher Polizist, dachte er. Ich war früher ein Mann. Jetzt kann ich nicht mal mehr in einen Zug steigen.

»Egal«, sagte Reggie, »die Züge werden alle umgeleitet, wir müssten mehrmals umsteigen. Mit dem Auto wäre es viel einfacher.«

»Nichts?«, terrorisierte ihn Joy weiter. »Keinen Pass? Keinen Bankauszug? Keine Gasrechnung? Nichts?«

»Nichts«, bestätigte Jackson. »Ich habe meine Brieftasche verloren. Bei dem Zugunglück von Musselburgh.«

»Wir machen keine Ausnahmen von der Regel.«

Dass er keinen Ausweis hatte, war für Joy weniger ein Problem, als dass er keine Kreditkarte hatte. »Bar?«, sagte sie ungläubig beim Anblick des Geldes. »Wir brauchen eine Kreditkarte, Mr Decker. Und wenn Ihre Brieftasche gestohlen wurde, woher haben Sie dann das Geld?« Gute Frage, dachte Jackson.

Jackson fletschte die Zähne in dem Bemühen, freundlich zu sein, und sagte: »Bitte, ich bin nur ein Mann, der nach Hause will.«

»Kreditkarte und Ausweis. Das sind die Regeln.« *No paseran.*

»Dads Mum ist gestorben«, sagte Reggie und steckte die kleine Hand überraschend in Jacksons. »Wir müssen nach Hause. Bitte.«

»Puh«, sagte Reggie, als sie zum Espace gingen. Jackson hielt die graue Waffel des elektronischen Schlüssels in Richtung des Wagens, und er gab ein einladendes Piepsen von sich.

Erbarmungswürdiges Betteln brachte sie bei Joy nicht weiter. Die Tatsache, dass ihr just an diesem Morgen gekündigt worden war (»Ich bin überflüssig«, sagte sie spöttisch, »wie jede andere

Frau meines Alters«), war wesentlich wirkungsvoller. »Sie können von mir aus mit dem verdammten Wagen in den Sonnenuntergang fahren«, sagte sie, aber erst, nachdem sie sich die Befriedigung verschafft und sich mit ihnen bis aufs Blut gestritten hatte.

Er ließ den Motor mit der grauen Plastikwaffel an und erklärte Reggie, wie sie den Escape vom »Park«- in den »Fahr«-Modus brachte. Widerwillig gestand er sich ein, dass er sie brauchte, er war nicht sicher, ob er die Fahrt allein schaffen würde, und nicht nur, weil sie wusste, wie man seinen Arm wieder in die Schlinge steckte, und ihm beim Fahren helfen musste.

Jackson setzte sich auf den Fahrersitz. Es fühlte sich gut an, es fühlte sich wie ein Zuhause an. Mit nur einer Hand zu fahren kostete ihn nicht so viele Nerven, wie mit Reggie Chase auf dem Beifahrersitz zu fahren. Halb Kind, halb nicht zu stoppende Naturgewalt.

»Okay, los geht's«, sagte Jackson. Der Hund schlief bereits auf dem Rücksitz.

In einem Triumph von Idiotie über Widrigkeit schafften sie es bis zum Scotch Corner, hielten nur zweimal an Tankstellen, damit Jackson »ein paar Minuten« ausruhen konnte. Sein Körper sehnte sich nach Ruhe, er wollte flach in einem dunklen Raum liegen, nicht einhändig auf der A1 fahren. Er hatte die starken Schmerztabletten genommen, die der australische Mike ihm gegeben hatte. Er war überzeugt, dass auf dem Beipackzettel davor gewarnt wurde, sich unter ihrem Einfluss ans Steuer zu setzen, aber von irgendwo hatte er sein altes Armee-Selbst hervorgekramt, das ihn über die Grenzen der Vernunft hinaustrieb. Wenn es hart auf hart kommt, nehmen die Harten Drogen.

Reggie machte ein Fest aus der Fahrt. Sie hatte wie seine Tochter, seine richtige Tochter, die beunruhigende Angewohnheit, jedes Straßenschild vergnügt laut vorzulesen (manchmal auch vorzusingen) – *verborgene Senke, scharfe Kurve, Berwick-on-Tweed 38 km, Straßenbauarbeiten 1 km.* Abgesehen von Marlee war noch nie jemand mit ihm gefahren, der so viel Spaß an der A1 hatte.

»Ich komme nicht oft weg«, sagte sie fröhlich.

Sie hatte eine Adresse von der zweifelhaften Tante. Sie stand in dem Filofax, der Joanna Hunter gehörte. Reggie hatte einen riesigen Rucksack dabei, Joanna Hunters große Handtasche, die sie nahezu obsessiv beschäftigte *(Warum sollte sie sie zurücklassen? Warum?),* eine Plastiktasche mit Hundefutter sowie natürlich den Hund selbst. Sie reiste nicht mit leichtem Gepäck. Jackson hatte nicht mehr als die Kleidung, die er auf dem Leib trug. Es war eine Art Freiheit, nahm er an.

»Hier, hier, wir müssen rechts abbiegen«, sagte Reggie nachdrücklich, als sie sich der großen Kreuzung am Scotch Corner näherten.

Morgen würde er seine Frau wiedersehen. Seine Frau, strahlend und brandneu. Und er hätte jede Menge Sex mit seiner neuen Frau, doch um ehrlich zu sein, war Sex das Letzte, wozu er sich im Moment in der Lage fühlte. Ein warmes Bett und ein großer Whisky klangen wesentlich attraktiver. Er würde nach Hause fahren und sein Leben weiterleben. Seine Reise war unterbrochen worden (aber nicht für immer), er war verletzt worden (aber nicht tödlich), dennoch nagte ein kleiner Zweifel an ihm, dass er nicht wieder so zusammengesetzt worden war, wie er zuvor gewesen war.

»Am Scotch Corner rechts«, sagte Reggie, »und dann sind wir in Wensleydale. Von dort kommt der Käse.«

Er war am Mittwoch hier gewesen (in der Welt vor dem Zugunglück, in einem anderen Land). In Hawes hatte er die OS-Karte gekauft, eine Zeitung, ein Brötchen mit Käse und Pickles. Sie kämen nahe an dem Haus vorbei, in dem Nathan, sein Sohn, lebte. Sie könnten ihn besuchen, an der Dorfwiese anhalten, vor Julias Haus parken. Er war zurück, wo er gestartet war. Wieder einmal.

Am Scotch Corner war er gehorsam Reggies etwas hysterischen Anweisungen gefolgt und rechts abgebogen, als etwas verrutschte, der Wagen, er, er war nicht sicher. Vielleicht hatte er mit offenen Augen geschlafen. Das passierte, wenn man mit einer Gehirnerschütterung Auto fuhr, man drehte das Lenkrad nicht weit genug und versuchte es zu kompensieren, indem man es anschließend zu weit drehte, und dann beging man den Fehler, zu heftig auf die Bremse zu treten, vor allem, weil einem eine panische schottische Mädchenstimme ins Ohr schrie und das Gyroskop im Gehirn verwirrte, so dass man mit quietschenden Reifen über die Straße schlitterte und einen viertürigen Smart schnitt, der sich wie ein Kreisel davondrehte, und man selbst von einem Armeejeep geschnitten wurde, der von Catterick Camp kam. Der Espace verhielt sich so gut, wie es ihm möglich war, dennoch stand er mit der Motorhaube in der falschen Richtung am Rand der Straße, und ihnen klapperten die Zähne im Kopf. Der Hund war auf den Boden gefallen, als sie (Jackson gab die Schuld zu gleichen Teilen sich und dem Wagen) die Kontrolle verloren, doch jetzt erhob er sich wieder mit einem gewissen Aplomb.

»Puh«, sagte Reggie, als sie endlich standen.

»Scheiße«, sagte Jackson.

»Atmen Sie tief ein, Sir«, sagte der Verkehrspolizist, »und dann atmen Sie da hinein aus.« Er hielt ihm das Alkoholtestgerät von der Größe eines Handys hin. Jackson seufzte und sagte: »Ich habe nicht getrunken«, aber er sah vermutlich so miserabel aus, dass jeder vernünftige Vertreter des Gesetzes Verdacht schöpfen musste.

Niemand war verletzt, das war eine Erleichterung. Ein katastrophaler Unfall in der Woche war genug. »Es liegt an mir«, sagte Reggie düster, »ich ziehe so was an.« Sie hatten den benommenen Leuten aus dem Smart geholfen und sie zum Straßenrand geführt, wo sie sich setzten. Die Armeetypen hatten Warnschilder aufgestellt und die Polizei gerufen.

»Volltrottel«, sagte einer von ihnen zu Jackson, der dazu neigte, ihm recht zu geben.

Obwohl der Alkoholtest negativ ausfiel, war der Polizist nicht glücklich. »Mr Decker, Sir?«, sagte er und betrachtete seinen Führerschein. »Ist das Ihr Auto?«

»Es ist gemietet.«

»Und in welcher Beziehung stehen Sie und diese junge Dame zueinander?«

»Ich bin seine Tochter«, flötete Reggie. Der Polizist musterte sie von Kopf bis Fuß, insbesondere die Prellungen in ihrem Gesicht, den riesigen Hund, der neben ihr stand, die Vielzahl von Gepäckstücken, die sie dabeihatte. Er runzelte die Stirn. »Wie alt bist du?«

»Sechzehn.« Er zog eine Augenbraue hoch.

»Ich schwör's.«

Ein Krankenwagen kam, so überflüssig wie Joy. Ein zweiter traf mit heulender Sirene ein. Mittlerweile sah es aus wie der Schauplatz eines größeren Unfalls, Leitkegel, Straßensperrung, Notfallfahrzeuge, jede Menge Lärm aus den Funkgeräten, zahllose Polizisten, ein Sondereinsatzwagen. Da niemand auch nur leicht verletzt war, schienen die Anspannung und Aufregung unverhältnismäßig. Vielleicht passierte ansonsten nicht viel auf der A1.

»Ich war früher Polizist«, sagte Jackson zu dem Beamten, der ihn hatte blasen lassen.

In letzter Zeit waren die Reaktionen auf diese Aussage zwar nicht sonderlich positiv ausgefallen, aber er rechnete definitiv nicht damit, plötzlich von zwei Polizisten, die aus dem Nirgendwo aufzutauchen schienen, gepackt und flach auf den Asphalt gedrückt zu werden, bevor er etwas Hilfreiches wie »Vorsicht, mein Arm, Sie reißen die Nähte auf« sagen konnte. Glücklicherweise verfügte Reggie über eine gute Lunge für jemanden, der so klein war, und sie sprang auf und ab und schrie, ob sie nicht sehen könnten, dass sein Arm in einer Schlinge steckte und er ein verletzter Mann war – was den Armeetypen nicht gefiel, die wissen wollten, warum er dann überhaupt Auto gefahren war. Doch Reggie war einem Haufen Soldaten mehr als gewachsen. Es war, als würde ein Jack Russell ein Rudel Dobermänner in die Flucht schlagen.

Ein Polizeifunkgerät krächzte, und er hörte eine Stimme sagen: »Ja, der Namensträger ist hier«, und Jackson fragte sich, wer der Gesuchte war, den sie geschnappt hatten. Er saß auf der Straße, während Reggie seinen Arm untersuchte. Zumindest pumpte er das Blut nicht wie Benzin auf die Straße, nur ein paar Stiche waren geplatzt, dennoch wurde ihm leicht schummrig, wenn er seinen Arm ansah. Ein Sanitäter zog Reggie beiseite, und dann steckte ein Polizist ohne Vorwarnung seine freie Hand in Handschellen und sagte in das Funkgerät an seiner Schulter: »Wir bringen den Namensträger ins Krankenhaus.« Jackson war der gesuchte Mann. Er konnte sich nicht denken, warum, doch irgendwie wunderte es ihn nicht.

Jackson saß in der Notaufnahme des Krankenhauses von Darlington eingeklemmt wie zwischen Buchstützen zwischen zwei Polizisten, die so schweigsam waren wie Totengräber, und überlegte, warum sie ihn behandelten wie einen Verbrecher. Weil er mit einem fremden Führerschein gefahren war? Eine Minderjährige *(Ich bin sechzehn!)* entführt und geschlagen hatte? Was war mit seinem unerschütterlichen, kleinen schottischen Schatten passiert? Er hoffte, dass sie in der Aufnahme die Angaben zu seiner Person machte und nicht irgendwo eingesperrt war. (Der Hund saß auf dem Rücksitz eines Streifenwagens und erwartete dort das Urteil hinsichtlich seiner unmittelbaren Zukunft.) Nicht, dass Reggie viel über ihn wusste. Er hatte eine Frau und ein Kind (zwei Kinder) und einen Namen. Mehr musste niemand wissen.

Zwei weitere Uniformierte tauchten auf, einer verwarnte und informierte ihn, dass interessanterweise ein Haftbefehl gegen ihn vorlag.

»Und sagen Sie mir auch, warum?«

»Verstoß gegen die Auflagen, die bei Ihrer Entlassung aus dem Gefängnis festgesetzt wurden.«

»Wissen Sie, ich bin eigentlich gar nicht Andrew Decker.«

»Das sagen sie alle, Sir.«

Er hatte das Gefühl, dass es mehr brauchte als eine auf- und abspringende Reggie, um sie beide aus dieser Bredouille zu holen. Wo war ein freundlicher Polizist, wenn man einen brauchte? Detective Inspector Louise Monroe zum Beispiel, sie würde im Augenblick vollauf genügen.

Ein Telefon klingelte, ein Handy. Die beiden Polizisten blickten zu Jackson, und er zuckte die Achseln. »Ich habe kein Handy«, sagte er. »Ich habe gar nichts.«

Ein Polizist deutete auf die Taschen, die Reggie vor seinen Füßen hatte liegen lassen, und sagte: »Es ist in *der* Tasche«, in einem Tonfall, der Jackson für ein kurzen, bizarren Augenblick an seine erste Frau erinnerte. Unter Mühen – gerissene Nähte, gute Hand an einen Polizisten gefesselt und so weiter – holte er das Handy aus der Seitentasche von Reggies Rucksack und meldete sich: »Hallo, hallo?«

»Ich bin's.«

Ich? Wer war ich?

»Louise.«

»Das ist erstaunlich –« Weiter kam er nicht *(Ich habe gerade an dich gedacht),* weil der Polizist, an den er gefesselt war, sich zu ihm neigte, mit dem Finger auf eine Taste drückte und den Anruf beendete. »Im Krankenhaus sind Handys verboten, Mr Decker«, sagte er mit zufriedener Miene. »Das wissen Sie natürlich nicht, weil Sie ja so lange weg waren.«

»Weg? Wo war ich?«

Eine halbe Stunde später, als er noch immer darauf wartete, dass ein Arzt sich seinen Arm ansah, kam sie herein, marschierte durch die automatische Tür der Notaufnahme, als würde sie sie eintreten, wenn sie sich nicht schnell genug öffnete. Jeans und Pullover und Lederjacke. Alles stimmte. Er hatte vergessen, wie sehr sie ihm gefiel.

»Die Kavallerie ist da«, sagte er zu den gelb bejackten Buchstützen.

»Bist du jetzt endgültig wahnsinnig geworden?«, sagte sie unwirsch zu Jackson.

»Wir müssen aufhören, uns so über den Weg zu laufen«, sagte er. Sie hatte einen jugendlichen Handlanger dabei, der aussah, als würde er von einer Klippe springen, wenn sie es von ihm verlangte. Er käme voran, Louise mochte Gehorsam.

Sie hielt den Buchstützen ihren Ausweis vors Gesicht und sagte: »Ich bin wegen des einarmigen Banditen hier. Handschellen abnehmen.«

Eine Buchstütze blieb stur und sagte: »Wir warten darauf, dass die Polizei von Doncaster ihn holt. Bei allem Respekt, Ma'am, aber das hier ist nicht Ihr Zuständigkeitsbereich.«

»Glauben Sie mir«, sagte Louise. »Der gehört mir.«

Reggie kam herein und sagte: »Hallo, Chief Inspector M.«

»Du kennst sie?«, sagte Jackson zu Reggie.

»Sie kennen *ihn?*«, sagte der Handlanger zu Louise.

»Dann kennen wir uns ja *alle*«, sagte Reggie. »Was für ein Zufall.«

»Ein Zufall ist nur eine Erklärung, die darauf wartet zu passieren«, sagte Jackson, und Louise sagte: »Mund halten, Süßer«, als würde sie für *Die Füchse* vorsprechen. Er hob die nicht mehr gefesselte Hand hoch und sagte: »Ich ergebe mich«, und sie antwortete mit einem so schwarzen Fluch, dass sogar die Buchstützen erbleichten.

»Ich will ja nicht lästig sein«, sagte Jackson, »aber ich muss zusammengeflickt werden.«

»Schluss mit der Komödie«, sagte sie.

»Und jetzt?«, sagte Jackson, als sie das Krankenhaus endlich verließen.

»Fish and Chips?«, sagte Reggie hoffnungsvoll. »Ich bin am Verhungern.«

»In meinem Wagen wird nicht gegessen.«

Spritztour

»Viermal Fish and Chips, Boss«, sagte Marcus, als er wieder in den Wagen stieg. »Ich wusste nicht, was ich wegen dem Hund tun soll, aber er kann was von meinem Fisch haben, obwohl er jetzt noch ein klein wenig heiß ist.«

»Sie sind ein Hundefreund, was?«, sagte Louise, aber er überhörte ihren sarkastischen Tonfall und sagte: »Ich liebe Hunde. Sie sind so, wie Menschen sein sollten.«

Er saß auf dem Beifahrersitz, Jackson und Reggie saßen hinten, der Hund sperrig zwischen ihnen. Louise hatte vorgeschlagen, den Hund in den Kofferraum zu stecken, woraufhin Reggie und Marcus in einen entsetzten Chor ausgebrochen waren. »Hab nur Spaß gemacht«, sagte sie, doch sie glaubten ihr nicht.

»Immer noch eine hartherzige Frau«, sagte Jackson. »Du weißt, dass ich nicht in dieselbe Richtung muss wie ihr.«

»Wie wahr. In vielerlei Hinsicht.«

»Wenn du mich irgendwo absetzen könntest – an einem Bahnhof, einer Bushaltestelle, neben der Straße, irgendwo. Ich will nach Hause, nach London.«

»Pech«, sagte Louise. »Du hast eine Straftat begangen, mehrere sogar. Offenbar hast du mal wieder die Dummheit mit dem Löffel gefressen – du fährst mit einem Führerschein, der dir nicht gehört, du fährst, obwohl du nicht in der *Lage* dazu bist, was hast du dir dabei gedacht? Lass mich raten, du hast überhaupt nicht gedacht. Du hast Hackfleisch im Kopf.«

»Du hast mich nicht verhaftet«, sagte er.

»Noch nicht.«

Der Espace war abgeschleppt worden, Louise hatte seinen Führerschein konfisziert – Andrew Deckers Führerschein. Es war offensichtlich, dass weder Jackson noch Reggie wussten, wer Andrew Decker war.

»Das also«, sagte Marcus, wandte sich um und sah Jackson an, »ist der Mann aus dem Krankenhaus, der mit Andrew Decker verwechselt wurde. Der immer noch für Decker gehalten wird.« Er blies auf eine der Pommes frites, um sie abzukühlen. »Und Sie kennen ihn, Boss?«

»Leider.«

»Das haben Sie nicht gesagt. Hätten Sie ihn nicht der Polizei von North Yorkshire überlassen sollen?«

(»Ma'am«, sagte eine Buchstütze. »Nehmen Sie den Häftling wieder fest?«

»Er ist kein Häftling«, sagte Louise. »Nur ein Idiot.«)

»Ja, das hätte ich. Hat noch jemand Fragen, um mir damit auf die Nerven zu gehen, oder kann ich einfach fahren?«

Als sie aufbrachen, setzte sie sich ans Steuer, bevor Marcus fragen konnte, ob er fahren solle. Was Louise betraf, sollten alle im Wagen wissen, wer hier das Sagen hatte.

»Du siehst schrecklich aus«, sagte sie und schaute im Rückspiegel zu Jackson. »Noch schlimmer als neulich.«

»Neulich? Wann war das, neulich?«

»In deinen Träumen«, sagte sie.

»Gratuliere«, sagte Jackson.

»Wozu?«

»Zu deiner Beförderung. Und zur Heirat natürlich.« Sie blickte ihn kurz an, und dann schaute sie auf ihren Ehering. Sie spürte, wie eng der Ring saß. Der Diamant lag wieder im Safe, aber den Ehering hatte sie anbehalten, obwohl er ihr ins Fleisch schnitt. Eine Buße wie das Tragen eines härenen Hemdes. Ein härenes Hemd erinnerte dich an deinen Glauben, ein Ehering, der dir den Finger absterben ließ, an den Mangel daran.

»Du hast offenbar auch geheiratet«, sagte sie im Spiegel zu ihm. »Entschuldige, dass ich dir keine Karte geschickt habe. Warum eigentlich nicht – ach ja, du hast vergessen, es mir zu sagen.« Sie spürte, wie Marcus sich auf dem Beifahrersitz neben ihr wand. Ja, die Erwachsenen stritten sich. Das war nie schön.

»Du hast nicht lange gebraucht, um über Julia hinwegzukommen«, fuhr sie fort. »Ach nein, Moment, sie hat dich ja *betrogen*, nicht wahr? War von einem anderen Mann schwanger. Das muss es leichter gemacht haben, als sie dich vor die Tür gesetzt hat.« Bewundernswerterweise nach Louises nicht ausgesprochener Meinung schluckte Jackson den Köder nicht. »Also denk nicht mal im Traum daran, meine Beziehungen zu kommentieren.«

»Dein Smalltalk ist nicht besser geworden«, sagte er und dann überraschenderweise: »Du hast mir gefehlt.«

»Nicht genug, um nicht zu heiraten.«

»Du hast zuerst geheiratet.«

»Ich hatte nie zwei Eltern«, sagte eine junge Stimme auf dem Rücksitz. »Ich wollte immer wissen, wie es ist.«

»Wahrscheinlich nicht so«, sagte Marcus.

»Die Tante«, hatte Reggie gesungen, als sie Louise sah. »Die Tante wohnt in Hawes, das ist nicht weit. Wir müssen hinfahren und nachsehen, ob Dr. Hunter dort ist. Sie ist entführt worden.«

»Nicht von der Tante, das kann ich dir versichern«, sagte Louise.

Reggies kleines Gesicht erstrahlte. »Sie sind wegen der Tante hier! Haben Sie mit Dr. Hunter gesprochen? Haben Sie das Baby gesehen?«

»Nein.«

Das kleine Gesicht umwölkte sich. »Nein?«

»Die Tante ist tot.«

»Dann muss sie wirklich sehr krank gewesen sein«, sagte Reggie ernst. »Arme Dr. Hunter.«

»Sie ist schon eine Weile tot«, gab Louise widerwillig zu. »Zwei Wochen, um genau zu sein.«

»Zwei Wochen? Das verstehe ich nicht«, sagte Reggie.

»Ich auch nicht«, sagte Louise. »Ich auch nicht.«

Reggie machte erneut Inventur von Dr. Hunters Handtasche, verkündete jeden Gegenstand laut vom Rücksitz – »eine Rolle Polos, einmal Papiertaschentücher, eine Haarbürste, ein Filofax, ihr *Asthmaspray*, ihre *Brille*, ihre *Geldbörse*. Das sind Sachen, die man nicht zu Hause lässt.«

Außer man hat es eilig, dachte Louise.

»Außer man hat es eilig«, sagte Jackson.

»Fang nicht an zu denken«, warnte ihn Louise.

»Schau dir die Fakten an«, sagte er und ignorierte ihren Rat. »Die Frau ist definitiv verschwunden, aber ob freiwillig oder gegen ihren Willen, das ist die Frage.«

»Tatsächlich, Sherlock?«, murmelte Louise.

»Dr. Hunter ist etwas Schlimmes passiert«, sagte Reggie. »Ich weiß es. Ich habe Ihnen schon *mehrmals* gesagt, dass der Mann in Mr Hunters Haus ihn bedroht hat, er hat gesagt, dass ›dir und den Deinen‹ was zustoßen wird. Er hat keinen Spaß gemacht.«

»Ich will mich ja nicht einmischen«, sagte Jackson, »aber vielleicht deckt ihr Mann sie?«

»Warum?«, sagte Louise.

»Weiß nicht. Er ist ihr Mann, Eheleute tun das füreinander.«

»Ja?«, sagte Louise. »Wie heißt sie?«

»Wie heißt wer?«

»Deine *Frau*.«

»Tessa. Sie heißt Tessa. Du würdest sie mögen«, fügte er hinzu. »Du würdest meine Frau mögen.«

»Nein, würde ich nicht.«

»Doch, das würdest du«, sagte Jackson.

»Ach, jetzt halt den Mund.«

»Ich denk nicht dran«, sagte Jackson.

»Aufhören«, sagte die kleine Stimme der Vernunft auf dem Rücksitz.

»Sie hat alles dagelassen«, sagte Reggie. »Ihr Handy, ihre Geldbörse, ihre Brille, ihr Spray, ihr Ersatzspray, ihren Hund, die Decke des Babys. Außerdem hat sie sich nicht umgezogen, sie zieht sich immer sofort um, und die Männer, die Mr Hunter bedrohten, haben gesagt, dass er nie wieder was von ihr hören würde, wenn er die Ware nicht beibringt. Und die Tante existiert nicht! *WAS FÜR BEWEISE BRAUCHEN SIE NOCH?*«

»Sorg dafür, dass sie in eine Papiertüte atmet, ja?«, sagte Louise zu Jackson.

»Aber«, sagte Marcus, »hat das jetzt was mit Decker zu tun oder nicht? Ist es reiner Zufall, dass er genau im gleichen Moment auftaucht, in dem sie verschwindet? Und dann? Ist er einfach vom Unglücksort weggegangen?«

»Er ist nirgendwo aufgetaucht«, sagte Louise. »Er ist der unsichtbare Mann.«

»Decker«, murmelte Jackson und schaute nachdenklich aus dem Fenster. »Decker? Warum kommt mir der Name bekannt vor?«

Decker war verschwunden, Jackson war da. Als ob sie auf mysteriöse Weise die Plätze getauscht hätten. Jackson hatte bei dem Zugunglück seinen BlackBerry verloren und seltsamerweise zur gleichen Zeit Deckers Führerschein bekommen. War er, ohne es zu wissen, an Deckers Stelle getreten? War Decker der Mann gewesen, der auf Joanna Hunters Handy angerufen hatte, als Louise gestern Morgen in ihrem Haus war? Er hatte nach »Jo« gefragt, nicht nach Joanna oder Dr. Hunter. Hatte sie *Sagen Sie Jo zu mir* zu ihm gesagt, als sie ihn im Gefängnis besuchte? Was hatte sie sonst noch mit ihm gesprochen?

»Was hast du sonst noch verloren?«, fragte Louise Jackson.

»Kreditkarten, Führerschein, Schlüssel«, sagte Jackson. »Im BlackBerry ist ein Adressbuch.«

»Im Grunde deine ganze Identität. Was, wenn Decker sie benutzt? Du bekommst den Führerschein eines Häftlings der Kategorie A, gegen den ein Haftbefehl vorliegt, und er bekommt dich – einen angeblich rechtschaffenen Bürger –, Kreditkarten, Geld, Schlüssel, ein Handy. Die letzte Person, die Joanna Hunter am Mittwoch angerufen hat, hat mit deinem Handy angerufen, mit deinem BlackBerry, es war also vielleicht Decker. Er ruft Joanna Hunter an, und sie verschwindet. Neil Hunter behauptet, sie ist um sieben weg, aber dafür haben wir nur sein Wort. Vielleicht ist sie später weg, nach dem Telefonanruf. Und wenn sie fortgefahren ist – irgendwie, nicht mit ihrem Wagen, nicht mit einem geliehenen Auto –, aber nicht zu ihrer Tante, wohin dann? Um jemanden zu treffen? Decker? War er in dem Zug nach Edinburgh, weil sie sich verabredet hatten? Der Zug entgleist, er ruft sie an, und sie fährt los, um sich mit ihm zu treffen.«

»Und dann?«, sagte Marcus.

»Das ist es, was mir Sorgen macht. Was ist mit Überwachungskameras, da, wo sie wohnt, muss es Kameras geben, in der Straße wohnen viele reiche Leute, und –«

»Moment mal«, sagte Jackson. »Warum interessierst du dich so für diesen Decker? Das verstehe ich nicht.«

»Ja«, sagte Reggie. »Wer *ist* Andrew Decker? Und was hat er mit Dr. Hunter zu tun?«

Tut mir leid, Mädchen, dachte Louise. Sie hatte nicht diejenige sein wollen, die Reggie von Joanna Hunters Vergangenheit erzählte. Wie erwartet, wurde Reggie durch die Geschichte noch aufgeregter. (»*Ermordet?* Ihre *ganze* Familie?«) Das Mädchen war ein Terrier, das musste man ihr lassen. Sie war nicht einmal mit Joanna Hunter verwandt, und doch schien sie wegen ihr besorgter als sonst irgendjemand. Louise glaubte nicht, dass Archie solche Gefühle für sie hegte.

»Herrgott«, sagte Jackson. »Andrew Decker – natürlich. Wie konnte ich nur den Namen vergessen? Wir hatten ein Manöver in Dartmoor. Wir wurden gerufen, um nach dem vermissten Mädchen zu suchen, dem Mädchen, das davongekommen war.«

»Joanna Mason«, sagte Louise. »Jetzt Joanna Hunter.«

»Und jetzt müssen Sie sie wieder suchen«, sagte Reggie.

»Nur weil ihr einmal etwas Schlimmes zugestoßen ist, heißt das nicht, dass es wieder passieren wird«, sagte Louise zu Reggie.

»Nein«, sagte Reggie. »Sie täuschen sich. Nur weil ihr einmal etwas Schlimmes zugestoßen ist, heißt das nicht, dass es *nicht* wieder passieren wird. Glauben Sie mir, mir passiert ständig was Schlimmes.«

»Mir auch«, sagte Jackson.

»Du machst dir Sorgen, dass dieser Decker hinter Joanna Hunter her ist?«, fragte Jackson Louise. »Scheint mir unwahrscheinlich. Ich habe noch nie gehört, dass jemand so etwas tut.«

»Um ehrlich zu sein, ich fange an, mir Sorgen zu machen, dass Joanna Hunter hinter Andrew Decker her ist.«

»Andererseits«, sagte Louise.

Sie standen auf dem Parkplatz einer Tankstelle. Marcus und Reggie waren im Laden und kauften Snacks, und Jackson hatte sich auf den Beifahrersitz gesetzt. Er strahlte Hitze ab. Louise fragte sich, ob er Fieber hatte oder ob sie es sich aufgrund ihres eigenen überhitzten Zustands einbildete. Sie wollte, dass er sie in die Arme nahm, sie wollte ihre Knochen weich werden lassen, nur für einen Augenblick. Bei Patrick empfand sie nie so, wollte nie aufhören, Louise zu sein, aber während sie hier auf dem hell erleuchteten Parkplatz saß, wollte sie kapitulieren und vom Schlachtfeld gehen. Gab es eine Möglichkeit, ihn diesmal zu behalten, ihn ins Gefängnis zu sperren, in eine Kiste, einen Safe, damit er nicht wieder fortkonnte?

»Andererseits was?«, fragte er.

»Neil Hunter, Joannas Mann, ist alles andere als unverdächtig. Es könnte genauso gut er gewesen sein, der sie hat verschwinden lassen. Und das Baby. Vielleicht wollte sie ihn verlassen, und er ist durchgedreht.«

»So was passiert.«

»*Andererseits* … er kennt ein paar interessante Leute.«

»Interessante Leute?«

»Was wir ›Kriminelle‹ nennen. Typen aus Glasgow, über die uns seit geraumer Zeit Gerüchte zu Ohren kommen. Ein Mann namens Anderson. Er will in die Stadt, in legalen Geschäften mitmischen. Private Autovermietungen scheint er besonders zu mögen.«

»Kleine Limousinen?«

»Ja. Und Spielhallen. Fitnessstudios. Schäbige Schönheitssalons. Und wem gehört das alles?«

»Neil Hunter?«

»Bingo. Eine seiner Spielhallen ist letzte Woche abgebrannt und auch noch andere Sachen.«

»Andere Sachen?«

»Fachausdruck. Wir haben ermittelt, ob Hunter vorsätzlich Feuer gelegt hat, aber ich fange ernsthaft an, es zu bezweifeln. Was, wenn er Hunters Familie bedroht? *Entführt*, behauptet Reggie steif und fest, und bislang hatte sie mit allem recht. Groteskerweise.«

»*Dich und die Deinen. Denk drüber nach. Deine nette kleine Frau, dein süßes kleines Baby. Willst du sie wiedersehen? Du bist dran.* Das hat Reggie gesagt.«

»Für einen alten Mann hast du ein gutes Gedächtnis.«

»Viel Auswendiglernen in der Schule. Und ich bin erst neunundvierzig. Jünger als dein *Mann*, glaube ich. *Willst du sie wiedersehen?* Glaubst du, dass sie irgendwo festgehalten werden?«

»Und die Tante war nur ein Ablenkungsmanöver. Eine Finte. Ein Weg, alle auf die falsche Fährte zu locken, die sich über Joanna Hunters plötzliches Verschwinden wunderten«, sagte Louise. »Die Ironie der Sache ist, dass sich ihr Mann die Mühe gar nicht hätte machen müssen, Deckers Entlassung aus dem Gefängnis hat Joanna Hunter einen wahrhaft guten Grund gegeben, unterzutauchen. Neil Hunter hätte die Tante nicht ins Spiel bringen sollen.«

»Gute Theorien«, sagte Jackson. »Wie sollen wir sie beweisen oder widerlegen?«

»*Wir* tun gar nichts. Nur ich. Ich bin die richtige Polizei, du bist nur ein Nichtsnutz. Im Grunde.«

»Danke.« Er streckte die Hand aus, nahm ihre und sagte: »Ich habe dich wirklich vermisst.« Ihr Mund wurde trocken, und ihr Herz begann zu rasen, als hätte sie einen Virus, und sie wollte den Motor anlassen und mit ihm ins nächste Hotel fahren, in die nächste Scheune oder auf den nächsten Rastplatz, doch Marcus und Reggie stürmten aus dem Laden, und sie hatte nur noch Zeit, ihm die Hand zu entziehen, bevor sie die Wagentüren öffneten, einen Schwall kalte Nachtluft einließen und Chipstüten aufrissen.

»Wollen Sie Ihren Platz wieder?«, fragte Jackson Marcus, und Marcus sagte: »Nein, ist okay, ich sitze gern neben dem Hund«, aber Louise sagte zu ihm: »Sie können fahren, ich bin müde, ich setze mich nach hinten«, weil sie es nicht länger ertrug, so nahe bei Jackson zu sein und ihn nicht berühren zu können.

»Kein Problem«, sagte Marcus. »Alles anders. Männer vorn, Frauen hinten, so wie es sein sollte. War nur ein Witz«, fügte er rasch hinzu, als er Louises Miene im Rückspiegel sah.

Es war lange dunkel, als sie über die Grenze fuhren. Nach Berwick zogen sich die Kilometer. Sie setzten Reggie und Jackson in Musselburgh ab. »Bist du sicher, dass du ihn bei dir übernachten lassen willst?«, sagte Louise zweifelnd zu Reggie.

»Er kann ja sonst nirgendwohin.«

»O doch, ich habe ein Zuhause«, sagte Jackson. »Nur dass Gott und die Welt verhindern wollen, dass ich jemals wieder dort hinkomme.«

»Sie müssen dabei helfen, Dr. Hunter zu finden«, sagte Reggie.

»Dr. Hunter zu finden ist mein Job, Reggie«, sagte Louise. »Ich will nicht, dass sich Amateure einmischen.« Sie wandte sich an Jackson und sagte: »Wir schaffen das ohne deine Hilfe, danke.«

»So in etwa wie: Geh nach Hause zu deinen Kindern, Herb?«

»Genau.«

»Netter Wagen«, sagte er und tätschelte liebevoll das Dach des BMWs, als wäre er ein alter Freund.

»Verschwinde.«

»Ich sehe dich morgen«, sagte er.

»Ja?«

»Ja, natürlich.«

Ihr Herz machte einen Sprung, sie würde ihn morgen wiedersehen. So fühlten sich junge Mädchen, so hatte sich Louise als junges Mädchen nie gefühlt. Patrick hatte recht, sie hatte keine Jugend gehabt. *Das holt sie jetzt nach.*

»Ich würde nicht nach Hause fahren, ohne mich zu verabschieden«, sagte er.

Mistkerl. Sie konnte ihn nicht halten, konnte mit der Anziehungskraft seiner neuen Frau nicht konkurrieren. Tessa. Blöde Schlampe.

Sie wollte sagen, komm mit mir nach Hause – na gut, nicht

nach Hause, sie konnte ihn schlecht nach Hause mitnehmen und ihrem Mann, Bridget und Tim vorstellen: »Das ist Jackson Brodie, der Mann, den ich hätte heiraten sollen.« Nicht heiraten. Die Ehe war für Narren. Der Mann, mit dem sie hätte weglaufen sollen. Über die Berge und weit weg. »Vertrau mir«, wollte sie zu ihm sagen. Aber natürlich tat sie es nicht.

»Wer ist Herb?«, fragte Marcus.

»Scheiße. Ich hätte Reggie die Handtasche abnehmen sollen.« Was war los mit ihr? Sie war eigentlich nicht vergesslich. Jetzt schien ihr Gehirn zu zerfasern.

»Ich lasse sie morgen bei ihr abholen, Boss.«

»Sie sind ein kleiner Schatz, wirklich.«

Marcus sagte, »Setzen Sie mich irgendwo ab«, und sie sagte: »Seien Sie nicht albern, ich fahre Sie nach Hause.« Er wohnte in South Queensferry, ein Riesenumweg.

»Das ist ein Riesenumweg, Boss.«

»Kein Problem, wirklich. Ich bin wieder wach.« Er wohnte noch immer bei seiner Mutter. Archie würde nicht mehr bei ihr wohnen, wenn er sechsundzwanzig wäre.

»Haben Sie eine Freundin?« Nie zuvor hatte sie daran gedacht, zu fragen, Marcus wirkte nicht wie ein junger Mann, der ein Mädchen hatte.

»Ellie.«

»Aber Sie leben nicht mir ihr zusammen?«

»Das ist der nächste Schritt, Boss. Wir haben gestern Abend ein paar Häuser angeschaut. In Malbet Wynd.«

Ja, natürlich, er war ein Junge, der alles richtig machte, in Schritten und Stufen. Ein Mädchen namens Ellie, ein Haus in Malbet Wynd. Er tat nichts ohne Vorbereitung.

Nachdem er ausgestiegen war, rutschte Louise auf den Fahrersitz und öffnete das Fenster. »Als Erstes müssen wir morgen früh herausfinden, ob und wo Jackson Brodies Kreditkarten benutzt wurden. Und versuchen, sein Handy ausfindig zu machen.«

»Okay, Boss.«

»Gute Nacht, Pfadfinder.«

»Gute Nacht, Boss.«

Sie wartete, bis er die Haustür aufgeschlossen, sich umgedreht und gewunken hatte und ins Haus gegangen war. In einem Zimmer unten bewegte sich ein Vorhang, vermutlich seine nach Höherem strebende Mutter.

Sie saß noch eine Weile länger da und überlegte, ob sie außer nach Hause noch irgendwo anders hinfahren könnte. Fife und alle Orte im Norden waren gleich jenseits des Wassers. Wie weit würde sie kommen, bevor jemand merkte, dass sie nicht mehr da war?

Trübsal

Im Nachhinein sah Reggie ein, dass sie Jackson Brodie möglicherweise von ihren kriminellen Verbindungen hätte erzählen sollen. Wenn sie ihn zum Beispiel vor ihrem Bruder gewarnt hätte, bevor sie ihn zum Übernachten zu sich einlud, dann hätte er Ms MacDonalds Wohnzimmer vielleicht nicht vor ihr betreten (während sie die Haustür zusperrte, damit sie sicher wären – Ironie, haha, et cetera) und sich von einem hässlichen Briefmesser bedroht gesehen, das die Haut über seiner Halsschlagader ritzte an nahezu genau der Stelle, an der sie in der Nacht des Zugunglücks verzweifelt nach einem Puls gesucht hatte. Am anderen Ende des Briefmessers stand Billy.

»Überraschung!«, sagte er tonlos. »Wer ist der Witzbold?« Er drückte das Messer fester an Jacksons Hals. »Was tut er hier?«

»Lass ihn los«, sagte Reggie. Es hatte keinen Sinn, an Billys bessere Natur zu appellieren, weil er keine hatte, aber man musste es versuchen. »Du kennst ihn nicht.«

Zu ihrer und auch zu Jacksons Überraschung ließ Billy ihn los, stieß ihn zu Boden, wo er schwer aufschlug, weil er den Sturz nur mit einem Arm abfangen konnte. Als Nächstes wurde Reggie von Billy überrumpelt, der stattdessen sie packte, ihr den Arm um den Hals legte und dabei nahezu ihre Luftröhre zerdrückte.

Das Gleiche hatte er getan, als sie Kinder waren. Mum sagte: *Gib deiner kleinen Schwester ein Küsschen, damit sie weiß, dass es dir leid tut*, denn er musste sich ständig für schlechtes Betragen entschuldigen – er nahm ihr die Puppe weg, warf ihre Legobauten um, biss sie – er war ein schrecklicher Beißer –, und dann sang er »Entschuuuldiige, Reggie« und erwürgte sie halb, während er sie küsste, und Mum sagte: *Böser Junge, Billy.* Er blickte verschreckt drein so wie die Pferde auf der Wiese, wenn Sadie ihnen zu nahe kam.

Jackson kämpfte sich auf alle viere und stand dann langsam auf. Billy hörte auf, sie zu würgen, drückte stattdessen die Spitze des Messers an ihren Hals und sagte zu Jackson: »Denken Sie nicht im Traum daran, sich einzumischen.« Sie spürte die Klinge kalt und scharf auf ihrer Haut. Es war ein so kleines Messer, aber es konnte ihr so viel antun.

Jackson stand mitten im Zimmer zwischen dem Inhalt von Ms MacDonalds Bücherregalen, angespannt und auf den Zehen wie ein Boxer, bereit für den Kampf. Sie sah, dass er nachdachte, die Möglichkeiten abwog, und sie dachte: »Oh, nein, nicht.«

»Ich bin deine Schwester, Billy«, flüsterte sie ihrem Bruder zu. »Dein eigen Fleisch und Blut.« Bessere Natur, appellieren, sinnlos et cetera, aber man musste es versuchen.

»Er ist dein *Bruder?*«, sagte Jackson. »Du kleiner Scheißkerl«, sagte er zu Billy. »Es ist deine Aufgabe, auf deine Schwester *aufzupassen.*«

»Sagt wer und wessen Bibel?«, fragte Billy, doch sie spürte, wie sich die Klinge ein wenig zurückzog.

»Deine Freunde suchen nach dir«, sagte sie zu ihm.

»Was für Freunde? Ich hab keine Freunde.« Das Traurige war, dass er klang, als wäre er stolz darauf.

»Du hast ihnen erzählt, du heißt Reggie, stimmt's?«, sagte Reggie. »Und dass du in Gorgie wohnst. Sie sind gekommen und haben *mich* bedroht und *meine* Wohnung angezündet.«

»Ja, es ist eine komische alte Welt, wie die liebe alte Mum gesagt hätte.«

»Sprich nicht so über Mum.« Wenn sie ihn in ein Gespräch verwickeln könnte, dann würde er sich schnell langweilen, er langweilte sich so schnell wie kein anderes menschliches Wesen, und dann würde er gehen und Jackson würde nicht tun, was immer es war, das er im Begriff stand zu tun – so wie es aussah, Billy mit bloßer Hand den Garaus zu machen.

Und dann hörte sie es. Es war der urtümliche Laut eines riesigen Wolfes, der in seinem Bau erwacht war. Die Kreatur stand in der Tür, das Fell aufgestellt, die Reißzähne gefletscht, ein lautes Knurren in der wilden Brust.

Reggie hatte Sadie vergessen. Sie war sofort nach oben gerannt in Verfolgung von Banjos Geisterspur.

Der Hund stellte sich auf die Hinterbeine und landete mit einem Sprung auf Billy, biss in seinen Unterarm und grub die Zähne hinein, und Billy ließ das Messer fallen und begann Reggie anzuschreien, sie solle den Hund zurückrufen. Reggie schrie: »Fuß, Sadie«, doch vergeblich. Dann tat Jackson etwas, was sie nicht von ihm erwartet hätte, er versetzte dem Hund einen harten Schlag seitlich auf den Kopf, seine Kiefer erschlafften, und er fiel zu Boden wie ein nasser Sack. Was folgte, bekam Reggie nur verschwommen mit. Innerhalb einer Sekunde hatte Jackson Billy zu Boden geworfen, kniete auf seinen Nieren und hielt mit der guten Hand seinen Nacken fest.

Billys Arm blutete, aber nicht auf lebensbedrohliche Weise, nicht auf eine Weise, dass Reggie ihm zu Hilfe eilen wollte. Wie jeder gute Erste Helfer kümmerte sie sich um die am schwersten verletzte Person, legte sich Sadies Kopf in den Schoß und murmelte beruhigende Worte. Jackson stand auf und sagte zu Billy: »Keine Bewegung. Nicht einmal ein Zucken.« Dann wandte er sich an Reggie: »Dein Bruder, du bist dran. Soll ich die Polizei rufen?«

Sie ließen Billy gehen. Gaben ihm eine zweite Chance oder vielmehr die hundertste. »Er ist mein Bruder«, sagte Reggie. »Trotz allem.« Obwohl er Polizist gewesen war, schien es Jackson gleichgültig. Jeder könne sehen, sagte er, »jeder außer vielleicht seiner Schwester«, dass »Billy-Boy« in halsbrecherischem Tempo auf ein schlimmes Ende zuraste, wenn nicht jemand einschritt. Doch, versicherte sie ihm, seine Schwester sah es durchaus.

»Was wollte er?«, fragte Jackson, und Reggie zuckte die Schultern und sagte: »Ach, alles oder nichts. Dies und das. Sie müssen ins Bett. Es war ein langer Tag.«

»So kann man es auch nennen«, sagte Jackson und lachte.

High Noon

»Sie müssen ins Bett«, sagte Reggie. »Es war ein langer Tag.«

»So kann man es auch nennen«, sagte Jackson.

Er konnte nicht schlafen. Das dünne feuchte Kissen und die noch dünneren, feuchteren Laken halfen nicht. (Wer war diese Ms MacDonald gewesen, dass sie in einem so trostlosen Haus gelebt hatte?) Er lag lange wach und horchte, wie Reggie im Wohnzimmer hin- und herschritt. Er begriff nicht, was sie tat, und als er nach unten ging, um nachzusehen, räumte sie die Bücher wieder in die Regale wie eine fleißige, kleine nächtliche Bibliothekarin. »Ich räume auf«, sagte sie. »Ich störe Sie doch nicht, oder?«

Er kehrte nach oben zurück und suchte etwas zu lesen, aber er fand nur ein Heft mit unkorrigierten Übersetzungen aus dem Lateinischen. Er war nicht in eine Schule gegangen, in der Latein auf dem Lehrplan stand. Nachdem er sich noch eine Weile hin- und hergewälzt hatte, ging er erneut nach unten, um nach etwas lebhafterer Lektüre zu suchen, und fand Reggie bei eingeschaltetem Licht fest schlafend auf dem Sofa vor. Der Hund lag auf dem Boden neben ihr, und als er Jackson hörte, stand er auf und starrte ihn böse an. Er hob die Hände in einer Ich-stellekeine-Bedrohung-dar-Geste, die den Hund nicht wirklich beruhigte, er verfolgte jeden seiner Schritte mit den Augen. Es war ihm nicht zu verübeln, dass er ihm misstraute, er hatte ihm einen heftigen Schlag auf den Kopf versetzt, doch es schien ihm deswegen nicht schlecht zu gehen. Dennoch tat es Jackson leid, dass er ihn geschlagen hatte, der Hund hatte schließlich nur getan, was er auch getan hätte.

Er fand kein einziges lesbares Buch im ganzen Zimmer. Dann vergaß er das Lesen, weil sein Blick auf Joanna Hunters Handtasche fiel. Sie stand auf etwas, was vermutlich ein Tisch war, worauf jedoch so viel Unrat lag, dass es auch ein Panzer aus dem Zweiten Weltkrieg hätte sein können.

Er war überrascht, dass Louise die Tasche nicht an sich genommen hatte. Wäre es sein Fall, fände er es höchst interessant, dass eine Frau, die praktisch vom Erdboden verschwunden war, eine Tasche voller Informationen zurückgelassen hatte. Er öffnete die Tasche leise, ununterbrochen beobachtet vom Hund, nahm den dicken Filofax heraus und blätterte darin, bis er gefunden hatte, wonach er suchte. Joanna Hunters Adresse.

Sie war einmal gefunden worden, sie würde wieder gefunden werden. Sie war nicht mehr Joanna Hunter. Sie war keine Ärztin oder Ehefrau mehr, sie war nicht mehr Reggies Arbeitgeberin (»und Freundin«), sie war nicht mehr die Frau, um die Louise sich sorgte. Sie war ein kleines Mädchen draußen in der Dunkelheit, schmutzig und voller Flecken vom Blut seiner Mutter. Sie war ein kleines Mädchen, das mitten in einem Weizenfeld nichts ahnend fest schlief, während Männer und Hunde auf sie zuströmten, ihr Weg von Taschenlampen und Mondlicht erhellt.

Später, als er Polizist war, nahm er nie an einer Suche teil, die über den Einbruch der Dunkelheit hinaus fortgesetzt wurde. Jetzt war ihm klar, dass in jener warmen Sommernacht in Devon alle – Soldaten, Polizisten, Privatpersonen – die unausgesprochene Vereinbarung getroffen haben mussten, in der Dunkelheit weiter nach Joanna Mason zu suchen, so groß war ihre Verzweiflung.

Er deckte Reggie mit der zerschlissenen Häkeldecke zu, die über der Sofalehne hing. Es überraschte ihn, dass er väterliche Gefühle für sie hegte, er hatte geglaubt, dass er so nur für die Seinen empfinden würde. Er winkte dem Hund zum Abschied, schaltete das Licht aus und ging auf Zehenspitzen den Flur entlang zur Haustür.

Er hatte die Hand auf dem Riegel, als eine Stimme sagte: »Ich hoffe, Sie wollen nirgendwo ohne mich hin.« Eine kleine beharrliche Stimme.

»Nie im Leben«, sagte Jackson.

Auf der Einfahrt vor dem Haus der Hunters stand ein Nissan Pathfinder hinter Neil Hunters Range Rover.

»Den habe ich schon einmal gesehen«, sagte Reggie. »Die Typen, die mit Mr Hunter ins Haus gekommen sind und ihn bedroht haben, sind damit gefahren.«

»Und sie sind wieder da.«

»Wir sollten ihnen folgen«, sagte Reggie. »Wenn sie gehen. Falls sie gehen.«

»Zu Fuß?«, sagte Jackson. »Das wird nicht klappen.« Sie waren mit einem Taxi von Musselburgh gekommen und hatten sich am Ende der Straße absetzen lassen. Die Gegend war verlassen, kein Licht, keine Katze.

»Na ja«, sagte Reggie, »wir können Dr. Hunters Wagen nehmen. Er steht in der Garage.«

Jackson fragte sich, ob man einen Prius kurzschließen konnte. Moderne Autotechnologie war der Tod der praktischen kriminellen Methoden, Autos anzulassen.

»Der Ersatzschlüssel ist in der Garage«, sagte Reggie. »Auf dem Regal, hinter einer alten Farbdose. Umwölkte Perle.«

»Was?«

»Umwölkte Perle, so heißt die Farbe. Dr. Hunter sagt, da würde niemand suchen. Ich hole ihn.«

Er hielt Abstand. Es war eine Weile her, seit er jemanden in einem Auto verfolgt hatte. Zuerst waren es Kriminelle gewesen, dann fremdgehende Eheleute. Jetzt waren es große Männer in schlechten Autos. Oder umgekehrt. Nur Sekunden bevor zwei Männer lauthals das Haus verließen und in den Nissan stiegen, waren sie über den Rasen in die Garage geschlichen. Jackson war eigentlich mit der Absicht gekommen, Hunter in die Mangel zu nehmen, aber er schätzte, dass es interessant sein könnte, dem Nissan zu folgen, auch wenn er sie nicht zu Dr. Hunter führte. Louise hatte auf dem Parkplatz der Tankstelle drei Theorien vorgeschlagen – Rache, Mord, Entführung. Er hielt sich an Entführung. Er hätte sie küssen sollen. Er hatte sich zurückgehalten, weil sie beide verheiratet waren, aber vielleicht war das nur eine Ausrede, vielleicht war er nur ein Feigling. Außerdem hätte sie ihm wahrscheinlich eine übergezogen, wenn er es versucht hätte.

Um fahren zu können, nahm er den Arm aus der Schlinge. Adrenalin hielt die Schmerzen in Schach, ja, er fühlte sich bemerkenswert energiegeladen dank einer frischen Dosis aus dem pharmazeutischen Füllhorn des australischen Mike.

»Fahren Sie dieses Auto bitte nicht zu Schrott«, sagte Reggie.

Auf dem Rücksitz winselte der Hund leise. »Sie ist glücklich, weil sie wieder in Dr. Hunters Wagen ist, und gleichzeitig traurig, weil Dr. Hunter nicht dabei ist.«

»Du sprichst die Hundesprache?«

»Ja.«

Reggie hatte darauf bestanden, Sadie mitzunehmen. Jackson spürte, wie sich ihr Blick in seinen Hinterkopf bohrte, und er fragte sich, ob sie vorhatte, sich zu revanchieren.

Reggie las wieder einmal die Straßenschilder. »Loanhead, Roslin, Auchendinny, Penicuik«, sagte sie.

»Okay«, sagte Jackson. »Ich kann lesen.«

»Es ist wie in alten Zeiten«, sagte sie.

»Du meinst wie gestern, was noch als heute zählt, weil keiner von uns geschlafen hat.« Mit der Zeit kam er mittlerweile wieder ausgezeichnet zurecht.

Die Straße aus Edinburgh hinaus war ruhig, wenn auch nicht völlig leer, es war fünf Uhr an einem Wintermorgen, doch es waren schon Leute unterwegs, die sich einen missmutigen Weg durch die frühmorgendliche Dunkelheit bahnten. Ein paar Supermarkt-Lkws donnerten dahin, ein rasender Motorradfahrer überholte sie, erpicht darauf, jemandem zu Weihnachten ein Organ zu spenden, aber nichts hinderte Jackson daran, den Nissan im Auge zu behalten.

Schwieriger wurde es, als er von der Hauptstraße abfuhr. Jackson blieb so weit wie möglich zurück, aber er kannte diese Straßen nicht und sorgte sich, dass der Nissan unerwartet abbiegen könnte und verschwunden wäre, bevor er ihn wiederfand. Eine Weile dachte er, er hätte ihn verloren, aber dann sah er die Rücklichter erneut, hoch über der Straße, und er nahm an, dass es der Nissan war. Er bog auf eine unbefestigte Straße ab, die Rücklichter hüpften jetzt auf und ab. Jackson fuhr an der Abzweigung vorbei und setzte zurück, schaltete das Licht aus und folgte aus einiger Entfernung. Es war kein Weg, der zu vielen Orten führte.

Nach ein paar hundert Metern hielt er neben einem Feld an. Der Wagen war dahinter nicht vollständig verborgen, aber auch nicht völlig einsehbar.

»Okay«, sagte er zu Reggie. »Du – und der Hund –, ihr bleibt beide hier. Ich meine es ernst, okay? Ich weiß, dass du jemand bist, der *sofort* aussteigt, kaum bin ich außer Sichtweite, aber ich bitte dich, mir feierlich zu versprechen, *hierzubleiben*. Versprochen?«

»Versprochen«, sagte sie kleinlaut.

Er fand eine schwere Maglite in Joanna Hunters Handschuhfach. Im Notfall war es eine ausgezeichnete Waffe, und er hätte sie selbst brauchen können, aber er gab sie Reggie und sagte: »Wenn dir jemand nahe kommt, schlag damit zu.«

Er stieg aus und horchte. Er hörte den Motor des Nissan vor sich, und plötzlich verstummte er. Er setzte sich in Bewegung.

Der Nissan stand vor einem Haus neben einem unauffälligen Toyota, und die Männer stiegen aus, steif, als hätten sie eine lange Nacht hinter sich. Einer klopfte an die Tür des Hauses, bevor beide hineingingen, ohne auf eine Antwort zu warten. Nach ein paar Sekunden hörte er sie aufgeregt schreien, als hätten sie etwas vorgefunden, was sie nicht erwartet hatten – oder hätten etwas nicht vorgefunden, was sie erwartet hatten (oder auch beides), und dann kamen sie wieder aus dem Haus gerannt, stiegen erneut in den Nissan, einer telefonierte im Laufen, und Jackson hatte gerade noch Zeit genug, um sich in einen Graben neben der Straße zu werfen, bevor sie den Weg entlang zur Straße zurückrasten. Zu seiner Erleichterung fuhren sie schnurgerade am Prius vorbei.

Er ging weiter zum Haus und fragte sich, was sie so sehr beunruhigt hatte. Hoffentlich nicht der Tod. Es hatte diese Woche schon genug Tote gegeben.

Eine Bewegung in den hohen Büschen um das Haus schreckte ihn auf. Er dachte, es könnte ein Fuchs oder ein Dachs sein, aber ein Mensch, kein Tier, trat auf den Weg. Im Haus brannte genug Licht, um zu erkennen, dass es eine Frau war, und dann stand sie plötzlich im Licht, festgehalten wie eine Motte im Schein der Maglite, die sich in der unsicheren Hand von Reggie (ungehorsam wie immer) befand, und Jackson sah, dass es nicht nur eine Frau war, sondern eine Frau, die ein Kind in den Armen hielt. Sie war von Kopf bis Fuß mit Blut befleckt und hielt ein Messer in der Hand. Keine Madonna, sondern ein großer, gefährlicher Racheengel.

Der Hund bellte freudig und lief zu ihr.

»Dr. Hunter?«, sagte Jackson und näherte sich ihr vorsichtig.

»Können Sie mir helfen?«, sagte sie zu ihm. Mehr ein Befehl als eine Bitte, als fände sich eine Göttin unerwarteterweise auf der Erde wieder und brauchte dringend einen Akolythen. Und Jackson hatte noch nie Nein gesagt, weder zu Göttinnen noch zu Bitten um Hilfe.

La Règle du jeu

Margaret, bist du traurig, die goldenen Blätter fallen, der Sommer kommt, Kuckuck schreit's aus dem Wald, es war einmal eine alte Frau, die eine Fliege verschluckte, Adam lag gebunden und noch Meilen, bevor ich einschlafe, fünf kleine Vöglein hüpfen vor der Tür. Lauf, lauf, Joanna, lauf. Aber sie konnte nicht laufen, weil sie mit einem Seil angebunden war wie ein Tier. Sie dachte an Tiere, die sich ein Bein abbissen, um sich aus einer Falle zu befreien, und sie hatte versucht, das Seil mit den Zähnen zu zerbeißen, aber es war aus Polypropylen, und sie hatte keine Chance.

Sie wusste, dass das der dunkle Ort war, den erneut aufzusuchen ihr bestimmt war. Nur weil dir einmal etwas Schreckliches zugestoßen war, heißt das nicht, dass es nicht noch einmal passieren würde.

Die Männer sprachen nur mit ihr, wenn es unumgänglich war, aber es schien ihnen nichts auszumachen, dass sie ihre Gesichter sah. Sie hatten etwas Militärisches an sich, und sie fragte sich, ob sie einer Sondereinheit angehörten. Fremdenlegionäre. Sie hielt es für das Beste, mit ihnen zu sprechen, auch wenn sie nicht antworteten. Einer war etwas kleiner als der andere, und sie nannte ihn »Peter«. *(Tut mir leid, ich weiß Ihren Namen nicht, haben Sie was dagegen, wenn ich Sie Peter nenne?)* Den etwas Größeren nannte sie »John«. *(Wie wäre es mit John – ist das ein guter Name?)* Sie sagte: »Danke, John«, wenn sie ihr Wasser brachten, oder: »Das ist sehr freundlich von Ihnen, Peter«, wenn sie den Nachttopf hinaustrugen, um ihn zu leeren.

Sie nahm an, dass sie sie umbringen würden, wenn sie ihren Zweck erfüllt hätte, worin immer der bestand, aber sie würde es ihnen schwer machen, weil sie sich daran erinnern müssten, dass sie nett zu ihnen gewesen war, dass sie sie mit Namen angesprochen hatte, auch wenn es nicht ihre richtigen Namen waren, sie hatte ihnen zu verstehen gegeben, dass sie ein Mensch war. Und dass auch sie Menschen waren.

Außer Wasser brachten sie ihr etwas zu essen, in der Mikrowelle aufgewärmte Fertiggerichte, die sie normalerweise nicht angerührt hätte, auf die sie sich jedoch freute, weil sie sehr hungrig war. Sie brachten ihr Gläser mit Babynahrung und Tassen mit Milch, die sie nicht dem Baby gab, sondern selbst trank, stattdessen stillte sie das Baby. Sie brachten ihr eine Packung Wegwerfwindeln in der falschen Größe und eine Abfalltüte für die schmutzigen, aber die Abfalltüte leerten sie nie.

Das Baby war sehr ruhig, und sie fragte sich, ob sie ihm ein Beruhigungsmittel gegeben hatten. Ihr hatten sie eine Injektion gegeben, und ihr Kopf fühlte sich am ersten Tag wie Wolle an, eine Art flüssiges Benzodiazepin oder vielleicht intravenöses Valium. Sie hatte sich selbst die Vene präpariert, nachdem sie dem Baby ein Messer an den Hals gehalten hatten.

Sie brachten auch Spielsachen – einen Ball und einen Plastikwürfel mit unterschiedlich geformten Löchern in den Seiten. Ein Licht schaltete sich ein und ein Glöckchen klingelte, wenn man die richtigen Teile in die Löcher steckte. Beides war gebraucht, und kleine, handgeschriebene Preisschilder klebten noch daran, als stammten sie aus einem Wohlfahrtsladen. Bald langweilten sie sich mit den Spielsachen. Meistens spielte sie Backe, backe Kuchen und Kuckuck, und sie sang und sagte Kinderreime auf und hob das Baby hoch, damit es bei Laune blieb und nicht fror, denn das Haus war nicht geheizt. Unterkühlung war ein größeres Problem als Langeweile. Sie hatten ihr ein paar alte Decken gegeben, aber sie reichten nicht. Sie wünschte, sie hätte ihr Asthmaspray (sie musste sich anstrengen, um ruhig zu bleiben), sie wünschte, dass sie die Decke des Babys hätte und beide wärmere Kleidung tragen würden.

Sie betraten das Haus, als sie sich umzog. Sie hörte, wie Sadie unten wie wahnsinnig bellte, und ein knallendes Geräusch, das sie nicht verstand, bis ihr klar wurde, dass der Hund eine Tür einzutreten versuchte, um zu ihr zu gelangen. Sie hob das Baby hoch und lief auf den Treppenabsatz, und da sah sie sie.

Das Seil war zu kurz, um bis zum Fenster zu gehen, aber wenn sie sich aufs Bett stellte, sah sie hinaus. Felder, nichts als braune Felder, winterkahl, beschienen von einem hellen, kalten Mond. Kein anderes Haus in Sicht.

Am zweiten Tag gab Peter ihr einen Block und einen Stift und wies sie an, »ihrem Mann« zu schreiben. Was sollte sie schreiben? Dass sie beide sterben würden, wenn er nicht tat, was sie ihm sagten. Sie fragte sich, was Neil getan hatte, um das über sie zu bringen, und was er tat, um es zu beenden.

Sie wurde Ärztin, weil sie Menschen helfen wollte. Es war ein schreckliches Klischee, aber es stimmte (es stimmte nicht bei allen Ärzten). Sie wollte allen Menschen helfen, die krank waren und Schmerzen hatten, von Masern bis zu Krebs, von Trübsinn bis zu Depression. Wenn sie sich selbst nicht heilen konnte, dann konnte sie zumindest andere heilen. Deswegen hatte sie sich zu Neil hingezogen gefühlt – er musste nicht geheilt werden, er war ganz, er litt nicht unter den Schmerzen und der Traurigkeit der Welt, er lebte einfach sein Leben. Sie war eine Schale, die alles in sich behielt, er war Mars, der seinen Speer in die Welt warf. Sie musste sich nicht um ihn kümmern, sie musste sich keine Sorgen um ihn machen. Das bedeutete zwangsläufig, dass es in ihrer Beziehung Rückschläge gab, aber wer war schon vollkommen? Nur das Baby.

Die dreißig Jahre seit den Morden hatte sie damit verbracht, sich ein Leben zu erschaffen. Es war kein wirkliches Leben, es war das Simulakrum eines Lebens, aber es funktionierte. Ihr wirkliches Leben war in dem anderen, goldenen Feld zurückgeblieben. Und dann bekam sie das Baby, und ihre Liebe zu ihm hauchte dem Simulakrum Leben ein, und das Leben wurde echt. Ihre Liebe zu dem Baby war immens, größer als das gesamte Universum. Wild.

»Der Typ, für den wir arbeiten«, sagte Peter, »will, dass Ihr Mann uns seine Geschäfte überschreibt. Sie sind der Preis. Er hat alle Papiere für ihn vorbereitet, sauber und legal, er muss nur noch unterschreiben.«

Sie hielt es für absurd und sagte: »Aber das ist Nötigung, vor Gericht hätte es keine Geltung«, und er lachte und sagte: »Das hier ist nicht Ihre Welt, Doktor.« Sie hoffte, das sei der Beginn eines längeren Gesprächs, doch er verlor das Interesse und deutete auf Stift und Papier und sagte: »Also, schreiben Sie.« Sie fragte sich, ob Neil wusste, mit welchen Leuten er es zu tun hatte, und entschied, dass er es wahrscheinlich wusste.

»Und wenn er es nicht tut?«, sagte sie. »Wenn er Ihrem Boss nicht alles übereignet, was passiert dann mit uns?«, aber er starrte sie nur an, als wäre sie nicht da.

Sie schrieb: »Sie werden uns umbringen, wenn Du nicht tust, was sie sagen.«

Irgendwann früh am Samstag weckte John sie und gab ihr wieder Papier und Kugelschreiber und sagte, dass sie schreiben solle. »Irgendwas. Die Zeit wird knapp für Sie«, und dann ging er aus dem Zimmer. Sie schrieb: »Bitte, hilf uns. Wir wollen nicht sterben.« Im Gegensatz zum gängigen Vorurteil gegen Ärzte hatte sie eine ordentliche Handschrift. Sie machte Striche durch die t und Punkte auf die i und unterstrich das »Bitte«, und als John zurückkam, um den Zettel zu holen, rammte sie ihm, so fest sie konnte, den Kugelschreiber ins Auge. Sie war überrascht, wie weit er eindrang.

Sie nahm seinen Puls. Nichts. Das Baby schlief weiter. Panik überkam sie, Peter würde bald zurückkehren. Sie musste bereit sein. Sie suchte John nach einer Waffe ab, aber er hatte keine. Peter hatte ein Messer in einer Scheide am Bein, sie hatte sie gesehen, als er sich vorbeugte, um das Essen auf den Boden zu stellen.

Die Tür wurde geöffnet, und Peter sagte: »Was zum Teufel?«, als er sie auf dem Boden sitzen sah, Johns Oberkörper im Schoß wie eine Pietà. Sie hatte den Stift nicht rechtzeitig aus seinem Auge ziehen können, deswegen hatte sie sein Gesicht sich zugewandt und schirmte es mit der Hand ab. »Ihm ist etwas passiert«, sagte sie und sah zu Peter. »Ich weiß nicht, was, ich denke, dass er vielleicht nur ohnmächtig geworden ist, aber ich bin nicht sicher …« Sie versuchte, professionell zu klingen, wie eine Ärztin.

Peter ging in die Hocke und drehte Johns Gesicht zu sich, währenddessen stand sie auf, rollte John von ihrem Schoß auf den Boden und schlug mit der Handkante so fest wie möglich gegen Peters Luftröhre. Er fiel nach hinten, hielt sich den Hals, seine Augen traten aus den Höhlen, sie sprang nach vorn, zog das Messer aus der Scheide und schnitt das Seil um ihren Knöchel durch.

Sie kniete sich neben ihn und beobachtete ihn. Er konnte nur mit Mühe atmen, aber er war noch nicht erledigt. Sie spürte, dass sie selbst Atemnot hatte, ihre Luftröhre zusammengeschnürt war und pfiff. Sie war schweißgebadet, obwohl es so kalt war im Zimmer.

Sie ließ ihn das Messer nicht sehen, nichtsdestoweniger wand er sich und versuchte, von ihr fortzukommen. »Schsch«, sagte sie, legte ihm die Hand auf den Arm, und so, dass er es nicht sehen konnte, stach sie ihm in die linke Halsschlagader. Und zur Sicherheit stach sie ihm dann auch noch in die rechte, und das Blut spitzte heraus, als wäre sie auf Öl gestoßen.

Das Baby erwachte und lachte, als es sie sah, und sie sagte: »Eine kleine Dickmadam zog sich eine Hose an. Die Hose krachte, Dickmadam, die lachte.«

Ein sauberer, gut beleuchteter Ort

Der Prius stand nicht mehr in der Garage. Hinten im Haus brannte Licht. Es war sechs Uhr an einem Samstagmorgen, vielleicht war Neil Hunter früh aufgestanden, wahrscheinlicher war, dass er überhaupt nicht im Bett gewesen war. Durch die französischen Fenster sah sie ihn zusammengesackt und mit geschlossenen Augen auf dem Sofa sitzen. Louise klopfte ans Glas, der Geist von Miss Jessel, und Neil Hunter zuckte zusammen, einen Ausdruck des Entsetzens im Gesicht, der sich entspannte, als er sie erkannte. Er stand wacklig auf und öffnete die Tür. »Sie schon wieder«, sagte er. Er sah vollkommen ausgebrannt aus.

»Wollen Sie mir sagen, wer Ihre Freunde sind?«, sagte sie, betrat das Zimmer, und er lachte grimmig und sagte: »Freunde? Welche Freunde? Wie sich herausstellt, habe ich keine Freunde.« Der Mann war eine wandelnde Leiche.

»Und Ihre Frau? Was ist mit ihr passiert, Mr Hunter? Ich glaube, Sie haben uns lange genug an der Nase herumgeführt. Sie hat nie ein Auto geliehen, um damit nach Yorkshire zu fahren, die Tante hat nicht angerufen, ja, die Tante – und das erscheint mir nicht unwichtig –, die Tante ist vor zwei Wochen gestorben. Was genau geht hier vor?«

Neil Hunter ließ sich in einen Sessel fallen und schlug die Hände vors Gesicht. Louise ging neben ihm in die Hocke und sagte leise: »Sagen Sie es mir einfach, wurde sie entführt, ja oder nein?« Er atmete hörbar ein und schwieg.

Louise stand auf und sagte mit ihrer besten offiziellen Stimme: »Neil Hunter, ich werde Ihnen jetzt ein paar Fragen stellen. Sie sind nicht verpflichtet zu antworten, aber wenn Sie etwas sagen, wird es zu Protokoll genommen und kann gegen Sie verwendet werden.«

Er brach in Tränen aus.

Louise stand auf der Treppe vor dem Haus der Hunters und atmete die kalte Morgenluft ein. Zu Zeiten wie dieser wünschte sie, sie würde rauchen, dann wäre sie nicht so versucht, über Neil Hunters Laphroaig herzufallen.

Es war jetzt mitten am Morgen, und auf der Straße wimmelte es von Polizei. Sie dachte an Pferde, Pfeile und Stalltüren.

Sie brachten Neil Hunter zur Befragung aufs Revier, doch was er bislang gesagt hatte, ergab nicht viel Sinn, die Polizei von Strathclyde hatte Anderson in seinem Luxuspenthouse einen Besuch abgestattet, aber er war von Anwälten umgeben. Niemand hatte eine Ahnung, wo sie anfangen sollten, nach Joanna Hunter zu suchen.

Auf der M8 hatten sie den Nissan mit dem Kennzeichen, das Reggie ihnen gegeben hatte, aufgehalten, aber die beiden Männer darin schwiegen eisern.

Louise war überzeugt, dass Joanna Hunter tot war. Das Baby auch. Sie lagen in irgendeinem Graben oder wurden an Schweine verfüttert. Hunter sagte, dass sie bereits verschwunden war, als er am Mittwochabend nach Hause kam, und eine Stunde später erhielt er einen Anruf, in dem ihm mitgeteilt wurde, dass er sie nie wiedersehen würde, wenn er zur Polizei ging. »Beschaffen Sie das Geld, um Anderson zu bezahlen, oder überschreiben Sie ihm alles«, sagte Neil Hunter zu Louise, bevor er aufs Revier gebracht wurde.

»Und das war am Mittwoch?«, sagte Louise. »Und heute ist Samstag, und Sie haben ihm nicht sofort alles überschrieben?«

»Ich habe versucht, das Geld zu beschaffen.«

»Sie haben ihm nicht sofort alles überschrieben?«

»Das heißt nicht, dass mir nichts an meiner Familie liegt.«

»Sie. Haben. Ihm. Nicht. Sofort. Alles. Überschrieben.«

»Sie verstehen das nicht.«

»Ich verstehe es sehr gut – Sie haben ihm nicht sofort alles überschrieben. Die Verträge hätten vor Gericht nicht standgehalten. Sie hätten alles behalten und hätten eine Chance gehabt, Ihre Frau und Ihr Kind zurückzubekommen.«

»Und er hätte mir auf andere Weise das Kreuz gebrochen. Anderson ist ein Wahnsinniger, seine Handlanger sind Wahnsinnige. Wenn er sich in etwas verbissen hat, lässt er nicht mehr los. Wenn ich ihn vor Gericht gebracht hätte, hätte er uns alle umgebracht.«

Ein Uniformierter kam aus dem Haus und sagte: »Boss?« Seinem Gesicht waren *wichtige Neuigkeiten* abzulesen, und sie dachte, das war's, Joanna Hunter ist tot, aber dann begann der Uniformierte zu grinsen.

»Sie werden es nicht glauben, Boss. Sie ist wieder da. Sie ist im Haus.«

»Wer? Dr. *Hunter?*«

»Dr. Hunter und das Baby. Und ein Mädchen.«

»Ein Mädchen?«

Was war das für ein Zaubertrick? Dr. Hunter saß auf dem Sofa in dem einst schönen Wohnzimmer. Sie trug eine saubere Jeans und einen weichen blauen Pullover, der aus Kaschmir sein musste. An den Ärmelsäumen befanden sich kleine Knöpfe aus Perlen. Es waren diese Kleinigkeiten, die in Widerspruch zu allem anderen zu stehen schienen. Sie sah sauber aus. Ihr Haar war feucht, als hätte sie gerade geduscht. »Das Baby schläft in seinem Bettchen«, sagte sie, bevor Louise fragen konnte.

Reggie saß neben ihr auf dem Sofa mit einer glücklichen milden Miene, als wäre sie entschlossen, kein Wort über nichts zu sagen. Joanna Hunter war vollkommen entspannt. »Tut mir leid, wenn ich Ihnen Umstände gemacht habe«, sagte sie, als würde sie sich entschuldigen, weil sie zu spät zu einem Zahnarzttermin gekommen war.

»Ich war ein paar Tage weg. Leider erinnere ich mich an nichts mehr. Ich glaube, ich leide an temporärer Amnesie. ›Dissoziative Fugue‹ ist der medizinische Fachausdruck, wenn ich mich richtig erinnere. Ein von einem früheren Trauma ausgelöstes neues Trauma. Andrew Decker vermute ich. Und so weiter.«

»Und so weiter?«, wiederholte Louise.

Sie versuchte sich eine Verhörmethode für die beiden perfekten Lügnerinnen zu überlegen – sie wusste nicht, wie sie die Wahrheit herausfinden, geschweige denn sie verfolgen sollte –, doch das Problem wurde vertagt, weil jemand an die Tür klopfte. Karen Warner watschelte ins Zimmer.

»Entschuldige die Störung, Boss.« Sie atmete heftig, als wäre sie gelaufen. Sie würdigte die auf wundersame Weise wieder anwesende Joanna Hunter keines Blicks. Ihr Ausdruck war so grimmig, dass etwas Schlimmes passiert sein musste.

»O Gott«, sagte Louise und fasste sich ans Herz. »Es ist Needler, nicht wahr? Er ist wieder da«, und Karen sagte: »Ja. So ist es.«

»Jemand ist tot«, sagte Louise. »Ich seh's deinem Gesicht an. Wer? Alison? Ein Kind? Alle Kinder?«

»Nein, Boss. Marcus.«

Touch-and-go. Ein komischer Ausdruck, wenn man darüber nachdachte. Marcus war im Operationssaal. Louise und Karen saßen in der verlassenen »Zufluchtsstätte« des Royal Infirmary. Nichtkonfessionelle grüne Zweige verwiesen auf Weihnachten.

»Was ist passiert?«, fragte Louise.

»Ich weiß es nicht, es ist alles ein ziemliches Durcheinander. Er hat den Funkspruch gehört und ist hingefahren, ich glaube, er war auf der Ringstraße, auf dem Weg zur Arbeit. Uniformierte aus der Gegend waren schon da, ich glaube, die Sache wurde etwas lässig gehandhabt. Sie wissen schon, die Frau, die zu oft ›Wolf‹ geschrien hat.«

»Lässig. O Gott.«

Needler hatte seine Familie die ganze Nacht mit entsicherter Pistole bedroht. Eins der Kinder schaffte es irgendwann, den Panikknopf zu drücken, und die Polizei war ausgerückt, »der erste Beamte am Tatort« klingelte an der Tür, Needler öffnete und schoss ihm in die Brust. Der »erste Beamte am Tatort« war Marcus. »Er trug keine kugelsichere Weste«, sagte Karen. »Er hätte auf die bewaffneten Kollegen warten sollen. Idiot.«

»Herz über Kopf«, sagte Louise. »Er wollte helfen.«

Als Karen und Louise ankamen, war alles vorbei – nur geweint wurde noch.

Needler war aus dem Haus gekommen, eine saubere Zielscheibe für einen sicheren Schützen, aber bevor sie schießen konnten, richtete er die eigene Waffe auf sich.

»Der Scheißkerl«, sagte Louise. Sie wäre gern dabei gewesen, wenn sie ihn umbrachten, sie hätte ihn gern mit den bloßen Händen zerrissen wie eine rasende Mänade.

Marcus war in das Krankenhaus St. John's in Livingston gebracht und dann ins Royal Infirmary nach Edinburgh verlegt worden, wo er operiert wurde.

Als der Chirurg aus dem Operationssaal kam, erkannte er Louise und hob minimal die Augenbrauen, eine winzige Geste, die Marcus' Mutter entging, die Louise aber sah.

»O Gott«, stöhnte sie.

»Glaub bloß nicht, dass Er helfen wird«, sagte Karen.

Louise stand am Fuß des Bettes. Marcus' Mutter saß neben dem Bett, hielt die Hand ihres Sohnes. Er lag auf der Intensivstation und wurde künstlich am Leben erhalten.

»Er ist ein Einzelkind«, sagte seine Mutter. Sie hieß Judith, aber Louise konnte nur als »Marcus' Mutter« an sie denken.

»Sein Vater ist tot«, sagte sie. »Ich habe mir immer Sorgen gemacht, dass mir etwas passieren würde und er allein wäre.« Ein mutterloses Kind. Nun wäre sie eine kinderlose Mutter. Auch Louise verlor ihn, ihren süßen Jungen.

Ein Mädchen wurde von einer Schwester hereingeführt und setzte sich auf die andere Seite des Betts. »Das ist Ellie«, sagte Marcus' Mutter zu Louise. Ellie grüßte keine von beiden, wenn sie Marcus mit der Kraft ihrer Gedanken hätte zurückbringen können, dann wäre er durchs Zimmer marschiert. Seine Mutter langte über seinen Körper und nahm die Hand des Mädchens. Mit der freien Hand streichelte sie die kurzgeschnittenen Locken ihres Sohnes. »Er ist so ein guter Junge«, sagte sie. »Er sieht aus, als würde er schlafen.«

Louise sagte: »Ja, das tut er.« Er tat es nicht. Er sah nicht aus, als würde er schlafen, niemand sah so aus, wenn er schlief, aber na und.

Er war bereits gegangen, er wartete nur noch, dass sie sich von ihm verabschiedeten. In die Unendlichkeit und weiter.

Nette kleine Frau, süßes kleines Baby

Lassie kam nach Hause. Letztlich musste ihr niemand helfen. Sie schaffte es ganz allein.

Es war noch nicht hell, deswegen war schwer zu erkennen, wer es war. Nur eine Gestalt, eine Gestalt, die sich näherte. Aber der Hund wusste, wer es war.

Reggie fiel fast in Ohnmacht. Ihr war übel von den vielen chemischen Stoffen, die ihren Körper überfluteten. Ein großer Wasserfall Adrenalin floss durch sie, und das Herz in ihrer Brust fühlte sich an wie ein fester harter Knoten. So viele Gefühle überwältigten Reggie, dass sie sie kaum entwirren konnte. Erleichterung und Ungläubigkeit. Glück. Und Entsetzen. Riesengroßes Entsetzen.

Dr. Hunter kam auf sie zu, das Baby in den Armen. Sie war barfuß und trug immer noch ihr Kostüm, und das Baby steckte noch in seinem Matrosenanzug. Sie war voller Blut. Es verklebte ihr Haar, es fleckte ihr Gesicht, ihre Beine. Auch das Baby hatte rote Spritzer und Flecken.

Nicht ihr Blut. Das Baby lachte, als es Sadie sah, und Dr. Hunter ging gerade und kraftvoll wie eine Heldin, wie eine Kriegerkönigin.

Der Hund lief voraus und begrüßte Dr. Hunter, verspielt wie ein Welpe. Als das Baby nahe genug war, streckte es Reggie seine dicken kleinen Arme entgegen und machte seinen Seesternsprung. Sie nahm es, drückte es an sich und sagte: »Hallo, wir haben dich vermisst, kleiner Sonnenschein.«

Jackson ging ins Haus, und als er wieder herauskam, sah er aus, als wäre ihm schlecht. Dann saugte er das Benzin aus dem Toyota, der vor dem Haus stand, und zündete es damit an.

Man sollte meinen, dass es genau die Situation war, in der man die Polizei rief – Entführung, Mord, Notwehr und so weiter –, aber nein, offenbar nicht. »Ich möchte nicht, dass das Baby das sein Leben lang mit sich herumschleppen muss«, sagte Dr. Hunter zu Jackson, »verstehen Sie? So wie ich es musste?«, und Reggie nahm an, dass er verstand, denn er ließ den ganzen Tatort verschwinden – *puff!* – einfach so.

Dann gingen sie den Weg zurück zum Auto, in ihrem Rücken loderten die Flammen am dunklen Morgenhimmel. Sie selbst mussten aussehen, als kämen sie aus der Hölle.

Dr. Hunter sagte: »Lassen Sie uns hier raus«, und Jackson ließ sie an einem kleinen Parkplatz neben einer Wiese aussteigen, als hätte er sie vor einem Supermarkt mitgenommen. »Ich kann mein Haus von hier aus sehen«, sagte Dr. Hunter. »Das schaffen wir. Danke.« Das Baby hielt Jackson die dicke kleine Hand hin, und Jackson ergriff sie und sagte: »Und tschüss«, und das Baby lachte.

»Auf Wiedersehen, Mr B.«, sagte Reggie und küsste ihn sanft wie ein Spatz auf die Wange.

Vor dem Haus waren viele Polizisten, aber sie kamen über die Wiese, durch die Lücke in der Hecke im Garten hinter dem Haus und die Küche, und das einzige Lebenszeichen dort war Fingerabdruckpulver, und Dr. Hunter und Reggie gingen schnurstracks die Treppe hinauf und ins Bad, als wären sie unsichtbar oder verzaubert. Dr. Hunter übergab Reggie das Baby und sagte: »Badest du ihn, während ich dusche, Reggie?«, und als sie beide sauber und warm und in Handtücher gewickelt waren, sagte Dr. Hunter: »Es ist erstaunlich, wie sehr man heißes Wasser und Seife vermisst.« Und dann sagte sie zu Reggie, als wäre es ganz normal: »Meinst du, dass du unsere Kleider in deinen Rucksack stecken und sie irgendwo entsorgen könntest?« Und Reggie, die mittlerweile sehr gut wusste, was man mit blutiger Kleidung machte, stopfte den Matrosenanzug des Babys und Dr. Hunters Kostüm, T-Shirt und hübsche Unterwäsche – alles von Blut ruiniert – in ihren Rucksack. Das Blut war noch nicht ganz trocken, doch darüber wollte sie lieber nicht nachdenken.

Dann holte sie saubere Sachen aus Dr. Hunters Schlafzimmer und dem Zimmer des Babys – mehr Fingerabdruckpulver –, und beide sahen so gut wie neu aus. Nicht Reggie, Reggie war alt, sie hatte an einem Tag ein ganzes Leben gelebt.

Als sie nach unten gingen, blickten alle Polizisten im Haus völlig entgeistert drein. Jemand von der Spurensicherung sagte, »Wer sind Sie?«, und Dr. Hunter sagte: »Joanna Hunter«, und der Mann von der Spurensicherung sagte: »Was tun Sie hier, das ist ein Tatort, Sie verunreinigen ihn«, und Dr. Hunter sagte: »Was für ein Tatort?« Und der Mann sagte: »Eine Entführung«, und blickte dann ziemlich dumm drein, weil das Entführungsopfer vor ihm saß und zu Reggie sagte: »Willst du den Wasserkessel aufstellen?« Und Reggie sagte: »Und wir trinken alle Tee.«

Und dann wollten ihr natürlich alle Fragen stellen, und Dr. Hunter sagte immer wieder überaus höflich: »Es tut mir wirklich leid, ich erinnere mich nicht.« Nachdem sie Tee getrunken hatten, sagte Reggie: »Also, ich muss jetzt gehen, Dr. H. Dinge erledigen, Leute besuchen.« Und dann sagte sie zu allen Polizisten: »Tschüss, Leute«, hievte sich den Rucksack auf den Rücken, als enthielte er Bücher oder Botschaften oder irgendetwas, nur keine blutbefleckten Kleider.

Große Erwartungen

Jackson wartete vor dem Krankenhaus, den Kragen gegen die Kälte hochgeschlagen. Sie ignorierte ihn und ging an ihm vorbei, und er streckte die Hand aus und fasste nach ihrer. Ihre Haut war kalt und trocken. Sie entriss sie ihm und ging weiter. Er folgte ihr.

»Es tut mir leid wegen deinem Jungen Marcus.«

Sie saßen in ihrem Wagen, und er hielt sie fest, während sie weinte. Als sie sich beruhigt hatte, schüttelte sie ihn ab, als wäre er ihr lästig, und putzte sich die Nase.

»Du weißt, dass wir sie gefunden haben?«, sagte Louise. »Oder?«

»Dr. Hunter? Ja, ich habe es gehört. Reggie hat's mir gesagt.«

»Wie?«

»Sie hat mich angerufen.«

»Du hast kein Telefon.«

»Ja, das stimmt.«

»Willst du nicht einmal *versuchen* zu lügen?«, sagte sie. »Ich weiß, dass du mir was verheimlichst, es steht dir ins Gesicht geschrieben. Du bist ein schlechter Lügner.«

Was sollte er ihr erzählen? Dass er den Stift aus dem Auge

des Mannes gezogen hatte, dass er das Messer in eine Mülltonne auf der Straße geworfen hatte, kurz bevor die Müllabfuhr kam? Dass er ein Haus in Brand gesteckt und einen Tatort zerstört und Beihilfe bei der Vertuschung eines zweifachen Mordes geleistet hatte? Sie war bei der Polizei, und er war es früher gewesen. Zwischen ihnen klaffte ein Abgrund, der nicht zu überbrücken war, weil er ihr nie die Wahrheit sagen konnte. Sie würde immer in seiner Vergangenheit bleiben, nie in seiner Zukunft sein.

»Du solltest nach Hause fahren, Louise.«

»Du auch.«

Er fuhr mit dem Bus. Er wusste nicht, warum er nicht früher daran gedacht hatte. Es war überraschend bequem, ein Nachtbus, der ihn praktischerweise bei Tagesanbruch in Heathrow absetzte. Seine Odyssee war endlich vorbei. Er trank einen Kaffee und wartete darauf, dass seine Frau landete.

Laut Anzeigetafel im Terminal 3 sollte Flug VS 022 vor zwanzig Minuten in Heathrow gelandet sein. Es dauerte eine Weile, einen riesigen Vogel wie den Airbus A-340 zu entleeren, und dann mussten sich die Fluggäste natürlich einer weiteren Geduldsprobe unterziehen und ihr Gepäck holen, deswegen hatte Jackson auf Warten geschaltet, ein nichtreflektiver zenähnlicher Zustand, den er sich als Privatdetektiv angeeignet hatte in endlosen Stunden, die er im Auto saß und darauf wartete, dass vermisste Ehemänner oder fremdgehende Ehefrauen auf seinem Radar aufkreuzten.

Am Ausgang des Gates standen massenhaft Leute, um Passagiere abzuholen. Jackson hatte noch nie so ein Sortiment Nationalitäten an einem Ort gesehen, jedenfalls nicht so ein gut Gelauntes, insbesondere angesichts der frühen Stunde. Eine Reihe wesentlich weniger enthusiastischer Chauffeure hatte am Rand der Menge Stellung bezogen, ausgestattet mit Firmenschildern oder Zetteln mit handgeschriebenen Namen. Technisch gesehen, gehörte Jackson zur ersten Gruppe, doch er identifizierte sich mit seinen Brüdern von der zweiten.

Seit mehreren Minuten passierte nichts, und unter den Wartenden machte sich eine leise Aufregung breit, und als sich die automatischen Türen plötzlich zischend öffneten, war sie mit Händen zu greifen – die ersten Passagiere kamen heraus. Erste-Klasse-Geschäftsleute in Anzügen und mit Kabinengepäck, heroisch gleichgültig gegenüber den wartenden Menschen.

»Kommen Sie aus Washington?«, fragte Jackson einen genervten Mann, der murmelnd bejahte, als könnte er nicht glauben, dass ihn ein Fremder so früh am Morgen ansprach.

Ein paar Minuten später wälzte sich ein beständiger Strom von Ankömmlingen durch die Türen und wurde von der Ankunftshalle absorbiert. Nach einer Weile dünnte der Strom aus, bis sich nur noch erschöpfte Familien mit Kindern und Babys herauskämpften. Die Rollstühle bildeten das Ende.

Seine Frau war nirgendwo zu sehen.

Dafür gab es natürlich mehrere Erklärungen. Ihr Gepäck konnte verloren gegangen sein, und sie füllte noch immer die entsprechenden Formulare aus. Oder sie war beim Zoll oder an der Passkontrolle aufgehalten worden, für eine Überprüfung oder aus Versehen. Jackson war einmal stundenlang festgehalten worden, weil sich die Beschichtung in seinem abgenutzten Pass löste. Er wartete weitere zwanzig Minuten, diesmal nicht mit buddhistischer Geduld, sondern mit hirtenhundgleicher Aufregung.

Sie musste den Flug versäumt haben, sagte er sich. Sie hatte ihm wahrscheinlich eine SMS geschickt oder ihn angerufen. Vielleicht hatte Andrew Decker eine frohgemute Nachricht auf seinem BlackBerry gelesen *(Musste Flug umbuchen* oder *Wurde rausgeschmissen! Komme mit dem nächsten Flug).*

Vielleicht hatte er sich mit dem Flug getäuscht, sein Gehirn war bei dem Zugunglück durcheinandergeraten, *Hackfleisch im Hirn*, hatte Louise gesagt.

Er versuchte Tessa an einem Münztelefon anzurufen, aber er hatte kaum Münzen, Reggies Geld war nahezu vollständig für die Busfahrt draufgegangen.

Schließlich machte er sich auf die Suche nach jemandem von der Fluglinie, und eine Frau (»Lesley«), gekleidet in eine Uniform, in der sie in einem Kessel Heinz-Tomatensuppe hätte ertrinken können, ohne dass es jemand gemerkt hätte, setzte ihn davon in Kenntnis, dass niemand namens Tessa Webb auf der Passagierliste stand.

»Dann hat sie den Flug verpasst«, sagte Jackson.

»Sie war nicht auf diesen Flug gebucht«, sagte Lesley und starrte auf den Bildschirm. »Auch nicht auf einen anderen Flug. Wir haben überhaupt niemanden mit diesem Namen in unserem Computer.«

Vielleicht hatte sie ihm die falsche Fluglinie genannt, er hatte ihr Ticket nicht gesehen, vielleicht war sie mit British Airways und nicht mit Virgin geflogen. Die Frau bei BA schien nicht wild darauf, mit ihm zu sprechen – vielleicht wegen der Prellungen oder der Schlinge oder seines allgemein verzweifelten Ausdrucks, es gab viele Gründe, nichts mit ihm zu tun haben zu wollen –, aber sie sagte, dass der nächste Flug von Dulles in einer Stunde landen würde. Er wartete darauf. Keine Tessa. Er wartete den ganzen Morgen, bis er aufgab, mit dem Heathrow Express nach Paddington fuhr und dann zu Fuß bis nach Covent Garden ging. Schließlich hatte er nichts anderes zu tun.

Mit Reggies letztem Geld kaufte er eine Tüte Croissants. Er freute sich auf eine gute Tasse Kaffee aus seiner Industriemaschine. Er hatte keinen guten Kaffee mehr getrunken, seitdem er am Mittwochmorgen aufgebrochen war.

Was er nicht bedacht hatte, was ihm jetzt vollkommen logisch erschien, war, dass Tessa mit einem früheren Flug gekommen war, vielleicht schon gestern, und sich keinen Reim darauf machen konnte, dass er nicht zu Hause war. Er redete sich diese Sichtweise so sehr ein, dass er optimistisch pfiff, als er die Treppe zu ihrem kleinen Horst hinaufstieg (»Liebesnest« hatte er es einmal genannt, und sie hatte laut herausgelacht über seine Sentimentalität oder das Klischee, er wusste es nicht).

Er klopfte laut an die Tür. Er hatte natürlich keinen Schlüssel, aber seine Frau war zu Hause, wozu brauchte er einen Schlüssel? Sie schlief ihren Jetlag aus. Sie schlief tief und fest. Oder sie war kurz weggegangen, um eine Tüte mit Croissants zu kaufen. Frischen Kaffee für ihren Geliebten, mit dem sie ihn in ihrem Nest der Liebe überraschen würde. Unserer Häuser Balken sind aus Zedern, unser Getäfel Zypressen.

Verdammt noch mal, wo war sie?

Ohne dass der Nachbar, der unter ihnen wohnte, etwas davon wusste, bewahrte Jackson einen Ersatzschlüssel auf seinem Türsturz auf. Ein Dieb mochte dort nach einem Schlüssel suchen, aber er begriff wahrscheinlich nicht, dass er für eine andere Tür war. Im Allgemeinen waren Diebe opportunistisch und dumm. Er dachte an den Schlüssel für den Prius hinter der Dose *Umwölkte Perle*. In einem anderen Leben wäre es ein guter Name für Joanna Hunter gewesen. Ein unerforschliches chinesisches Leben. Sie sagte, dass sie die beiden Männer, die sie in dem Haus festhielten, umgebracht hatte, weil sie vorhatten, sie und das Baby umzubringen, aber er war sich nicht sicher. Sie wäre mit Notwehr davongekommen, davon war er überzeugt, doch in dem Haus hatte ein Blutbad stattgefunden, sie wäre berüchtigt gewesen. Für den Rest ihres Lebens wäre sie die Frau, die ihre Entführer getötet hatte, und das Baby wäre der Sohn dieser Frau. Er verstand sie. Sie war dreißig Jahre lang vor einem Alptraum davongelaufen, nur um schnurstracks in den nächsten zu stürzen.

Er war erleichtert, als er den Schlüssel ins Schloss steckte. Er drehte ihn und war zu Hause. Endlich.

Keine Spur von Tessa. Kein Becher mit frischem Kaffee auf dem Tisch. Keine Croissants. Wo ist denn deine Freundin hingegangen?

Er roch es, bevor er es sah. Kein Kaffee, so viel stand fest. Es war mindestens einen Tag alt, dem Schlachthofgeruch nach zu urteilen. Nicht ein »Es«, ein Mann. Eine Pistole lag neben seinen Füßen, eine russische – Makarow oder Tokarew, er erinnerte sich nicht –, am Golf gab es eine Menge davon, viele Männer hatten sie als Trophäe nach Hause mitgenommen. Vielleicht war er ein Exsoldat, wollte auf saubere Weise allem ein Ende setzen und blies sich die Schädeldecke weg. Nein, nicht sauber, das Gegenteil. Überall Blut, Gehirn, anderes Zeug, er schaute nicht allzu genau hin, wollte den Tatort nicht verunreinigen. Er hatte in den letzten vierundzwanzig Stunden einen Tatort zerstört, diesen sollte er wahrscheinlich bewahren.

Da der Großteil seines Kopfes fehlte, konnte Jackson nur schwer beurteilen, ob er den Mann kannte. Der Anzug kam ihm bekannt vor, sah sehr nach dem schlaffen Anzug aus, der im Zug neben ihm gesessen hatte, ein Allerweltstyp. Fremder oder nicht, warum brach jemand hier ein und brachte sich um? Jackson war den Anblick von Leichen gewohnt, er hatte in seinem Leben nicht wenige gesehen, was er nicht gewohnt war, war, sie bei sich zu Hause zu finden. Es war nicht eingebrochen worden, Türen und Fenster waren nicht gewaltsam geöffnet worden.

Vorsichtig und darauf bedacht, nicht in Blut zu treten, näherte sich Jackson der Leiche und zog mit Daumen und Zeigefinger eine Brieftasche aus der Innentasche der Jacke des Toten. Es befanden sich zwei vertraute Fotos und ein Führerschein darin. Er betrachtete das Foto auf dem Führerschein. Er hatte es nie gemocht, er war nicht fotogen, aber auf dem Führerscheinfoto sah er wie ein Kriegsflüchtling aus. Er war versucht, auch die anderen Taschen des Mannes abzusuchen, aber er widerstand. Auf dem Führerschein stand es schwarz auf weiß – der Mann hieß Jackson Brodie.

Er überlegte, ob er Louise anrufen und ihr mitteilen sollte, dass Andrew Decker nicht mehr durch die Gegend lief, aber schließlich wählte er nur die Notrufnummer.

Während er auf seine neuen Kreditkarten wartete, bat er Josie, ihm Geld zu leihen und es online auf sein Konto zu überweisen *(Was hast du jetzt wieder getan, Jackson?)*. Wenn er an seinen Pass gekommen wäre, hätte er zur Bank gehen und Geld abheben können, aber sein Pass befand sich in der Wohnung, und in die Wohnung durfte er erst wieder, wenn die Polizei sie freigab. »Potenzieller Tatort«, sagte ein Kriminalpolizist. »Wir können nicht mit Sicherheit sagen, dass es Selbstmord war.« – »Ja«, sagte Jackson. »Ich war früher Polizist.«

Bevor er sich an Josie wandte, hatte er Julia angerufen, aber sie interessierte sich nicht für seine missliche Lage. Ihre Schwester Amelia war am Mittwoch auf dem Operationstisch gestorben. (»Komplikationen«, schluchzte sie. »Auf Amelia ist Verlass.«)

Das Geld reichte für die nächsten paar Tage. Er ging in ein billiges Hotel nahe King's Cross, während die Wohnung in Covent Garden ein Tatort war, nicht, dass er daran dachte, dort wieder einzuziehen. Er konnte sich nicht vorstellen, sich in einem Zimmer, in dem sich jemand buchstäblich das Gehirn herausgeblasen hatte, auf dem Sofa auszustrecken und eine Dose Bier zu trinken.

Das Hotel war eine Absteige. Letztes Jahr zur gleichen Zeit wohnte er mit Marlee im Le Meurice, machte Weihnachtseinkäufe in Paris, schlenderte abends zu den weihnachtlich dekorierten Schaufenstern der Galeries Lafayette. Jetzt lebte er in einem Flohzirkus. Wie sind die Helden gefallen.

Am Montagmorgen ging er ins British Museum.

Eine Tessa Webb war dort nicht bekannt. »Sie ist Kuratorin«, beharrte er. »In der assyrischen Abteilung.« Keine Tessa Webb, keine Tessa Brodie. Keine Konferenz in Washington, von der jemand wusste.

Ein Typ namens Nick, der bis vor kurzem für Bernie gearbeitet hatte, ein ehemaliger Informatiker bei der Londoner Polizei, schuldete ihm noch einen Gefallen. Bernie selbst war verreist.

Nick berichtete, dass nie eine Tessa Webb auf die Mädchenschule St. Paul's oder aufs Keble College, Oxford, gegangen war, es gab keine Sozialversicherungsunterlagen auf diesen Namen, keinen Führerschein. Jackson fragte sich, wie die Polizei reagieren würde, wenn er seine verlorene Frau vermisst melden würde. Und wie meldete man jemand als vermisst, der überhaupt nie existiert zu haben schien?

Der verantwortliche Beamte sagte: »Die Autopsie ist beendet, der Pathologe ist sich zu hundert Prozent sicher, dass Decker sich selbst umgebracht hat.«

»In meiner Wohnung?«

»Irgendwo musste er es tun. Er hatte Ihre Schlüssel und Ihre Adresse. Vielleicht hat er sich auf irgendeine Weise mit Ihnen identifiziert. Wir haben keine Ahnung, woher er die Pistole hatte, aber er hatte während der letzten dreißig Jahre Umgang mit Verbrechern, es wird nicht sonderlich schwierig gewesen sein.«

Am Dienstag durfte er wieder in die Wohnung in Covent Garden. Er holte seinen Pass und ging zur Bank, um Geld abzuheben, nur um festzustellen, dass er keins hatte. Dito seine Wertpapiere.

»Mann, das ist eine clevere Puppe, deine sogenannte Frau«, sagte Nick bewundernd. »Sie hat deine Konten leer geräumt und alles auf andere unauffindbare Konten einbezahlt. Raffiniert, wirklich raffiniert.«

Tessa weg, Geld weg, Bernie weg. Es war alles ein großes abgekartetes Spiel gewesen, von der ersten »zufälligen« Begegnung in der Regent Street an. Gemeinsam hatten sie eine Person entworfen, zu der er sich hingezogen fühlte – wie sie aussah, wie sie sich verhielt, was sie sagte –, und er war darauf hereingefallen wie der größte Idiot. Es war ein perfekter Schwindel gewesen und er das perfekte Opfer.

Er war zu müde, um sich darüber aufzuregen. Und schließlich hatte er das Geld nie verdient, und jetzt besaß es jemand anders, der es nicht verdiente.

VI
WEIHNACHTEN

Ein Hündchen zu Weihnachten

Ein treuer Freund.« Was sollte das heißen? Bezog es sich auf den Inhalt des Korbes – ein Weidenkorb mit einem Deckel wie ein Wäschekorb, zugebunden mit einer breiten Schleife aus rotem Satin –, oder bezog es sich auf die Person, die den Korb auf ihre Schwelle gestellt hatte? Die Worte standen auf einem Weihnachtskärtchen, einer teuren glitzernden Reproduktion einer viktorianischen Weihnachtskarte. Das ganze Ding wirkte altmodisch, man erwartete, ein Festmahl darin zu finden, wenn man den Deckel hob – Plumpudding oder eine riesige glasierte Schweinefleischpastete, eine Flasche Port oder Madeira.

Louise hatte nicht mit einem Hund gerechnet. Ein Welpe, ein winziges Ding. Schwarz und weiß. »Ein Border Collie«, sagte Patrick fachmännisch. »Als Kind hatte ich einen. Ein Hirtenhund.«

Patrick fand den Korb vor der Tür. Es war Heiliger Abend, und sie hatten still dagesessen und Radio gehört, eine friedliche, zeitlose Szene der Häuslichkeit, die über ihre wahren Gefühle hinwegtäuschte. Louise war nicht anwesend, obwohl sie da war. Patrick machte das Kreuzworträtsel im *Scotsman*, während Louise die Weihnachtskarten, die zu schreiben sie keine Zeit gehabt hatte, zu Neujahrskarten umfunktionierte, *Entschuldige die Verspätung, aber ich hatte Grippe.* Es stimmte nicht, aber na und. Oben saß Archie in seinem Zimmer, am Computer, kommunizierte mit seinen Freunden, nicht dem Fest entsprechende Musik drang durch die Tür. Jemand klingelte, Patrick stand auf und ging zur Tür.

»Hast du gesehen, wer es war?«, fragte sie.

»Nein«, sagte Patrick.

»Nichts? Keinen Wagen? Motorengeräusch? Du musst doch was bemerkt haben. Er ist doch nicht aus dem Nirgendwo gefallen, jemand hat geklingelt.«

»Nur die Ruhe, Louise. Ich bin kein Verdächtiger. Vielleicht ist der Hund für Archie?«

»Ein Hund? Für Archie?« Wie unwahrscheinlich war das?

Er war es gewesen, sie wusste es. »Ein treuer Freund«, er hatte einen klebrigen sentimentalen Zug, eine Meile breit. Alles, der Korb, die Botschaft, das Band. Er war es.

Sie lief auf die Straße, den Welpen im Arm. Sie spürte seinen schnellen Herzschlag an ihrem. Sein pummliger Körper fühlte sich fest an, und zugleich war er leicht wie eine Feder. Sie stand mitten auf der Straße und versuchte mit ihrem Willen Jackson zur Rückkehr zu bewegen. Er kam nicht.

»Louise, komm rein, es ist eiskalt.«

Am ersten Feiertag fuhr sie nach Livingston. Alison Needler bot das Haus in Trinity zum Verkauf an und wollte woanders etwas kaufen. »Ich nehme an, dass ich nicht viel dafür kriegen werde«, sagte sie. »Nicht viele Leute wollen in einem Haus wohnen, in dem drei Menschen ermordet wurden.«

»Ach, ich weiß nicht«, sagte Louise. »Auf dem Immobilienmarkt von Edinburgh geht es ruchlos zu.«

Eine Woche zuvor hatte sie einen Baum gebracht, weil klar war, dass Alison dazu nicht in der Lage war. Sie hatte auch Geschenke gekauft, Spielsachen für die Kinder, alles, was aus Plastik und knallbunt war und Krach machte – nichts auch nur entfernt Geschmackvolles oder Pädagogisches, sie war auch einmal ein Kind gewesen und wusste, was sie mochten.

Heute hatte sie die Dinge dabei, die man an Weihnachten haben sollte – Nüsse, Mandarinen, Datteln –, Dinge, die niemand wirklich aß. Eine Flasche Malt Whisky, eine Flasche Wodka. »Wodka«, sagte Alison. »Das Getränk meiner Wahl.« Hin und wieder tauchte eine andere Alison auf, eine Alison, wie sie vor ihrer Heirat mit David Needler gewesen war. Sie holte zwei Gläser aus der Küche und sagte: »Sie trinken Whisky, nicht wahr?« Louise bedeckte ihr Glas mit der Hand und sagte: »Nein, ich nicht, für mich nur einen Orangensaft oder so was«, und Alison hob fragend eine Augenbraue und sagte: »Weil Sie schwanger sind?«, und Louise lachte laut heraus und sagte: »O Gott, was sind Sie, eine Hexe? *Nein*, weil ich *fahren* muss. Was? Was schauen Sie mich so an? Ehrlich, Hand aufs Herz, bei meiner toten Mutter, ich bin nicht schwanger.« Aber na und.

Die Tür in ihrem Herzen war aufgestemmt worden, und sie konnte sie nicht mehr schließen, so sehr sie auch dagegen drückte. Und sie hatte es mit aller Kraft versucht, sich sogar einen Termin in einer Klinik geben lassen, aber manchmal konnte etwas nie wieder geschlossen werden, wenn es einmal geöffnet war. Nicht alle Truhen blieben zugesperrt.

Sie würde Patrick an Silvester verlassen, dann könnten sie das neue Jahr ungebunden beginnen. Ein Neuanfang, ein neuer Besen. Hol die Klischees raus, Louise. Nicht an Weihnachten, das wäre grausam, seine letzte Frau hatte ihn, wenn auch unfreiwillig, an Weihnachten verlassen. Jedes zukünftige Weihnachten wäre getrübt von der Erinnerung an eine weitere Frau, die ihm den Laufpass gegeben hatte. Er fände eine neue. Er war gut im Verheiratetsein (»Jede Menge Übung«, hörte sie ihn lachend sagen). Er war ein guter Mann, eine Schande, dass sie eine so schlechte Frau war.

Liebe ist das Wichtige. Das war Joanna Hunters Abschiedsbotschaft für sie beim dritten und letzten Mal, als sie sie befragte. Versuchte, sie zu befragen. Die Frau war so kompromisslos wie Marmor. »Sie sind drei Nächte lang einfach nur herumgelaufen. Sie behaupten, Sie erinnern sich an *gar nichts?* Nicht, wo Sie geschlafen haben oder wie Sie gegessen haben? Sie hatten kein Auto, kein Geld. Ich verstehe es nicht, Dr. Hunter.«

»Ich auch nicht, Chief Inspector. Nennen Sie mich Jo.«

Louise ging davon aus, dass sie es hätte forcieren, irgendwo forensische Beweise hätte finden können. Zum Beispiel die Kleider, in denen sie das Haus verlassen hatte – das schwarze Kostüm, wo war es? Oder der Prius, der auf der Straße stand, von allen Spuren gereinigt.

Bei jeder Frage zuckte Joanna Hunter nur die Schultern und sagte, sie könne sich nicht erinnern. Sie war nicht zu brechen. Ebenso wenig Neil Hunter. Er widerrief die Geschichte über Anderson und die Erpressung.

Vielleicht hätte sie sie brechen können, wenn sie wirklich gewollt hätte. Vielleicht, wenn sie ihr die zwei Leichen aufgetischt hätte, die in einem niedergebrannten Haus in Penicuik gefunden wurden, zwei Männer, deren Identität auch zwei Wochen später noch nicht geklärt war. Einen konnten sie schließlich aufgrund seiner Zähne identifizieren, ein Marinesoldat, der zehn Jahre zuvor aus dem Dienst ausgeschieden war, und niemand wusste, was er seitdem getan hatte. Der andere war noch immer ein Rätsel. Keine Spur von dem Messer, das dem Typen mit der zerquetschten Luftröhre den Rest gegeben hatte, keine Spur davon, was immer dem anderen durch das Auge ins Gehirn gerammt worden war. Das Feuer hatte alle Fingerabdrücke zerstört. »Sieht professionell aus«, sagte der verantwortliche DI, als sie bei einer Arbeits- und Koordinierungsbesprechung darüber redeten.

Die Möglichkeit, dass der Fall irgendwie mit Joanna Hunter in Verbindung stand, wurde nicht erwähnt. Sie verschwand, sie tauchte wieder auf. Ende der Geschichte. Anderson kam nach Rosen riechend aus der Sache raus, Mr Hunter dagegen wurde angeklagt wegen Brandstiftung zum Zweck des Versicherungsbetrugs.

Marcus' Tod machte mehrere Tage Schlagzeilen. »Heldenhafter Polizist« und so weiter. Seine Mutter stellte die lebensunterstützenden Maschinen nach einer Woche ab, und er wurde kurz vor Weihnachten bestattet. »Es ändert nichts«, sagte sie. »Es wird kein Weihnachten mehr geben.« Am Tag nach der Beerdigung sprang sie um drei Uhr morgens von der North Bridge. Dafür verdiente auch sie einen Orden.

Und was Decker anbelangte, tat Louise sich schwer, etwas zu begreifen.

»Sie haben ihn im Gefängnis besucht«, sagte sie zu Joanna Hunter. »Warum?«

»Ach, einfach so«, sagte sie. »Dies und das, Sie wissen, wie es ist.«

»Nein, ich weiß es nicht«, sagte Louise.

Joanna Hunter schmückte ihren Weihnachtsbaum, hängte billige Glaskugeln auf, als wären es wertvolle Juwelen. »Er hat bereut, was er getan hat. Im Gefängnis ist er gläubig geworden«, sagte sie und betrachtete den weißen Engel in ihrer Hand, der auf die Baumspitze sollte.

»Er ist zum Katholizismus konvertiert«, sagte Louise. »Und dann hat er sich umgebracht. Er muss gewusst haben, dass das für einen Katholiken ewige Verdammnis bedeutet.«

»Vielleicht meinte er, dass das die beste Strafe für ihn ist«, sagte Joanna Hunter und stieg auf eine Standleiter, um die Spitze des Baums zu erreichen.

»Sie wissen, wie man schießt«, sagte Louise und hielt die Leiter fest.

»Ja. Aber ich habe nicht geschossen.«

Und Louise dachte: »Nein, aber irgendwie hast du ihn dazu gebracht, es selbst zu tun.«

»Ich habe ihn besucht, weil ich wollte, dass er verstand, was er getan hatte«, sagte Joanna Hunter, als sie den Engel auf die Spitze des Baums steckte. »Er sollte begreifen, dass er Menschen grundlos das Leben genommen hatte. Als er mich als Erwachsene mit dem Baby gesehen hat, hat er es vielleicht begriffen, hat er vielleicht darüber nachgedacht, wie Jessica und Joseph jetzt wären.« Gute Erklärung, dachte Louise. Sehr rational. Einer Ärztin würdig. Aber wer wusste, was sie ihm sonst noch über den Besuchertisch zugeflüstert hatte.

Sie hatte das Baby mitgenommen. Das Gute und das Böse ihres Lebens im selben Raum, und das Böse war bezwungen worden. Sollte Louise je in Gefahr sein, sollte sie in einer dunklen Nacht am Ende einer dunklen Straße stehen und nirgendwohin laufen können, sie war überzeugt, dass Joanna Hunter an ihrer Seite kämpfen würde. Jedenfalls würde sie lieber mit ihr als gegen sie kämpfen.

Und war sie zufrieden, als Decker sich das Hirn herausblies? Louise war nicht zufrieden gewesen, als David Needler sich selbst erschoss. Es war der einfache Ausweg – Shipman, West, Thomas Hamilton, sie hatten die Kontrolle über ihren eigenen Tod behalten. Sie hätte David Needler lieber vor einem Exekutionskommando gesehen, wohl wissend, dass er bezwungen war.

Joanna Hunter stieg die Leiter wieder herunter und schaltete die Kerzen am Weihnachtsbaum ein. »Na also«, sagte sie. »Sieht er nicht schön aus, Chief Inspector?«

»Nennen Sie mich Louise.«

»Prost«, sagte Louise und hob das Glas mit Orangensaft, und Alison sagte: »Prost.«

»Ich habe zu Weihnachten ein kleines Hündchen geschenkt bekommen«, sagte sie zu den Kindern von Alison Needler. »Wenn er ein bisschen größer ist, werde ich ihn zu euch mitnehmen.«

»Wie heißt er?«, fragte Cameron.

»Jackson«, sagte Louise.

»Ein komischer Name für einen Hund«, sagte Simone.

»Ja«, sagte Louise. »Ich weiß.«

O Tannenbaum, o Tannenbaum

»Frohe Weihnachten«, sagte Dr. Hunter und hob die Tasse. Sie begingen den Weihnachtsmorgen mit Kaffee, süßem Gebäck und Brandy Butter zum Frühstück. (»Ach, um Himmels willen, warum nicht?«, sagte Dr. Hunter.) Das Baby aß Haferbrei und ein weich gekochtes Ei. Dann machten sie um den Christbaum die Geschenke auf. Das Baby bekam einen Hund zum Schieben, der ein bisschen wie ein Labrador aussah, aber es interessierte sich mehr für das Geschenkpapier. Sadie, ein richtiger Hund, bekam ein schönes Halsband und einen neuen Ball, der bis zur Decke sprang. Dr. Hunter brachte Reggie zum Weinen, weil sie ihr ein brandneues PowerBook schenkte, das ihr niemand wegnehmen würde, obwohl Reggie Dr. Hunter nur einen Samtschal schenkte. Es war ein hübscher Schal von Jenners, für den sie ihr letztes Geld zusammengekratzt hatte.

Jackson Brodie hatte darauf bestanden, ihr einen Scheck über einen wesentlich höheren Betrag auszustellen, als sie ihm geliehen hatte, obschon sie protestierte: »Nein, nein, das müssen Sie nicht«, aber als sie zur Bank ging und ihn einlösen wollte, sagte die Bank, sie müssten ihn »zurückverweisen«, was laut Mr Hussain bedeutete, dass er geplatzt war und Jackson Brodie kein Geld hatte, obgleich er behauptet hatte, reich zu sein. Da sah man mal wieder, man glaubte, jemanden zu kennen, und er war jemand anders. Dennoch gehörte er noch immer ihr, aber sie war nicht mehr sicher, ob sie ihn noch wollte.

Reggie wohnte jetzt hier. »Bis du was anderes findest«, sagte Dr. Hunter, »aber natürlich kannst du auch für immer hierbleiben. Das wäre nett, oder?«

Sie sprachen nicht wirklich darüber, was passiert war. Manche Dinge ließ man am besten auf sich beruhen. So sprachen sie zum Beispiel niemals darüber, mit wessen Blut Dr. Hunter und das Baby beschmiert waren. Jackson ließ Reggie nicht ins Haus gehen *(Trau dich ja nicht)*, deswegen wusste sie nicht, wer darin war und was passiert war. Etwas Schlimmes offensichtlich. Etwas Nichtwiedergutzumachendes.

Natürlich las Reggie später in der *Evening News* von zwei nicht identifizierten Männern, die in einem niedergebrannten Haus gefunden wurden, alles ein großes Rätsel, und ihr ging durch den Kopf, dass jemand, der alles tun würde, um sein Baby zu schützen, jemand war, den die Polizei als Mordverdächtigen in Betracht ziehen würde, aber das tat sie nicht. Und gleichgültig, wie oft Dr. Hunter von der Polizei befragt wurde, sie sagte immer, dass sie herumgewandert war, dass sie unter Amnesie litt, was natürlich verrückt war, aber sie hatten keine andere Wahl, als ihr zu glauben.

»Was meinst du, ist passiert, Reggie?«, fragte sie Chief Inspector Monroe, und Reggie sagte: »Ich weiß es wirklich nicht«, und das war die Wahrheit, die reine Wahrheit und nichts als die Wahrheit.

Dr. Hunter trug den Schal den ganzen ersten Weihnachtsfeiertag, sie sagte, es sei der hübscheste Schal, den sie je hatte. Sie tranken Champagner und aßen Gänsebraten und Weihnachtspudding, und das Baby bekam rosa Eis und schlief auf Reggies Knien ein, während sie *Die Muppets-Weihnachtsgeschichte* sahen, und alles in allem war es das schönste Weihnachten für Reggie, und wenn Mum dabei gewesen wäre, wäre es perfekt gewesen.

Ms MacDonald wurde kurz vor Weihnachten bestattet. Sergeant Wiseman und der indische Polizist kamen zur Trauerfeier, was weit über ihre Dienstpflichten hinausging, wie Reggie fand. Es war eine reguläre christliche Trauerfeier, weil ihre seltsame Religion Bestattungen nicht wirklich vorsah. Die meisten Mitglieder (fünf von acht) ihrer Kirche standen auf und sagten etwas über Entrückung und Trübsal und so weiter, und Reggie stand auf und sagte: »Ms MacDonald war immer gut zu mir« und noch andere Sachen, die etwas schmeichelhafter waren, als Ms MacDonald eigentlich verdiente, aber über Tote soll man nicht schlecht reden außer über Hitler oder den Mann, der Dr. Hunters Familie umgebracht hatte. Niemand erwähnte, dass Ms MacDonald für das Zugunglück von Musselburgh verantwortlich war. Wie es schien, war der Tod eine Absolution für vieles.

Reggie hatte die Beerdigung gemeinsam mit der Genossenschaft organisiert, genau wie Mums Beerdigung. Sie entschied sich auch für dasselbe Lied, »Bleib bei mir, Herr!«. Sie schaute sich die im Sarg aufgebahrte Ms MacDonald an. Er war mit weißem Satin aus Polyester ausgeschlagen, so dass sie ihre Vorliebe für Synthetik bis in den Tod beibehalten konnte. Der Bestattungsunternehmer der Genossenschaft sagte: »Soll ich dich allein lassen?«, und Reggie nickte traurig und sagte »Ja«, und als er den Raum verlassen hatte, stopfte sie alle kleinen Plastiktütchen mit

Heroin, die sie in den geheimen Herzen der Loebs gefunden hatte, zu Ms MacDonald in den Sarg. Ms MacDonald war eine Person, die garantiert durch die Drogen keinen Schaden nehmen würde. Nachdem sie sie aus den verborgenen Herzen der Loebs geholt hatte, bewahrte sie sie in Dr. Hunters Garage hinter den Farbdosen auf, weil dort niemand suchte, wie Dr. Hunter sagte.

Nicht alle Loebs waren damit gefüllt gewesen, aber viele. Sie hatte die Plastiktütchen auf Ms MacDonalds uralter Waage gewogen, und es war fast ein Kilo gewesen, und das war viel Geld wert. Sie vermutete, dass Billy immer etwas von dem Zeug, mit dem er dealte, abgezweigt und versteckt hatte, aber sie fragte ihn nicht, weil sie ihn nicht mehr gesehen hatte, und jetzt war Ms MacDonald in Flammen aufgegangen und mit ihr alle kleinen Plastiktüten, und Rotkopf und Blondie würden ihre Drogen nie mehr zurückbekommen. Sie hatten gewusst, dass Billy das Heroin in den Loebs versteckte, aber sie hatten keine Ahnung, dass sich eine ganze Bibliothek davon in Ms MacDonalds Haus befand.

Ms MacDonald hinterließ ein Testament, wonach ihr Haus verkauft und der Erlös zwischen ihrer Kirche und Reggie aufgeteilt werden sollte. Jetzt hatte Reggie das Geld fürs College, einfach so.

»Was macht dein Bruder an Weihnachten?«, fragte Dr. Hunter.

»Ich weiß es nicht. Wahrscheinlich verbringt er es mit Feunden.« Eine Wahrheit, eine Lüge, man konnte nicht bei Freunden sein, wenn man keine Freunde hatte. Sie hatte keine Ahnung, wo er war. Er würde wieder auftauchen, der falsche Fuffziger, der verfaulte Apfel.

Komisch. Woher wusste Dr. Hunter von Billy? Reggie war sich hundertprozentig sicher, dass sie ihren Bruder nie erwähnt hatte. Noch so eine rätselhafte Sache, die man zu den rätselhaften Dingen hinzufügen konnte, die Dr. Hunter umgaben, genug, um die Rumpelkammer bis unter die Decke zu füllen.

Mr Hunter war am ersten Weihnachtsfeiertag nicht da. Dr. Hunter sagte, er käme am zweiten Weihnachtsfeiertag, um dem Baby »frohe Weihnachten« zu wünschen. Er war angeklagt, eine seiner Spielhallen angezündet zu haben, und auf Kaution frei. Er war in einem schäbigen Bed & Breakfast in Polwarth untergekommen, während Dr. Hunter »darüber nachdachte«, ob sie ihn in ihrem Leben zurückhaben wollte, aber man sah ihr an, dass sie sich schon entschieden hatte. Wahrscheinlich würde er für bankrott erklärt, und insofern war es ein Glück, dass das Haus auf Dr. Hunters Namen eingetragen war.

»Er hat es schon versucht«, sagte Reggie und staunte selbst, dass sie für Mr Hunter eintrat, der ihr schließlich nie etwas wirklich Gutes getan hatte, doch Dr. Hunter sagte: »Aber nicht hart genug.« Sie sagte, wenn Mr Hunter an ihrer Stelle gewesen wäre, hätte sie alles getan, um ihn zurückzubekommen. »Und ich meine wirklich alles«, sagte sie mit einem wilden Ausdruck, und Reggie wusste, dass Dr. Hunter für jemanden, den sie liebte, bis ans Ende der Welt gehen würde, und sie, die kleine Reggie Chase, Waise der Gemeinde, Lebensretterin von Jackson Brodie, Haushalthilfe von Dr. Hunter, Tochter von Jackie, gehörte zu diesem erlauchten Kreis. Und jetzt, was auch immer daraus werden würde, lag die ganze Welt vor ihr. *Vivat Regina!*

Gott segne uns alle

Billy latschte an den vielen beleuchteten Fenstern in der Straße vorbei. Am nächsten Wohnblock hing ein riesiger aufgeblasener Weihnachtsmann von einem Balkon und tat so, als würde er hinaufklettern. The Inch war scheiße an Weihnachten. Edinburgh war scheiße an Weihnachten. Schottland, die Welt, das Universum. Alles scheiße an Weihnachten. Im Paki-Laden hatte er Zigaretten gekauft, die hatten wenigstens geöffnet. Er würde seine Schwester umbringen, er hatte seine Schwester fast umgebracht.

Vielleicht müsste er in eine andere Stadt ziehen, irgendwohin, wo ihn niemand kannte. Von vorn anfangen. Dundee vielleicht. »Du bist so ein unternehmungslustiger Junge«, hatte die alte Schachtel zu ihm gesagt, wenn er zu ihr ging und die Glühbirnen austauschte oder den Abfluss reinigte oder was auch immer. Ein Buch aus dem Regal nehmen, das Zeug reintun, das Buch zurückstellen. Reggie durfte nicht an die Bücher, und die alte Schachtel sah so schlecht, dass sie nicht mehr lesen konnte, deswegen hatte er es für sicher gehalten.

Zumindest hatte er das Geld, das ihm Reggies heißgeliebte Ärztin für die Makarow gegeben hatte. Er hatte keine Ahnung, wofür sie sie brauchte. Komische alte Welt.

Ein alter Trinker taumelte an ihm vorbei und sagte: »Frohe Weihnachten, Sohn«, und Billy sagte: »Scheiß drauf, du alter Wichser«, und beide lachten.

Sicher eingebracht

Westminster Bridge in der Morgendämmerung. Es gab da ein Gedicht, und er war erleichtert, dass er sich nicht daran erinnern konnte. Es war eiskalt. Die Stadt war leer auf eine Weise, wie man es normalerweise nicht erlebte. Er hatte nicht erwartet, Weihnachten so zu verbringen. Allein, am Hungertuch nagend, im großen Moloch. Sie hatten vorgehabt, in letzter Minute irgendwohin zu fliegen, wo es heiß war und relativ unweihnachtlich zuging. »Ich mag Weihnachten nicht besonders«, sagte Tessa zu ihm. »Du?«

»Hab nie darüber nachgedacht«, sagte Jackson.

»Nordafrika«, schlug sie vor und fuhr mit dem Finger sein Rückgrat hinunter, dass er schauderte wie eine Katze. »Nach Ägypten. Ich könnte dir ein bisschen Bildung beibringen. Antike und so weiter.«

»Das könntest du wahrscheinlich«, sagte er. »Antike und so weiter.«

Zwei junge Männer, noch immer betrunken von den Exzessen am Heiligen Abend, gingen an ihm vorbei und schauten ihn komisch an, vielleicht, weil er die Themse mit einer Intensität betrachtete, die den Schluss nahelegte, dass er daran dachte, sich mit den eisigen Wassern zu vereinigen. Er tat es nicht. Sein Bruder hatte ihm das angetan, er würde es seiner Tochter nicht antun. Die zwei jungen Kerle hielten ihn wahrscheinlich für einen armen Schlucker, der kein Zuhause hatte, keine Familie, die ihn an den Festtagen an ihrem Busen willkommen hieß. Sie hatten recht.

Er hielt es in der Hand. *Ich habe das in Ihrer Jackentasche gefunden*, sagte sie. Die Plastiktüte mit Nathans Haar. Reggie hatte ihm auch die Postkarte zurückgegeben, die ihm Marlee aus Brügge geschickt hatte. *Vermisse Dich! Liebe Dich!* Die Postkarte sah aus, als hätte sie einen Krieg mitgemacht.

Das Komische war, dass er Reggie mehr vermisste als Marlee. Marlee hatte viele Menschen, die sie liebten, aber bei Reggie musste man sie mit der Lupe suchen. *Wir sind alle allein, Mr B., deswegen müssen wir füreinander da sein.* Er vermutete, dass ihr Weihnachten zu Kopf gestiegen war. Er hatte ihr nicht das Leben gerettet (»Noch nicht«, sagte sie) und die Schuld nicht zurückgezahlt, die seinem Blut eingeschrieben war.

Er dachte auch an die schlendernde Frau. Erwachte sie in einem Bett, in einem Haus zu Weihnachtsliedern im Radio und dem Geruch eines Truthahns im Backofen, oder ging sie immer noch auf den leeren Wegen über die Hügel in Schnee und Wind und Regen?

Wohin er blickte, waren unerledigte Aufgaben und unbeantwortete Fragen. Er hatte immer gedacht, dass es einen letzten Moment gab, wenn man starb, in dem alles geklärt wurde – die Aufgaben erledigt, die Fragen beantwortet, die verlorenen Dinge gefunden – und man dachte: »Ach, *richtig,* ich verstehe«, und dann war man frei, um in die Dunkelheit zu gehen oder ins Licht. Aber das war nicht passiert, als er starb (*Kurz,* hörte er Dr. Foster sagen), und es würde vielleicht auch nie passieren. Alles bliebe ein Rätsel. Wenn man darüber nachdachte, hieß das, dass man versuchen sollte, alles so gut wie möglich zu klären, solange man lebte. Finde die Antworten, löse die Rätsel, sei ein guter Detektiv. Sei ein Kreuzritter.

Er hatte ursprünglich beabsichtigt, Nathans Haar einer DNS-Analyse unterziehen zu lassen. Nathan, der am Morgen erwachen würde, um Weihnachten auf dem Land mit Julia und Mr Arty-Farty zu feiern. Jackson hielt die schmutzige Plastiktüte noch immer in der Hand. Nobel wäre es vermutlich, wenn er sie in den Fluss würfe, sie losließe, Nathan losließe. Aber er fühlte sich nicht sehr nobel an diesem kalten grauen englischen Weihnachtstag. Er hatte alles verloren. Seine neue Frau, seine alte Frau, sein Geld, sein Zuhause. Er steckte die Tüte zurück in die Tasche.

Tessa bekam nicht alles. Der Verkauf seines Hauses in Frankreich hatte sich verzögert, und das Geld wurde seinem Konto erst kurz vor Weihnachten gutgeschrieben. Es war keine Summe, über die man die Nase rümpfte. »Du bist also wieder einmal auf die Füße gefallen«, sagte Josie.

Zeit, weiterzuziehen, neu anzufangen. Es kam ihm spät vor für einen Neuanfang. Jackson fragte sich, ob er zu alt war, um seine Gewohnheiten noch einmal zu ändern.

Er fühlte sich so schlecht, wie man sich nur fühlen konnte, doch dann dachte er daran, wie er Joanna gefunden hatte, es war ein warmer Sonnenstrahl-Gedanke, der einen Mann auch in düstersten Zeiten aufheitern konnte.

Nicht das zweite, blutige Mal, sondern das erste Mal, in jener lauen Nacht in Devon. Er erinnerte sich, dass er den Lichtschein der Taschenlampe in einem großen Bogen über den Weizen schweifen ließ und sie erst sah, kurz bevor er über ihren kleinen reglosen Körper gestolpert wäre. Er dachte, sie sei tot. Als er zwölf war, hatte er innerhalb eines Jahres zugesehen, wie seine Mutter im Krankenhaus starb, wie die Leiche seiner Schwester aus einem Kanal gezogen wurde, und er hatte seinen Bruder gefunden, der sich erhängt hatte. Er war erst neunzehn und wusste, dass er es nicht ertragen würde, wenn das Mädchen tot wäre, dass es das, was von seinem Herzen übrig war, aus den Angeln reißen würde und er nicht mehr Gefreiter im Yorkshire-Regiment des Prinzen von Wales wäre, sondern selbst zu einem kleinen Kind würde, für immer allein in der Dunkelheit.

Doch dann bewegte sie sich im Schlaf, und einen Augenblick lang war seine Kehle so zugeschnürt, dass er nicht sprechen konnte. Als er seine Stimme wiederfand, hob er die Hand und schrie lauter, als er je im Leben geschrien hatte oder je wieder schreien würde: »Hierher, ich habe sie gefunden, sie ist hier!«

Und er hob sie hoch und hielt sie, als wäre sie zerbrechlich, als wäre sie das kostbarste, wunderbarste, erstaunlichste Kind, das je auf Gottes Erdboden gewandelt war, und zu der ersten Person, die bei ihm war, einem Polizeiwachtmeister, sagte er: »Schauen Sie, sie hat keinen Kratzer.«

Und Scout

war der Name des Hundes. »Ich habe mich die ganze Zeit nicht daran erinnert«, sagte sie. Sie legte beide Hände aufs Herz wie Flügel, als versuchte sie zu verhindern, dass etwas ihre Brust verließ. »Scout«, sagte sie zu Reggie. »Er war so ein guter Hund.«

»Total, Dr. H.«, sagte Reggie. »Total.«

»Wau-wau-wu, wessen Hund bist du?«, sagte sie zu Sadie, und zum Baby sagte sie: »Die Raben rufen: ›Krah, krah, krah! Wer steht denn da, wer steht denn da? Wir fürchten uns nicht, wir fürchten uns nicht vor dir mit deinem Brillengesicht.‹« Und zu Reggie sagte sie:

In einem leeren Haselstrauch
Da sitzen drei Spatzen, Bauch an Bauch.
Der Erich rechts und links der Franz
Und mittendrin der freche Hans.
Sie haben die Augen ganz zu, ganz zu
Und obendrüber da schneit es, hu!
Sie rücken zusammen dicht an dicht.
So warm wie der Hans hats niemand nicht.

Und Reggie sagte:

Sie hören alle drei ihrer Herzlein Gepoch
Und wenn sie nicht weg sind, so sitzen sie noch.

Und sie klatschten beide in die Hände, und das Baby lachte und klatschte auch in die Hände.

Dank gebührt den folgenden Personen für Hilfe und Informationen (ich bitte um Entschuldigung, falls ich etwas falsch dargestellt habe):

Martin Auld, Malcolm Dickson (Stellvertretender Direktor der Polizeiaufsicht von Schottland), Russell Equi, Kriminalrat Malcolm Graham (Lothian and Borders Police Service), meinem Cousin Major Michael Keech, Dr. Doug Lyle, Kriminalrat Craig Naylor (Lothian and Borders Police Service), Bradley Rose, Kriminalrat Eddie Thompson (Metropolitan Police Service), Dr. Anthony Toft und last, but not least meinem Cousin Timothy Edwards für den Titel.

Mit der Geographie von Wensleydale und des Südwesten Edinburghs habe ich Schindluder getrieben. Entschuldigung – künstlerische Freiheit und so weiter. Auf der Wiese von Midmar habe ich nie ein Pferd gesehen, aber das heißt nicht, dass nicht eines Tages dort eins stehen wird.

Von Kate Atkinson sind bei DuMont außerdem erschienen:
Die vierte Schwester
Liebesdienste
Weiter Himmel

FSC
www.fsc.org
MIX
Papier aus verantwortungsvollen Quellen
FSC® C083411

Das Gedicht von Emily Dickinson (Motto) wurde zitiert nach:
Emily Dickinson, Sämtliche Gedichte, S. 471
Herausgegeben und aus dem Amerikanischen übersetzt von Gunhild Kübler

Juli 2021
DuMont Buchverlag, Köln

Die englische Originalausgabe erschien 2008 unter dem Titel
›When Will There Be Good News‹ bei Doubleday, London.
›When Will There Be Good News‹ erschien auf Deutsch erstmals 2008
unter dem Titel ›Lebenslügen‹ bei Droemer, München.

Übersetzung: Anette Grube
Coverabbildungen: © Shutterstock
Coverdesign nach einer Vorlage von Richard Ogle / TW
Satz: Angelika Kudella, Köln
Gesetzt aus der Minion
Druck und Verarbeitung: CPI books GmbH, Leck
Gedruckt auf säurefreiem und chlorfrei gebleichtem Papier
Printed in Germany
ISBN 978-3-8321-6571-0

www.dumont-buchverlag.de